天

Sinfín

天

Sinfín

MARTÍN CAPARRÓS

LITERATURA RANDOM HOUSE

Papel certificado por el Forest Stewardship Council®

Primera edición: marzo de 2020

© 2020, Martín Caparrós
© 2020, Penguin Random House Grupo Editorial, S. A. U.
Travessera de Gràcia, 47-49. 08021 Barcelona

Printed in Spain — Impreso en España

ISBN: 978-84-397-3722-3
Depósito legal: B-484-2020

Compuesto en La Nueva Edimac, S. L.
Impreso en Unigraf (Móstoles, Madrid)

R H 3 7 2 2 3

Penguin
Random House
Grupo Editorial

Para Claudio,
que estaba por leerla

La verdad es que se quiere vivir a toda costa, se quiere vivir porque uno vive… porque el mundo entero vive. Porque solo la vida existe.

Sonderkommando en Auschwitz, citado por CLAUDE LANZMANN

I

LA MÁSBELLA

Todo lo que un hombre pueda imaginar, otros podrán hacerlo.

JULIO VERNE

1. Selva, la selva

Dice que quiere que se acabe. Yo lo que quiero es que se acabe, dice, y no me atrevo a preguntarle si quiere que se acabe su zozobra o que se acabe todo.

–Que se acabe de una buena vez.

Dice de nuevo el hombre, y otra vez no me animo. De eso sé.

No los vemos, creemos
que no están. O ni siquiera
nos tomamos el trabajo de creerlo.
No los vemos.

Aquí nadie diría que pasó todo eso. Aquí pasa una mujer con una cabra en brazos y un chico agarrado a su rodilla, descalzo, la cara sucia de alguna fruta rosa, la cabeza rapada; aquí un hombre corre y tres hombres le gritan algo que no entiendo; aquí lloran bebés, madres les cantan; aquí dos muchachos se intercambian unas pantallas chicas, casi rígidas; aquí una chica de tetas como mares les pasa por delante y no la miran; aquí hay perros de carne, más mujeres sentadas a la puerta de sus casas o chozas o casillas: trozos de plástico ensamblados con tornillos, los techos de palma, los suelos de tierra vuelta barro; aquí el calor es bruto, los olores; aquí hay personas viejas –hombres viejos y mujeres viejas–, sus caras arrugadas, sus espaldas arqueadas, sus pies chatos: personas como no suelen verse. Aquí, un hombre me dice que se llama Juliano, que tiene como setenta años —«como unos setenta», dice, «o quién sabe noventa» y sonríe sin sus dientes— y que él siempre vivió acá, que dónde más.

—No, yo siempre viví acá. Me acuerdo que en esos años llegué a pensar en irme, esos tiempos cuando se iban, no sé si usted se acuerda, si se puede acordar. Pero a mí me faltaron agallas, o como quiera que se llamen. ¿Usted cómo las llama? Mire si tuve suerte, que de puro cobarde me salvé…

Dice, y sonríe otra vez: brillo de babas en la encía. Juliano está sentado en una silla de plástico de dos patas, apoyada contra la pared de trozos de plástico para que no se caiga: la luz es poca, entra por un agujero en la pared. En un estante tiene un microondas: unos hornos que usaban mis abuelos, o quién sabe sus padres.

—Todos se fueron, pobres. Todos los que pudieron.

Después dice que pobres los pobres que se fueron, que nunca se imaginaron lo que les pasaría, que se fueron buscando una vida mejor y terminaron como terminaron. Pero que quién lo habría imaginado; que él sabe, porque alguno de ellos se escapó, pudo volver y les contó las cosas.

—Ahora parece que la gente de allá se volvió loca.

Dice, y yo le pregunto si realmente le parece de locos lo que hicimos y él insiste en que sí, que a quién se le ocurre, que cómo se les pudo ocurrir, y yo le pregunto —aunque ya sé— si está hablando de 天.

—Claro, de qué le voy a estar hablando.

—¿Y usted no querría tenerla?

—¿Yo? ¿Yo para qué la quiero? Yo ya viví como tenía que vivir. Yo no voy a meter mi cabeza en esas máquinas del diablo.

Dice Juliano y escupe en el suelo —un gargajo azul eléctrico, opulento, brillante, bamboleante— y dice que esas son locuras de ricos, de los que tienen tanto que tienen tanto miedo.

—Nosotros vivimos acá, tranquilos, no vamos a meternos en esas zapateras. Nosotros tenemos nuestros problemas que son nuestros, no queremos los de ellos. Esas cosas no son para nosotros.

Me dice, y yo no termino de creerle. Entonces le pregunto si es mejor vivir setenta años que todos los años y él me mira: y eso cómo vamos a saberlo, me pregunta. Después pega un grito y la mujer de la cabra aparece en la choza; el chico no. Juliano le pregunta si quiere o no una 天.

—¿Una qué?

—Una 天, nena, eso que se hacen allá arriba.

—Yo lo que quiero es comer, padre. Eso es lo que quiero.

Afuera ladra un perro y varios le contestan. Aquí el mundo es otro mundo. Aquí todo parece igual a lo que era antes de 2061. O, incluso, de 2039. Aquí el mundo es lo que es, más allá de lo que a muchos les parece.

No los vemos, creemos
un mundo que no es.
Nos creemos que todos
son nosotros. Por eso
hablamos de este tiempo
como el tiempo de 天.
Es fácil y es
difícil tan
difícil tan
necio tan
difícil.

En Darwin, el pueblo de Juliano, en plena Selva Patagónica, tan cerca del mar y tan lejos de todo, dos o tres mil viven de los animales que pueden cazar —monos pequeños, vaquitas retobadas, pingüinos adaptados a la tierra— y del agua de los ríos barrosos y de la espera que no espera nada. Muchos se mueren pronto de sus infecciones, de sus cruces, de algún ataque o reyerta o confusión; otros llegan a viejos: es una visión tan extraña, un hombre o una mujer con sus ochenta años. No es que no los hayamos visto en tiras, en holos, en todo tipo de representaciones, pero verlos así, en vivo, con su respiración y sus olores es una experiencia que todos deberían tener. Un viejo es un ser que parece tan frágil –cuya fortaleza a lo largo de los años lo ha llevado a parecer tan frágil–, un ser que se ve gastado por adentro, con un deterioro que, de adentro, hace fuerza por salir y apoderarse. Un viejo es un ser confundido, que hace sonidos cuando respira y no siempre los hace cuando habla, que se mueve sin querer cuando quiere estar quieto y se queda quieto cuando quiere moverse, que fija la vista porque no ve nada, que se agarra de cualquier tronco firme porque nunca está firme, que piensa en el futuro porque no tiene uno. O eso, por lo menos, me dice doña Berta:

–Yo lo que más extraño de antes es que antes no extrañaba. Pensaba que todo estaba por venir. Qué ilusa, ¿no?

Me contesta, medio dedo pulgar en la nariz, cuando le pregunto cómo es ser viejo.

–Vieja.

Me dice: «usted dirá cómo es ser vieja». Y yo no quiero explicarle que da igual, que lo que me sorprende y me intriga es la vejez en general, tener todos esos años, pasárselos sentados en la puerta de su choza esperando que no les llegue lo que esperan: vivir con su muerte en la cabeza. Pero no se lo digo: sería demasiado complicado. Le digo que me gustaría saber cómo se siente alguien cuando tiene tantos años y ella me dice que espere, que qué apuro tengo, que ya me va a llegar, y yo no puedo contenerme:

–No, no creo que me llegue, por eso le pregunto.

–Muchacha, qué problema es el suyo. ¿Estará enferma?

Doña Berta no entiende, no parece entender. Yo no sé si sabría explicarle. Doña Berta tiene un lunar en pleno medio de la frente, del que brota esa mata de pelos oscuros, enredados, matojos. Es difícil mirar otra cosa que la mata; justo abajo, sus ojos están húmedos y no veo si tienen un color.

–Usted sabe que allá arriba la gente no llega a la edad que ustedes tienen, ¿no?

–¿Por qué? ¿Se nos enferman todos?

Dice, con la sonrisa también sin sus dientes, y no sé si se ríe de mí o de verdad no sabe. Yo entiendo –por fin entiendo– que quizá sea cierto que cientos, miles de millones todavía viven y se mueren como nuestros abuelos.

–¿Usted no escuchó hablar de 天, señora?

–Creo que sí, muchacha. Pero me dicen que no son cosas de mujeres.

Dice, se saca el pulgar de la nariz, lo chupa.

Una de las características más notorias del mundo globalizado es su convicción general –globalizada– de que sus pautas están globalizadas: que dominan todos sus rincones. No es así, pero, entonces, los que no las siguen se nos vuelven invisibles. Verlos significaría tener que repensar, preguntarnos en qué mundo vivimos realmente.

Existen. Hay cientos de millones, hay miles de millones de personas que nunca pensaron en sus 天, que cuando piensan que se van a morir piensan en un entierro, un fuego, un terror, un vacío, un cielo o un infierno.

Son, quizá, sobre los 7.000 millones de habitantes de la Tierra, más de tres mil millones, quizá cuatro. Nadie lo sabe a ciencia cierta: son, más que nada, los incontables, los innumerables. No hay quien los cuente, no hay quien los numere: a nadie le interesa. Son, más que nada, los que no le interesan a nadie: los que no tienen bienes suficientes para ser apetecibles, los que no tienen un Estado que se ocupe de ellos, los que no tienen, ya, ni siquiera un mito que los cuide.

Sabemos, sí, cuando queremos saber, y aproximadamente, que son casi todos en África (alrededor de 2.500 millones) y la gran mayoría en Latinia salvo en las regiones más costeras (unos 600) y que en la India pese a las normas todavía son muchos (más de 500) y que en Europa, por la caída de los estados, son cada vez más, e incluso ahora aumentan en América también (100 o 200 millones más). Y que, después del hambre, nada produce tantas migraciones, tanto caos.

Hay cosas −tantas cosas− que damos por supuestas: que creemos que están en todas partes, sin la menor duda. 天 es una, por supuesto. Vivimos como si 天 fuera todo para todos, realmente para todos. Pero están todos ellos, los incontables: los que no miramos, porque si los miráramos nos mostrarían que también 天 es un invento −y que no todos.

−Eso es lo que hacían con aquellos pobres diablos que se fueron, ¿sabe?

Dirá después Juliano.

−Pobres. Se dejaron engañar por esos de la clínica, les ofrecían ya no me acuerdo qué, les pareció que les iban a sacar ventaja, pobres diablos.

Dirá, y que un hijo suyo fue, que lo tentaron: como nosotros no tenemos nada, dirá, con cualquier cosita nos engañan. Y que después alguien le dijo que tenía que estar orgulloso, que murieron para el pogreso, dice, para inventarse eso de 天, que quién sabe, que si será cierto, me dice, me pregunta. Yo me callo: me da vergüenza, pena y no le digo nada. Después, cuando me vaya, me dará más vergüenza mi silencio.

Tanta, que empecé a averiguar.

No hay mejor motor que la vergüenza.

O si acaso sí, pero.

Fue uno de esos azares: fui a Darwin por casualidad, por mi trabajo. Llevo años haciendo esas cositas, nimiedades: en este caso, una serie de holos sobre diez lugares remotos para turistas caros caprichosos, los snobs que todavía prefieren ir a los lugares en lugar de vivirlos en sus truVís. Esos que buscan lugares de peligro o, mejor: que parezcan peligro. Esos que buscan, sobre todo, no ser como los otros: que mantienen la vieja tradición de los turistas que no quieren parecer turistas. Son nostálgicos: dicen que quieren «viajar como antes» –pero nadie sabe bien cuándo era «antes». Yo, en todo caso, trabajaba para ellos –para una empresa que produce holos para ellos– cuando llegué a ese confín de la Selva Patagónica. Era perfecto para ellos: esa desolación, ese derrumbe, esa falta de esperanzas que se suele tomar como autenticidad. No sabía –cómo podía saber– qué me esperaba.

Años de búsqueda, de choques: esta historia.

Juliano, aquella tarde:

—Mire si seremos brutos, nosotros, señorita, que todavía nos morimos. Y en ese invento se murieron tantos.

Era cierto, es cierto: esos miserables que no pueden siquiera soñar con una 天 fueron la materia con que la moldearon. Fueron ellos los que pusieron el cuerpo para que los cuerpos dejaran de importarnos.

La MásBellaHistoria, por supuesto, no lo dice. No solo lo omite; hace todo para ocultarlo. Está escrita para esconder a estos señores y señoras, su Masacre.

Cuando lo supe, supe
que tenía que contarlo.

2. La MásBellaHistoria

Es una de esas frases que, a fuerza de ser siempre la misma, cambian tanto: alguien dijo que la historia del mundo es la historia de los intentos de los hombres por esquivar la certeza de la muerte. Lo dijo hace décadas o siglos, cuando equivalía a decir que, entonces, la historia del mundo era la historia de un fracaso.

Quién sabe qué diría, ahora.

Qué importa qué diría

ahora.

Nadie ignora, de alguna manera —de alguna de esas maneras extrañas de saber que ahora tenemos—, la historia de 天. Nadie la ignora y nadie la piensa: en eso consisten, sobre todo, nuestras maneras de saber. Escuchamos —leemos, recibimos— vagamente un flujo, y vagamente lo almacenamos en algún recoveco.

La verdadera historia de 天 es otra cosa.

Pero vivimos fuera de la historia. Es probable que nada haya influido —y siga influyendo— tanto en nuestras vidas. Y, sin embargo, son muy pocos los que tienen alguna idea, más allá de la mitología oficial —más allá de la MásBellaHistoria—, sobre cómo empezó, cómo se fue desarrollando, por qué llegó a ser lo que es. (Ni yo, debo decirlo, hasta esos días en Darwin.)

Ahora, cuando 天 nos define las vidas, cuando algunos querrían redefinirla, es decisivo conocer ese proceso. Y ese es, aquí, mi intento: contar una historia que se ha convertido, sin que la terminemos de creer, en nuestra historia.

Para tratar de entender qué hacemos con ella. Para tratar de entender qué nos hicieron, qué nos hacen con ella.

Y, sobre todo: para que sepamos que nuestra salvación está construida sobre la condena de unos pobres diablos. ¿Nos importa?

En el principio está esa cita, la de siempre; en el principio siempre está la historia:

«El error es el cuerpo,
pensó: el error
es el cuerpo.
El error es pegarse a los cuerpos, aferrarse a los cuerpos, pensó: pensarse como un cuerpo».

O, si no: el error es el cuerpo.
Así, para casi todos, se sintetiza la MásBellaHistoria.

La MásBellaHistoria tiene muchas versiones: es propio de estos tiempos que una historia sea muchas historias. Algunas están organizadas en versos y epigramas, otras son holos que suenan siempre falsas, otras son cuentos más pulidos.

La MásBella cuenta, sabemos, en todas sus versiones, cómo Andreas Van Straaten decidió entregar su vida para el bien, cómo Ily Badul decidió arriesgarlo todo para dar la vida a todo el que quisiera recibirla: para vencer la muerte.

«Aquella noche, tantos años atrás, en la Clínica Patagor, el doctor Ily Badul estaba en la desesperada. La noche ya había durado días y días: se moría el doctor Andreas Van Straaten, su maestro, el hombre que le había enseñado todo lo que sabía y tantas cosas que no supo aprender.

»Badul y su pequeño equipo habían tratado de mantenerlo vivo con todos los medios que la medicina de entonces ofrecía. No eran muchos, se moría: las personas, si persisten en ser lo que no deben, se gastan y se mueren.

»Nadie recordaría al doctor Van Straaten si esa noche no hubiera sido lo que fue. Sin esa muerte así nadie sabría que vivió, además de esa noche, una vida. Andreas Van Straaten, nacido en Paramaribo de padres negros holandeses, había fundado esa clínica —en la costa patagónica de lo que entonces era la República Argentina— a mediados de los años '10 junto con el doctor Yian Guomin, un médico chino que importó de su país unos cultivos de células de carpa que, aplicados con maña, conseguían aclarar varios grados las pupilas del paciente —y convertir ojos pardos en miel, negros en un violáceo raro.

»La clínica se volvió una meca para clientes de toda la región que querían ojos y tratamientos de juventud buenos y baratos; se decía que el clima frío y seco de la región era el más apropiado. Tuvieron años de próspero ajetreo. Después, cuando la región de Darwin se volvió húmeda y caliente, selvática, los pacientes empezaron a escasear. A la muerte del doctor Yian quedaban pocos. Van Straaten mantuvo la clínica y, sin dejar las operaciones de aclaración de ojos, cada vez más escasas, la convirtió en un centro de experimentos sobre las posibilidades terapéuticas de las microcomputadoras intravenosas y otros nanochips. Trabajaba para los grandes laboratorios del planeta. El doctor Badul fue su discípulo dilecto —y todas esas cosas. Cuando el doctor Van Straaten se enfermó, el doctor Badul pasó a manejar la operación. Le encargaron otra búsqueda: transferencias de cerebros a una red neuronal para mantenerlos vivos tras la muerte de su dueño.»

(En la MásBella, la historia de una caída terminante se vuelve un par de vaguedades sin drama ni energía. La Patagonia se ha convertido en una selva, la clínica en un laboratorio subsidiario cuya única ventaja era que, tan lejano, escapaba al control —y esas dos transformaciones son la condición de la ignominia pero se dicen al pasar, como si nada.)

«Aquella noche el doctor Van Straaten se moría hasta que su discípulo le descubrió in extremis el remedio: un reemplazo de bazo le daría unos meses, unos años de vida. Se lo dijo; el doctor estaba hinchado de drogas, la cara llena de la sonrisa idiota; quién sabe qué pensaba. Badul le dijo que lo salvarían y esperó el destello, el suspiro, la alegría o el alivio. Pero el doctor lo escuchaba desde lejos, como quien ya está lejos. Hasta que, de pronto, algo le ardió en los ojos. Levantó la cabeza, lo miró, le dijo úseme. Fue un murmullo imperceptible: úseme. Badul no estaba seguro de haber entendido bien; por jugar, siempre se habían hablado en castellano, y sintió que su castellano no alcanzaba para la voz de un moribundo.

»—Úseme.

»Volvió a decirle Van Straaten, y consiguió murmurar más: que no lo dejara morirse así, tan ciego, tan inútil, que usara su cerebro para transferirlo, que así, sabiendo que servía, se moriría tranquilo. Badul entendió —ahora sí lo entendió— y quedó turbado.

»—Pero le he dicho que lo podía curar, ¿no me entendió?

»—Claro que le entendí.

»Le dijo Van Straaten y otra vez, que lo usara: que lo curara si quería un poquito pero solo para poder usarlo, que eso era lo mejor:

»—Prefiero hacer algo útil todavía mientras puedo que agarrarme a esta madera podrida que es mi cuerpo.

»Dijo, o algo así. Después, tantas veces, el doctor Badul se preguntaría si había dicho exactamente eso, y se reprocharía por no haber registrado tal momento. No lo hizo. Van Straaten insistió:

»—Úseme.

»Le dijo, por tercera vez; tres veces, pensó Badul, es tanto más que una orden. Y además no le costaba cumplirla: hasta ese momento todas sus tentativas habían sido con kwasis, con delfines, con ovejas; era una chance única de probar con un hombre.»

(Hasta aquí, el sacrificio: un clásico. El científico que da la vida por la ciencia es la versión casi actual de la madre que da la vida por sus hijos, el creyente por su credo, el patriota por su patria: trucos viejos, mecanismos seguros de la lágrima. El pasaje empieza a preparar los espíritus, nublar entendederas —tan necesario para lo que ahora viene. Y empieza la ocultación de la Masacre.)

«Entonces Badul tomó la decisión: llevaría la voluntad de su amigo hasta el final. Lo usaría, en efecto, para algo que no se había atrevido. Transferiría el cerebro de Van Straaten a una máquina pero lo mantendría aislado, incomunicado, a salvo de las contaminaciones que habían arruinado todos sus intentos anteriores. Así, claro, no podríamos usarlo, no podríamos hablar con él ni preguntarle cosas ni aprovechar sus saberes para el bien común; así, todo sería para su maestro —la salvación de su maestro. Frente a su generosidad decidió darle, no pedirle: no preparar su cerebro para usarlo sino guardarlo para que él lo disfrutara. Aquella noche, Badul entendió que no tenía que salvar a su amigo para la sociedad sino para sí mismo; que cada hombre y cada mujer debían ser salvadas para cada hombre, para cada mujer: que no debía ceder a la codicia de la sociedad en perjuicio de cada uno de sus miembros.»

(Es una joya: ideología de esos años '40 en su máxima expresión: al carajo con el bien común, podrían decir, si la expresión *bien común* no les sonara como un oxímoron gastado o, más brutal, como una imposibilidad lógica. Al carajo con el bien común, hay que centrarse en el provecho individual. Es brutal ver, cuando uno mira, cómo la base de la 天 tan deseada es esa idea. O, por lo menos, lo es en su versión más edulcorada, la MásBellaHistoria. Porque la verdadera base, lo estamos aprendiendo, es otra.)

«Y entendió que Van Straaten, su maestro, seguiría siendo él mismo allí solo, allí lejos, allí ya transferido y, de pronto, sintió una emoción muy rara: como si gritara un grito estrepitoso, diría después, sin oírlo. Que lo veía, o algo así, pero que no lo oía: 'Un grito estrepitoso pero yo no lo oía'.

»Por eso aquella noche se volvió tan famosa. La llamamos 'La Noche del Principio'. La historia, al fin y al cabo, es precisa y escueta: cuando el doctor Badul tuvo su Momento Eureka, la vida y la muerte de los hombres cambió de una vez y para siempre. Aunque el camino sería largo y turbulento, aquella noche, por fin, había empezado. 天 nos haría otros.

»Y sería el sacrificio de Van Straaten el que crearía en Ily Badul la obligación moral: el impulso que lo hizo fugarse, tiempo después, para ofrecer al mundo el resultado de su búsqueda.»

(Así, en una línea escueta, la MBH resuelve la parte más sugerente, la que más se glosó, del relato: la «fuga» del doctor Badul con los resultados de su investigación que, tiempo después, le entregaría a Samar y que permitirían la difusión de 天 y, a mediano plazo, la llegada de 天 para Todos.

Y, al mismo tiempo, evita dar ninguna información sobre el destino de Van Straaten —o, mejor, de su cerebro transferido. Y despacha en tres palabras «sus intentos anteriores», los centenares de asesinatos cometidos en nombre de la ciencia.)

«Así esa noche
que nos trajo la luz.»

Hasta aquí, la versión más conocida de la MásBellaHistoria. Todos estamos de acuerdo —todos estamos de acuerdo— en que no hay momento en la historia de la humanidad que nos haya cambiado tanto como aquella noche. Tanto, que ya no sabemos bien por qué ni para qué ni cómo.

Pero el relato, en sus diversas versiones, sigue siendo uno de los pilares de nuestra cultura. Solo esta, solo en las últimas 24 horas, tuvo 329.544 miradas en la Trama —fue un día más bien bajo, domingo largo, revolcón de tedio, incendios por doquier. Aunque ninguna versión llegó aún a la altura del epigrama que la sintetiza:

«Cuando los muertos
fueron para los muertos, los muertos
vivimos».

No solo nos cambió las vidas: nos cambió, también, la idea del mundo.

Todos hemos leído —en las escuelas, en los hologramas, en difusión onírica— esas palabras, quizá las más citadas de los últimos siglos: «Cuando los muertos…».

Todos sabemos que sabemos —y no queremos preguntarnos.

Todos, sabemos, sabemos muy bien lo que sabemos.

Todos, sabemos, tememos saber lo que ignoramos.

Algunos, algunas veces, menos.

3. La muerte mata

Es preciso decirlo fuerte y claro: la MásBellaHistoria, la historia más poderosa que nunca se contó, la que llenó de vidas el tiempo de los hombres, la que cambió la Tierra como ninguna más, es una farsa triste. Hay unos pocos, ahora, que se sorprenden de que tantos hayan podido creerla durante todos estos años —y su sorpresa es otro modo de disimular lo que en verdad importa: el horror de que tantos la crean todavía.

La utilidad de ese relato es evidente: sus posibilidades de uso son tan notorias que no necesitamos insistir en ellas. Sí debemos examinar sus supuestos y sus presupuestos. Para empezar, vale la pena detenerse en el tema de la búsqueda de la inmortalidad física, del rechazo intenso de la muerte, que el texto —digno hijo de su tiempo— asume como una idea perfectamente natural.

Aunque ahora parezca extraño, no siempre lo fue. Las religiones nos acostumbraron a aceptar la muerte —convenciéndonos de que no existía. Un chico oye unos ruidos junto a su ventana, se asusta, llama a su mamá; no te preocupes, Gabito, aquí no hay nadie. Pero si yo lo oí, mamá. No, estarías soñando. Y si los volvés a oír cerrá fuerte los ojos y vas a ver que no te puede pasar nada. Así, las religiones insistieron, cada una a su manera, en que esos ruidos no eran nada, que lo que percibíamos como muerte era solo un tránsito hacia otras formas de vida que sus dioses nos garantizaban: que cerráramos los ojos. Así, sus sacerdotes se aseguraban la obediencia aterrada de sus fieles.

El mecanismo funcionó milenios. No sabemos qué imaginaban en sus cavernas los primeros ancestros, pero si decidieron que había que conservar los cuerpos de sus muertos fue porque sus muertes ya no les parecieron tan definitivas: porque empezaron a imaginarles peripecias. Con el tiempo esos relatos se fueron sofisticando –y empezaron a quedar registrados.

Siempre hubo dos grandes líneas. La que sostiene que cuando uno se muere pasa a ser otro y después otro y después otro, que se reencarna –dicen *reencarna*– cada vez en algún ser, que puede o no ser humano, convirtiendo la vida en algo continuo que ellos esperan dejar alguna vez de una buena vez por todas. Y la que sostiene que cada uno es único y cuando se muere se va a otro sitio, que puede ser presentado de formas muy distintas: o esos lugares maravillosos que premian a los que fueron buenos y siempre hicieron lo que les dijeron –paraísos, elíseos, jannahs, walhallas varios– o esos lugares espantosos que castigan a los que hicieron lo que les dijeron que no hicieran –los diversos avernos e infiernos– o incluso esos lugares intermedios que almacenan a los que obedecieron un poco y desobedecieron otro y esperan allí que su suerte se decida. Algunos de estos, pero no todos, insisten en que esos muertos, tras pasar alguna temporada en alguno de esos centros para muertos, resucitarán y volverán –a una Tierra que difícilmente tenga espacio para todos.

Las dos líneas mostraron, a lo largo del tiempo, sus matices. La primera historia que conocemos bien es la egipcia, donde el alma sobrevivía y se iba a vivir al Reino de los Muertos si su dueño había sido juicioso y su ex cuerpo quedaba bien embalsamado en una momia. Los griegos suponían algo parecido: que las almas de los difuntos eran juzgadas y derivadas al Tártaro si se habían portado mal, a los Campos Elíseos si bien, y a un par de sitios intermedios si ni bien ni mal sino todo lo contrario —solo que no creían en la taxidermia. Una de las mayores ventajas que compartían egipcios y griegos y otros medio orientales es que esa ¿alma? ya no soportaría la amenaza de morirse: esa nueva vida no tenía final.

Para los hindúes, en cambio, no había colonias donde vivían los muertos: la muerte era el momento en que un alma descartaba su cuerpo como quien deja un traje viejo y se iba a buscar otro, tan carnal como el anterior, tan mundano, tan sujeto a morirse como aquel —aunque no siempre fuera humano.

Los judíos no se preocuparon demasiado por esa contingencia: ya bastante tenían con imaginar —contra toda evidencia— que su dios los favorecía especialmente en vida como para atreverse a suponer que también en la muerte. Así que, para ellos, lo que pasaba después nunca fue un tema. Por eso sus sucesores, los creadores de la historia más exitosa de la historia, se ubicaron en el polo opuesto y basaron sus cuentos en las aventuras de un señor que podía resucitar muertos y terminó resucitando él mismo: cuyo padre y resucitador nos espera en un lugar llamado a veces paraíso, otras infierno o purgatorio, y nos promete que un día, cuando de verdad lo merezcamos, nos va a resucitar a todos como si fuéramos sus hijos torturados.

Fue un triunfo. Tanto, que sus sucesoras e imitadoras —los diversos cristianismos europeos y, sobre todo, el cristianismo musulmán— no pudieron privarse de ofrecer los mejores paraísos, las resurrecciones más espléndidas.

En síntesis: siglos y siglos, gracias a sus variadas religiones, los hombres vivieron convencidos de que la muerte no mataba. Te decían que era el paso necesario al mejor de los mundos, un momento lleno de esperanzas y de significados, que no había que rechazar sino aceptar gozosos. «Este mundo es el camino / para el otro, que es morada / sin pesar», decía uno de los mayores poemas de uno de los idiomas más difundidos antes de la irrupción del Trad y su panlingua. O, más brutal, otro poeta levemente posterior: «Vivo sin vivir en mí / y tan alta vida espero / que muero porque no muero». Lo habían logrado. La vida no importaba tanto: cuando un dios quería favorecerte, te llevaba consigo y a gozar.

Aunque también podía ser terrible. Poco antes, otro poema de otro idioma pre-panlingua había consagrado la mayor astucia de la religión contra la muerte: no te ofrecía consuelo sino pánico. Con su viaje tan bien descrito por sus nueve círculos el poeta terminó de hacer real la visión del infierno como destino de los desobedientes; el terror que infundía se sintetizó en una frase definitiva: «Lasciate ogni speranza, voi ch'entrate». Ahora la llamaríamos verosimilitud por el absurdo: si algo tan deseable como vivir después de muerto podía ser temible, era cierto sin la menor duda.

La negación mística de la muerte fue un subterfugio extraordinario, el mejor invento de diez mil años de inventos incesantes: durante todo ese tiempo, los hombres y mujeres no sufrieron más de lo necesario por la conciencia de que se acababan. Por esa astucia consiguieron vivir sin desesperar, confiados. Por ella, claro, tuvieron que aceptar las órdenes y reglas que sus dioses —sus sacerdotes— les imponían a cambio. Debían creer en una sucesión de causas y efectos imposibles: si le bailamos seis horas al dios de la lluvia va a llover, si le pedimos al santo su truquito la nena se nos casa, si obedecemos al rey nos salvamos de las llamas infernales. Debían creer, sobre todo, que tal cosa sí se podía hacer y tal cosa no se podía hacer y no había forma humana de cambiar esas normas —que el dios había dictado. Y todo eso era real, tan cierto para ellos como que el agua moja, que el fuego quema, que la muerte no mata más que un poco.

Por esa astucia extrema se montó un orden que todos debían obedecer; por ella se organizaron sociedades, se construyeron ciudades y canales y caminos y dominios, se enriquecieron unos, se empobrecieron tantos. Por ella pasamos todos esos siglos sin pensar que deshacernos de la muerte debía ser nuestra meta principal —hasta que la irrupción de las ciencias, primero, y la crisis de las religiones después hicieron que cada vez más personas descreyeran de esos cuentos para niños. Si los dioses morían, los hombres vivían desamparados. En el siglo XX, cuando las religiones dejaron de ser un refugio eficaz contra la muerte y, al mismo tiempo, la ciencia primitiva no conseguía casi nada contra ella, la humanidad vivió una de sus épocas más duras.

«Los dioses ya no estaban, Cristo todavía no estaba; hubo, entre Cicerón y Marco Aurelio, un momento único en que solo estuvo el hombre», había escrito poco antes un francés —un habitante de la entonces Francia—, Gustave Flaubert, en una carta a una mujer: describía esos años antiguos para inscribir su esperanza en la modernidad. Lo mismo, más tajante, sucedió cuando esa modernidad supo imponerse.

Tronaba la intemperie. La humanidad había roto su refugio de siempre y todavía no terminaba de construirse su morada nueva: la ciencia era tan insuficiente. Algunos se lamentaban del retraso brutal que había causado la creencia: «Si hubiéramos empezado dos o tres mil años antes —dijo, por ejemplo, Li Guimón, premio Nobel de Química 2031—, ya sabríamos solucionar la muerte». Pero, más allá de esas quejas inútiles, la meta estaba clara: se trataba de acabar con ella. Muchos confiaban en que lo lograrían.

4. Solucionar la muerte

La MásBella prescinde completamente del contexto: como si sus héroes nacieran del sol o de un repollo, como si sus acciones fueran raptos de inspiración medio divina; como si, aquella noche, el doctor Badul hubiera salido de la nada, actuado en el vacío. El relato, entre tantos silencios, también silencia el hecho de que las mayores corporaciones globales llevaban años compitiendo, vigilándose, trampeándose para ver cuál inventaba qué para conseguir lo único que, creíamos, nos faltaba para volvernos medio dioses: la vida para siempre.

Precisaba callarlo para ocultar,
antes que nada,
la Masacre.

A poco de empezar, la búsqueda pareció tan natural como otras que ya llevaban siglos —la ocupación del espacio exterior, la desalinización de los mares, la formación de una raza única—, pero más urgente y necesaria. Si la muerte era un problema técnico —un órgano que se gasta, un músculo que funciona menos, unas células que funcionan de más— las soluciones también debían ser técnicas. El miedo a la muerte se había puesto de moda —hablar de él, pensar sobre él, alardear contra él— sobre todo entre esos nuevos ultrarricos de la tecnología, cuyas vidas les gustaban demasiado como para resignarse a abandonarlas.

Fue hace cincuenta años pero parece tan lejano. El mundo era otro todavía: hacia 2020 un racimo de potentados y visionarios varios anunciaban que en unos años llegarían a «solucionar la muerte». Uno, incluso, el creador del famoso tren ultrarrápido fallido de California, que había hecho fortuna con esos automóviles realmente automóviles que entonces parecían el colmo de la novedad, dijo que él mismo ya había sido intervenido para no morir nunca —y que el único desafío que le quedaba era hacerlo accesible a los demás; huelga decir que se murió poco después. Otro, también riquísimo porque había imaginado una forma nueva de circulación del dinero, sintetizó aquella movida: «Hay tres formas de tomarse la muerte: se puede aceptarla, negarla o combatirla. Nuestra sociedad está dominada por gente que prefiere aceptar o negar; yo prefiero combatirla, porque vivir es mucho mejor que morirse». La batalla estaba lanzada.

(«I know you'll kill me / if I don't kill you. /
I know you would, / but I will first. /
It's me against you / and you are no one, /
You'll hear my name / and you'll be cursed.»
Aquella canción que casi todos conocemos, «Hey, Death», fue uno de los últimos éxitos de esa música que la época llamaba rock'n'roll, en inglés todavía, todavía cantada por personas.)

El asunto estaba en todas partes, la locura: una civilización que se veía pletórica encaraba, justo antes de hundirse, lo único que creía que le faltaba. Visto desde el presente es, más que dramático, patético —pero casi todo lo es cuando se mira para atrás. Entonces, las noticias sobre nuevos experimentos y tentativas aparecían todos los días en todos los rincones de aquella Trama primitiva. «La muerte nunca tuvo sentido para mí —dijo entonces un billonario—. ¿Cómo puede ser que una persona esté ahí y de pronto desaparezca?»

La muerte siempre había sido el problema individual por excelencia. Es absolutamente común y general —hasta hace poco les sucedía a todos— pero solo produce efectos sobre cada individuo: lo destruye sin poner en peligro lo común, lo general. De pronto, en esos años, la muerte se convirtió en un error social, un problema de incapacidad, la evidencia de lo que nos faltaba: «Morir es fallar. Morirse es no haber hecho suficiente».

La muerte era el fracaso de nuestra civilización
(que permitía esconder todos los otros).

Los ecos de esa búsqueda aparecen de algún modo —opaco, tácito— en la MásBella. Lo que el texto no asume es la pelea más encarnizada —aunque quizá no la más visible— que se dio en el campo de la ciencia en mucho tiempo: la competencia entre los que se llamaban a sí mismos inmortalistas y los que maquinistas. El reparto de nombres era injusto: frente a la promesa sin límites de la palabra inmortalista, maquinista suena a operario de segunda. Y, sin embargo, visto desde ahora —es fácil, visto desde ahora—, sabemos que los maquinistas, tras esa máscara de poca cosa, portaban la visión más arrojada.

Los inmortalistas —que sus detractores llamaban carniceros— fueron la continuación natural de siglos de esfuerzos terapéuticos. La medicina siempre intentó, con más y menos suerte, reparar los cuerpos averiados. Los inmortalistas lo intentaron con cada vez más medios y saberes.

Desde los tratamientos criogénicos que detienen los procesos de envejecimiento hasta la incorporación periódica de enzimas o células madre que los revierten, desde los nanochips que controlan los índices vitales hasta las infraexplosiones anticancerosas, desde las transfusiones de sangre joven —Lab o no-

Lab– hasta el reemplazo completo del torrente, desde la recombinación genética hasta los simuladores maratónicos, tantos recursos se combinaron para prolongar dramáticamente las vidas de las personas que podían pagarlos. Algunos tenían su fundamentación científica; otros eran puro efecto del ensayo y error: «Entender no es una condición para hacer el bien –repetía en cada charla el celebrado doctor Abdelaziz–: cuando aquellos pioneros empezaron a vacunar contra la viruela no tenían ni idea de virología o inmunología, pero igual funcionó».

–El saber no siempre es condición para el hacer.

Solía rematar, sorprendiendo auditorios. Nada funcionaba mejor, de todos modos, que el reemplazo de órganos internos y externos por ejemplares industriales. Aquello que había empezado más de medio siglo antes, cuando un oscuro cirujano sudafricano cambió por primera vez un corazón enfermo por otro sano –pero humano todavía–, se transformó en la base de la medicina. Resulta casi risible rever los argumentos que usaban los inmortalistas en aquellos tiempos: «Llevamos siglos poniéndonos las muelas que nos faltan. ¿Por qué no las neuronas?», decía un anuncio del 2027 para tratar de naturalizar lo que, entonces, aún sonaba extraño.

En los países lógicos morirse se volvió tan difícil: la medicina no te dejaba y cada muerte era una lucha a muerte, tremebunda. Las personas, faltaba más, la temían como ratas.

(Otro hubiera sido, quizá, el final de la pelea si los inmortalistas –o cuerpistas– hubieran hecho caso a la insistencia del doctor Erlindo Gómez Jaff, latinio, y los suyos, que repetían que el problema es que nuestros cuerpos están inútilmente complicados por los errores de la evolución y que tocaba simplificarlos a imagen y semejanza del oikopleura, el bichito marino de tres milímetros, boca, ano, corazón y cerebro de cien neuronas que se transformó, de pronto, en su estandarte.

Los llamaron, por eso, los «oikis», y nunca llegaron a tomarlos en serio, pero su punto era fecundo: que ya no necesitamos todas las complicaciones que nos conforman. Que las tenemos porque la naturaleza no es sabia sino boba y, como buena boba, laboriosa: que trabaja y da vueltas y más vueltas para llegar a lo que busca. Y que nosotros, tanto más sabios que ella, podríamos llegar a los mismos resultados con procedimientos infinitamente más simples. O, si acaso, concesivos, que esos procedimientos eran necesarios antes de los kwasis y demás enseres. Pero que ahora no y que, simplificados, sería tanto más fácil curarnos cualquier cosa, hacernos inmortales.

Era pura ilusión: demasiados habrían perdido su negocio, y lo acallaron. El doctor Gómez Jaff se suicidó en San Pedro Sula —salió a pasear una medianoche por el centro del pueblo— en la primavera de 2034. Un allegado dijo entonces que se trataba de un «problema personal» y nadie quiso indagar más allá. Lo curioso es que, en última instancia, el inmortalista más extremo prefiguró el triunfo del sistema maquinista.)

Sabemos: los procedimientos de reemplazo se volvieron la norma y la unidad corpórea se deshizo. Hasta entonces, cuando alguna parte del cuerpo se jodía el cuerpo se jodía: si aparecía un tumor en un hueso de un pie de Fulano, todo Fulano se moría. Digamos: se moría por algo que le pasaba al pie izquierdo de su cuerpo, tan distante. El cuerpo era un ente radicalmente solidario; ahora se elimina y reemplaza la parte defectuosa y ya: el principio de solidaridad quedó anulado —y todavía no se ha estudiado seriamente la influencia de ese cambio en los cambios sociales. O quizá no es preciso detenerse en lo obvio.

Al mismo tiempo la condena de los hombres a vivir rehenes de sus cuerpos cambió de signo: seguían prisioneros, pero esos cuerpos que los encerraban se volvieron la base donde ensamblar productos de los laboratorios más audaces. El cuerpo ya no era esa amenaza constante a la supervivencia de su dueño sino el terreno propicio para que su vida se prolongara más y más.

Entre 2025 y 2035 la producción de partes del cuerpo creció a paso redoblado —y la duración de las vidas también: la esperanza promedio en los países lógicos se estableció alrededor de los 106 años, y siguió aumentando. El negocio explotó: tres grandes conglomerados —dos de origen chino, uno brasiliense— dominaban el mercado de producción de partes y uno solo —indio— el de las terapias celulares antitiempo. Las llamaban las Hermanas Corporales —*The Bodily Sisters*, el inglés aún coleaba— y, por supuesto, sus nombres estaban entre los más odiados del momento y les llovían acusaciones: fue famosa la investigación de aquel consorcio americano que demostró cómo la Tsing había retrasado la puesta a punto de un increíble páncreas turbo porque todavía le quedaba mucho stock del modelo anterior.

(Llegó un momento en que la posición de las Hermanas en el mercado global se hizo tan dominante que su producción ya no les interesaba por sí misma: se volvió un modo de acumular dinero para obtener más altos fines. Su materia prima baratísima y sus costos de investigación amortizados les permitieron grandes beneficios que les permitieron, a su vez, comprar políticos y periodistas y medios y oenegés y voluntades por millones. So pretexto de ayudar a la prensa libre y colaborar con los desposeídos se fueron quedando con la —menguante— opinión pública y con la —más menguante aún— capacidad de los estados para rescatar a los más pobres. Elegían a quiénes les convenía convencer, a quiénes curar o alimentar. No tenían ninguna obligación; solo tenían planes, intereses. Algunos pocos iniciados se dedicaron a estudiarlas, a tratar de entender esos planes, esos intereses —más allá de ganar más y más, controlar más y más—; no hubo acuerdo.

La famosa *responsabilidad social* era una parte decisiva de esas intervenciones: la brasiliense y la india, sobre todo, gastaban fortunas en operaciones de relaciones públicas, que solían fracasar. Como cuando, por ejemplo, la Saudades Inc. envió un millón de pares de ojos a las zonas más pobres de África con el propósito tan declamado de ofrecerles nuevas miradas a los niños más pobres, y la mayoría de los ojos se derritió en depósitos impropios por falta de clínicas y profesionales que pudieran colocarlos. Esto, para no hablar de las denuncias sobre colocaciones ineptas que provocaron cientos de muertes por hemorragias oculares. Y los demás fenómenos, cuya monstruosidad conocemos demasiado.)

No era el problema central de las Hermanas. Más las preocupaban los descontentos –lo que la propaganda al uso supo llamar los Resentidos– de las regiones lógicas. Las corporaciones atravesaban una contradicción difícil: para seguir vendiendo sus productos necesitaban anunciarlos por todos los medios posibles; al anunciarlos se los restregaban en la cara a los que no podían pagarlos. En 2035, cuando el salario medio de un diseñador de espacios de truVí era de 30.000 yuanes al año, un hígado de última generación podía costar, sin colocación, unos 500.000. La medicina se volvía más y más cara y, así, más desigual: los lógicos obtenían cuidados y productos infinitamente mejores, su esperanza de vida ya era 20 o 30 años mayor que el promedio. Los inferiores se endeudaban tratando de emularlos. Historiadores del período insisten en que el desarrollo de las técnicas médicas fue uno de los factores decisivos para el deterioro de la situación de las clases medias de los países más potentes.

La ideología de esas clases medias se había cimentado en cierta jactancia de la austeridad, o una idea de la austeridad basada en el desprecio por el despilfarro de los ricos: muchos de ellos vivían de la rentUn y algún soplido de trabajo esporádico, eventual, con recursos justitos, así que proclamaban que la vida podía –y debía– vivirse de otro modo, lejos de los aviones personales, las tetas compradas y los saunas de kwasiSx y truVís de sangrar.

Esa austeridad era su identidad, su orgullo. Como diría años más tarde Svenson en *Presente del futuro*, les habría gustado, seguramente, tener otros, pero no encontraban. Si algo definió esos años turbios fue su futuro pobre: los hombres y mujeres y fluides de las regiones lógicas ya llevaban demasiado tiempo sin tener un mañana que los entusiasmara. Se ensimismaban, más bien, en el terror de los que imaginaban.

A dónde no llegar:
esa es la búsqueda.
Cómo hacer del futuro
otra materia del olvido.

Durante más de medio siglo esa carencia había sido notoria, puntiaguda: dos o tres generaciones habían pasado por este mundo sin imaginar siquiera que podrían dejar su marca en él, solo porque nunca llegaron a saber —a imaginar— cómo sería esa marca. Allí donde hombres y mujeres del siglo XIX quisieron imponer la libertad y el progreso, donde mujeres y hombres del XX pelearon por la justicia y la igualdad, los hombres y mujeres y fluides de principios del XXI no tenían nada que querer, y les dolía. No estaban contentos —cada vez lo estarían menos— con sus sociedades, sus países, sus vidas, pero no conseguían imaginarles otras formas. Los desasosegaba. No era fácil, precisaban trucos: esa falta de proyecto colectivo —esa carencia bruta de un futuro deseable para todos— se paliaba con la promesa de proyectos personales: gracias al trabajo duro, la iniciativa, la inventiva, podrían construirse una vida que pareciera que había sucedido.

El trabajo era, en ese proyecto sin proyecto, el núcleo duro, el alfa y el omega: la distracción, la obligación, la gratificación, la expectativa. El trabajo fue —de maneras distintas a lo largo de siglos y siglos— el espinazo de la vida: los hombres y mujeres sabían que lo suyo sería trabajar y aprovechar los ratos libres, los resquicios que dejaba ese trabajo, para querer, entretenerse, lamentarse, temer, desear algo o alguno. Pero sin dudar de que nada sería tan definitorio en sus vidas como sus trabajos.

Y los trabajos empezaron a escasear:
hacerse raros.

En las primeras décadas del siglo, cuando faltaron los trabajos, cuando muchos ciudadanos orgullosos empezaron a recibir subsidios por quedarse en sus casas, no perdieron solo su confort: perdieron la justificación, la razón triste de sus vidas. Los días se hacían largos y levemente amargos: no los consolaba la idea de que tenían más tiempo para sí que nunca ninguna cultura había tenido. Descubrieron —quizá por primera vez de forma tan masiva— que el tiempo vale cuando se te escapa, cuando no alcanza para vivir lo que querrías. Y vivían, al contrario, para sobrevivir, sin más expectativas que durar lo posible y lograr, de tanto en tanto, algún rato agradable. Los filosofitos de las corporaciones intentaban llenarlo con consignas: «Corren tiempos con tiempo, caminamos»; «Quién querría llenar lo que está lleno: pura vida»; «El vacío sirve para envasar comida, no personas».

Pero la sensación general era de desazón, de falta: «El espíritu del tiempo era sobrevivir —escribió más tarde Svenson—; no porque nada amenazara, sino porque nada daba sentido, no había norte: no había voluntad». Esa supervivencia suponía, por supuesto, la defensa de lo que tenían: no un camino hacia nuevas maneras, simplemente la conservación de lo adquirido. De vez en cuando consideraban que les quitaban un derecho, una prebenda, y trataban de defenderlos, defenderse. La defensa era lo suyo.

Así que cuando terminaron de entender las consecuencias de los aumentos del precio de las partes del cuerpo, estallaron. No es lo mismo despreciar —o pretender que se desprecia— lo superfluo que aceptar que no se tiene acceso a lo más básico: años de vida. Sabían que no tenían futuro, pero querían al menos seguir en su presente pobre. Julien Bembé, en uno de sus slogans más citados, lo resumió perfecto: «No teníamos futuro, nos hemos quedado sin presente». Después le agregaría: «No seremos pasado».

Las grandes revueltas del período se alimentaron de esa rabia: el acceso a los tratamientos y reemplazos, el derecho a la #VidaMásLarga pasó a ser la reivindicación común de los movimientos de las grandes capitales. Todavía entonces, a mediados de los años '30, los movimientos se centraban en las capitales.

Millones gritaban despacito que no querían vivir menos que los que vivían más, que no querían sufrir más que los que sufrían menos, que querían algo parecido a algo parecido a la igualdad: algunas proporciones. Esperaban tan poco, conseguían casi nada.

Y mantenían la lucha en el espacio que convenía a las Hermanas. Eran, sin proclamarlo, inmortalistas; seguían reclamando las maneras de seguir en sus cuerpos.

Atacar al poder es confirmarlo.

Julien Bembé ya había cumplido 78 años: su pelo mota largo atado en una cola y su vozarrón, que ni siquiera las mejores máquinas despojaban del acento francés, lo habían convertido en una de las figuras más admiradas —y más odiadas— de esos tiempos. Siempre había vivido frugal: desde sus inicios, a finales del xx, como maestro en una escuela de los Pirineos, donde su sangre negra le costó, al principio, más de un rechazo; durante su ascenso como último secretario general de la otrora poderosa Unión de Maestros de Francia; y, por fin, cuando se convirtió en el líder carismático del movimiento por el derecho a la #VidaMásLarga. Todos sabían —su gente se encargaba de difundirlo— que nunca había tenido casa propia ni ninguna otra posesión y que su truVí era tan viejo que casi casi lo miraba desde afuera. Y todos veían —era evidente— que no se había colocado nunca ningún reemplazo: aunque no fuera viejo se movía con dificultad, como si alguna de sus articulaciones no funcionara bien —y tenía la coquetería de interrumpir con cierta frecuencia sus charlas o discursos para entrar al baño. Su figura pública se basaba en el rechazo de cualquier consumo y es posible que realmente no le interesaran; su habilidad política le alcanzaba para conducir quejas y protestas, no para cambiar realmente nada.

Fueron tinglados típicos de esos tiempos: agitación verbal, tentativas de boicot de ciertos productos, marchas coordinadas en varias capitales del planeta, piquetes en la Trama: cada vez que una manada lograba cortar la circulación en algún canal significativo, billones los odiaban, millones se esperanzaban con la posibilidad de esta vez sí conseguir algo. Pero eran como tábanos que aquellas vacas se sacudían con golpes de la cola; molestos, pero perfectamente incapaces de convertir a la vaca en, digamos, un piano, un edificio de tres pisos, un durazno.

Parecía que algo estaba por pasar; durante años pareció que algo estaba por pasar, y Bembé se volvió una figura reconocida en todo el mundo: era la cara de la resistencia, la bandera de los pequeños honestitos que se veían cada vez más dejados, más caídos. Pero nada cambiaba. Los reemplazos seguían siendo un privilegio, los más pobres seguían siendo los más muertos. Poco a poco, la movida se disolvió en el aire. Solo quedó la desazón, resentimientos: es duro cuando las esperanzas se descomponen en rencores.

Los maquinistas, mientras, no tenían defensores ni banderas: eran, sobre todo, millonarios encaprichados con la vida que pagaban laboratorios y búsquedas carísimas —y, por el momento, ineficaces, infructuosas.

5. Fuga de cerebros

Los maquinistas, como su nombre indica, no pensaban que el futuro de los hombres estuviera en sus cuerpos.

Es obvio que la idea de transferir cerebros humanos a una máquina era la consecuencia de una evolución. En esos días los kwasis —aquellos robots semiprimarios— ya ocupaban la mayoría de los espacios que ahora monopolizan sus sucesores: el trabajo industrial y extractivo, por supuesto, pero también las tareas domésticas, los servicios urbanos, la asistencia sexual, las funciones pedagógicas. Que aquellos investigadores imaginaran que podrían, también, ser los esqueletos que nuestras mentes —nuestro yo— precisaban para vivir seguras era pura lógica. El cuerpo, decían, no era más que ese amasijo arcaico que, por ahora, había que soportar para seguir viviendo: una carga indeseada.

No era nuevo. Lo mismo habían creído tantas culturas, tantas tradiciones: el cuerpo cristiano, sin ir más lejos, era una cruz que los creyentes arrastraban, los atacaba con tentaciones y zozobra, los apartaba de su camino recto y obediente, los empujaba hacia la perdición. Pero hubo un momento en que los hombres y mujeres y fluides vivieron con sus cuerpos, de sus cuerpos, para sus cuerpos: un momento en que solo los cuerpos importaban, convertidos en el centro de nuestros universos, el único lugar. Los grandes cambios de las primeras décadas del siglo acabaron también con ese resplandor.

Lo sabemos: el cuerpo se nos fue escapando. De pronto –como la rana que no nota que le calientan grado a grado el agua y siente, de repente, que está hirviendo– descubrimos que ya casi no lo usábamos: primero fue el trabajo, después el sexo, la comida, el movimiento, casi todo.

Fue, por supuesto, una etapa más en un proceso: si hace 5.000 años se precisaban cuerpos, personas para cavar con las manos un pozo de agua, si hace 500 años se precisaban cuerpos, personas para cavar con buenas palas y poleas un pozo de agua, si hace 50 se precisaba un cuerpo, una persona para manejar la máquina que cavaba un pozo de agua, de pronto ya solo se precisó la máquina.

(Digo: nuestra historia es, con sus idas y vueltas, la historia de cómo nos fuimos alejando de los cuerpos. Ya no son los cuerpos los que hacen lo que hacemos. El transporte es un ejemplo claro: de la litera al coche, de la galera a la lancha, de la marcha a la moto y, ahora, a los automóviles automóviles. A principios del siglo XX los cuerpos humanos dejaron de usar, para moverse, sus propios cuerpos o los de otros animales y los reemplazaron por el vapor y la explosión; a principios del XXI dejaron de guiar esos transportes que se volvieron capaces de manejarse a sí mismos. Y lo mismo pasó con la producción: la fuerza de los cuerpos fue reemplazada por el vapor, la electricidad, la fisión del átomo; ahora la mayoría de los trabajos no trabajan sobre nada corpóreo. Y, por supuesto, las relaciones: ya no es necesario estar frente al cuerpo del otro para verse, hablarse, arrumacarse, fornicarse.)

En los trabajos, los cuerpos perdían sus puestos sin cesar, uno tras otro. Primero fueron las fábricas, por supuesto, terreno fácil para cualquier kwasi. Entonces las personas quisieron ir a trabajar en tiendas y las tiendas pasaron a la Trama, y quisieron trabajar en cocinas y despachos de comida y la comida se volvió sintética, y quisieron trabajar en el transporte y los vehículos se manejaron solos, y quisieron trabajar en la construcción pero las máquinas construían mucho mejor y además ya muy pocos podían comprarse casas nuevas porque nadie tenía trabajo, y quisieron trabajar en contabilidad y administración y otros trabajos de oficina pero cualquier quanti lo hacía tanto más rápido y sin enfermedades ni partos ni peleas, y quisieron trabajar en el ejército y los ejércitos dejaron de usar soldados, y encima el campo –donde ya quedaban pocos– se vació porque no había garantías ni subsidios ni mercado, y de pronto nadie más supo qué hacer, cómo ganarse la vida –salvo los más especialistas, los más ricos, los mejor preparados, que hicieron que, de nuevo, trabajar fuera un privilegio que tantos envidiaran.

No se puede decir que el desvanecimiento del trabajo fuera una sorpresa. Hace más de un siglo un economista britón decía que décadas más tarde las personas trabajarían 15 horas por semana –pero lo llamaba «una época de ocio y abundancia», pobre. Y un economista franco dijo a fines del siglo pasado que «la abolición del trabajo es un proceso en marcha. La forma en que lo manejemos constituirá el tema político central de los próximos tiempos». Su sorpresa habría sido, si acaso, ver cómo no lo manejamos: ya sabemos lo que hicieron y no hicieron los estados para asumir el derrapaje.

(Tantos eventos, tantas consecuencias.
Y los que dicen que se eliminaron muchos trabajos insalubres, degradantes, intolerables, pero no dicen que tampoco se inventaron otros para todos esos que perdieron estos. Y los que dicen que disminuyeron tanto los accidentes de trabajo, y otra vez. Y los que dicen que por suerte pasaron los tiempos en que las fábricas eran lugares alumbrados para que los obreros vieran lo que hacían; que los kwasis no lo necesitan, trabajan en la mejor oscuridad, y así nadie ve esa porquería.

Y los que dicen que el trabajo era una maldición del dios y el ocio una vieja aspiración del hombre: que llevábamos siglos, milenios esperándolo y que gracias a eso pasaron tantas cosas. Y los millones que se rebelaron, y los que consiguieron cosas y los que no, los que se despeñaron.

Y los que dicen –ahora dicen– que sin esa deriva del trabajo quizá 天 no habría sucedido.)

Y, por supuesto, esa curiosa coincidencia que, sin las dudas, no es una coincidencia: que fue cuando los cuerpos dejaron de utilizarse para los trabajos que esos mismos cuerpos dejaron de encontrarse en la tarea amorosa.

También eso había sido tan distinto. En realidad, cualquiera con un mínimo de curiosidad puede saberlo: todavía quedan en la Trama cantidad de registros de aquellas formas de sexuarse con los cuerpos, dos o más. Ahora parece raro, parece sucio, parece peligroso: tanto más lógico y más agradable y más placentero conectarse en un truVí.

Pero en esos años, hace 30 o 40, los cuerpos habían llegado a sus fronteras. Ya casi no se usaban para mezclarse con más cuerpos sino para montarlos: montar en el propio cuerpo sus ideas. Aquellos pobres prisioneros de sus cuerpos los usaban para hacerse extraños: se cambiaban. Hacían de sus cuerpos material de sus obras: se creaban, se hacían, se rehacían, se mostraban en su esplendor mutante. Un hombre con una teta y su melena, mujer con una verga a media pierna, un hombre por detrás y mujer por delante o viceversa o todas esas. Buscaron las fronteras, traspasaron. Correspondía que, después, terminaran por aburrirse de ellos.

Pero el golpe final les llegó –siempre banal– cuando tuvieron miedo de esa plaga y prefirieron renunciar a los encuentros materiales y, forzados, descubrieron la delicia de los encuentros verdaderos.

Pensar lo limitado que debía ser aquello, antes de eso, cuando cada cual era solo su cuerpo, lo que su cuerpo permitía.

Pensar que ni siquiera existían Kosas, que lo mejor que se podía tocar era un muñeco inerte de algún plástico.

Pensar en las dificultades de encontrarse con alguien en un mismo lugar al mismo tiempo. Pensar en la molestia de encontrarse con alguien en un mismo lugar al mismo tiempo.

Pensar en las limitaciones que los cuerpos imponen, siempre imponen.

Pensar que si no hubieran entendido que el cuerpo es puro límite, 天 tampoco habría existido.

En cualquier caso, cuerpos retrocedían, los kwasis avanzaban. Lo alentaban todos esos que no sabían hablar de los hombres y la vida humana sin llenarlos de metáforas cyber: que si éramos hardware que aprendíamos nuestro software, que si nuestros cerebros son mecanismos de algoritmos, que si todo depende de nuestro cableado cerebral, esas pamplinas. Fue lógico que, a partir de tanta robotización, alguien empezara a pensar que el mejor lugar para vivir era una quanti.

Y la opción de usarlos como recipiente e instrumento para los cerebros de aquellos cuyos cuerpos quedaran irrecuperables por enfermedades o accidentes llevaba años de estudios en laboratorios de todo el mundo. Es cierto que la oposición de las cuatro Hermanas Corporales, lideradas por Senhora Maria, la frenaba. Campañas de burla y desprestigio en la Trama y sus alrededores, sabotajes de laboratorios, asesinatos de investigadores: no hubo recurso que no utilizaran para calificar la opción de ridícula y/o peligrosa para la supervivencia de los humanos. Intentaban, claro, mantener su control de la pelea contra la muerte. Para ello contrataron a varios de los pensadores más prestigiosos, que imaginaron una campaña subterránea basada en argumentos filosóficos —menores pero contundentes–: «Las religiones nos acostumbraron a creer que el cuerpo es una carga de la que vamos a librarnos en algún más allá. La transferencia de nuestras mentes a robots recupera esa idea, supersticiosa, mítica: que seguiremos viviendo fuera de nuestros cuerpos. Otra vez la religión ataca», escribió en 2028 Luigi Paramo, filósofo de la Universidad de Palermo –Sicilia– en un ensayo, *El Cuerpo Cruz*, que entonces nadie leyó y que, con el tiempo, se transformaría en la biblia del movimiento antimaquinista. Otros, más directos, más publicitarios, lanzaban amenazas: «Se creen que pueden crear máquinas cada vez más inteligentes y que estas máquinas seguirán obedeciéndonos: confían en su extrema tontería».

Aunque se enfrentaban a textos como este, extrañamente anónimo –firmado, en realidad, con un signo que nunca pudo desentrañarse, el celebrado J–, que funcionó como el mejor relato de los maquinistas contra la furia de los reemplazos y cambió las ideas de millones: que auguró, de algún modo sinuoso, la llegada de 天. Más de uno, en su momento, creyó reconocer en él el estilo de Julien Bembé. No tenía sentido:

«Creemos que cambiamos; no cambiamos.

»Creemos que cambiamos; solo estamos sumando. Estiramos, alargamos: hacemos chicles de nosotros mismos.

»Tenemos más años, conseguimos más años porque nos pegamos pedazos de cuerpos en el cuerpo –y la primera persona del plural es una farsa: son ellos los que se pegan pedazos de cuerpos en el cuerpo, ellos los que cambian o no cambian porque solo suman. Nosotros los miramos.

»Los miramos, los queremos, los deseamos: no a ellos, sino a sus privilegios. Los miramos para mirar lo que queremos ser, lo que algún día sí podremos sacarles.

»Y esto de los pedazos no queremos: no es esto lo que vamos a sacarles.

»Porque ellos se equivocan. Dan la pelea contra la muerte en el terreno de la muerte. En el terreno que la muerte conoce y domina, en su lugar de origen, en su lugar de fin: el cuerpo.

»Allí no hay quien le gane. Empatarle se puede, demorarla se puede; ganarle no se puede. El reformismo es así: derrotado antes de dar pelea. Derrotado por ser lo que es; derrotado, sobre todo, por no osar no ser lo que no es. Sumar unos años no significa cambiar nada, quiere decir no cambiar nada: parches, pamplinas, pantomimas. El cuerpo es lastre: deshacernos del cuerpo es la manera de ser libres por fin.

»Pero ellos todavía no lo ven. Se equivocaron, como siempre, por pensar con sus costumbres, con sus miedos. Pensaron en encontrar, con sus pedazos, el modo de convertir a los seres humanos en máquinas; no pensaron en encontrar el modo de usar las máquinas para ser más humanos. Les faltó Colón, claro, y un buen par de huevos.

»La opción es otra: no volvernos máquinas sino usar las máquinas. Humanizar las máquinas, convertirlas en nosotros mismos: usar las máquinas para vivir vidas eternas.

»Llevemos nuestros cerebros, nuestras ideas, nuestras historias a ese lugar seguro: el kwasi. Pongamos historias, ideas y cerebros en esa plataforma que los harán eternos. Pongámoslos allí, donde todos podemos.

»Seremos indestructibles, seremos para siempre: seremos en esas máquinas personas que duraremos para siempre.

»Y entonces, sí, por fin, lo habremos dado vuelta».

(Hasta aquí el texto. La música cambiaba según quién lo escuchara; el sampler en que estaba compuesto tenía cientos de opciones y elegía la que mejor se adecuaba a las preferencias musicales de cada oyente.)

Pero, aunque cueste creerlo –y más allá de concursos retóricos–, fue Senhora la que dio a las transferencias de cerebros su envión definitivo.

6. Senhora se mueve

Tantos años después, cuando al fin conseguiría conocerla, Senhora Maria todavía era una mujer impresionante. Prefiero no imaginar lo que debe haber sido en 2038, en la cima de su poder y su potencia. En ese entonces Senhora era una brasiliense de mediana edad, bella con la belleza de los mejores reemplazos y unos ojos verdes completamente suyos, hija del creador y dueño de la Saudades, don Camargo Alves Restrepo.

Senhora, dicen, no estaba destinada a dirigir la empresa. Era, pese a todo, una mujer a principios de siglo. La Saudades era para Ottavio, su hermano mayor. Pero, en la primavera de 2027, ella lo convenció de lanzarse a un negocio. No se lo dijo, claro; si hubiera, él nunca lo habría hecho. Senhora se aseguró de que él interceptara una comunicación en la que ella le pedía a un agente comercial un gran préstamo para instalar la megaplanta de transformación de soja en combustible. Su hermano decidió adelantarse y empeñó una fortuna de la empresa para construirla. Senhora sabía que el combustible ígneo estaba a punto de ser prohibido en los países lógicos; solo circularía a precio vil en África y Latinia. La iniciativa fue ruinosa; dos años después, Ottavio tuvo que renunciar a su puesto y pedirle por favor a su hermana que, para que la familia no perdiera todo, lo reemplazara como jefe. Senhora lo aceptó a regañadientes; eso dijo: que «a regañadientes». (Algunos, desde entonces, empezaron a llamarla así: doña Regañadientes; pronto, asustados, dejaron de llamarla.)

Cuando Tsing y HoHiHan, las dos corporaciones chinas de producción de partes y reemplazos, tuvieron algún choque con el gobierno de su país, Senhora les propuso formar una alianza entre las cuatro grandes que dominaban el mercado mundial de la Vida: unidos, ningún Estado podría imponerles condiciones.

Por supuesto, las cuatro competían entre sí con la mayor ferocidad y un catálogo voraz de golpes bajos, pero sus patrones supieron reconocer la ventaja de aliarse contra las acciones del poder político —sobre todo el chino. En ese entonces, hace más de treinta años, el gobierno del presidente Xi tuvo que recular. Fue un inicio fulgurante; los patrones corporativos decidieron mantener la alianza. Para eso crearon una Oficina de Coordinación —la CoBu—, la pusieron a cargo de Senhora Maria y nunca imaginaron que, en pocos años, a fuerza de seducciones y amenazas, la brasiliense reuniría el poder que al fin tendría.

(Senhora se había casado tres veces pero no había hecho hijos: era un discurso fuerte, para alguien que disponía de todas las técnicas de reproducción posibles, que dedicaba su vida a la fabricación de partes para alargar las vidas, no crear ninguna. Una vez una rara relatora de la Trama se animó a preguntarle por qué; ella le contestó que no quería obligar a nadie a tener una vida como la suya. La relatora no quiso preguntarle por qué una de las vidas más celebradas del momento le parecía digna de evitarse.)

Senhora tenía su cuartel general en Majuro, la capital de las Islas Marshall. Años antes, cuando ese país imposible empezó a hundirse en el océano, ella le hizo su oferta: se quedaría con la capital y otros cien atolones a cambio de salvar el archipiélago y ayudar a los locales a sobrevivir; la asamblea de las reinas, sin más opción, aceptó la propuesta. Senhora Maria se rio bastante cuando le contaron que los hombres no tenían ningún poder real ni derecho a la propiedad en esas islas perdidas —y las malas lenguas decían que esa había sido la razón de su oferta. Ella insistía en la potencia simbólica de trabajar allí donde tuvo lugar uno de los grandes avances técnicos de la humanidad, la explosión de la primera bomba de hidrógeno, que impidió durante casi un siglo las guerras generales. Pero la verdadera razón era que allí —a miles de kilómetros de cualquier otra tierra— se sentía a cubierto de presiones o ataques, disfrutando de la tranquilidad y la seguridad que necesitaba la unión de empresas más poderosa de la Tierra.

(También en eso Senhora fue una precursora: unos años después, como sabemos, casi todos los multimillonarios vivían en islas amuralladas por robots y drones y láseres diversos. Salvo los chinos, claro.)

En 2035 el atolón coralino de Majuro ya se había convertido en un enorme anillo de construcciones corporativas, diseñado para que vivieran y trabajaran mil trescientas personas, donde vivían y trabajaban cincuenta y dos: Senhora, sus colaboradores más directos, su servicio local. El resto de los directivos se repartía a través del mundo —y se encontraba cada martes en la gran sala de truVí.

Fue Senhora, por supuesto —por más que haya rumores en contrario—, quien decidió que las Hermanas investigaran las potencialidades industriales y comerciales de los kwasis. No hay corporación que no intente ser su propia competencia: a imagen y semejanza de los grandes políticos de las primeras décadas del siglo, las Hermanas sabían que si querían sobrevivir debían producir la oposición que pudiera vencerlas —y sucederse, entonces, a sí mismas. La maniobra contemplaba, por supuesto, otros beneficios: si millones de personas decidían transferirse a los kwasis, el consumo de comida bajaría en picado y las corporaciones alimentarias —las grandes competidoras de las Hermanas— recibirían un golpe que podía ser definitivo. Eso por no hablar del aumento de la demanda de helio-3, el gas lunar cuya explotación Senhora controlaba casi por completo.

La transferencia de cerebros humanos a un kwasi, por fin, les permitiría crear un mercado completamente nuevo, de posibilidades infinitas: Senhora disfrutaba imaginando el surtido de modelos de robots humanoides que podrían ofrecer —y se reía al pensar en la vanidad de billones buscando para su mente un cuerpo como el que siempre habían querido o, peor: como ese que se suponían. Imaginaba los efectos y gozaba: tribus urbanas, modas, debates, sociología barata, la posibilidad de cambiar de robot cada año o dos como se cambia de abrigo o de peinado, un nicho extraordinario: el gran negocio del futuro.

(Senhora tuvo una vida llena de obligaciones, abnegación, lujos, placeres, y también tuvo un hobby. O lo que podríamos llamar, abusivamente, un hobby, que ejerció con la constancia y tozudez con que hacía todo: se propuso salvar al fútbol personal, tan amenazado por los equipos de síntesis. Era difícil: ¿quién querría ver un partido de carne y huesos entre 22 muchachas y muchachos henchidos de limitaciones, sus torpezas, sus aires y sofocos, cuando cualquier truVí ofrece esos encuentros excepcionales, siempre perfectos, siempre imprevisibles, jugados por esos futbolistas que combinan a los mejores de la historia? ¿Quién podría desdeñar esos partidos donde alguien puede ser una mezcla de Maradona, Gallipo y Sahnikov y centrarle a una mixtura de Ronaldo, Trápani y su padre? ¿Quién preferiría mirar desde una tribuna lo que puede ver como si fuera el árbitro, un arquero, el nueve, la pelota? Senhora hizo lo que pudo: defendió la verdad, la pureza de aquel deporte primitivo; se le rieron diciéndole que si quería ver un espectáculo debía seguir las reglas del espectáculo: cuanto mejor, mejor. Y, más allá de sus esfuerzos, el resultado fue muy claro: el fútbol personal se fue deshilachando hasta quedar casi olvidado.

Senhora perdió también esa batalla. Fue, en ella, se diría, víctima de lo mismo: la fuga de los cuerpos. En esa derrota podría haber visto, mucho antes, el esquema de su derrota decisiva –pero era tan poderosa que no pudo.)

El plan de Senhora apuntaba a segmentar los mercados: los ricos seguirían comprando reemplazos corporales cada vez más sofisticados, que harían sus cuerpos prácticamente eternos; los pobres o los contestatarios se lanzarían a los robots –y unos y otros seguirían dejando su dinero en las pantallas rebosantes de las cuatro Hermanas.

Durante años, las Hermanas mantuvieron el secreto sobre su participación en la investigación y desarrollo de las nuevas esperanzas maquinistas: les convenía que los kwasis, cuando estuvieran listos, parecieran un gesto de resistencia a su poder. Así, lo sabían, se vende lo que mejor se vende. Por eso, me explicaría ella misma tantos años después, decidió sostener la campaña de Bembé contra su empresa y los reemplazos: le servía para preparar el terreno para la irrupción de las transferencias de cerebros. Todo estaba cuidadosamente preparado, pero la tecnología de transferencia de cerebros llevaba años fracasando en los mejores laboratorios del planeta.

La transferencia en sí no era difícil, funcionaba: bastaba con fraccionar los cerebros en finísimas lonchas, escanearlas y transferir esa info a quantis poderosas. Solo que los científicos involucrados no tenían más remedio que trabajar con simuladores digitales de cerebros y con cerebros mamíferos: ovejas y delfines, más que nada. Los cerdos, que habían sido muy empleados en los primeros tiempos, fueron descartados por su enojosa tendencia a producir alertas de sufrimiento extremo. Y las ovejas y delfines, que no los emitían tan claros, tampoco permitían a los investigadores entender por qué sus cerebros, una vez transferidos a la quanti, no sobrevivían más que unas pocas horas. Varios centros –el Wissenschaftlager de Berlinasse, sobre todo– intentaron experimentar con humanos. Alguien se enteró, lo difundió, fue el caos. Un grupo de antimaquinistas furibundos de Seattle, por ejemplo, se lanzó a cocinar personas en las plazas de la ciudad: si las máquinas podían comerse humanos —anunciaron—, los humanos también. Meses después, frente a los tribunales, dijeron que no eran personas de verdad sino chanchos tuneados. La duda quedó y no los condenaron, pero los grandes laboratorios tuvieron que comprometerse a desterrar las pruebas con personas.

Así, la ciencia no avanzaba.

7. El relativo doctor Ily Badul

—¿Usted se acuerda de cuando todos se morían? No era hace tanto, señorita, diez, veinte años, según quiénes. Pero parece que ahora todos prefieren olvidarse, como si no siguiera sucediendo, como si fuera puro pasado, pura materia del olvido. Sucede, claro, pero muchos, la gente como usted, los que ya no, prefieren ni pensarlo. Y de todos modos usted no puede acordarse de eso ni de casi nada, porque la gente como usted no quiere acordarse, solo quiere imaginar qué va a hacer una vez que esté allá. ¿Sabe qué me decía mi abuelo, cuando ya estaba muy viejito, casi como yo? Me decía que el futuro no le sirve a nadie, que le creemos porque somos tontos y nos gusta ser tontos, que siempre es muy corto, incluso cuando uno cree que puede ser larguísimo es muy corto, y que en cambio el pasado tiene el largo que uno quiera. Eso me decía mi abuelo, que era de cuando todas las personas se morían, de esos tiempos. Ustedes, en cambio, ni nada del pasado: el pasado no les interesa ni una pizca. Como se creen que tienen un futuro interminable por delante… Pero mire si están equivocados. ¿Alguna vez pensó que podían estar equivocados? ¿Que quizá los estaban engañando? No, qué va a pensarlo. Si ustedes nunca piensan esas cosas…

(Me dijo, la voz carrasposa, las manos como ramitas secas, el doctor Ily Badul, y yo no supe cómo decirle que yo no soy así; no quise interrumpirlo porque necesitaba que siguiera hablando, pero tampoco quería ser, a sus ojos, esa descerebrada. Era probable que Badul hubiera repetido esas palabras tantas veces; era probable que a nadie le hubiesen hecho el efecto que causaron en mí. Y por eso, al final, me aclaraba la garganta como para decírselo y decirle que yo sí pienso y entonces él me miraba y me decía sí, disculpe, le creo, si no nunca la habría llamado.)

Algo cambió en mi vida cuando supe que el doctor Ily Badul estaba vivo. Y más cuando, vivo, lo escuché. Por supuesto lo busqué, tras ese viaje a Darwin, porque quería saber. Pero la sucesión de azares que me llevó hasta él es intrincada, tediosa de contar, irrelevante —y no forma parte de la historia. Lo cierto es que, para mi enorme sorpresa, una mañana de abril el doctor Badul me recibió en su casa de Recife, no muy lejos del mar. Quería hablar: sentía que se moría, me diría más tarde, y quería hablar. Y, por aquellos azares tediosos e incontables, me había elegido para eso.

Y me soltó su filípica y después me sonrió y me dijo que no me preocupara, que ahora él era así pero que claro que si me había llamado por algo era, y que me iba a contar una historia. La misma que cuenta la MásBella, me dijo, pero tan distinta.

Para empezar me habló de aquella noche: la noche que cambió su vida empezó, dijo, tan aburrida como las otras noches. Tantos años después me dijo que recordaba qué comió: un wok de fideos de arroz y verduras saltadas con aceite de sésamo y jengibre y mucha salsa de soja, muy salado, dijo, pero por supuesto sin ninguna carne, y cuando pensé decirle que era curioso que de aquella noche recordara precisamente algo tan corporal como su cena —una cena de comida material, las de su tiempo—, él se anticipó para decirme que no me confundiera, que no era raro que lo recordara porque estaba en la clínica y no podía salir —porque velaba la agonía de su maestro— y que cuando comía en la clínica siempre comía esos fideos de arroz con sus verduras. Así que en realidad no es un recuerdo sino una reconstrucción, dijo, que en esos tiempos era la verdadera condición de casi todos nuestros recuerdos, dijo, y que tampoco se puede decir que esos fideos hayan tenido mucho peso en mi Eureka, dijo, porque cuántos cientos, miles de noches los comí sin que se me ocurriera nada ni remotamente semejante. Pero así es como se establecen a menudo entre nosotros las causas y efectos: como el grito de un chico que precede —y entonces parece que provoca, dijo— la caída de un perro en la otra cuadra, dijo, y sacudió la cabeza, como quien piensa en chico, perro, la caída, la desazón de un mundo que no entiende.

¿Un mundo que no entiende o
un mundo que no entiende?
(La diferencia es diminuta, estrepitosa.)

Se sabe, la hemos visto tanto: el doctor Ily Badul tenía una de esas caras que explican nuestros tiempos: la piel rajada como tierra seca, la nariz condorita, los pómulos anchos, los ojos celestes bajo una niebla espesa; su pelo briznas de algodón. El doctor Badul podía tener 90 años o 120 o quién sabe: números guarismos. El doctor encasquilló los ojos: se veía que no veía bien, necesitaba un transplante —pero qué sentido tenía, diría después, hacerse uno a esta altura. El doctor estaba sentado en una silla de masaje, cuero blanco de máquina, en el centro mismo del salón: el salón era circular, no muy amplio pero brutalmente ampliado por sus ventanales; más allá, luces de una ciudad que era sus luces más que nada. El doctor me miró con su sorna:

—Sí, claro. Es raro mirar por una ventana y ver el aire de verdad, y las cosas de verdad que están en ese aire, ¿no es así, señorita?

El doctor hablaba lento, distante, como si le costara creerse sus palabras. Entre una y otra se humedecía los labios con la lengua.

—Es raro ver o escuchar o entender las cosas de verdad, ¿no, señorita?

(Cuando llegué me pidió que bloqueara mi tracer, que no quería que alguien se preguntara qué hacía yo en Recife y que, al preguntárselo, llegaran hasta él. Yo le dije que bueno y por supuesto no lo hice: desactivar un tracer es más sospechoso que mantenerlo funcionando; encendidos, los kwasis de control los vigilan en modo aleatorio, pero cuando uno se apaga les saltan las alarmas. No se lo dije; no creí que pudiera entenderme. Vive, está claro, en otro mundo —y decir vive no le hace justicia.)

El doctor Badul me dijo que todos cuentan esa noche pero que nadie cuenta que para llegar a esa noche habían hecho falta tantas noches, tanta oscuridad. Yo lo miré extrañada, exagerando la extrañeza, y me anunció que iba a contarme la verdadera historia de sus experimentos.

—¿Por qué, hay una que no es verdadera?

Le pregunté y soltó una carcajada muy cascada. Después me dijo que todo había empezado allá en Majuro, en la mansión de Senhora Maria:

—Ella es la gran olvidada de esta historia. La olvidamos porque ella quiso que la olvidáramos. O quizá porque nunca supo cómo armar su recuerdo. Pero fue ella: le digo que fue ella.

Me dijo, y empezó a proyectar en su estudio una holo: que la había encontrado entre las cosas de Van Straaten, me dijo, que no sabía por qué el viejo la tenía pero que la viera, que eso explicaba casi todo.

Senhora Maria y Julien Bembé conversan en un sofá de mimbre sobre un deck de madera junto a un mar muy verde, casi como sus ojos. Ella está de blanco y está espléndida —y hay algo en la forma en que él la mira que resulta inquietante, como si nadie pudiera saber qué va a hacer o, más bien, si logrará no hacerlo.

Él es un hombre de 80 años; ella, una joven de 40. Él tiene algo desmedido; ella, intimidante. Hay miradas, puntos de fuga raros. Delante del sofá hay una mesa de cristal con unas frutas de colores chillones y Senhora le dice que le agradece su presencia y que le sorprenderá que lo haya llamado pero que le daba curiosidad —y la palabra curiosidad, en su boca, tiene un peso pastoso, al borde de lascivo— ese personaje, dice, que debería ser su opuesto simétrico y que, al fin y al cabo, estaba mucho más cerca —dice «mucho más cerca»— que lo que tantos se imaginan. Bembé, ese personaje, amaga protestar; ella lo calla con un giro parco de la mano derecha:

—Ya está aquí, vino hasta aquí. Ahora no me diga.

Le dice y casi le sonríe. Y él se calla y ella le dice que quería conocerlo pero que también quería preguntarle qué hacer con un problema: que las personas que le piensan ya le han dado soluciones que no solucionaron, que por eso pensó que necesitaba alguien que pudiera pensar en otra liga.

—¿Y ese soy yo?

Dice, por fin, Bembé, con algo de sonrisa.

—Y ese debería ser usted. ¿No es?

Bembé respira hondo, pero su orgullo frena su respuesta. Senhora debe seguir sin una explícita:

—Usted sabe que tengo varios laboratorios trabajando en transferencias de cerebro.

Le dice, y que todos fracasan, que son los mejores del mundo, el estado de la ciencia humana, y no lo logran.

—Eso le pasa por débil, por blandengue.

Le dice él, inesperado, y ahora sí le sonríe: ha encontrado una grieta. Ella se pone seria.

—¿Perdón?

—Sí, tan claro. Quiere hacer una tortilla, decía mi abuela, sin romper ningún huevo. Hay que romperlos, Senhora, se lo digo yo.

—¿Usted?

—Sí, yo, que me he pasado la vida protestando porque ustedes los rompían. Y ahora estamos al revés: hay que romperlos, se lo digo. Sin pruebas verdaderas, pruebas con humanos, esto no avanza. La ciencia no es cosa de cobardes. El progreso no es cosa de cobardes.

Bembé era un especialista del slogan: alguien que se había abierto camino lanzando slogans a los que intentaban ideas elaboradas; alguien que sabía la fuerza del slogan, lo fácil que recorre, cómo llega a la mente de los otros —donde ya está grabado y solo debe despertar. Senhora reconoce, frunce el ceño, habla casi un susurro:

—No podemos hacer eso.

—¿No pueden?

—No debemos. Y tampoco podemos.

—Senhora, no mezcle los asuntos. Para empezar, usted no es una persona de yo debo y yo no debo. Si me dice no quiero yo le podría creer; si me dice no debo, ni un poquito. Y puede, claro que puede. Lamento decirlo así, pero ustedes pueden lo que sea.

Hay un momento extraño: entra un kwasi ridículo de antiguo —un caño con ruedas y su bandeja y pinzas— trayendo bebidas de colores vivos. Los dos se callan, como si temieran la escucha de la máquina. Senhora intenta una sonrisa y no le sale:

—Yo no puedo hacer eso.

—Senhora, no sea modesta. Claro que puede. Pero eso no es lo importante: hay tantas cosas que usted puede.

Dice él, y ella respira hondo y habla hondo, como si fuera a decir algo importante:

—Es que es malo. Hay cosas que son malas.

—Es malo si se sabe. O si se descontrola. Pero si no se sabe y se controla y al final funciona, nadie va a reprocharle nada. Piense en el HépatoII.

Dice Bembé y la mira a los ojos famosos. Ella rehúye su mirada.

—¿Qué tiene que ver el HépatoII?

—Senhora, si jugamos, jugamos. ¿O me va a decir que para ponerlo a punto la Saudades no experimentó con hígados humanos?

—Eran otros tiempos…

Ahora Bembé respira hondo: como quien dice que no quiere seguir por esa vía. La mirada de Senhora es criminal: nada podría irritarla más que un revoltoso de pacotilla perdonándole la vida. Intenta contenerse:

—Quizás usted no esté en condiciones de entenderme.

Dice ella y él le contesta que por suerte y la holo, inesperadamente, cambia de ángulo. Se ve que el autoeditor prefirió la cámara bloqueada en el primer plano de Senhora: ahora la vemos solo a ella, detalle de sus rasgos. En sus ojos, una tensión extrema. La voz de él, fuera de plano:

—Lo que prima es que el mundo lo precisa: si lo logramos, salvamos tantas vidas. Qué importa, entonces, el sacrificio de unos pocos si sirve para el beneficio de las multitudes. Si esas muertes son el precio que debemos pagar por la vida misma.

Los ojos verdes parpadean varias veces: como si asintiera. Senhora dice que le parece que no puede hacer eso pero lo dice tímida, esperando que la contradigan; Bembé le sigue el juego:

—Ni siquiera es necesario que se sepa. Yo no le digo que usted proclame nada. Solo que, con la íntima convicción de que está haciendo el bien, orqueste los medios necesarios.

Que «orqueste los medios necesarios», dice la voz fuera de plano: Bembé puro. La boca de Senhora se frunce como quien aprueba: quien examina, reflexiona, aprueba.

—Sí, quizá tenga razón. ¿Qué será el sacrificio de poquitos si trae el beneficio para tantos?

Senhora abre los ojos tan grandes, anhelosos.

—Solo se trata de encontrar cuáles serán esos poquitos.

Dice Senhora, y la nuca de Bembé tapa la imagen; se oyen ruidos, suspiros, el ruido de algo que se cae. Quizá por eso cambió el plano.

Dos semanas después –me dijo Badul cuando la holo terminó–, Senhora se llevó a Majuro a sus dos elegidos: la doctora Tara López Sal, dueña de una clínica de reemplazos reciclados no muy lejos de Tánger, y nuestro doctor Andreas Van Straaten, entonces jefe y dueño de Patagor. Y que quizá ya no parezca, pero entonces la idea de reunirse en carne y hueso también era una audacia –o la marca de un secreto extremo.

(Eran los días de la ruidosa transición: ahora, cuando pasamos buena parte de nuestras vidas en el truVí, cuando eso que solíamos llamar «mundo real» es poco más que un modelo molesto, podemos olvidar que cuarenta años atrás la situación era confusa. Entonces la realidad tangible era el espacio de los pobres, de los atrasados, de los que no podían acceder, todavía, a la virtualidad. Los demás –los sectores más favorecidos– ya se habían refugiado en el truVí, tan bienvenida cuando el espacio material se estaba volviendo más y más peligroso, más y más hostil. La vida virtual era aspiracional: los ricos vivían allí, los menos ricos querían vivir allí. Los que todavía no habían podido acceder la deseaban por su propio atractivo y, también, por su carga de éxito social. Y para evitar el desprestigio y los peligros que implicaba tener que hacer cosas –pasear, comer, trabajar, vacacionar– en espacios materiales.

Fue un proceso decisivo –cuyos efectos, ya lo veremos, influyeron tanto en la historia de 天. Aunque la mayoría aspiraba a vivir en sus truVís, había resistencias. Los sectores tradicionalistas habituales se insurgieron: que estábamos abandonando el famoso mundo real para entregarnos a otro trampantojo de las grandes corporaciones, que si nos acostumbrábamos a vivir en él seríamos sus rehenes para siempre o, mejor dicho, más todavía sus rehenes, que qué les impediría cambiar las reglas cuando quisieran, que su poder victorioso era nuestra derrota –argumentaban los más políticos. O que cómo comparar la vitalidad y la pureza de un lago en la montaña con el aire viciado y tieso de un truVí de lago en la montaña, que docenas de reemplazos y nanoleches no podrían reemplazar los efectos del sol, la lluvia, el viento, que encontrarse con tus amigos alrededor de una mesa en un truVí siempre sonará falso aunque parezca igual —argumentaban los vitalistas.

Era una de esas peleas melancólicas que los tradicionalistas de la izquierda residual sabían perdida pero daban: para saber que la habían dado, porque esa era su función, para poder seguir siendo lo que eran —en lugar de pensar cómo utilizar la novedad para mejorar la situación de los billones que lo necesitaban tanto.)

Badul me lo contó como quien odia lo que dice: que aquel encuentro de Majuro duró nada, unas horas; que en ellas Senhora Maria encargó a López Sal y Van Straaten que hicieran los experimentos necesarios con cobayos humanos. Que les dijo, como si fuera necesario, que los había elegido porque sus clínicas estaban en el justo medio: ni tan civilizados como para que el uso de cobayos llamara la atención de autoridades ni tan salvajes como para que cualquier banda la saqueara al cabo de diez días, y que entonces podrían proveerse del material humano indispensable y que las autoridades locales ya estaban advertidas y pagadas, que no crearían problemas y de algún modo los custodiarían. Que López Sal —me dijo, tantos años después, Ily Badul— tuvo un momento de duda que la mención del bienestar de miles de millones y de una suma proporcional resolvió casi enseguida; que Van Straaten solo mostró entusiasmo. Y que Senhora terminó diciéndoles que esperaba resultados en 18 meses y los dejó libres de volver a sus lugares.

—Fue entonces cuando por fin empezó todo.

Me dijo Badul, la sonrisa entre siniestra y melancólica.

8. El bien de la ciencia

Ily Badul recibió a Van Straaten a su vuelta de Majuro con sorpresa y entusiasmo: con el encargo de Senhora no solo solucionaban los problemas económicos de la clínica sino que, sobre todo, tenían una misión, un cometido, algo que justificaría sus vidas.

—Andreas era un hombre elocuente y yo lo respetaba como a nadie. Me acuerdo que aquella vez me habló un rato de la ciencia. Él siempre decía que la ciencia es como aquel placer anticipado que los antiguos sentían cuando hablaba un bebé: oían un intento tras otro, una falla tras otra, un teté y un gagá que los llenaban de la esperanza de que pronto ese mismo sujeto confuso pequeñito conseguiría articular palabras, frases. Ese placer, decía, que ahora, desde que los bebés reciben el lenguaje de una vez, se nos perdió.

Me dijo que le decía Van Straaten, y que lo bonito es aprender las cosas y que para eso está la ciencia:

—Ver una mosca y equivocarse con su nombre y balbucear los nombres y al fin por por primera vez acertar que eso es una mosca y tener la palabra apropiada y decir mosca y que sea una mosca. Eso que hacemos demasiado chiquitos como para disfrutarlo, eso que ahora ya no hacen, eso es lo que nosotros, privilegiados, hacemos todo el tiempo, me decía Andreas.

Me dijo Badul, y que Andreas de verdad te envolvía en sus palabras y sus moscas y que cuando le dijo que usarían cobayos humanos por el bien de la ciencia, él creyó que era lo más sensato.

—O, mejor: ni siquiera se me ocurrió pensarlo.

Me dijo, y se quedó pensando: qué curioso, ni siquiera se me ocurrió pensarlo, dijo, como si hablara solo, y que no pensar una cuestión es la forma más categórica, más tajante de pensarla.

—Parecía como si lo hubiéramos hecho siempre, desde siempre. Parecía tan lógico.

Aquella vez, cuando nos vimos, el doctor Ily Badul tenía el cuerpo derrumbado y, visiblemente, no hacía nada por sobrevivir: había vencido las tentaciones de la medicina. El doctor tenía, según su biografía oficial, 114 años: se supone que había nacido el 29 de mayo de 1957 en Esmirna, hijo de un matrimonio de judíos ucranianos que había huido de Lvov en 1937 y de París en 1939 y de Atenas en 1940 y de sí mismos sin parar.

Así que Turquía tampoco los tranquilizó: en 1973, tras la Guerrilla de Yom Kippur, en medio del malestar antijudío que siguió, los Badul —padre, madre, dos hijas y el joven Ily— decidieron cambiar de forma radical. Iesha Badulinski, el padre, un comerciante con pretensiones literarias, había leído en yiddish un libro exótico que hablaba de una tierra repleta de milagros. Le gustó, lo atrajo: vendieron todo y consiguieron pasaje en un barco de carga filipino que los llevó hasta Barranquilla, en el norte de lo que entonces era Colombia, donde instalaron algún tipo de comercio.

Ily ya tenía 16 años; poco después estudió medicina, se recibió, se escapó, recorrió América; su homosexualidad no lo ayudaba a establecerse. A mediados de los años '90 conoció, en Río Gallegos, en circunstancias poco claras, al doctor Yian, que le ofreció trabajo en la clínica que compartía con Van Straaten. Desde entonces, y por casi medio siglo se convirtió —como si hubiera querido compensar— en la persona más sedentaria: casi no abandonó aquel pueblo de la costa patagónica. Su destino lo persiguió hasta allí: aquel día, tras el regreso de Van Straaten, la decoloración de pupilas dejó su lugar a la búsqueda que, al fin y casi por azar, inscribiría su nombre en la MásBella. Alguien postularía, alguna vez, que no era casual que él, un fugitivo del gran triunfo de la muerte, el Holocausto, hubiese dedicado su vida a tratar de evitarla. Él, entonces, contestó que lo mismo habían intentado millones de médicos y científicos, la mayoría de los cuales, como era lógico, ni siquiera conocía el significado de la palabra Auschwitz. Y que, por supuesto, no era necesario conocerlo para embarcarse en la búsqueda más antigua, más radical del hombre.

Ily Badul lo había hecho con toda su energía —o, como solía decirse, en cuerpo y alma.

—Ese trabajo fue maná del cielo. Yo me había pasado la vida pensando que la desperdiciaba por vago: que era una persona capaz, inteligente, pero que nunca le había dedicado a nada los esfuerzos suficientes y por eso no había hecho nada significativo, que había despilfarrado mis capacidades porque total era fácil armar un experimento por acá, una cura por allá, y mantener un nivel que a muchos otros les habría costado la piel del culo pero que a mí me salía sin esfuerzo. Y a veces me lamentaba por no hacer ese esfuerzo, por dejarme vivir para nada, con el triste consuelo de que otros me creían inteligente y callándome ante ellos la verdad, mi desperdicio de mí mismo. Hasta que, poco después de cumplir los 80, decidí que no podía seguir lamentándome así, compadeciéndome así y que aunque probablemente ya fuera demasiado tarde, valía la pena hacer el intento. Yo, le juro, buscaba qué hacer, cómo ser otro, y justo entonces llegó Andreas con ese encargo, lo más importante que un científico podría hacer en la vida. Si no hubiera sido por esa coincidencia quizá lo habría pensado más. Pero ¿vio cuando uno cree que los astros han decidido algo?

Dijo, aquella vez, en una tirada que lo dejó sin aire, Ily Badul. Y que entonces, cuando se decidió a hacer algo en serio por primera vez en su vida, fracasó.

—La única vez que hice algo en serio fracasé.

Me dijo, y no supe si creerle.

Para convencerme me contó cómo, en los meses siguientes, por más intentos, por más variantes, por más técnicas nuevas que probaba en la clínica, los cobayos reproducían cada vez el proceso sabido: transferencia impecable del cerebro al cuerpo robótico, comienzo prometedor, degradación casi inmediata, apagón neuronal en un máximo de 48 horas.

—Pero no puedo hablar de todo eso como si habláramos del tiempo, señorita.

Dijo Badul, y se atoró. Tosía, parecía que se rompía en los espasmos. Al fin recuperó el silencio, y entonces pudo hablar:

—Yo tengo todos sus nombres, sus apellidos, sus historias. Los tengo todos, señorita.

Badul flaqueaba: hablaba de esos hombres y mujeres y flaqueaba.

—Yo les decía que lo que iban a hacer tenía su peligro, me ponía serio y les decía. Y ellos en general me decían ya lo sé doctor, yo estoy listo doctor, no se preocupe. Ellos a mí, me lo decían. Yo les decía que tenía algún peligro…

Dijo Badul y se calló la boca. De tanto en tanto murmuraba: que tenía algún peligro. Por supuesto, todos se morían. Y a él, me dijo, le parecía un sacrificio razonable, un gran aporte al progreso de los hombres.

—Yo les decía que no se preocuparan, que los íbamos a cuidar como se merecían.

Después me pasaría un archivo con toda la documentación: creo, ahora, que me había llamado para eso. La tengo, la he trabajado, la pondré a disposición de quien la quiera. Lo más brutal es, por supuesto, la lista de los cobayos, las víctimas mortales. Son 708; no puedo citarla entera aquí, pero un fragmento breve da la idea:

—Coliqueo, Ramón. 34 años, casado, 2 hijos, desocupado. Entra confiado —«por lo que dicen en el pueblo»— y contento con el dinero cobrado. Se asusta cuando ve las máquinas. Cuando se le ofrece explicarle el experimento, declina —«ahora prefiero no saber». Transferencia: perfecta, se desecha el cuerpo. En la sala oscura no registra el menor cambio en su persona. En la hora sexta empieza a tararear obsesivo una canción. La sigue tarareando durante tres horas, al principio a los gritos, después cada vez más bajo. Se apaga en la hora 10.

(La sala oscura, de oscuridad perfecta, era un recurso del experimento para que los cobayos no se vieran el cuerpo de robot; para calibrar, sin el peso de su propia percepción visual, qué cambios se notaba al pasar de su cuerpo carnal al cuerpo máquina.)

—Schmidt, Pepe. 74 años, soltero, 7 hijos —4 vivos—, desocupado. Entra en silencio. Cuando ve las máquinas se ríe y dice que él ya ha visto de esas. No quiere explicaciones sobre el experimento —«si quieren yo se los explico». Transferencia: perfecta, se desecha el cuerpo. En la sala oscura pide luz, se enfurruña cuando se le niega; trata de levantarse y el cuerpo se le enreda. Responde sin problemas al cuestionario hasta la hora vigésima, después calla. Se apaga en la hora 22.

—López Berro, Yolanda. 44 años, soltera, 3 hijos, desocupada. Entra preocupada por sus hijos porque vive sola. Se le asegura que no tendrán problemas. Transferencia: perfecta, se desecha el cuerpo. En la sala oscura se duerme más de cuatro horas; los sensores registran actividad onírica intensa. Cuando se despierta cuenta sus sueños con detalle. De pronto grita que tiene que irse a cocinar pero no tiene qué. Grita, repetitiva: no tengo qué, no tengo qué, no tengo qué. Se apaga en la hora 15.

—Balducci, Carolina. 47 años, soltera, 9 hijos, desocupada. Entra eufórica, dijo que le dijeron que aquí sí se goza. Ella misma se acomoda en la máquina —como si supiera cómo. Transferencia: perfecta, se desecha el cuerpo. En la sala oscura conversa animada, cuenta historias de sus hijos, de sus hombres, de lo que va a hacer cuando terminemos —«cuando se decidan a prender la luz». En la hora sexta empieza a hablar en idiomas extraños, que los aparatos de traducción no registran. En la hora novena empieza a tocarse el cuerpo nuevo como si le faltara, se desespera, grita; así durante horas. Se apaga en la hora 31.

La lista seguiría, interminable. Cada cierto número de intentos se registran los cambios en el procedimiento —sobre todo, modificaciones del circuito neuronal del kwasi receptor— pero el resultado es siempre el mismo: los cerebros de los cobayos ya transferidos al robot se apagan.

Badul y Van Straaten no enfrentaban peligros concretos: el dinero que habían recibido les alcanzaba para pagar la vista gorda de las autoridades locales y la tolerancia de las familias deudas —o, al menos, la mayoría de ellas. Pero la inquietud aumentaba en su comunidad y en la clínica la situación se hacía difícil: se había vuelto una carnicería. En Darwin un cura peronista de Pandora agitaba, llamaba a incendiar la clínica —y no fue fácil, me dijo, no fue nada barato, conseguir que su obispo y jefe político lo llamara al orden.

Pero la matanza seguía, «el despilfarro»: Van Straaten, me dijo Badul, lo llamaba «el despilfarro». Y que desesperaban, me dijo: desesperacionaban. Que un par de veces buscó refugio en López Sal y encontró más miseria; que López Sal se había inventado un protocolo por el cual evitaba conocer a los cobayos hasta el momento de su transferencia. No quiero influirlos de ninguna manera, decía López Sal, y sus ayudantes sabían que no lo soportaba: que sufría por ellos. Años después, en su testimonio final, diría que no la afectaba tanto la muerte de esos hombres y mujeres —«que, al fin y al cabo, habían vendido su destino»— como la conciencia de que su trabajo no serviría para salvar a los que no, los buenos. «O, quizá —diría, en un arranque de sinceridad infrecuente—, que yo no era mejor que ninguno de ellos: que, como ellos, me apagaba cuando parecía que estaba por lograrlo.» López Sal se deprimió, o eso, al menos, me contó Badul. Quizá quería defender —pero no mucho— a quien, de algún modo, debería haber compartido con él los laureles o los venenos del descubrimiento y, en cambio, quedó opacada, descartada: la cara oscura de la gloria.

—¿Usted ha vuelto a Darwin alguna vez?
—¿Al pueblo, quiere decir?
—Sí, al pueblo.
—No, para qué. Pero podría: ellos no sabrían reconocerme. ¿No es terrible? Ellos no me conocen.

Van Straaten estaba cada vez más enfermo y Badul trabajaba veinte horas por día: tres de regeneración onírica asistida le alcanzaban —me dijo— para restablecerse. Pasaba muchas mirando a sus cobayos antes de transferirlos: a diferencia de López Sal, le interesaba —¿le gustaba?— verlos prepararse, preguntarse, temer; le interesaba —¿le gustaba?— tratar de entender qué mecanismos ponían en marcha para aceptar su suerte; le gustaba ayudarlos a aceptarla: ya que tenían que hacerlo, decía, que fuera de la mejor forma posible. Después, ya transferidos, usaba infrarrojos para mirarlos en el cuarto oscuro: decía que los gestos de esos robots también podrían decirle algo. Pero sus cobayos patagones se morían con la misma frecuencia y tesón que los magrebíes de López Sal, y Badul se partía la cabeza buscando soluciones. Pensar, en esas circunstancias, no le resultaba fácil —me dijo—: ciertas ideas se le cruzaban una y otra vez, y la mitad del trabajo consistía en esquivarlas. Una de ellas era una hipótesis que López Sal le repetía: que quizás fuese cierto que, como había dicho Menkel, esos cerebros simples, primarios con los que trabajaban tuvieran menos posibilidades de adaptarse al nuevo hábitat robótico. Badul no lo creía pero no podía dejar de dudarlo; la tentación de intentar con algún ser más sofisticado, un colega, amigo o conocido que estuviera por morirse de su muerte, fue creciendo. Ya llevaba 674 tentativas fallidas cuando su maestro Van Straaten entró en barrena: se iba a morir en unas horas, me dijo: que su maestro se iba a morir en unas horas.

Su muerte serviría para todos los engaños.

La MásBellaHistoria, por supuesto, lo cuenta de otro modo.

El doctor Badul entrecerró los ojos como quien quiere ver muy lejos —o demasiado cerca. Se humedeció los labios y habló más bajo, su susurro, y dijo que ya habían hecho todo para mantenerlo vivo: tardé en entender que hablaba de Van Straaten. Insistió: que en ese punto estaba tranquilo, que hicieron lo posible, todo, pero que su posible cura era otro invento.

—No había ningún reemplazo, nada que hacer. Sí, tratamos de mantenerlo vivo, hicimos todo. Todo, de todo, tantas cosas: parecíamos marineros en medio de la tempestad, peleando contra las olas con paraguas.

El doctor Badul hablaba con esfuerzo; su edad afloraba en ese soplo ronco y en ese rincón donde los hombres guardan los años que quieren esconder: pliegues del cuello, entre mentón y nuez. Le pregunté qué recordaba con más fuerza de esa noche y me dijo que por qué a los periodistas —dijo ese arcaísmo, «periodistas», con un desprecio que no le cabía en la voz— nos importan tanto las pequeñeces de la historia. Si pudieran entrevistar a Napoleón el día de Waterloo —dijo—, le preguntarían si esa mañana fue de vientre. La idea de «ir de vientre» me hizo gracia: ir de vientre, volver. Y que me llamara periodista: ahí también lo taparon los años.

Se desahogó, volví a preguntárselo. Nada, me dijo; lo más interesante es que ahora no recuerdo nada. Sé que he dicho mucho sobre ella, puedo seguir diciéndolo. Pero, si quiere saber algo parecido a la verdad, acordarme no me acuerdo nada.

—En cambio, hubo un momento.

Dijo: que en cambio hubo un momento.

9. El encierro

Esa noche lo que no soportaba, dijo —lo que él, el doctor Ily Badul, no soportaba—, era que se perdiera todo ese saber, esos recuerdos, la acumulación de ideas y de imágenes y de historias que su maestro se llevaba.

—Cuando se muere un hombre común se pierden con él sus recuerdos, un conjunto de signos, códigos, un idioma, todo eso que lo constituía, y es tremendo. Pero cuando se muere un hombre así, un científico osado, lo que se pierde son saberes que el mundo necesita, aunque a menudo no lo sepa.

Por eso —digamos que por eso, dijo— no soportaba que se perdieran, aunque en algún punto a mí me convenía, dijo, y otra vez la sonrisa: el doctor Van Straaten sabía lo ignorante que yo fui, los errores que cometí, tantos errores. Pero que igual no soportaba.

Yo, entonces, no supe si creerle —y todavía.

Pero, me dijo, hubo un momento.

Dijo que hubo un momento y se calló para que yo le preguntara. Le pregunté por el momento. No, nada, dijo. Me callé. Bueno, sí, dijo el doctor: bueno, sí, en cambio hubo un momento.

—En cambio, hubo un momento.

Hubo un momento, dijo, ese chispazo que cambió la vida. Aquella noche Ily Badul estuvo a punto de transferir el cerebro de su maestro al cerebro de un kwasi para ver si una mente superior podía evitar el deterioro y apagón en que caían todas las demás. Pero, justo antes de hacerlo, cuando ya tenía todo preparado para la operación y el tiempo urgía, su amigo tuvo un sobresalto y le dijo enciérreme.

—¿Cómo?

Lo interrumpí, y él se sonrió y me explicó como a una niña chica:

—Sí, enciérreme. ¿Vio esa historia donde dice que él me dice úseme?

—Claro, cómo no voy a haberla visto.

—Él no me dijo úseme. Me dijo enciérreme.

Me dijo, y yo no le entendí. ¿Enciérreme? ¿Un moribundo que le pide que lo encierre? Badul se sonrió más y más porque estaba consiguiendo el efecto que buscaba: mi sorpresa, mi ignorancia. La sorpresa es la primera confesión de la ignorancia, y le gustaba.

—Sí, me pidió que lo encerrara.

Dijo otra vez, y yo le jugué el juego:

—¿Cómo que lo encerrara? ¿Cómo, dónde?

—La pregunta es por qué. Como siempre.

Puede que realmente estuviera comiendo fideos saltados con verduras; puede, también, que los detalles circunstanciales sean invento puro: yo preferí no preguntárselo. Lo central es cierto: en esa noche decisiva, cuando su amigo y maestro le pidió que lo encerrara, el improbable doctor Ily Badul entendió que el infierno eran los otros: que sus intentos fracasaban porque los cerebros transferidos interactuaban con su entorno. Que, por supuesto, un robot no podía funcionar sin esa interfase y que eran esos intercambios sin control posible los que degradaban tan rápida y tan profundamente sus cerebros, los que hacían que todos los cobayos se apagaran en cuestión de horas. Y que, por el momento —me dijo que entonces pensó «por el momento»—, la solución estaba en evitarle al cerebro transferido ese contacto mortal: mantenerlo aislado. Y que eso era lo que le decía, desde su infinita sabiduría agonizante, su maestro y que, por si acaso, por respeto, se acercó a su camilla y le contó su hipótesis:

—Si usted quiere, maestro, le transferimos el cerebro a una redN y se lo mantenemos aislado, funcionando pero aislado. Funcionando.

En cuanto terminó de decirlo pensó que era un idiota: que una vez más —una última vez— lo desilusionaba diciéndole lo obvio. Pero Van Straaten insinuó una sonrisa: algo parecido a una sonrisa. Quizás asentía, quizá se reía —última vez— de él, de su torpeza. Badul le apretó la mano casi hueso. Nunca sabrá, me dijo, si Van Straaten le apretó la suya. Nunca sabré si su historia es verdadera.

(Y después, aquella vez, me dijo que recién ahora lo entendía: que ahora —entonces— cuando ya tenía la edad de su maestro, cuando también estaba cerca del final, entendía esa necesidad de hacer algo más, todavía algo más, no darlo por cerrado: ilusionarse.)

Veloces como perros o protones, me dijo, sus técnicos armaron un neuronal de kwasi en aislación perfecta: doce horas de carrera contra el tiempo. Con los últimos suspiros de Van Straaten terminaron de retirarle el cerebro, lonchearlo, transferirlo a la máquina; cuando comprobaron que los controles registraban el nivel de actividad cerebral que era dado esperar —el de un kwasi con un cerebro recién transferido— se derrumbaron satisfechos.

Recién al otro día, ya descansado, ya duchado, Badul se instaló junto a la máquina que contenía el cerebro de su amigo y maestro. Era una redN bastante primaria, me dijo; no era como estas que ahora vemos por todas partes, chiquitas, delicadas: era un cubo más bien torpe de unos veinte centímetros de lado, acero ennegrecido y una pantalla con los datos.

—Y lo más curioso: funcionaba todavía con electricidad de red, así que estaba enchufada a la pared.

Los registros seguían mostrando actividad irreprochable. Badul miraba esos números verdes, satisfecho; durante un rato se preguntó qué pensaría ese cerebro, el cerebro de un hombre inteligente que se había visto morir y de pronto recuperaba todas sus ideas, sus recuerdos, su ser él. Intentó imaginarlo; de a poco fue entendiendo, cayendo en el espanto. O quizá no lo entendió, dijo, sino que recordó:

—Quizá fue más memoria que otra cosa. Aquella frase, digo: «...ciertas cosmogonías de la antigua Grecia se representaban el infierno como una llanura por la que vagan eternamente las almas de los hombres, cargadas de experiencia y voluntad pero sin cuerpo para realizarlas...».

Recitó aquella vez, la voz cansada, los ojos casi muertos, y dijo que no estaba tan seguro de la cita; quizá ni siquiera fuera así, pero así le servía o, mejor, lo espantaba: bastaba con reemplazar alma por mente —vagan las mentes de los hombres, cargadas de experiencia y voluntad pero sin cuerpo para realizarlas— para que el movimiento de los números verdes se le hiciera infernal.

(Infernal fue la palabra que usó, lo tengo registrado: infernal es una palabra demasiado apropiada, una palabra que no podía estar allí si no la hubiera pensado tantos años, si no fuera la decantación de tanto tiempo de corregir la historia en su recuerdo. Infernal, dijo, con la voz casi rota.)

Badul, entonces, me contó que se quedó sin aire: que fue una sensación que nunca había imaginado —y que nunca se repetiría. El fogonazo del horror, el momento en que alguien cae en el espanto. Se levantó, caminó alrededor de la pieza, trató de pensar en otras cosas, fue a mojarse la cara, tomó un tropix. Nada servía: no encontraba el modo de sacudirse el horror de imaginar a ese hombre que lo había guiado a través de tantos laberintos encerrado en una mente que seguía pensando a pleno pero no tenía modo de hacer nada: ni cuerpo que mover ni boca con que hablar ni ojos con que ver ni oídos. Una mente tan perfecta tan perfectamente encerrada en la peor de las celdas de castigo, solo, sin más compañía que sí mismo.

–Y yo era el carcelero. Pobre de mí, su carcelero.

Que él era el carcelero, dijo. Entonces intentó convencerse de que Van Straaten –la mente de Van Straaten– prefería este encierro a la nada completa; su tentativa chocaba con la evidencia del horror. Él era el verdugo y era, también, el único que podía acabar con el tormento: matar, de una vez por todas, a su amigo y maestro. Tres días con sus noches –que la MásBella, por supuesto, no registra– se pasó dando vueltas alrededor del cubo negro con sus indicadores rutilantes, movedizos. Faltaban dos o tres horas para el amanecer del cuarto día cuando se decidió.

(No me atreví a preguntarle si Van Straaten había sido su amante. No solo porque me pareció una intromisión impúdica; también, sobre todo, porque me parecía que él debía creer que ya lo había dejado claro –y no hay nada peor que una conversación donde uno no entiende lo que el otro no le dice.)

Todavía trató de consolarse: en términos científicos, la opción de encerrar el cerebro transferido era correcta; lo probaba el hecho de que la mente de Van Straaten, aislada en su redN, se hubiera mantenido activa mucho más tiempo que el que había resistido el más resistente de los cobayos. Debería haberlo entendido mucho antes, pensó: así como un cuerpo en carne viva está sujeto a todo tipo de infecciones y debe ser mantenido en el aislamiento de una burbuja terapé, un cerebro recién transplantado a unos circuitos nuevos corre el mismo riesgo si está comunicado con el mundo. La única forma de mantenerlos vivos era tenerlos encerrados: cualquier conexión con el exterior podía ser fatal. Solo que el precio de ese aislamiento —de esa supervivencia— era el horror.

Tardó tres horas más en decidir pasar al acto, cuatro minutos en hacerlo: reconectar el cerebro de Van Straaten con el exterior fue cosa de dos o tres comandos. Cuando vio que ya podía escuchar, le dijo lo que estaba haciendo. La voz del aparato le contestó que era lo mejor que podría haber hecho, que se lo agradecía infinito.

—Pero quizá no dure, maestro.

—¿Que no dure qué?

—Su mente, usted.

—¿Cómo que quizá no dure? No hay ninguna posibilidad de que dure. Has hecho cientos de intentos y todos dan el mismo resultado. ¿O ya no creemos en la ciencia?

Badul intentó contestarle con una sonrisa sin saber si Van Straaten la «veía». Después pensó en preguntarle si de verdad había sido tan terrible pero no se animó; Van Straaten —la mente de Van Straaten— no había perdido su agudeza, y se lo contestó sin necesidad de la pregunta.

—Sí, muchacho, se anunciaba lluvioso. Todavía la estaba pasando bien, un largo recorrido por mí mismo, los recuentos, los recuerdos, toda esa limosna. Pero veía el germen del horror en el horizonte, claro. El futuro, el maldito futuro. No hay nada más condenado que el futuro.

Badul se emocionó al oír ese «muchacho». Después, confuso, le dijo que la ventaja del futuro era que siempre podía ser otro: que quizá su cerebro —el de Van Straaten—, tan superior al de todos los cobayos anteriores, reaccionaría distinto.

—Seguramente. Con más miedo, quizá, más imaginación para el espanto.

Ily Badul trató, otra vez, de sonreírle —y se preguntó si él, en ese trance, sería capaz de tanta frialdad. Entonces, dijo, escuchó esas palabras —la voz gruesa, cansada de la máquina, tan parecida a la voz de Van Straaten— que lo dejaron sin palabras:

—La muerte nunca fue lo peor.

Se quedaron un rato en silencio. Badul, dijo, se sintió tan aliviado cuando vio, horas más tarde, que Van Straaten se apagaba sin mayores disturbios. Tardó en entender que su muerte lo dejaba solo, sin más recursos ni esperanzas. Sintió, me dijo, una pena infinita.

Por él mismo, me dijo, más que nada:

—Como siempre.

10. La pena de muerte

Mi maestra Urdina me repetía que lo importante para poner en escena a una persona era encontrar el detalle que la define: que todos tenemos un detalle, que nadie es alguien sin él. Yo lo aprendí: miro, lo busco, lo decido. Me gustaría decirle a mi maestra que el detalle no existe fuera de mis ojos, que soy yo quien lo define, yo quien defino a cada cual con él —y me pregunto qué me contestaría. Lo que fuese —nunca presumiría de ponerle palabras en la boca a mi maestra—, pero entonces yo le diría que así es todo, que nunca hablamos realmente de los otros, solo de nuestras percepciones, de esas cosas que por alguna razón nos llaman la atención —y ella se enojaría una vez más. Y además aquella vez creí —de pronto creí, con una fuerza extraña— que el detalle que definía a Ily Badul era la insistencia con que se pasaba la lengua por los labios, se humedecía los labios con la lengua: como si necesitara un esfuerzo constante para que no se le quebraran y rompieran y cayeran a pedazos, como si todo él precisara ese esfuerzo. Su lengua, cuarteada casi blanca, sobre sus labios cuarteados casi negros.

Alguien para quien todo es un esfuerzo.

Hizo una pausa: aquella vez Ily Badul hizo una pausa larga y temí que ya no hablara más. El cansancio se le veía en los ojos, el hartazgo. O quizá fuera el miedo a lo que debía recordar, terrores del pasado. Yo me sentí muy indefensa.

—Y ese fue el desastre.

Me dijo, tras el largo silencio.

—Esa pena. Parece tonto, ¿no?

Dijo, la cara aquella red de canalitos secos: que, aunque parezca mentira, recién ante esa pena, ante esa muerte entendió —dijo «recién entonces entendí»— que había matado a cientos de personas. Que de pronto esas muertes, tan limpias y funcionales y científicas, le cayeron encima como montañas de basura, como un vómito olímpico. Que ese hijo de puta que acababa de morirse lo había llevado de la nariz y lo había hecho matarlos, que él se había dejado, que ese hijo de puta.

—Lo odié con toda el alma: por su culpa yo me había convertido en un asesino, por su culpa había matado a cientos de personas.

Me dijo, y que lo detestaba, quería destrozarlo, quería quemar ese lugar que habían construido, que menos mal que se había muerto en sufrimiento, que cómo se había dejado llevar por ese hijo de puta.

—Supongo que lo que me salvó fue odiarlo. Es tan fácil suponer que uno no sabe lo que hace. O que hace lo que hace porque te hacen hacerlo, que la culpa siempre viene a ser de otro. Tan fácil, tanto alivio.

Pero también, me dijo, consiguió despreciarse por haber permitido que un hijo de mil putas lo llevara de la nariz a cometer cientos de crímenes, que se despreció por haber sido débil y acomodaticio —dijo «acomodaticio». Y que eso le permitió que pasaran meses, años, antes de despreciarse por lo que sí debía: por haberlos matado, más allá del pretexto.

(Nada de eso, lo sabemos, consta en la MásBella. No constan, sobre todo, todas esas muertes que fueron necesarias para que alguien llegara a entender que eran inútiles. Ese precio tremendo fue silenciado para siempre. Algunos dirán —al estilo

Bembé– que ningún sacrificio es demasiado para la noble causa de acabar para siempre con la muerte: que gloria a los mártires del mayor logro de la ciencia de los hombres. Y que, al fin y al cabo: ¿cuánto valen las vidas de unos cuantos pelagatos comparadas con la supervivencia de millones y millones?

Pero ellos siguen diciendo que los ensayos se hicieron sobre kwasis, y millones siguen creyéndoles porque creerlo les sirve más que no creerlo. Y porque, al fin y al cabo, les importa poco. Quizá tanta mentira sea un homenaje a la compasión de quienes no la tienen: quizá, si lo dijeran, pocos se inquietarían.

Pero lo han ocultado: por algo lo habrán hecho. El origen de un proceso lo marca con tal fuerza que siempre le dejará sus huellas. O, dicho de otra forma: no hay fin que justifique ciertos medios, y los medios utilizados para llegar a 天 fueron intolerables y 天 lleva en sí la marca de esas muertes, la matriz de una injusticia extrema.

La MásBellaHistoria es un intento de ocultar esas muertes, una farsa falseada, falsedad farsesca. Salvo que aceptemos que la gramática de los mitos no debe ser la de los demás relatos: que lo propio de los mitos es esquivar, antes que nada, la verdad. Y que, por lo tanto, no se puede acusar a una historia mítica de ser falsa porque serlo es la condición de todo relato del origen. O, también: que un mito verdadero tiene que ser falso. O, dicho de otro modo: que no hay origen que no sea una farsa.

Aun: que, si a lo largo de la historia –hasta hace poco– todos los hombres y las mujeres empezaron por un hombre y una mujer que se agitaban conectados para buscar un placer siempre elusivo, siempre unas pulgadas más allá, siempre ilusorio, tan distraídos de su eventual producto, ¿cómo creer o pretender que el origen define, determina?)

Aquella vez, cuando lo vi en su casa de Recife, Ily Badul me dijo que pocas horas después de la muerte de su maestro se escapó. Que no sabía dónde iba ni cómo ni para qué, que era un señor bastante viejo sin casa ni parientes ni trabajo ni ninguna otra cosa, pero que necesitaba huir de ese lugar, dejarlo atrás: que sabía que no podría olvidarlo pero tampoco podía verlo, que nunca más podría volver a enfrentarse a uno de los cobayos, que tenía miedo y asco y esas cosas; que tenía que escaparse, que la fuga era todo lo que le quedaba, era su vida.

La fuga es caminar
para borrar los pasos; la fuga
es avanzar, correr
hacia el único lugar que no termina.

De donde, tantos años después, tantas metamorfosis mediante, aquella frase señera de la MásBellaHistoria: «Y sería el sacrificio de Van Straaten el que crearía en Ily Badul la obligación moral: el impulso que lo hizo fugarse, tiempo después, para ofrecer al mundo el resultado de su búsqueda».

(La razón de su fuga y el asesinato en masa de poblaciones indefensas no son lo único que esta historia esconde. O, peor: si solo fuera eso, nada la haría diferente de tantas otras historias de estos tiempos. Tampoco consta en ella, lo sabemos, la tristeza de Ily Badul cuando se encontró a solas con su horror. Lo que no aparece es su fracaso: nada podría ser más peligroso, para un origen mítico, que esa conciencia aguda, sombría del fracaso. Para la MásBellaHistoria Badul nunca fracasó: necesitaban convertirlo en héroe.)

Que no me puedo imaginar la desazón de esa partida, me dijo Ily Badul: que fue tanto peor.

—Fue tanto peor: no le puedo decir cuánto peor.

Pero no quiso decirme por qué ni peor que qué. Me dijo que por esa noche ya habíamos hablado suficiente, que estaba muy cansado, que debía regenerarse un rato, que otro día me lo contaba. Quizá vio la sombra que pasó por mis ojos: ¿otro día?

—Ya sé, yo ya no puedo hablar de otros días. No se preocupe: le prometo que mañana mismo le mando una holo donde cuento la historia. Así ya no tiene que preocuparse de si yo vivo o qué.

Yo traté de decirle que no fuera infantil, que cómo no me iba a preocupar pero él me calló con un gesto: ahora no importa.

—Me preocupo, doctor. ¿Y usted, no se preocupa?

—Claro que me preocupo. Solo que de otras formas, que seguramente usted no entendería.

Me dijo, y me miró como si yo ya no pudiera verlo; entonces me atreví —todavía no sé cómo fue que me atreví— a preguntarle por qué quería morirse. O, dicho de otro modo: por qué nunca se había transferido. Él, que pasaría a la historia —él, que sabía que pese a todo pasaría a la historia— como la cara más gloriosa de la 天. Ily Badul respiró hondo —o todo lo hondo que sus pulmones ajados podían permitirle.

—Porque tengo miedo.

Dijo miedo y se mojó los labios y sonrió satisfecho: como si fuera un triunfo decir miedo.

—Pero ya no tengo tanto como antes.

Dijo, y me explicó. De pronto, todo su cansancio pareció haber cedido: Badul hablaba, quería hablar, lo atropellaban las palabras. Que durante más de veinte años, desde que las 天 se volvieron una ola, lo presionaron para que se transfiriera. Imagínese, me dijo, la gloriosa 天 del glorioso pionero de las gloriosas 天.

—No sabe cómo me apretaron.

—¿Quién? ¿Quiénes?

—No importa. Usted prefiere no saberlo. Al final aceptaron que no, a condición de que me retirara, me callase. Y lo hice, durante veinte años. Ahora ya no.

—¿Por qué ya no?

—Porque no soporto más. Y, la verdad, porque ya no pueden amenazarme con más nada. Imagínese, ahora.

No supe cómo preguntarle por qué no: por qué el inventor renegó de su invento. Imagino, por un momento, un drama del mejor estilo siglo XX: alguien que no puede creer en su propio invento porque es su invento. Un drama en la línea de aquel poeta elegíaco que sintetizó como nadie el mal de su tiempo cuando dijo que no podía pertenecer a un club que lo aceptara como socio.

—Le podría decir que quiero seguir siendo el nieto de mi abuelo: de León, el zeide, el padre de mi madre, el que nunca conocí, el que mataron en Treblinka, pero seguramente no sea cierto. Si de verdad creyera, si pudiera creer más acá o más allá de toda duda, en esto de la 天, supongo que lo haría, que me transferiría. O quizás haya alguna otra razón.

Me dijo, y paró con la mano mi intento de preguntarle cuál.

—¿De verdad quiere saberlo?

—Claro.

—No, usted no quiere saberlo, criatura. O, por lo menos, no quiere que yo se lo diga así. Ya lo va a entender, alguna vez. O quizá nunca.

Dijo, y que él nunca la inventó.

—Yo lo único que hice es fracasar.

Dijo Badul, como si fuera lo último.

—Usted sabe que su invento ha cambiado el mundo.

—Sí, pobres.

—¿Por qué pobres?

—Nada, por nada. Pobrecitos.

Fracasar, repite:
fue lo único que hice.
Una cosa quise hacer
en la vida y no

lo conseguí. Fracasar
le digo
es querer nada. Me dice
entonces
que no sea basta: que por qué
no me callo.

⁕

No pude preguntarle más nada. Insistió en que me mandaría
la holo, que no fuera impaciente, que allí tendría toda la información que podía necesitar y alguna más; que se calló durante tantos años porque siempre fue un cobarde, dijo, o un
escéptico, o un sobreviviente. Y que lo presionaron, insistió,
para que lo hiciera o quizá ni tanto, que él se sintió presionado
y prefirió salirse del camino, que se escondió de nadie, dijo,
si acaso de sí mismo: que si hubiera hablado lo habría arruinado todo y que le daba pena por esos idiotas −dijo «esos idiotas»− que se ilusionaban y que quizá seguramente también la
vanidad, que inscribirse en los libros de historia también tenía su gusto y que además ellos −dijo «ellos» e ignoró mi in-
terrupción para preguntarle quiénes eran ellos− lo obligaron
a retirarse en aquel resort abandonado en la montaña, que por
supuesto tenía todas las comodidades, incluso algunos lujos, y
un pequeño laboratorio donde divertirse pero que sabía, todo
el tiempo sabía que los recibía a cambio del silencio. Y que
había aceptado: que quizá porque no se le ocurría nada más
que hacer lo había aceptado, pero que ahora, tan cerca de la
muerte, necesitaba hablar −y estaba hablando. Aunque quizás,
a esta altura, no importara.
　　−¿Conmigo? ¿Por qué conmigo?
　　Le pregunté, le impuse mi pregunta encima de su voz,
pero él la ignoró. Le insistí:
　　−Usted sabe que yo no soy la persona más apropiada para
darle a esto que me cuenta la difusión que se merece.
　　−La difusión no me importa. Si quisiera que se enterara el
mundo en un instante lo colgaría en la Trama. Lo que me

importa es dejarlo dicho, que quede testimonio. Me parece que todo esto ya no le importa a nadie, que a esta altura da igual, nadie lo puede oír ahora, pero tiene que quedar registrado por si alguna vez pueden. O quizás ellos tienen razón y yo, al fin y al cabo, prefiero que no se sepa tanto.

Ily Badul vio mi desolación, mi cara de decepción extrema. Y entonces, quizá para consolarme, quizá para alentarme, me condenó:

—Pero, además, se lo cuento a usted porque creo que usted quizá va a seguir el tema, que no se va a contentar con mi palabra, que va a ir al fondo. O eso me han dicho, por lo menos. Pero quiero decirle que va a ser un peligro para usted si decide contarlo.

—¿Cómo si decido contarlo? Claro que voy a contarlo.

—Eso es lo que piensa ahora porque está acá conmigo, está impresionada. Espere que pasen unos días y me dice. O no me dice, claro.

Ily Badul se murió una semana después: la noticia no apareció en la Trama. Para el mundo ya llevaba mucho tiempo muerto: extraña, tozudamente muerto.

(Pero no muerto: él, de quien el mundo cree que fue quien derrotó a la muerte, no podía morirse, así que para el mundo no murió.)

Ily Badul me condenó: aquí, entonces, también se cuentan cosas que nadie quiere saber. Pero aun así creo, igual que él, que debo contarlas, para que quede algún registro. Porque yo creo —todavía creo, pese a todo— que el origen de las cosas las define.

11. ¿Las cosas empiezan?

Supongamos que creo en el origen. Soy la que se ha pasado todo este tiempo buscando, testaruda, la apariencia de un origen verdadero y el hilo de la historia que le sigue −imaginando que si los entendiera entendería, y lo podría contar y muchos más lo entenderían conmigo.

Quizá sea cierto que lo que importa en realidad son los efectos, el mundo que todo esto ha creado y, si acaso, el que puede crear de ahora en más, crear todos los días, destruir uno solo.

Quizá todo mi esfuerzo es puro despilfarro.

Me llamo Lin Antúnez, tengo 47 años y soy, supongo, uno de esos productos mezclados que definen nuestro tiempo: uno de esos que hacen que las personas busquen su identidad en otros signos, ya no en la ascendencia, la dizque raza, los rasgos y colores. En tiempos de la mezcla de sangres muchos buscan definiciones más allá o más acá de las sangres, y es una suerte y puede ser una desgracia. Decía aquel viejo plumífero olvidado que no hay nada peor para un relator −él decía todavía un «periodista»− que confundir el relato en primera persona con el relato sobre la primera persona, pero los viejos murieron hace mucho y ya nadie los conoce ni los lee. Y yo sí creo que es preciso precisar quién soy, cómo llegué hasta aquí: supongamos que sigo creyendo en el origen.

Nací en 2024 y en Europa −en el sur, cerca de Oporto, cuando las ciudades ya se iban desgajando− y mi madre, Qilín, tiene su historia china; mi padre, Antonio, un vago escritor o publicitario que había nacido en algún lugar de América –a veces decía que en Buenos Aires, a veces que en Miami o en Managua– desapareció de nuestras vidas cuando yo era muy chica, y solo volvió a buscarme hace seis o siete años: ya no me interesó. Me formé como relatora entre Marsella y Taipei cuando los relatores ya empezaban a volverse superfluos; llevaba más de una década registrando holos para una proveedora de la Trama cuando el azar me llevó a Darwin y a todo este camino inesperado.

Fui a cumplir una tarea de rutina y me encontré con una historia: me dio curiosidad. Nunca la había tenido: siempre hice mi trabajo porque era mi trabajo. Allí, por primera vez en mi vida, sentí que tenía algo que hacer. Tengo tiempo, no tengo obligaciones. Mi matrimonio fracasó con tanto esfuerzo que a veces pienso que habría sido más fácil sostenerlo. Pero Rosa se tomaba muy en serio su misión de ser insoportable, y a mí la sangre china me ayudaba a ayudarla.

(Mi vida con Rosa debería ser lo mejor que tengo y, sin embargo, cuando lo recuerdo me parece un chiste cruel: broma mala que nos hayamos conocido en esos días extraños en que apareció el BtB. En esos días estábamos a punto de ser casi perfectos. Lo conseguíamos: durante milenios las personas creyeron que alguna vez podrían hablarse sin necesidad de pronunciar palabras, que podrían transmitirse el pensamiento, y de pronto apareció el dispositivo y millones nos precipitamos a encargarlo, ese arete de falso diamante de colores que alcanzaba con pinchar en el lóbulo izquierdo. Un acontecimiento global, un verdadero: el 1 de enero de 2050 a las 00.02 horas de Shanjei empezaría a funcionar, simultáneo, en todas partes, y tantos lo habíamos comprado en las semanas anteriores porque no queríamos quedarnos sin él, no queríamos quedarnos afuera. Y aquel día empezó: visto ahora es cómico, farsesco; en su momento fue dramático. Horror esos días en que no sabíamos qué hacer porque el aparatito transmitía, en efecto, nuestros pensamientos: todos nuestros pensamientos. Veías a alguien y te parecía un sapo intolerable y, si el sapo tenía su BtB, tu pensamiento le llegaba de inmediato; veías a alguien sabrosón y te lo querías beneficiar y también, claro, le llegaba de inmediato, y así fue que Rosa me miró y me dijo que vamos. Corrían los días más francos, más delirantes, más insoportables de la historia, dijo alguno, y era cierto: fueron un caos y fueron intolerables —y parece que nos curaron para siempre de cualquier apetito de franqueza. Pero, sin ella, nunca me habría atrevido a hacérselo saber: lo hice porque no lo hice, no tuve que decidir hacerlo. Y después, en cambio, tras años de vivir juntas, nunca más conseguí saber qué cuernos pensaba.

Los amores se pasan, me dijo hace dos o tres años. Nunca amaste a nadie como amaste a tu madre cuando eras un bebé, me dijo, y mira ahora.

Pero es lógico, me dijo; como si por alguna razón tuviéramos que amarnos.

Era tan increíble cuando sí teníamos. No sé cómo decirlo, cómo recordarlo. Quizá también era la época: en los años '50 todo parecía posible todavía. Ahora es como si nunca hubiera sucedido, pero entonces tantos imaginábamos que la vida iba a ser por fin de otra manera. Quizá nos mentíamos, quién sabe. Debería intentar un balance justo, desapasionado, de esos tiempos: si de verdad era posible. Parecía: entre el derrumbe de los poderes americanos y europeos, la catarata de robots, las nuevas técnicas médicas, los órganos de reemplazo, el tiempo cada vez más libre, muchos pensamos que solo faltaba un poco de empuje para armar esas sociedades que siempre habíamos querido. Quizá todavía sea temprano para entender por qué no funcionó.

Cuánto más fácil era amarse en esos días.

Nosotras, entonces, pero después ya no. Se acabó rápido después de 17 años —y ahora me parece un chiste cruel. Eso, cuando consigo que no me parezca simplemente mentira.)

Y ahora no tengo compromisos y el mundo lleva una década hablando de 天 más que de ninguna otra cosa y, sin embargo, muy pocos tratan de saber cómo empezó, dónde, por qué; los más se conforman con su inopia feliz. Es probable que no sea solo otro signo de los tiempos; que sea, también, un rasgo propio del universo que 天 está inventando.

A mí me pasaba lo mismo —a mi edad, además, mi propia 天 todavía me queda un poco lejos. Podría haber seguido así de no ser por ese viaje a Darwin. Pero no debo simular que lo que me importa de todo esto son las vidas de esos pobres cobayos: fueron, si acaso, mi disparador, pero lo que está en juego es tanto más global. Darwin es un símbolo, una síntesis, y los símbolos no suelen ser buenas historias.

Sabemos que la técnica confusa que —según la MBH— inventó un oscuro médico patagón cambió tanto las vidas de miles de millones y parecía —parece, todavía— el mayor avance que la humanidad ha conseguido en los últimos siglos. Me importa saber si es ineludible, si no hay otras opciones, qué está haciendo y va a hacer de nuestro mundo. Para eso, claro, necesito empezar por el principio.

La Invención de Badul —llamémosla, todavía, la «invención de Badul»— rehízo radicalmente nuestras vidas. Para una inmensa mayoría, porque ya no las conciben sin ese final —¿esa continuación?— a toda orquesta, toda felicidad. Para unos pocos, ahora, porque las dedican a condenar sus efectos o, incluso, sospechar de su verdad y convencer a otros de que los acompañen en esa desconfianza: parece, en principio, una misión sin esperanzas. Yo sé que, al enfrascarme en esta tarea, me estoy poniendo, de algún modo, de su lado. Quiero dejar escrito que no lo hago para eso, que no formo parte de ningún grupo resistente o crítico. Pero que mi labor es más tradicional, más parecida a aquello que antaño llamaban periodismo: conseguir todos los datos posibles sobre un fenómeno que todos creemos conocer y nadie conoce realmente.

(He buscado en la Trama días y días; solo encontré esas holos celebratorias o aquellas holos de instrucciones. ¿Será posible que nadie se haya dedicado a bucear en serio en la mayor historia de nuestro tiempo? ¿O será que cuando aparece algún relato lo congelan? ¿Que están todos bloqueados?)

Mi labor, decía, es más tradicional, más parecida: mirar lo visible para ver, allí, lo que no sabemos o no queremos ver; reunir toda la información posible para tratar de entender, hacer sentido.

Aun en estos tiempos puede valer la pena.

Toda historia es la simplificación de una historia: el fracaso en mostrar los infinitos matices de una historia. Y más si, como en este caso, quien quiere contarla prefiere contarla por escrito. Me dicen que es una rebeldía menor, casi infantil; me importa no ceder a los medios de moda, me importa inscribirme en esa vieja tradición. Tratan de convencernos de que hemos inventado todo de nuevo: de que somos otros. Yo creo que solo inventamos formas ni siquiera tan nuevas de seguir diciendo lo mismo de siempre. Para quien no me crea he elegido algunas frases, las que encabezan cada parte de esta historia, de los viejos maestros olvidados. Y además el escrito, por desdeñado, es más seguro. No sé si podría lanzarme a estas indagaciones con unas máquinas de holo; así sí puedo.

Creo —sigo creyendo— que saber importa. Estoy dispuesta a pasarme el tiempo necesario para averiguar y, si acaso, contarlo. Sé —estoy casi segura— que con eso no voy a cambiar nada pero, una vez que pensé la posibilidad, no hacerlo sería una traición a algo, aunque no sepa qué. El día en que sepa qué traicionaría si traicionara será un día feliz: es difícil vivir sin nada que traicionar, tan claramente a la deriva.

«Pero los periodistas deben pretender que las cosas empiezan y terminan. Quizás, sin esa facilidad, no sabrían cómo hacer su trabajo», escribió, hace casi un siglo, uno que traicionó a los suyos.

En la holo que me mandó Badul estaba todo. El pasado del verbo es decisivo: la vi una vez y, cuando intenté volver a verla, se había destruido. Desde entonces me pregunté tantas veces si podría haberla salvado, copiado, registrado de algún modo; imagino que no, pero sé que suponerlo es solo una forma de consolarme, y no muy buena. Quiero creer que no tenía manera: que Badul también lo había previsto y había previsto, así, cómo evitarlo. Que me mandó el relato de su historia sabiendo que ese relato desaparecería. Ahora entiendo —me parece entender— que Badul no quería que se supiera la verdad: quería que alguien la supiera. Y quería, quizá, que ese alguien la contara, suponiendo que nadie le creería. Quizá jugó ese juego cínico a sabiendas: probar una vez más —cuando él ya no estuviese— que la potencia del mito haría increíble la verdad de la historia. Jugar su recuerdo a cara o cruz, sabiendo que la cruz tenía todas las de ganar, todas las fichas: que eso era lo que millones preferirían creer y lo cree-

rían. Saber que había contado la verdad y saber que sobrevi-
viría en la mentira.

En su holo, en todo caso, Badul decía —pero a quién le
importa— que aquella noche, tras apagar a su amigo y maestro,
cerró la clínica de Darwin, se consiguió un nombre, se escapó. Y contaba que viajó por la costa africana del océano Índico, que se quedó unos meses en Zanzíbar, que, pese a lo que
parece, no estaba tratando de hacerse matar en esas tierras
turbulentas, que sí pensó en matarse. Y que nada de eso importa tanto: que lo que importa es que ya habían pasado más
de dos años cuando conoció a Samarin Ben Bakhtir.

Es lógico que la MásBellaHistoria se cuente tal como la cuentan: nuestra sociedad vive para el poder pero adora a la Ciencia, su becerro de oro. Le gusta pensar que su rasgo definitorio es su audacia técnica y no su avidez insaciable, y entonces
tratan de convencernos de que hubo un Momento Eureka en
que un científico imaginó una solución distinta; nunca que
todo lo hizo una mujer común, más ignorante, más astuta, por
la pura codicia.

¿O eso también es un prejuicio?

II

EL CUENTO DE SU VIDA

Life is a jest, and all things show it.
I thought so once, and now I know it.

JOHN GAY, su epitafio

1. Samarin Ben Bakhtir

La historia de Samar –con el tiempo, sabemos, nadie la llamaría de otra manera– parece demasiado apropiada para ser cierta. Pero cuando hablamos de uno de los personajes más conocidos –mal conocidos, quizá, pero tanto– del planeta, qué sentido tiene detenerse en el detalle de los detalles, la supuesta verdad o falsedad de sus minucias. El juego de truVí sobre su vida la convirtió en un ser global; entre ese personaje y su persona hay diferencias importantes: quién sabe cuál de los dos es, ahora, más cierto.

Samar siempre se presentó como un puro producto de sí misma: por no tener, decía que no tenía ni padres. O, mejor: que le habían durado poco, que su padre se había muerto demasiado temprano como para que ella quisiera saber cuándo y que su madre, de puro infeliz, había armado una especie de retablo de su hombre muerto y había vivido casi encerrada en él hasta que decidió matarse, el día en que Samar cumplió 11 años.

La investigación que encargaría a fines de los '50 el Comité Central del Partido Comunista chino mostró que no era cierto. Sus padres eran un kurdo y una farsi que vivieron décadas juntos en algún punto del extrarradio de Bombay; cuando nació Samar ya habían tenido demasiados hijos y no podían criarlos, pero su religión –corría 2011– les impedía matarlos, así que la entregaron a una de esas instituciones que islamos y catolos fundaban por doquier para compensar a sus ovejas por esta imposición de dar a luz a ultranza. En algún momento el orfanato cerró por falta de sostén y, a sus 13 años, Samar se quedó sin techo ni lecho. Vagó —solía contar, sin mayores detalles—, hasta que, a sus 14, «un protector» la recogió y le dio cobijo. Fue él —Ain ben Zian, un yemení— quien descubrió la potencia de la chica y, con un desprendimiento que lo honra, le pagó un buen colegio virtual y la universidad presencial en Kolkatta. Quizás incluso la quería; es improbable que, como se cuenta, no la fornicase.

(Aunque nunca terminó de estar claro que Samar hubiese nacido mujer. Hubo quienes dijeron —pero ella nunca— que quizás el yemení le había pagado también una afirmación de género que le permitió pasar del fluide al femenino leve o, si acaso, una corrección integral que le permitió dejar el masculino. Dijeron, esos mismos, otros, que el yemení desencantado por el cambio decidió dejarla: que le pagó los estudios para compensarla. Tantas cosas se han dicho sobre ella, tantas quedarán siempre en sombras. Su género inicial es, por supuesto, de las que menos modifican.)

En Kolkatta Samar estudió, inesperadamente, literatura y producción de holos: disciplinas arcaicas que le permitirían, decía, contar bien una historia. «Otros sabrán inventar los inventos más extraordinarios —dice que dijo cuando lo decidió—; yo inventaré para qué queremos sus inventos»: la frase, demasiado apropiada, suena a ocurrencia posterior. Pero lo cierto es que en junio de 2037, a sus 26 años, Samar terminó su carrera con un archivo de historias bastante incomparable y la necesidad urgente de hacer algo con ellas.

No se sabe qué fue; aquí se abre otro período oscuro, que la lleva directamente hasta ese día de 2043 en que se encontró, para sorpresa y maravilla, con el doctor Ily Badul. El día en que, en verdad, su historia empieza.

(La historia de Samar, lo sabemos, está oscurecida por sus propios relatos sobre ella. En su truVí popularísimo hay tanta cháchara que es muy difícil separar el polvo de la paja. Pero consta, por ejemplo, una anécdota que, como decían los antiguos, la pinta de cuerpo entero: mujer —o ya mujer—, un diseñador de modas de Bombay quiso contratarla para una holo donde ella mostraría sus modelos. Y Samar, que entonces ni siquiera comía suficiente, se negó: «Si usted supiera lo que le costaría, no me lo pediría», dicen que le dijo, y el hombre le creyó y huyó despavorido.)

Mucho se ha dicho, tanto se ha especulado sobre el famoso encuentro. Hay quienes han llegado a decir que Samar lo buscó: que sabía algo sobre los viejos experimentos del doctor y que su intuición —que se haría y la haría tan famosa— la llevó a interesarse; es virtualmente imposible que una chica aproximadamente india, mal educada en Kolkatta, pobre y perdida en esas calles como aludes, conociera una de las investigaciones más secretas de esos tiempos. Hay quienes dicen, incluso, que Badul la buscó a ella; los estragos del anacronismo nunca cesan: lo único que podría haber llevado al doctor a querer conocer a esa chica es lo que ella hizo después de que se conocieran. Todo apunta al azar: un encuentro perfectamente imprevisible, fruto, como casi todo en esos días, de la casualidad, del accidente —si no del apetito.

(Y quienes sonríen cuando lo dicen, apuntando a la posibilidad de que esa casualidad tuviera que ver con cierta actividad amatoria más o menos profesional de Samar, caen en el más común de los lugares: la tontería de pensar que alcanza con que un hombre mayor se acueste con una mujer joven para que se decida a contarle lo que ha callado años. La idea es pobre y, además, olvida o ignora que el doctor Badul no supo tener comercio con mujeres: «Me gustaban tanto —me diría en su holo, con su sonrisa moribunda, irónica— que jamás podría haber pensado en embrollarme en una como si fuese un hombre o una kosa».)

En cualquier caso, parece casi seguro que fue en Bangalore y en 2043. Badul, entonces, creía que había olvidado casi todo: que, tras esos años de huida y más huida, había conseguido olvidar casi todo.

En la holo, Badul me dijo que ella lo había desafiado: que habían pasado tres días juntos hablando sin parar —dijo «hablando sin parar» con una sonrisa ambigua— y que al final del tercer día ella lo desafió a que le diera algo que no le había dado a nadie. Que la única manera de hacer que ese encuentro, que estaba a punto de acabar, significara algo, le dijo, era que le diera algo que no le había dado a nadie: que ese presente lo volviera único. Él, dijo, tardó en entender: que primero pensó en algo material, un regalo extraordinario —que, de todos modos, no tenía los medios de comprarle— o una mutilación: entregarle, en síntesis, una parte de sí, su dinero, su carne. Pero ella le dijo que tenía otra idea: que le contara su peor fracaso. Que entonces ella, de allí en más, sería su garantía, la certeza de que él era el que era, su identidad guardada y fugitiva. Y que él —dijo en la holo— aceptó casi aliviado.

Y que primero le contó un fracaso amoroso —que no quiso precisar— y que ella le dijo que un fracaso amoroso no es un fracaso, es un traspié, y que el amor existe para eso y que no hiciera trampa. Entonces él le dijo que su fracaso era haber dejado de ser un científico, que había sido un científico pero ya no lo era y ella le dijo que debía haber una razón para ello y entonces él dijo que sí, que lo que importaba, el verdadero fracaso estaba ahí, y decidió contárselo. Y que entonces sí se lo entregó como quien entrega el alma, el corazón, su historia, lo que sea que cada cual entrega. Se lo entregó para decirle que ya le había dado todo: que no tenía más nada para darle, que ya podía escaparse una vez más.

Hay que pensarlos, poder reconstruirlos: un señor viejo en sombras, acabado, que lleva años sobreviviéndose, rodando por el mundo, se encuentra en vaya a saber qué peringundín con una mujer joven, entusiasta, llena de ideas y de certezas y de dudas, una mujer que puede incluso hacerle creer por unas horas que es aquel todavía. Que la charla tuvo lugar —diría después Badul, en esa holo— en uno de esos lugares nostálgicos que seguían dando comida material, uno que vendía esa comida india que los indios ya no comen, esas samosas y esos guisos de cordero y esos tés, con esos humos tóxicos. Los imagino susurrando a los gritos, las cabezas muy juntas, los olores.

Badul le habló de sus intentos de transferir las mentes a los kwasis, de cómo había fallado. Le dijo que lo que hacía más duro su fracaso era que no había fracasado, que sí lo había conseguido pero que lo que había conseguido resultaba tan cruel que fue peor que no haberlo conseguido. Me dijo que ella lo miró sin entender y que él entonces recordó que, pese a lo que pudiera parecer, ella no entendería las cosas que él no le contara y le contó que sí que había conseguido transferir un cerebro a una máquina y mantenerlo funcionando mientras lo mantuvo aislado, y que por eso su fracaso no era técnico sino humano, llamémoslo humano: que así solo creaba sufrimiento. Y ella le dijo que eso no era cierto: que su fracaso no era técnico ni humano: que era global, que era la tontería.

En la holo, Badul decía que estuvo a punto de pegarle: que nunca había pensado que pudiera pegarle a nadie, ni siquiera a una mujer, pero que tuvo tantas ganas de pegarle porque supo que Samar tenía razón: antes de que ella lo dijera supo que tenía razón, que su error no había sido ser incapaz de resolver un problema sino ser incapaz de plantear el problema que sí sería capaz de resolver. Y que ella, Samar, estaba a punto.

Y entonces yo la vi —me dijo Badul en esa holo—: yo vi —que no lo vio pero fue como si de verdad pudiera verlo— que algo se estaba haciendo en su cabeza. Yo la vi, le vi los ojos, le vi el temblor de labios —dijo—, le vi algo.

—Una casita.

Dijo Badul que dijo ella: una casita.

(Y Badul, igual, le había hecho trampa: no le dijo lo que tuvo todo el tiempo —me diría tantos años después— «en la punta de la lengua»: no le dijo que era un asesino. Que so pretexto de la ciencia había matado a cientos, que le había resultado tan fácil no ver esas muertes como muertes, que desde entonces se escapaba de esos cuerpos, que nunca podría escaparse de esos cuerpos.)

Con todo lo que nuestra ciencia ha avanzado en la comprensión de la mente y sus procesos, todavía nadie ha podido definir con propiedad cómo se produce ese raro alineamiento que hace que eso que alguien buscaba —o ni siquiera sabía que buscaba— aparezca de pronto: ese momento en que lo que nunca nadie había visto se vuelve evidente; ese segundo en que un conjunto de elementos que no sabían cómo ordenarse se funden en una combinación que los llena de sentido. Lo que llamamos el Momento Eureka.

La comprensión y descripción del mecanismo sería —es obvio— decisiva: si la hubiese, quienquiera que buscara algo podría intentar seguir los pasos descritos. Y, en cambio, seguimos en las sombras: los buscadores no pueden sino dar vueltas y vueltas sin saber dónde y cómo van. Deben tantear a ciegas, manotear aquí y allá, confiar en que, de pronto, algo los ilumine —sabiendo que, la mayoría de las veces, no habrá luz.

Hasta que, de repente, tan cada tanto, resplandece. Y, otra vez: no logramos saber qué la enciende. Puede ser una asociación que, una vez hecha, parece obvia pero nadie había hecho; puede ser el azar de un accidente en la investigación que abre un camino impensado; puede ser la aparición de una técnica o un conocimiento nuevos que permiten una operación que días antes nadie llegaba a imaginar; puede ser un recuerdo que, por alguna razón, cambie el punto de vista y permita mirar todo de nuevo. Pero, más allá del proceso que lo provoca o permite, sobre el momento del descubrimiento se abren más incógnitas. Si no fuera por ellas, descubrir no tendría casi mérito —y, para muchos, apenas interés.

Durante unos minutos Samar se preguntó —lo contaría después, en su holo famosa— si nadie habría pensado en esa posibilidad que de pronto se le abría: si era posible que tantos no hubieran sabido ver algo tan evidente. Y tuvo que descartar la respuesta paralizadora: que si hubiera verdad en su intuición —que, una vez aparecida, le parecía tan natural— otros la habrían tenido y llevado adelante y que, como no era así, debía estar equivocado. Es lo que Pearson llamó el «Factor Neutralizador de Eureka, o FaNÉ»: ese momento en que el descubridor, temeroso de su descubrimiento y sus implicaciones, se refugia en la doxa para descartarlo: si esto fuera posible, otros ya lo habrían hecho.

Samar enfrentó, además, otro peligro: ese momento en que se extasió ante la aparición de esa idea que surgía toda entera —como Venus del mar, perfecta en su plenitud, sus tetas, dirá, sus largos rulos rubios— y tuvo miedo de perder el hilo de la idea por detenerse en su estupor, su maravilla. Pero que, tras un momento que podría haber durado horas o segundos, consiguió dejar de lado esa satisfacción estúpida y concentrarse en los detalles de la Idea.

—Lo más difícil: escapar de sí misma, encerrarse en la Idea.

Diría, y que lo había conseguido y que ahí estaban, ante ella, todas las partes de un todo esplendoroso:

—Una casita.

No es que no fuera evidente, no es que fuera difícil de pensar; era que todos partían de la idea del error. Que los intentos de transferir cerebros a kwasis fracasaban porque cuando los comunicaban con el exterior se contaminaban y morían, que no conseguían lo que buscaban. Y que no habían sabido cambiar de búsqueda. Que las mejores mentes de la ciencia —obnubiladas, soberbias, tan llenas de sus poderes que parecían sin límites— no habían sabido pensar que, si no podían abrir esos cerebros transferidos, debían pensar un modo positivo de usar ese aislamiento: de convertir esa transferencia de segunda selección en privilegio, el error en triunfo.

—¿Y en la casita sí podrían vivir?

Me dijo mucho después Badul que le dijo Samar aquella vez: que si en su casita sí querrían habitar o si seguirían vivos o quién sabe. Y que él lo había entendido y no lo había entendido y se quería morir por no haberlo entendido y se podía morir porque ya había entendido.

—Sí, creo que en la casita sí podrían.

Que lo que les hace falta es una casita, como a todos: que había que construirla para ellos, le dijo aquella vez Samar.

Que había que construirles una casita para que los refugiara en ese lugar raro donde estaban, y que esa casita podía ser cualquier cosa, una vida, unos sueños, un espacio menor, una cocina, un grupo de personas, un sitio donde poder estar con otros para no estar con ellos mismos. Que esa incapacidad de abrirlos, de comunicarlos, era su riqueza, su tesoro.

Que todo debería ser muy fácil: meterlos en una especie de truVí que les gustara, que se pareciera a sus vidas. Que le parecía mentira que hubieran conseguido —que yo hubiera conseguido, me aclaró Badul— lo más difícil y no se les hubiera ocurrido lo más fácil: que si sería cierto que estaban tan cegados por lo que buscaban que nunca pudieron encontrar lo que no —pero tenían delante de los ojos. Que los hombres siempre habíamos buscado eso y que ahora sería tan fácil dárnoslo; que todo consistía en convencernos de que realmente era lo que era. Que era, como casi todo, una cuestión de fe, dijo Samar. Una cuestión de fe.

Y que ahí ya estaba todo.

«La vida es una broma, bien se ve.
Antaño lo pensé pero hoy lo sé»,
escribió aquel en su epitafio.

Que, en síntesis, me dijo él, Ily Badul, que él, Ily Badul, nunca había inventado la 天: que solo supo contarle a ella su fracaso y además le mintió o le omitió lo que realmente le importaba. Que ojalá él hubiera podido o menos mal que no, que no importa si es ojalá o es menos mal, porque él no fue.

Que fue Samar.

Que entonces sí que empezó todo.

2. El mundo, mientras tanto

En un mundo confiado, floreciente, todo habría sucedido muy distinto. Pero —sabemos— no era el caso: el mundo se escurría. O, por lo menos, una parte del mundo. Fue hace menos de 30 años pero parece tan lejano: ese mundo, sin embargo, ya empezaba a parecerse a este.

Sabemos, ahora, con la ventaja que da mirar atrás, que el éxito de 天 no se entiende sin la otra idea esplendorosa de Samar: ofrecerla, para empezar, a esos europeos ricos desesperados por el derrumbe de sus países, de sus vidas, de su fe.

Tiempo después los promotores de la Guerra de Dioses reinventarían la historia del continente en esos años: necesitaban, ellos también, un mito de origen. Pero lo cierto es que si Europa se arruinó en ese duelo fue porque llevaba décadas cayendo.

Ha habido, por supuesto, trabajos que revisan lo ocurrido. A menudo son intentos de embarullar más todavía, de esconder lo que simulan mostrar. Entre todos, tras estudiar tantos, prefiero remitirme a la lectura de Bhagavita Sendra quien —en tanto que india, que mujer, que sabia— tiene la suficiente perspectiva y perspicacia como para entender los grandes rasgos de un proceso del que muchos miran los pequeños.

Nadie puede ponerle una fecha al inicio de la debacle europea: Sendra sostiene que habría que remontarse a principios del siglo. Ya entonces, con la crisis de 2008, empieza el empobrecimiento de sus estados. Pero nada se entiende sin tomar en cuenta la situación global.

Todos sabemos que la robotización fue un factor decisivo —aunque sus efectos no se vieron tan claros hasta fines de los años '20. Esa fracción creciente de la población que ya no era necesaria sobrevivía, quejosa, derrotada, subvencionada para que no molestara demasiado, jugando aquí y allá alguna escaramuza sin mañana. Los pocos —cada vez menos— que conservaban un trabajo seguían hipnotizados: los gobiernos y sus bancos los habían convencido de que podrían mantener su tren de vida endeudándose, y se endeudaban y hacían como sí. Mientras los más, asustados por el aumento de personas sin mañana —los NoF, sin mayores límites ni escrúpulos—, abandonaron las calles, salían cada vez menos de sus casas, fueron dejando lo real. En ese momento parecía una buena opción.

(Creo que fue en esos días cuando tantas personas descubrieron que las únicas imágenes que les interesaban eran las de sí mismas: que el mundo —cruel, fallido— era apenas un escenario para sus sonrisas, que daba igual que fuera de verdad o digital o repintado.

Creo que fue en esos días cuando tantos jóvenes se pusieron a bailar como si fueran kwasis mal ensamblados, con esos movimientos torpes, maquinales, golpeándose entre sí, exhibiendo torpeza y más torpeza, como si quisieran dejarles a las máquinas verdaderas, los robots cada vez mejores, la capacidad de moverse con esa armonía que antes solo los hombres y otros animales.)

No es casual que esta tendencia coincidiera con el lanzamiento de los primeros truVí+ —como se los llamó entonces para diferenciarlos de sus predecesores primitivos.

El truVí+ —que ahora, aunque hayan mejorado tanto desde entonces, solo llamamos truVí—, sabemos, se diferenció de sus predecesores en la perfección con que incorporó sabores, olores, tactos que no tenían nada que envidiar a las sensaciones corporales originales. Y que incluso, al principio, resultaban vagamente irreales por exceso: parte del trabajo de los ingenieros de Fu Guidong fue reducirlas para que parecieran la verdadera cosa.

Sabemos cómo fue el proceso: con la perfección del truVí se hizo cada vez más difícil, incluso para personas muy preparadas, diferenciar un escenario virtual de uno real. Viajar a Tahití, visitar el Louvre, comerse un cordero, acostarse con esquimales o pelear a muerte contra un galeón filibustero se volvió tan simple, tan accesible en el espacio virtual que las industrias que lo ofrecían en el mundo material —aeronáuticas, hoteleras, gastronómicas, sexuales, pedagógicas varias— cayeron una tras otra en la quiebra y el olvido. (Por supuesto, como siempre, un pequeño grupo de snobs siguió prefiriendo la «experiencia real» a la —tan mejorada— que ofrecen los engendros; su escasez hizo que la oferta fuera cada vez más exigua y más cara. Al final, la mayoría de estos sibaritas solo pudo seguir practicando sus costumbres al costo de convertir sus viajes, a su vez, en truVís que vendían para el populacho: la paradoja, ya sabemos, es la materia prima de este mundo.)

Pero —ya entonces— todos los que podían empezaron a pasar buena parte de su tiempo electivo en esos ámbitos. Por eso, para la enorme mayoría, la idea de seguir allí después de muertos no resultaría tan extraña.

«Venían mucho, antes, casi demasiado; venían todo el tiempo. Nosotros vivíamos de eso, y la verdad que no vivíamos mal. Nuestra casita, nuestros animalitos, nuestra holo, nuestras conexiones, hasta un coche tuvimos, uno de esos antiguos con volante pero al fin y al cabo era un coche, vivíamos tranquilos. Teníamos el mar, los blanquitos y los amarillos venían a bañarse, les gustaban, decían, el picor de la sal en la piel, el pescado bien fresco, los mosquitos, te decían que no había muchas cosas tan auténticas, que lo que les gustaba era lo que era 'auténtico'. Nosotros les dábamos auténtico, qué problema. Si querían auténtico, les dábamos auténtico.

»Después dejaron de venir. Al principio no nos dimos cuenta. No fue que de golpe dejaron de venir; fue que empezaron a venir algunos menos, después muchos menos, un día nos dimos cuenta de que hacía meses que no teníamos las cuatro chozas ocupadas, que nos estábamos comiendo el pescado que sacábamos porque no nos lo compraba nadie, todo eso. Nadie supo explicarnos qué pasó: a mí Malouf me dijo que tenían otras cosas, que decían que venir se había hecho peligroso, yo qué sé. Y nosotros dijimos bueno, tampoco los necesitamos, acá tenemos nuestro ñame y nuestras frutas y el pescadito y algunas gallinas, qué más queremos.

»Yo, ahora, ya ni sé si era cierto. Amira me insistía con que todo estaba bien pero la vida sin la plata que nos dejaban los turistas empezó a hacerse muy difícil, el coche dejó de andar, la casita se me rompió un caño y no tenía para ponerle, y a mí me preocupaban más que nada los chicos. Los veía tan despiertos, tan entusiasmados. Se pasaban la vida con la holo pero la holo a veces funcionaba, a veces no, y cuando sí veían esas historias de ricos que aprenden cosas y manejan negocios y viven como reyes y se creían que ellos cuando fueran grandes iban a ser así y algunas veces que me preguntaron yo me reía y les decía si no se daban cuenta de que para chinos les faltaba un lavado, que ellos no eran, que cómo iban a ser así, que nosotros somos distintos, que se tranquilizaran. Pero ellos se pusieron cada vez más pesados y a mí me daba pena: tenían razón, querían vivir mejor, no querían vivir en una cabañita sin nada comiendo la verdura de la huerta y el pescadito, ellos querían las vidas de las holos. Así que un día los senté a los cuatro y les dije que si me apoyaban, si de verdad me apoyaban, nos íbamos a Europa.

»Pero en Europa no hay nada, me dijeron. Sí, ya van a ver cómo sí que hay; lo que no hay son holos, no quieren que los demás lo sepan. Y así fue como lo decidimos. Después, para poder salir, para juntar todo lo necesario, tardamos cuatro años, y al final salimos. Y fue lo más estúpido que hice en mi vida. Para qué le voy a contar, usted ya sabe, las fronteras, el accidente de Amira, todo eso. Usted ya sabe, señorita: perdimos todo, no ganamos nada.»

(Ibra, 48, ghanés, Berlín)

Lo sabemos: a partir de 2030 el derrumbe se precipitó. Es cierto que el salto de calidad de la inteligencia artificial fue una de las razones. Pero también influyó el abandono de buena parte de la producción tradicional de alimentos, consecuencia de la difusión de las comidas autónomas, y, sobre todo, esa tendencia hacia un mundo cada vez más virtual, que hacía innecesarios muchos de los productos materiales que hasta entonces daban trabajo —fabricación, distribución, mantenimiento— a millones y millones. Sin empleo, sin medios para pagar lo que debían, muchos tuvieron que devolver sus casas, sus planes de salud, sus costumbres: se quedaron en la calle. Más y más personas, millones de personas en la calle.

Conocemos la historia, somos su resultado: las autoridades, que habían conseguido sofocar las revueltas por el derecho a la #VidaMásLarga, perdieron el control cuando el desamparo y la desigualdad se tradujeron en masas cada vez más inquietas, desocupadas, rabiosas, vengativas. Las subvenciones ya no alcanzaban, la cólera sobraba. Las ciudades se volvieron espacios realmente —la palabra es «realmente»— peligrosos; con más razón, más personas se refugiaron en las casas, los espacios virtuales. Los líderes sobrepasados recurrieron entonces al remedio clásico: con sus arengas inflamadas de nacionalismo consiguieron contener a los suyos durante cierto tiempo, al precio de escalar conflictos internacionales que llevaron a varios estados al borde del abismo de la guerra. Por lo cual tuvieron que gastar fortunas –que no tenían– en armas y preparaciones militares; el despilfarro solo aumentó la crisis económica, y los gobiernos respondieron con más nacionalismo y el aumento del nacionalismo demandó más armas para sostenerlo: el círculo vicioso se hizo casi perfecto.

Lo completaron, por supuesto, otros factores: los discursos nacionalistas obligaron a cerrar fronteras a productos extranjeros; varios estados se declararon en autarquía sin estar preparados; faltaron combustibles, alimentos, entretenimientos. Africanos y latinios, desesperados por esa caída del comercio internacional que empeoraba aún más su situación, se lanzaron en masa contra las fronteras: las europeas eran las más a mano, seguidas por las americanas. América, más tarde, trataría de culparlos por su derrumbe; cualquier observador cuidadoso sabe que sus bases ya se venían cayendo mucho antes.

«¿Para qué me pregunta estas cosas, señorita, si ya todos las saben? ¿O me va a decir que usted no sabe? Seguro que sabe, señorita, nadie se quedó afuera, muy poquitos. Y esos poquitos no vienen por acá, son más vivos que eso. ¿Qué es lo que le gusta, señorita, ver cómo sufrimos acordándonos de cómo sufrimos? ¿Eso es lo que le gusta? ¿Por qué no se va a preguntarle a su abuelita, digamos, un suponer, o a la reputa madre que la parió para desgracia del género humano?»

(Inge, 76, ex jubilada, Eindhoven)

Los estados europeos padecieron especialmente estos procesos. Sus economías sufrieron por la fuga de las industrias líderes a Tainam y México buscando mano de obra más barata, de sus grandes fortunas a India y China buscando más negocio; sufrieron por la retracción del consumo consecuente, por la extrema vejez de su población, por sus recuerdos, por sus exigencias. Sus sociedades se desanimaron, sus políticos corrompidos se extraviaron en soluciones mágicas, los acreedores externos, temerosos de su ruina, les exigieron el pago de sus deudas y los empujaron a esa ruina.

A fines de los años '20 la combinacion de esos factores terminó de vaciar las arcas de aquellos estados. Salieron a buscar crédito y no lo consiguieron: es probable que América realmente no tuviera, es posible que China y la India prefirieran no darles y verlos caer de una vez por todas. La iliquidez los obligó a suprimir buena parte de sus gastos: tuvieron que elegir dónde cortar. Cada cual lo hizo por su lado, pero su decisión fue demasiado unánime como para no haber sido concertada: casi todos prefirieron eliminar los subsidios a sus campesinos. Era lógico: los urbanitas los presionaban tanto más que esos pobres fulanos desparramados en un campo que, creyeron, podían ignorar. Además, la difusión de las comidas autónomas persuadió a muchos decisores de que no era necesario gastar tanto en técnicas tan primitivas como la agricultura y la ganadería primitivas. Y las brutas sequías y tormentas del cambio climático, que aumentaban sus costos, contribuyeron a terminar de convencerlos.

Algunos lo recordamos todavía: en muchas regiones los campesinos no se dieron por vencidos. Cortaron rutas, quemaron cosechas, marcharon sobre las ciudades; solo consiguieron más odio y más represión –y aún menos dinero. Sin subsidios, muy pronto su subsistencia se volvió imposible. La rapidez del proceso impresiona: en una década la mayoría había abandonado sus fincas y pueblitos para buscar alguna vida en las ciudades. Los campos quedaron vacantes, crecieron los bosques, se arruinaron las infraestructuras, la comida natural se hizo más y más rara, más y más cara, el territorio se vació.

«En mi familia cuentan que cuando vieron que la abuela, que todavía no era la abuela, que era una nena, ya era tanto más alta que sus padres, se alegraron, la felicitaron: quería decir que lo habíamos conseguido, que éramos altos como los ricos, como los otros. Su padre, dicen, el bisabuelo, estaba tan orgulloso, y hablaba del trabajo duro y su recompensa y todo eso. Y por supuesto después la abuela se casó con uno que también era muy alto, porque imagínese si no, y tuvieron unos hijos altos como pinos. Una era mi madre, que también se casó con un señor muy alto, mi papá, porque si no imagínese. Y así salimos nosotros, mis hermanas, mis hermanos, yo, todos enormes: no le explico el orgullo.

»Hasta que se dio vuelta. Yo no sé bien cuándo fue que se dio vuelta. Capaz que fue cuando la crisis del '38, ese año que no pudimos sembrar por los africanos que invadían. O quizás al otro año, cuando no pudimos llevarnos la cosecha y se pudrió. No me acuerdo, pero lo que sí sé es que todavía vivíamos en el campo, me acuerdo que pasó en el campo. Yo era chico –bueno, no tan chico pero chico– y me quedó grabado: mi abuela, que ya era una vieja, lloraba y decía que para qué habré crecido tanto, que los pobres no tienen que querer vivir como los ricos, que por algo somos pobres, que para algo somos pobres, decía, y se le caían los mocos, pobre vieja, que para qué habría querido crecer así y ahora para alimentarnos no había sobre ni polvo que alcanzara.

»El otro día en una holo –ahora miro las holo, acá en la ciudad no hay nada que hacer, no se puede salir a la calle y no hay nada que hacer más que esperar que algún nieto consiga algo como pueda, así que yo miro las holo– un médico o señor así decía que el camino era reversible y que iba a empezar a revertirse: van a ver, decía, que, si todo sigue así, en dos o tres generaciones las personas van a volver a medir metro sesenta. Porque no podemos seguir despilfarrando así lo que no tenemos, decía el tipo, pero se le notaba que él tenía. ¡Por qué no aprenderán a hablar por ellos mismos, garifunas!»

(Pantangelo L., 51, desocupado, Napoli Subacqua)

Y entonces las ciudades superpobladas se volvieron todavía más violentas, invivibles. A fines de los años '30 los urbanitas más ricos vivían refugiados en sus zonas privadas, custodiadas, defendidas por muros de cemento y límites de rayos; los más pobres intentaban sobrevivir de trabajos ocasionales y pequeños delitos. Y, en un raro efecto paradojal, los más urgidos se fueron o volvieron a los campos —ya montes, bosques, peladales— donde por lo menos podían subsistir a base de plantas y animales y el ocasional atraco a los pocos que todavía se atrevían a atravesarlos.

El círculo vicioso se hacía más redondo: el peso creciente de las corporaciones en los mercados, en la vida, en todas las decisiones importantes hizo que los ciudadanos se fueran desentendiendo de la política y los estados se debilitaran más y más; las Corpos supusieron que podrían aprovechar la caída para hacer lo que quisieran: se pasaron. Los estados ya no controlaban su territorio; como no lo controlaban recaudaban menos todavía; como recaudaban menos perdían más control; como intentaban controlarlo gastaban lo que no tenían —e igual no lo lograban. No todos cayeron, como sabemos, al mismo tiempo, pero la caída de los primeros fue arrastrando poco a poco a los demás: sus poblaciones se iban refugiando en los países que parecían seguir en pie, y los hundían con su peso.

Las ciudades principales, donde todavía subsistía cierta actividad económica, hartas de sostener poblaciones y territorios que no les servían, hervían de descontento y reivindicación. Y mientras tanto, aprovechando el descontrol, la llegada de migrantes del Sur se volvió incontenible. Hay estadísticas salvajes que dicen que entre 2028 y 2038 llegaron a Europa unos 35 millones de africanos y asiáticos. Parece una exageración propagandística: es difícil creer que tantas personas hayan podido encontrar su subsistencia en un medio ya exhausto, pero también es cierto que la situación en sus regiones de origen era tan dura que cualquier espacio y alimento eran un gran avance. Muchos, sin embargo, no encontraron siquiera eso y trataron de volverse: los primeros fueron asesinados por los nuevos ocupantes de las tierras y chozas que habían abandonado; las noticias corrieron y el resto prefirió no intentarlo. Millones se descubrieron encerrados entre dos imposibles.

De esa época se recuerdan los gestos grandiosos y vacíos de los últimos políticos que querían ocultar que sus cargos ya casi no importaban, no comportaban ningún poder real. Balandronadas, guasas, alharacas que parecían eficaces y terminaron por revelar a muchos el vacío de quienes las lanzaban: el día, por ejemplo, en que Nöleson-Gore, canciller escandinavo, cerró del todo sus fronteras y sus compatriotas festejaron con bailes estentóreos y mares de cerveza –antes de entender que habían quedado del lado equivocado.

«No, usted no se puede imaginar lo contentas que estábamos. Mis hermanas Mirna y Emilio ya hacía tiempo que se habían quedado sin trabajo, cuando cerró la escuela de Arango, cuando la reemplazaron por los kwasis a domicilio y todas esas vainas. Pero yo todavía tenía mi chamba, yo ahí estaba trabajando en esa fábrica de ropa, esa tan piripi que la llamaban LEO, 'Last European Outfit', y aguantaban, las iban de folclore y de autenticidad y habían aguantado la chinería y la indiería y sobre todo los pelotazos de Tainam pero lo que no pudieron aguantar fue la película, cuando las personas dejaron de ponerse ropa y todos empezaron a usar pelis ahí sí que la cosa se puso bien difícil. Pero eso lo sé ahora; entonces yo no entendía nada, lo que entendía era que el trabajo era muy cansador, era brutal, casi siete horas cada día asistiendo a los kwasis, una comba. Así que cuando salió la presidenta Añica y dijo que el gobierno nos iba a pagar su RentUn a todos, que nos iban a pagar por ser personas, no sabe la alegría.

»No lo puede saber, cómo lo va a saber, una como usted no puede entender esas cosas. Cómo lo va a entender, le digo. Para entenderlo tendría que haber trabajado como una perra muchos años, tendría que haberse comido los gritos del kwasi2 durante muchos años, tendría que haber sido como yo. Yo creo que lo que yo sentí en ese momento solamente yo puedo saberlo, no sé cómo decírselo. Imagínese: después de 30 años de trabajar todos los días por fin no iba a tener que ir más, imagínese la libertad, la independencia, imagínese el gusto.

»El problema fue que no duró mucho. Tres años nos duró, y cada vez daba para menos. Yo al principio me consolaba, me trataba de acostumbrar: comía un poco menos, no tomaba transportes, nos juntábamos con mis hermanas o con las vecinas a charlar en la puerta y así se nos pasaba el día sin gastar. Pero el número se quedó pegado y los precios subían, cada vez alcanzaba para menos. No sabíamos qué hacer, pedíamos, gritábamos. Ahora cuando me acuerdo me da la risa boba: tan indignadas que estábamos y cómo nos gustaría ahora estar como entonces.

»Usted sabe, cuando se terminó, ahí sí que nos quedamos sin más rollo. Se terminó de golpe, ni siquiera avisaron, usted sabe: un día no llegó la plata, al otro día tampoco, al otro empezó a haber rumores, más y más cosas en la Trama, nadie sabía, todos decían chirimiquis en tubo, cualesquiera. Y seguimos con las tonterías pero la pasta no volvió a aparecer, y enseguida eso de que cerraban el gobierno y todo eso, ahí sí nos preocupamos, se derrumbaba todo. Después una aprende. Una puede aprender cualquier cosa: si algo aprendí en estos años es que una puede aprender cualquier cosa. Pero igual es duro. Yo recién terminé de entender lo que había pasado cuando se enfermó mamá. Porque comida mal que mal una consigue, siempre hay una huertita, algún depósito que queda, una de esas iglesias que dicen que quieren ganar almas y para eso te alimentan los cuerpos. Pero lo de la medicina es un problema: sin médicos, sin máquinas una se deshace. Cuando se enfermó mamá ahí sí nos dimos cuenta. Por suerte se murió rápido, la pobre. Rápido, muy rápido, tuvimos mucha suerte.»

(Esperanza, 59, ex obrera, Arango de Aragón)

En cualquier caso, a principios de 2041, mientras Ily Badul erraba por las costas africanas y el papa Pious XIV preparaba su famosa homilía, Europa ya se había convertido en un reguero de ciudades que lo seguían intentando, semihundidas en medio de territorios hostiles, desbocados, asolados por ciudadanos de ninguna parte. Los intelectuales más previsibles hablaban, por supuesto, de una Nueva Edad Media, y la enorme mayoría no sabía de qué cuernos estaba hablando. A lo lejos, creyéndose muy lejos, China, la India, Tainam incluso, miraban el desastre y no sabían si lamentarlo o festejarlo.

(Me disculpo si el recorrido se hace largo, pero creo que es necesario tratar de comprender: abarcar, entender. Hubo tiempos en que los relatores intentaban hacer algo más que contar los eventos: relacionarlos, pensarlos, explicarlos. Era, dicen, cuando los llamaban periodistas. Aunque quizás esos tiempos no existieron nunca y son otro de esos mitos con que quieren mantenernos en la tontería.)

Como siempre, el proceso global quedó enmascarado detrás de ciertos eventos y ciertos personajes. Quién no recuerda, por ejemplo, al penúltimo presidente francés, Jean-Claude Pascucci, que empezó a hacer sus discursos en chino como un llamado de atención que sus compatriotas nunca escucharon —pero que la Trama celebró con sus mejores carcajadas. O a esa asociación secreta de jóvenes alemanas de distintos géneros que decidió que su sacrificio inmenso por la Vaterland consistiría en hacerse violar o al menos acosar por inmigrantes negros para echarles la culpa y azuzar el rechazo —y que, descubiertas, fueron absueltas por un tribunal de Munich que no encontró en el Código germano ningún delito que les correspondiera. O ese viejo campesino holandés, Jan Verdengen, que aprovechó el barro de un canal de Amsterdam tapado por los sedimentos que ya nadie dragaba para criar allí la marihuana campeona de todos los torneos —y que explicaba que lo hacía para mostrar que las ciudades también servían para algo. O ese colectivo de jóvenes milaneses que reconstruyó una vieja fábrica a la que acudían todas las mañanas a producir estrictamente nada durante horas y horas de tensión en la línea de montaje —y que provocó todo tipo de dimes y diretes. O el día tremendo en que el último habitante de la ciudad de Tréveris, un Hans-Karl Marzibitian, cerró su casa, tiró la llave y se marchó en un dron rumbo a Berlín —pero dejó una cámara encendida que mostró al mundo cómo miles muy desarrapados entraban en las casas desiertas, las destripaban para hacer fogatas, se comían lo que había y se volvían a ir. O, incluso, el toletole que produjo el anuncio, tan bien grabado, de Chloé Abramovich, la riquísima rusa rubia rutilante, de que nunca más saldría de su cuarto de truVí: que afuera nada era mejor. En ese momento, por supuesto, nadie lo sabía, pero pocas cosas facilitaron más la aparición de 天 que ese capricho de heredera malcriada.

3. Fue Samar

Sabemos que, en esos días, Samar buscaba algo: ella diría, después, que no sabía qué era pero que siempre había confiado en que, cuando lo viera, lo reconocería. Y que se había preparado: años informándose sobre esos personajes a los que quería parecerse, del siglo pasado como un Bill Gates, vendedor de sistemas, o un Jeff Bezos, vendedor de ventas, o de este siglo como Abiba Nedel, vendedora de carnes no animales −«carneHumana»−, o Fu Guidong, vendedor de hologramas incluyentes. Los grandes vencedores, solía decir, son los convencedores, los que consiguieron que de pronto millones quisieran algo que no sabían que querían: los inventores de la necesidad. «Cualquiera averigua lo que algún público quiere y se lo da −diría después−; los verdaderos somos los que les damos lo que no sabían que querían.» Dicen que fue Badul quien, al escucharla, le recordó la frase de un filófoso antiguo, un prusiano del siglo XIX: «El talento es dar en un blanco en el que nadie acierta; el genio es dar en un blanco que no vio nadie más».

Samar sabía que quería ser uno de esos y aquella vez, cuando Badul le habló de su fracaso, entendió que allí estaba su vida y se aferró. La escena de las preguntas y respuestas forma parte de nuestros recuerdos, nuestras vidas: todos la hemos jugado tantas veces, con tantos resultados y variantes, en su juego de truVí. Aunque, por supuesto, fuera falsa −y tuviera, además, tantos detalles falsos. Su aspecto, por ejemplo: por una cuestión de derechos, la imagen de Samar en el juego no es igual a ella. Era, sí, morena y atractiva, pero no tan dulzona, más andrógina; hay holos de esos días que la muestran resuelta, fibrosa, pura resistencia; el pelo negro corto con vivos azulados, la nariz ligeramente curva, los ojos como tajos recién hechos, muchos dientes, la cicatriz famosa: una mujer que gustaría más a las mujeres que a los hombres —y lo celebraría.

—Si los convencemos de que es buena, ¿qué podría pasar? ¿Van a querer matarse todos para aprovecharla? Usted imagínese el peligro: hordas de personas corriendo hacia sus muertes.

Decía, por ejemplo, Ily Badul. Y ella le contestaba:

—Pero si lo que les ofrecemos es mejor que la vida.

—¿Y usted cómo puede estar segura?

—Porque nadie lo sabe.

Talento, un blanco en el que nadie acierta;
el genio, un blanco que no vio nadie más.

El genio fue usar esa técnica que nadie quería usar porque querían usarla de otro modo. El genio fue convencer al mundo de que su salvación estaba en ese recurso de segunda, en esa tecnología descartada, en un fracaso.

El genio fue, sobre todo, entender que la vida de una máquina sucede dentro de la máquina, no en el mundo natural: que no tenían que seguir transfiriendo las mentes a un cuerpo maquinal para que ese cuerpo reemplazara al que ya no funcionaba; que tenían que transferir cada mente a una máquina para que viviera en un mundo máquina.

De nuevo: que tenían que transferir cada mente a una máquina para que viviera allí, en ese mundo máquina.

(La idea era fecunda de tantas formas imprevistas y, sobre todo, rompió con el error de base de todas las investigaciones hasta entonces: la obstinación de seguir en el mundo material. Los que encabezaban la resistencia contra los cuerpistas se habían vuelto cuerpistas de cuerpos maquinales. Transferir los cerebros a robots había sido un falso avance: lo que el petulante de Bembé habría podido denunciar como puro reformismo. El verdadero cambio llegaría si podían perfeccionar la idea de mantener el cerebro transferido en un entorno virtual, tan real para ese cerebro como cualquier espacio material. No era imposible; estaba perfectamente al alcance de las técnicas. Había faltado nada más quien lo pensara: alguien que, supuestamente resignándose a los fallos, a las impotencias, creara una noción distinta, nueva, la más vieja: que lo que importa es vivir en Otro Mundo.)

En noviembre de 2043 el doctor Ily Badul y la licenciada Samarin Bakhtir firmaron –en Goa, dijeron, pero nunca pudo confirmarse– unas capitulaciones llenas de recovecos y de incisos. En síntesis, el doctor se comprometía a facilitar al equipo de investigadores que formaría la licenciada toda la información que tuviera y, a cambio, recibiría el 6 por ciento de las acciones de la empresa y una confusa garantía de que su saber sería «bien usado» –y se comprometía, también, en una cláusula inusual, a refrendar cualquier relato que la empresa hiciera de su participación en el asunto. Samar, por su parte, se comprometía a desarrollar y comercializar el mecanismo en menos de 24 meses y, a cambio, guardaría las demás acciones de la empresa y la potestad de decidir sus estrategias. El documento existe, los detalles son farragosos y aburridos.

Sabemos que, para seguir adelante, Samar debió empezar por montar un discurso convincente. Lo usó, primero, con extremo secreto: el primero en comprarlo fue el pequeño financista bengalí que aceptó costear los experimentos, después los dos técnicos israelíes de cierto nivel que se integraron y, por fin, el aventurero ex italiano que proveyó la casa de Torino.

(Es obvio que no pude confrontarla: Samar desapareció casi al aparecer, tan breve y rutilante fue su paso por la escena pública. Dejó, claro, todos esos mojones para asegurarse de que su historia sería la suya, la que ella quisiera. Sé que mi reconstrucción, entonces, está teñida por su voluntad: tenía tanta, la tenía tan fuerte. Con esas prevenciones, precauciones, he tratado de matizarla con otras referencias. De todos modos, lo que importa de ella no es tanto los detalles de su vida –los detalles, se sabe, están terriblemente sobrevalorados– sino el efecto de sus actos sobre tantos millones de vidas. Es lo que intento contar con las mayores garantías.)

En medio de tanta información, Samar nunca dio ninguna sobre cómo llegó a contactarse con Umberto Bacca, el empresario torinés que colaboró con sus primeros pasos. Sabemos que él le ofreció esa vieja casa como sede de la empresa y que Samar dudó: Europa, en esos días, seguía en llamas.

4. Cruces

El conflicto ya duraba varios años: desde que la Iglesia de Roma decidió que debía ocupar el lugar que los estados estaban perdiendo, que era la única que podría —creía que podría— poner en ese caos algún orden. Lo sabemos: el papa Pious XIV, el norteamericano que encabezó el contragolpe, es una de esas grandes figuras tragicómicas que la historia se empeña en ofrecer con una generosidad que no le pide nadie.

Su vida —y su muerte— son muy recientes como para haberlas olvidado; por si alguien lee estas líneas dentro de muchos años, recordaré que Jeremy Aloysius Johnson había nacido en Des Moines, Iowa, el 21 de abril de 1981, 22 días después de ese 30 de marzo en que Ronald Reagan no fue asesinado de milagro en Washington, 22 días antes de ese 13 de mayo en que el papa Juan Pablo II no fue asesinado de milagro en Roma. Su madre, Renata Tabkszå, que cantaba —como los dioses— en el coro de su iglesia católica, tomó debida nota del asunto y nunca dejó de pensar que esa coincidencia había predestinado a Jerry; Jerry, con el tiempo, también se convenció. No fue fácil: pocas cosas más banales que su infancia.

Jerry terminó su alta-escuela en los primeros días del siglo, retrasado; su madre creyó que su diploma también era un milagro pero, por supuesto, no podía decirlo. A sus 20, Jerry era un muchacho opaco, con una vida social limitada a su dóberman Achtung y Linda, su novia desde los 16; trabajaba de dependiente en una tienda de moscas y otros señuelos para peces de río. Todo parecía destinarlo a seguir esa vida sin desvíos, cuando la muerte se cruzó en su camino.

La muerte fue de Linda: una madrugada la chica, que todos siempre habían considerado demasiado bonita para él, apareció cosida a cuchilladas en un coche estacionado en las afueras de Des Moines. Le faltaban tres dedos —los medios de la mano derecha— y el pezón izquierdo; cuando los investigadores encontraron mails de Jerry donde, con una prosa inesperadamente fogosa, le decía a su novia que si quería dejarlo lo dejara si le dejaba para siempre su pezón izquierdo, y cuando el barman de Richie's contó que esa noche la había visto besándose con un señor mayor, la acusación y el encarcelamiento no tardaron.

Jerry nunca dejó de protestar su inocencia, pero un tribunal de doce hombres y mujeres de bien lo encontró culpable de homicidio en primer grado agravado por el vínculo y lo condenó a prisión para siempre. Mientras su madre se desmayaba con un grito, Jerry entró en un mutismo extremo. En la cárcel de Anamosa lo pusieron en una celda de aislamiento —para protegerlo y porque, de todas formas, no se hablaba con nadie. Veintidós días después habló por primera vez: dijo que el Señor Dios se le había aparecido y que tenía las mejillas muy rojas, como si hubiera pasado frío o algo así. Y que también le dijo —dijo— que su prueba duraría 22 meses: que supiera afrontarla.

Un diario local lo publicó, alguna de esas redes primitivas lo hizo circular —aunque no mucho. Jerry dijo también que le había prometido al Señor voto de castidad: no era tan fácil, en esa cárcel, mantenerlo. Para pasar el tiempo intentó socializar, mezclarse; mucho después diría que, por primera vez en su vida, había sentido que tenía tanto que aprender. Era amable, afable, tolerante; los demás presos lo llamaban Nipples —y él ni siquiera llegó a corregirles ese plural a todas luces abusivo.

Cada mes, en la fecha precisa, Jerry se subía a una mesa del comedor del penal y anunciaba a voz en cuello que faltaba uno menos para el día en que el Señor lo haría libre otra vez. Su inconducta le costaba un par de noches en la celda de castigo, pero él la repetía mes tras mes: se ve que el precio le parecía apropiado.

El día en que se cumplieron los 22 meses del asesinato de Linda, en una carta dirigida al juez Matthew, un Gordon Layela confesó y contó el crimen con detalles que solo el asesino podía conocer. Layela decía que escribía esa carta porque el remordimiento lo mataba —y tanto que, terminada su redacción, procedería a suicidarse. Ese extremo nunca se pudo comprobar —su rastro se perdió para siempre—, pero la carta y sus verificaciones consiguieron que Jerry saliera en libertad al cabo de unos días. En la puerta de la prisión estatal de Anamosa lo esperaba una multitud enfebrecida: querían ser los primeros en vitorear al joven milagroso. Jerry les habló desde la caja de una camioneta: en ese momento de gloria prometió solemnemente que dedicaría su vida a Nuestro Señor Dios, que así como Él le había cumplido su promesa él cumpliría las suyas, que para eso Él lo había salvado; tres días después, ya en libertad, se presentaba en el seminario jesuita de Dubuque.

El provincial de la orden lo aceptó con trompetas: era obvio, dijo, que el Señor lo había redimido porque quería darle una misión que valiera las penas. Con su historia en todas las televisiones de esos tiempos, con su cara en las tapas de los diarios de papel, Jerry era el joven maravilla, el póster que el catolicismo americano necesitaba como agua en el desierto —y así lo trataron. Cinco años después, a punto de cumplir los 27, Jeremy Aloysius Johnson se convirtió en el padre Jerry, S. J., y recibió una parroquia difícil, chicana, de Chicago, donde obró maravillas. Desde que, con visión milagrosa, consiguió evitar el que hubiera sido el mayor atentado de la historia, la voladura del Wrigley Field en medio de un partido de los Cubs, su carrera se volvió un asunto global. (Y las sospechas de que todo había sido una puesta en escena de la arquidiócesis para lanzar a su estrella fueron acalladas con rapidez y tremenda eficacia.)

Su historia tiene más dimes, más diretes, más vueltas y revueltas. Y, sin embargo, todo lo que pasó entretanto parece un entremés, la preparación para ese día tremendo en que, ya ungido papa Pious XIV, Jerry Johnson lanzó su famosa homilía «Adversus Hæreses».

(Los detalles, queda dicho, son demasiado conocidos. Lo que nunca pudo saberse es si la idea vino del propio papa o de alguno de sus cardenales; lo cierto es que haría historia.)

La Iglesia de Roma necesitaba revivir. Los reinados del argentino Bergoglio, primero (2013-2024, el primer papa peronista), y del senegalés Baoundé después (2024-2038, el primer papa negro), le habían costado tanto. Los papas periféricos fueron un intento de expandir su fe en los continentes semihundidos, y fallaron: en Latinia las multitudes se iban con los evangelistas; en el África, huían hacia donde podían o se morían de hambre y de malaria. Y, en Europa shockeada, su deriva populista la indispuso con su base más intransigente sin ganarle realmente adeptos nuevos –salvo entre la clase media urbana en vías de desaparición.

El fracaso siempre trae fracasos: el Vaticano era una cueva de ratas enfrentadas debatiendo cómo salvarse de la quema, dispuestas a usar cualquier medio para la mayor gloria del Señor. Todos los medios: la muerte de Baoundé –que permitió la elección de Johnson– fue tan confusa como la del pobre Juan Pablo I, el papa de un mes solo. Y Johnson fue elegido con una misión: recobrar el lugar de una organización dispuesta a todo para defender su lugar, sus convicciones. Necesitaban, estaba claro, recuperar la magia, y qué mejor, para eso, que el destinatario de un milagro divino –rubio, alto, pecoso, precioso.

«Porque yo, como Jesús, no he venido a traer la paz, sino la espada. Porque ellos nos hicieron la guerra sin decirlo, la peor guerra, la larvada, silenciosa. Ellos tienen la culpa del estado en que estamos, de esta degradación, de esta desgracia: no volveremos a ser lo que éramos mientras no los devolvamos a lo que siempre fueron.»

No necesito reproducir la Homilía: ya forma parte de los textos famosos o infames de la historia. Solo necesito destilar su argumento central: que, según el papa Pious, el Señor le había prestado su trono por 22 años para limpiar la tierra de la plaga: «Los infieles que han invadido nuestras tierras, ocupado nuestras casas, violentado a nuestras mujeres; los infieles de todos los colores que viven entre nosotros como si vivieran entre ellos; los infieles que deberán convertirse en esclavos del único Dios verdadero o en fugitivos para esquivar su cólera terrible; los infieles que no nos dejan más remedio que convertirnos, nosotros también, en los guerreros que el Señor ha elegido para recuperar lo que siempre fue Suyo», recitó, desde el famoso balcón de San Pedro.

Porque Europa siempre había sido Suya, dijo, y que el Señor la castigaba por haberse dejado invadir así: «Que no se le perdona a una nación, como no se le perdona a una mujer, ese momento de debilidad en que el intruso la somete. Si nuestras naciones se han dejado violar por los infieles, nos toca a nosotros, una vez más, como tantas veces en los dos últimos milenios, rescatarlas de su propia debilidad. Pero, para eso, tenemos que ser fuertes, verdaderos guerreros», dijo el papa, y que para ser esos guerreros los buenos cristianos tenían que empezar por pelear contra sí mismos, vencer las tentaciones, volver a la observancia más estricta de cada norma que el Señor ha dictado. De donde, por fin, su lema, su consigna: «Por Dios, todos con Dios, nadie sin Dios» —que, incluso, coqueto, anunció en latín macarrónico: «Deum, deocum totuus, sine nihil!». Y lanzó la Cruzada.

Fue, por supuesto, el Viernes Santo del 2039: 6 de abril. La fecha quedó grabada, tinta en sangre.

La Cruzada parecía una gran oportunidad: ante el desfalleci-miento de los estados europeos, que amenazaban con desapa-recer en cualquier momento, la Iglesia de Roma daría el paso al frente. Quién sabe si sus jefes pensaron que debían ocupar ese lugar para salvar al mundo o que ocuparlo podía salvar su lugar en el mundo. En cualquier caso el plan parecía bueno: lo perdió lo que podía parecer, en principio, un detalle.

La Cruzada, en la mente del papa y de sus consejeros, de-bía empezar por trazar una raya, poner de un lado a los bue-nos y del otro a los malos, eliminar ese territorio ambiguo donde se refugiaban tantos. Una vez suprimida esa ambigüe-dad –planearon– sería más fácil acabar con los impíos: negar-les empleos y cobijo, dejar de venderles suministros, compli-car la educación de sus pequeños, señalarlos en calles y nubes hasta empezar, por fin, la violencia y los pogroms. Pero para llegar hasta ese punto era necesario que la diferencia fuera muy clara: que los cristianos vivieran en plena exhibición de su fe y su obediencia de las reglas.

Nadie sabe –aún hoy– si fue una meta del plan o un daño colateral: lo cierto es que se produjo en Europa –y, de rebote, en el resto del mundo– esa terrible ola de fundamentalismo cristiano que convirtió una religión cada vez más laxa, más fácil de vivir, en un castigo permanente.

La raya, en efecto, fue trazada. Millones decidieron seguir al pie de la letra la letra de las Escrituras: reclamaron un ojo por un ojo, apedrearon moralmente a la mujer adúltera, echa-ron de su seno a gays y divorciados y fluides incluso, conde-naron cualquier coito que no buscara la reproducción, ata-caron las industrias del onanismo, negaron todo relato del mundo que no fuera el divino, rechazaron terapias que incluían manipulaciones condenadas: hicieron de la vida una tortura.

Más millones, por supuesto, se apartaron de esa cueva trastornada —o lo intentaron y a menudo lo pagaron muy caro. En Europa los cristianos ya eran minoría ante el crecimiento de los árabes y los africanos; cuando las nuevas exigencias expulsaron de su grey a los tibios y formaron un núcleo duro fundamentalista, fueron todavía menos. Se sabe que los grupos reducidos, que se sienten amenazados por el número ajeno, se vuelven más intransigentes. Así, los cristianos europeos hicieron más y más violenta su Cruzada —que solo pudo terminar como sabemos.

De entre esos millones que habían vivido con la esperanza de terminar en el cielo cristiano y que, al apartarse, la perdieron, surgieron los primeros usuarios de 天. Sin la ambición del papa americano la Guerra de Dioses nunca hubiera empezado; sin su ceguera, 天 lo habría tenido tanto más difícil.

5. La ocasión

También allí brilló el genio de Samar.

Hay quienes dicen, todavía, que se instaló en Torino porque no tuvo más remedio. Que hubiera preferido quedarse en Asia —la India, nunca China— y que si se movió a Europa fue porque allí, solo allí, consiguió algún cobijo. Ella siempre dijo —y no tenemos por qué no creer esta banalidad— que fue a buscar a esos católicos desencantados o expulsados por la intransigencia del papa: que ellos debían ser sus primeros clientes. Todos esos hombres y mujeres habían vivido seguros de su derecho a vida eterna pero ahora dudaban: no estaban a la altura de las nuevas reglas, temían —con razón— quedarse afuera. Samar creyó que podía convencerlos de que la transferencia de sus cerebros sería la forma de reemplazarla. Esa masa crítica de clientes posibles la llevó al centro de Europa: la suma de su tradición hedonista y su presente aterrador los volvía especialmente vulnerables. Lo fácil que se estaban muriendo, además, mejoraba el mercado.

(Las escaramuzas andaban encendidas. En el solo año 2044 habían muerto en ellas 207.336 personas. Sus formas eran más que variadas: un comando islamo volaba un edificio, uno catolo envenenaba un circuito de agua, uno ponía una pequeña bomba de neutrones en un cruce importante —y le pedía a su dios que reconociera a los suyos–, otro lanzaba una ofensiva de bacterias que los antibióticos al uso no paliaban.

Las dos grandes iglesias se peleaban por la hegemonía –sabían que debían dividirse a las mismas personas– pero coincidían en algunas cosas: la más flagrante, su condena de todos los intentos de colonizar por fin la Luna. Nunca quedó claro por qué lo hacían. Quizá temieran que, ya instalados en el cielo, las personas dejasen de creer en los cielos que ellos ofrecían; quizás era solo su oposición instintiva y atávica a cualquier cambio. Lo cierto es que usaron todo su poder para retrasar esos intentos. Aunque es probable que el fracaso de los proyectos lunares tuviera otras causas: la oposición china, sobre todo, a la apertura de un frente nuevo que amenazara el poder que estaban asentando en esta Tierra. La conquista se volvió un chiste repetido: «Sí, cuando nos instalemos en la Luna» es, lo sabemos, todavía, la forma más común de decir nunca.)

Allí, entonces, en ese caserón raído de fines del siglo antepasado cerca de la estación –vacía– de trenes de Torino, arriesgada, dispuesta a casi todo, Samar se instaló con sus cinco colaboradores iniciales. En esos primeros meses no parecía tener más vida: sus subordinados siempre contaron que se encerraba las horas y las horas pensando en su proyecto, que no salía ni veía personas. Quizá no fuera cierto: uno de ellos, Ladisleo Galdós, diría años después que cada jueves a las diez de la noche la visitaba una mujer que nunca conocieron. Los demás lo desmintieron coléricos, hablaron de su resentimiento.

Nadie sabía muy bien qué pasaría: era uno de esos momentos en que la historia puede caer de cualquier lado. Samar sabía que se trataba de experimentar y de arriesgarse: sus técnicos experimentarían, sus cobayos arriesgarían –sus vidas. La miseria avanzaba, y la necesidad: no era lo mismo conseguir participantes en Torino que en Darwin pero, para su sorpresa, tampoco le resultó tan complicado. Claro que les había presentado su participación en el experimento como la mejor chance de sus vidas: la chance de salvarse.

Su número nunca quedó claro: los registros fueron destruidos. Fueron, es cierto, muchos menos que en la Patagonia: es difícil sostener que la menor cantidad supone menos responsabilidad, menos culpa. Es más fácil recostarse de nuevo en la doctrina Bembé: que el fin, en síntesis, justifica los medios –y las muertes. No creo que hayan sido menos de veinte; espero no terminar este trabajo sin haber establecido sus nombres, sus historias. Varios de ellos se murieron antes de que el mecanismo terminara de ponerse a punto; el resto después, cuando las 天 ya estaban, según los técnicos, funcionando a pleno.

(Dispongo, sin ir más lejos, de un documento policial, una denuncia por desaparición de persona en la ciudad de Torino, Europa CentroSur, 8 de agosto de 2045: Corrado Bosco, 44 años, de profesión sus labores, 1,78 metros, tez cetrina, es buscado por una Lorelei Czernow, meretriz para holos, que dice ser su esposa, tras haber faltado del hogar común durante siete semanas. La declarante dice que el hombre le dijo que iba a participar de un experimento científico, que no se preocupara, que serían tres o cuatro días como mucho y que le darían suficiente dinero como para que pudieran, después, cumplir su sueño: comprarse un perro dóberman –«usted sabe», explica innecesariamente la declarante, «después de la prohibición son prohibitivamente caros, pero son los únicos que te defienden de verdad, con lo duro que está todo en estos días». El expediente está archivado sin resolución; es probable que la policía torinesa lo haya enterrado a cambio de una suma, como solían, o, incluso, porque un discurso elocuente los convenció de que el bien de la humanidad era más importante que la desaparición de unos cuantos pelagatos. No había nada más fácil de convencer, sabemos, que un agente de la menguante policía de esas ciudades en esos tiempos turbios.)

La investigación pendiente no fue una gran aventura: Badul la había dejado adelantada y solo se trató de incorporarle el gran ajuste: en lugar de transferir el cerebro a una máquina aséptica, vacía, incorporarlo a un entorno de truVí donde ese cerebro se mantendría contento: la casita. En las primeras pruebas, ese entorno era realmente primitivo: una playa con una mujerona que cantaba y masajeaba, deliciosa, tan amable con hombres como con fluides y mujeres. Era un insulto pero a nadie le importaba: se trataba de medir las reacciones de los cobayos, leer en las ondas de sus cerebros su capacidad de adaptación y el modo de sus sensaciones.

Aparecían escollos, encuentros azarosos. A lo largo de varias pruebas los investigadores notaron, en sus monitores de control, movimientos bruscos, irregulares, en ciertas secciones de los cerebros digitales: las que se relacionan con sentimientos primarios. Esto solo podía significar una cosa: que los cobayos eran horriblemente desdichados. Los investigadores supusieron que lo que los agitaba era su nueva condición: un efecto secundario de la transferencia. Hasta que a uno de ellos, Amos Bodovossoff, se le ocurrió que quizás el problema era ese que la ciencia contemporánea todavía llama la Paradoja Voltaire, del nombre de un cuentista francés del siglo XVIII: que lo Mejor es enemigo de lo Bueno.

Los investigadores habían mejorado todo lo posible las redes neuronales que recibían los cerebros de los cobayos, para darles la mayor medida potencial de inteligencia. Bodovossoff imaginó que esa, quizás, no era una solución sino el problema. Propuso que la disminuyeran —o, mejor, que la dejaran en los niveles habituales de cada cual—, y entonces la actividad frenética disminuyó sensiblemente. De pronto resultó evidente que ese exceso de inteligencia llevaba a los cerebros transferidos a plantearse más y más problemas, nuevos enigmas que no siempre podían resolver —o, peor, cuya respuesta los volvía miserables.

Cuando la consultaron, Samar entendió algo: que la ciencia no es nada sin la dosis de sabiduría que muchos científicos nunca conseguirían. En esas circunstancias —dejó dicho— se sentía particularmente magnífica: cuando entendía las obviedades que tantos desdeñaban. Ella, dijo, ya sabía —lo había leído en *Lo justo o lo justo* de Faletti Coelho— que una buena vida requiere una dosis precisa, ni tan alta ni tan baja, de inteligencia. Y que, si acaso, más adelante podrían consultar a los clientes si preferían un pequeño suplemento o un pequeño déficit. Tiempo después, cuando lo hicieron, las respuestas los dejaron patitontos.

(Más tarde, en la etapa estatal, las autoridades decidieron eliminar la opción. La humanidad nunca había tenido que enfrentarse a la comprobación empírica de que demasiada inteligencia era un hándicap grave. O que, por lo menos, era percibido por muchos como un hándicap grave. Fue incómodo, inquietante. La idea iba en contra de la noción central de nuestro tiempo: que a más inteligencia mejor vida. Y fue usada, incluso, en la pelea contra los maquinistas extremos, los que querían crear, gracias a la «potenciación de nuestros cerebros con herramientas digitales», lo que llamaban «una raza de superhombres». Si esos superhombres se volvían tan desdichados como indicaban los experimentos, ¿quiénes querrían serlo? Y, si no sufrían, ¿quién podría resistirlos?

Huelga decir que el argumento era interesado: esos superhombres, si hubieran sido realizados, habrían supuesto una competencia, una amenaza importante para los planes de Samar y los suyos. Pero es probable que Samar creyera realmente en la limitación de inteligencia. Los experimentos, en todo caso, obligaban a replantearse los usos de esa herramienta, a limitar su alcance, a aceptar que a veces perjudica más que beneficia.

Pero no era fácil asumirlo, y persistía la sospecha de que muchos clientes pedían más inteligencia que la que les convenía y, una vez transferidos, la sufrían.)

Lo que sí fue un trabajo arduo fue el montaje de esas vidas –o, como entonces las llamaban todavía, las «reVidas», ese mundo virtual donde viviría cada converso. Se basaban en truVís existentes y los modificaban. Durante los primeros meses de trabajo, el equipo de Samar se esforzó en componer una docena de modelos de reVida standard, organizados a partir de criterios convencionales del placer: vacaciones en paraísos tropicales de los que ya no hay, playas de aguas turquesa, comilonas, bailes, bellezas de sexo camaleónico, éxitos laborales, triunfos deportivos. Los llenaban de detalles turgentes, se entretenían inventándolos, se excitaban imaginando más y más pormenores deliciosos: la gozaban.

Uno de ellos que dice, en una holo de esos días: «Estamos cambiando el mundo para siempre». Y uno más viejo le contesta: «No seas tonto».

De otra holo con el larguísimo testimonio de uno de esos primeros programadores, Bosco Corrato, un extracto:

«Éramos como dioses. Teníamos la vida por delante: la creación de vidas por delante. Discutíamos cosas, todas las cosas, éramos como dioses. Me acuerdo de una noche entera debatiendo si en sus reVidas las personas debían defecar. O, dicho de una manera más amplia: si convenía mantener las funciones ridículas del cuerpo o era mejor eliminarlas. Cada discusión puede transformarse en algo mayor que lo que parece, debatir si una persona digital caga o no caga implica discutir si esa vida que estábamos inventando debía parecerse lo más posible a las vidas naturales o debía ser, por el contrario, algo distinto, un compendio de lo deseable que no estuviera lastrado por las obligaciones que la vida natural impone. Si era mejor que se sintiera como vida natural o que fuese claramente diferente.

»Y entonces uno que dijo que el problema era que lo que para algunos es obligación para otros es placer, que a él sin ir más lejos cagar le daba gusto todas las mañanas y que no quería siquiera imaginar una reVida sin ese lujito repetido. Y que para otros podía ser un incordio como podía ser un incordio para él tener que comer todos los días, dos o tres veces cada día, y que por eso ya casi no lo hacía, mientras otros viven esperando esos momentos. Y así de seguido, o más: que para algunos trabajar resulta indispensable y placentero y otros podrían vivir toda su vida sin dar golpe. O que el sexo, tan tenido por placer, era para algunos obligación desagradable o al menos anodina y que entonces. Y que el problema de inventar vidas de otros es que los otros son tan otros», decía, se reía.

De donde, poco más adelante, se desprendió lógicamente el acierto final, el decisivo: la idea de que cada cual podía armar su propia Re. Pero faltaba para eso, todavía. No hay nada más difícil de ver que las consecuencias lógicas de ciertos planteamientos —que, ya vistos, parecen de una evidencia estrepitosa.

Y si bien más tarde esos modelos se quedarían atrás en el avance incesante del proceso —y ahora nos parecen tan deliciosamente arcaicos como manejar un coche, estudiar un idioma, comer comida cocinada—, hasta los más reticentes aceptarían que sin ellos nada habría sido posible: que siguen siendo la base de todo el edificio.

Pero la idea de la customización —de la reVida hecha a medida— fue la que dio vuelta todo, la que hizo que un mecanismo atractivo pero un poco vulgar se convirtiera en el concepto que definió este siglo.

Y eso sí que no sabemos de quién fue. Samar, después, cuando habló del tema, se escondió en vaguedades, de esas que ni afirman ni niegan, de esas que permitían que quien creyera que la inventora había sido ella pudiera seguir creyéndolo y quienes no lo creyeran no pudieran acusarla de colgarse una medalla ajena. Samar era maestra en esas cosas. Pero, fuera de quien fuese, Samar la reconoció enseguida, la adoptó entusiasmada. Recién entonces, cuando el peso de la nueva idea la sacudió de golpe —y cuando vio que era factible y pronto estaría en marcha—, decidió que era tiempo de lanzar su invento.

(Aunque ella, por una coquetería desplazada, insistiera en llamarlo su «producto».)

Ahora, cuando 天 forma parte de nuestras vidas, es extraño pensarlo, pero el intento, entonces, estaba lleno de dificultades: era —o podía parecer— un salto hacia el vacío más vacío. Aunque es cierto que sus mecanismos se apoyaban en costumbres que ya estaban asentadas. Para empezar, la difusión que tenía entonces la muAnce —que más tarde, con la caída de América, se deshizo en la melancolía. Pero en esos años era omnipresente.

Su creador, Terence Nguyen, es uno de los artistas más olvidados de estos tiempos. Americano, nieto de refugiados vietnamitas, Nguyen era un recuerdo de aquella guerra que todos los suyos intentaban olvidar: al fin y al cabo fue el principio del fin, la primera grande que perdieron, la que inició su decadencia. Su invento fue otro azar: Nguyen era joven, se aburría, trabajaba en un asilo de ciegos —antes de que los ciegos de los países lógicos dejaran de serlo— y, para que no lo molestaran, se le ocurrió que debía imponerles lugares, colocarlos en ellos. Había estudiado algo de música; siempre lo había extrañado su renuncia a describir. Decidió intentarlo. Sobre una base de sintetizadores muy melódicos, casi melosos, sonidos reproducían la sensación de algún lugar, alguna situación: sonidos te situaban en una playa thai, en un bosque siberio, en una cama con fluides incoloros, sobre un caballo a la carrera. Los ciegos adoraban.

Nguyen empezó a notar que los escasos visitantes de los ciegos apreciaban esos devaneos. Un día, casi sin darse cuenta, imaginó la posibilidad de difundirlos. Para empezar los bautizó con ese nombre cursi, muAnce: eran esos tiempos en que todo en el mundo del consumo debía ser la mezcla de dos palabras anteriores, minúscula al principio para parecer cool, mayúscula después para ser caprichoso. Para seguir, envió algunos temas a enclaves claves de la Trama. Hasta entonces la música popular era una forma de estar demasiado ahí: encerrarse en espacios oscuros erizados de láseres y sentir los cuerpos demasiado cerca, oler sus sudores, escuchar sus crujidos y jadeos, toquetearlos. Nguyen entendió el humor de los suyos: no querían estar ahí sino lo más lejos posible. Justo antes de la locura de los truVí, la muAnce condujo a las personas a pensarse en otros sitios, en otras situaciones: los sacó de sí mismos. Fue un éxito increíble. Y, sin duda, un precursor de 天.

(Nguyen podría haberse hecho rico —o, más que rico, multimillonario— pero, visto lo visto, es probable que no se le ocurriese: no cualquiera. Cuando su invento empezó a difundirse, se aficionó a una de sus canciones, un tema de piano machacón y sombrío que portaba el ambiente de una cama de hospital —pitidos y silencios, pies arrastrados, quejidos suaves, ronquidos agónicos, chistes malos. No podía dejar de oírla; la escuchaba cuando se murió, de golpe, sin razón visible. Su muerte podría haberse interpretado como el efecto último de verdad de su creación; muchos lo hicieron —y después se discutió si su historia influyó de algún modo en la decisión de Samar.)

Sobre eso, el sustrato de los juegos virtuales —sin los cuales 天 nunca se habría impuesto. Ya hace más de medio siglo que la cifra de negocios de los juegos alcanzó el primer lugar en la industria mundial del entretenimiento; desde entonces no dejó de crecer. Limitados durante muchos años al ocio de niños y jóvenes, hacia mediados de la década del '30 los juegos virtuales ocupaban casi dos tercios del tiempo libre de los adultos de los países lógicos. Para eso fue decisiva la perfección lograda en la ambientación: el paso de los juegos de primera y segunda generación a eso que Fu Guidong bautizó truVí+. Antes que eso —ya pocos lo recuerdan— los juegos eran puramente visuales y auditivos, un trip de la mirada con ruiditos.

Pero dicen —Ashaly Pires, *La tarde de los tiempos*— que todo eso ya había empezado antes, con aquello que nuestros abuelos llamaban «teléfonos inteligentes», pobres ángeles. Que fue entonces cuando las personas se acostumbraron a vivir en otro espacio: que, estuvieran donde estuvieran —en la calle, en un bus, en la escuela, en su trabajo—, estaban con sus amigos o sus juegos o sus músicas o sus pornografías en sitios —que por algo se llamaban sitios— que los sacaban de su sitio. Y que, ya acostumbrados a no estar donde estaban, el deslizamiento hacia las realidades que —otra vez nuestros abuelos— llamaban virtuales fue pura lógica o, mejor: que nadie se dio cuenta.

La hipótesis puede ser atractiva: yo creo que la vida en otros mundos estuvo en este desde siempre. O por lo menos desde que un señor —o una señora, más audaz— se creyó que en ese árbol más alto que los otros vivía un ente raro que podía hacer cosas que ellos no podían y que entonces valía la pena pedírselas y hacer cosas para que se las diera, desde ese momento en que aquellos monos mal vestidos empezaron a inventar sus religiones, los hombres se fueron acostumbrando a vivir en otros mundos, pensando en otros mundos, dependiendo de otros mundos, creyendo que lo que pasaba en otros mundos era lo que realmente les pasaba.

天 fue exactamente eso, pero en serio.

«Remar con la corriente o contra la corriente: la disyuntiva es vieja como el mundo. Otra vez, una vez más, una mujer decidió remar distinto —y todo fue distinto.»

6. 天

«¿Usted sabe cómo será su vida cuando no?
¿Tiene miedo de sufrir cuando esté muerto?
¿Tiene miedo de no sufrir cuando esté muerto?
Las preguntas son suyas; las respuestas, de 天.»

Después diría que ella sí pasó miedo: Samarin Ben Bakhtir sabía que tenía entre las manos algo grande, que era la chance de su vida, que era mucho más grande que su vida, que no podía desperdiciarla. Alguna vez habló de no repetir el error de otro momento en que tuvo una chance —«nada parecido a esto, pero para mí entonces era algo importante»— que nunca quiso precisar, y que, pese a todos mis intentos, no he podido descubrir. Lo cierto es que se preparó: no solo estudió a los grandes convencedores; también, con especial cuidado, a sus opuestos: a esas personas que habían tenido la posibilidad de convertirse en uno de ellos —una idea genial, un gran producto inédito— y la despilfarraron.

Estudió la historia de Dean Kamen, el inventor de un transporte eléctrico urbano de principios del siglo que podría haber sido un éxito absoluto: dos pequeñas ruedas y un manubrio alto que permitían un desplazamiento fácil, cómodo, rápido. Pero apareció unos años demasiado pronto, en plena época del coche todavía, y su dueño no supo colocarlo. Esa salida en falso le costó décadas; pasarían casi tres hasta que un aparato semejante —aunque muy mejorado— se reciclara como el Tur y, con ese nombre, se volviera el vehículo más habitual de las ciudades lógicas. Kamen, para entonces, ya se había muerto en un accidente de su propio invento.

Estudió a Chi Tadeng, la instrumentista china que supo inventar un «lector de ondas sonoras» que interpretaba los impulsos musicales de cualquier cerebro, aquellas melodías que las personas se imaginan a medias en su mente pero no saben completar ni, mucho menos, ejecutar, y las transformaba en magníficas piezas orquestadas. Aunque fue pensado como un mero instrumento recreativo, el ChiT podría haber cambiado la música del mundo, si solo su inventora o sus desarrolladores hubieran sido capaces de instalarle los filtros adecuados. No lo consiguieron —o no lo pensaron a tiempo—: el instrumento leía los pensamientos más sombríos, más horribles de sus usuarios y los transformaba en músicas aterradoras, que lo volvieron odioso y terminaron condenándolo al fracaso.

Y estudió a Javiera Gómez Arcos, la riquísima ingeniera latinia que propuso un corazón exógeno —el ExtraCor—, un regulador del flujo sanguíneo que funcionaba por magnetismo sin necesidad de introducirlo en el cuerpo. Era brillante pero se encontró con el peor de los obstáculos: el miedo. Los posibles usuarios temían que la circulación de su sangre —sus vidas— dependiera de un aparato que podían olvidarse, que podía desconectarse, que podía descomponerse. Aunque la Gómez les aseguraba, con razón, que ninguna de esas posibilidades era real, la maquinita —que habría dado un golpe brutal a los fabricantes de órganos— fracasó sin atenuantes.

Samar lo examinó al detalle: sabía que su pelea decisiva sería contra el miedo.

Miedo al desconocido, miedo
a conocer, más que nada: el miedo
a que tus miedos cambien, se hagan otros.
Miedo a los miedos nuevos:
el miedo más antiguo.

Ahora, cuando 天 forma parte de nuestras vidas, se habla mucho de esa desproporción extraña: media docena de personas en una casa vieja en un rincón de un continente derrumbado inventando una obviedad que nadie había pensado, un fallo que daría vuelta todo. Por supuesto, las conclusiones que cada cual saca son distintas —porque en realidad nadie saca conclusiones: usa los hechos para apoyar sus hipótesis previas. Que no hay nada como la creatividad humana y que esa creatividad solo se da en individuos o pequeños grupos marginales, nunca en grandes colectivos ni centros de poder —dijo Svenson. Que no hay mejor momento para la invención que una crisis terminal, cuando todo parece deshacerse, cuando el subconsciente registra la amenaza y quiere recuperar un orden —dijo Perry Mason. Que no hay mejor momento para la invención que una crisis terminal, cuando las barreras de la costumbre y la corrección ya se quebraron y la mente puede vagar sin límites, atreverse, perdido por perdido, a lo que sea —dijo Pires. Que es imposible predecir los tiempos y que qué idiotas vanos los que nos dicen que lo hacen —dijo Darregui. Que lo que pasa por progreso puede ser un retroceso estrepitoso —retrucó Pires. Que en este caso, como en tantos otros, habría que discutir con cuidado el uso de la palabra peor usada, más abusada de todos los tiempos: la palabra *revolución* —dijo, airado, Svenson. Que lo más difícil es atreverse a ser simple y que si algo nos está matando es ese mandato de la complejidad y que la historia ya debería habernos enseñado que los grandes cambios se producen cuando alguien simple se atreve a pensar lo que las mentes más complejas desdeñaban —dijo, siempre folclórica, Diadema Göltz. Que lo más difícil, en realidad, es parecer simple siendo tan complejo —dijo su ladera, Govinda McDougall. Que no es raro que semejante revolucionaria no haya sobrevivido: que así somos —dijo Svenson.

Samar siempre supo —y lo dejó claramente anotado— que si hubo un momento decisivo en este proceso fue el de ponerle un nombre a la invención. Siempre supo —y lo anotó— que nada define tanto a la cosa como su nombre, y que «le basta un nombre errado/ para errar sin fin en el olvido». Se concentraba, caminaba de pared a pared, silbaba como sin darse cuenta; «What's in a name», se preguntaba entonces con frecuencia y a veces llegaba a responderse: «Que en el nombre de la rosa está la rosa…». Años después Galdós, al contarlo, contó también que, sorprendido, una vez le preguntó qué eran esas frases y ella le dijo que unas canciones viejas.

Lo tenía claro; por eso se tomó el tiempo suficiente, el esfuerzo suficiente: sus desvelos quedaron registrados en las notas de su quanti, en sus holos. Por eso pudimos reconstruir ese proceso, que todavía resulta fascinante. Estos son sus puntos destacados, las palabras que fue considerando:

Conversión: durante toda su investigación, Badul pensó lo que hacía como una «conversión». Insistía en que lo era: un mortal se convertía en inmortal, un infeliz en feliz, un terror espantoso en esperanza gracias a ese pase casi mágico —o mucho más que mágico: científico. A Samar el nombre no terminaba de gustarle. Le sonaba a religión antigua, a volverse otra cosa, a puro desespero.

reVida (también, *reVita*): fue uno de los títulos de trabajo que más usó el equipo de Samar. Entonces la palabra vida, en castellano en el original, todavía circulaba en las lenguas globales. Era, sobre todo, la herencia de VidaMía, el rapero chicano americano de los años '20, cuando la influencia cultural de su país seguía presente. Samar temía que su producto se viera lastrado por una palabra que sugería pasado. Tampoco le gustaba que se pudiera interpretar como una repetición de la vida natural: re-vida. Y le incomodaba la asociación demasiado cercana con truVí, que le quitaba seriedad.

superVida (también, *superLife*): el problema con la palabra vida —o, incluso, con la palabra *life*— seguía siendo el mismo. Pero Samar acarició la idea de «súper»: no sugería una repetición sino una superación, una vida tanto mejor que la primera. Aun así, su carga de arcaísmo le hizo desestimarla.

Cambio: cuando se le ocurrió le pareció la solución definitiva: llamarlo «el Cambio», instalar la idea de que la prolongación de la vida en esa vida digital era el cambio por excelencia, el cambio perfecto. Tras más reflexiones y algunas consultas empezó a dudar y terminó por desecharlo: se le hizo evidente que la palabra cambio estaba demasiado identificada con las fuerzas del desorden, que remitía al caos en que ya entonces habían caído regiones enteras del planeta –so pretexto de esa pelea entre el cambio y la conservación.

Sinfín: casi la convence. Le gustaba la sonoridad de esa palabra, juguetona y falsamente china, y la manera en que reúne dos conceptos cercanos y contrarios, algo así como hermanos: la carencia –*sin*– y la terminación –*fin*–, para retorcerlos y volverlos su opuesto absoluto: lo que no se termina, lo que no se vacía de sí mismo y sigue siendo –como esas vidas que su artilugio prolongaría al infinito. Pero algo le molestaba y al final lo entendió: era la diferencia entre polisemia y desparramo. Sinfín podía entenderse de tantas maneras que nunca podría controlarlas, y esa multiplicidad terminaría por jugarle en contra. Le dio más vueltas, no había modo. Con su dolor la desechó.

Kiron: fue una de tantas. Samar jugueteó durante semanas con la opción de inventar una palabra que no significara nada claro en los idiomas hegemónicos y, entre las diversas posibilidades, ninguna llegó a tener más chances que «Kiron». También «Ulalet» tuvo sus opciones, y «Uqbar» y «Crym». Pero la noción, al fin y al cabo, no terminó de convencerla.

Barajó varias más, por supuesto, hasta que tuvo la idea concluyente: su golpe de genio fue entender que debía usar un ideograma. No solo porque fuera chino y el chino fuera cada vez más hegemónico; sobre todo, porque pudo conseguir que los dispositivos de interpretación lo tradujeran con una palabra doble: pronunciaban la palabra que correspondiera en el idioma del sujeto –paraíso, heaven, paradis, paradiso, परलोक,

паӣ, firdaus, สวรรค, cennet, raj– pero, para distinguirlo de los paraísos clásicos de las viejas religiones, le agregaban de inmediato el sonido chino de 天.

天 en chino se pronuncia *tsian*; su repetición incesante en todos los idiomas –paraíso tsian, heaven tsian, paradis tsian, paradiso tsian, परलोक tsian, паӣ tsian, firdaus tsian, สวรรค tsian, cennet tsian, raj tsian– hizo que pronto esos vocablos propios de cada lengua se volvieran superfluos, y que no quedara habitante que no supiese que 天 significaba exactamente lo que significa: la transferencia de un cerebro humano perecedero a un cerebro digital perenne, la conversión de una vida finita y determinada por su entorno en una vida infinita y armada a elección y gusto de su dueño: el logro de un sinfín.

天 se volvió una palabra única, igual en todos los idiomas, y pasó a ser, en poco tiempo, la contraseña de la época.

«天: El Más allá –para los que ya no quieren vivir más acá.»

Una vez encontrada la palabra, se abría el camino de la propaganda: de instalar, en las mentes del mundo, una idea nueva. En sus notas y registros, Samar fue acumulando materiales para conseguirlo:

«天 avanza en el sentido del cambio general: abandonar el mundo físico. Hasta el año 2000 se creían que el futuro consistía en domar como nadie el mundo físico –viajar al espacio, crear robots, hacernos cuerpos duraderos–; entonces empezaron a entender que era una tontería encarnizarse en el dominio de la entropía: que había que empezar a destilarse.

»Lo entendió un cocinero que le quiso sacar a la comida su materialidad: guardar su sabor, su olor, su color sin conservar su pesadez de materia. Eso sirvió de inspiración. Ahora suena ridículo: ya nadie come con materia. Pero entonces fue una revolución, una revelación. Ver los usos de la palabra destilado, la idea de destilado: 天 es un destilado de vida, lo mejor de ella concentrado y al alcance.

»En el sentido del cambio general: abandonar lo físico, la pesadez de la materia. Es una de esas coincidencias que suceden muy de tanto en tanto: cuando un invento pega un salto en la dirección en que su cultura ya estaba caminando. Ver las teorías de Gundaguin sobre los saltos de los grandes hombres.

»Jugar también con otro rasgo decisivo de estos tiempos: la aversión al esfuerzo, la pereza. Estamos acostumbrados a todo digerido, todo fácil. 天 lo ofrece: el alivio de no tener que planificar más nada. Ya está, ya llegó: ahora descanse —o cánsese— y disfrute. Ya no tiene que ganarse la vida; ahora solo tiene que gastarla —y no se gasta. Una cuenta sin cuentas: cobrar, cobrar, cobrar.

»La cornucopia: el cuerno de la riqueza interminable. La vida interminable».

«Usted no tiene deudas. Usted, ahora, con todo por cobrar: 天.»

Pero sabía que su pelea más importante sería contra el miedo, y pensó su estrategia:

«La clave está en no esperar los cuestionamientos, no defenderse de los cuestionamientos; atacarlos. Los lanzamos nosotros para contestarlos como nosotros queremos, para desarmarlos.

»Las personas tienen miedo por definición, el miedo es la pasión que los reúne: sin miedo no son nadie. Tienen miedo de perder lo poco que tienen y apoyan a los energúmenos que les aseguran que van a conservarlo, tienen miedo de perder su identidad y se reconfortan en las barrabasadas de los que les aseguran que van a ser iguales a sus abuelos, tienen miedo de aburrirse en el silencio y se entregan a esos gritones que llaman cantantores, tienen miedo de pensar y charlan gritan bailotean.

»Es difícil pelear contra el miedo. La única arma que podría funcionar es el orgullo, otra forma del miedo. Como tienen miedo de ser iguales que todos los demás, la misma mierda, buscan por todos los medios los medios para diferenciarse. Entonces quizá la campaña no tendría que negar el miedo; tendría que resaltarlo y ofrecerle a quienes se atrevan a la aventura 天 la oportunidad de derrotarlo: usted será el único, el que se anime, el valiente que irá tanto más lejos que este rebaño de cobardes.

»Tenemos que actuar directamente sobre el miedo. Un texto, por ejemplo:

»'Sí, es una tecnología con sus riesgos. Como Cristóbal Colón tomó riesgos cuando navegó hacia América, como Alexander Fleming tomó riesgos cuando se inyectó sus antibióticos, como Abiba Nedel tomó riesgos cuando lanzó la carneHumana'.

»(Que no se sepa. Ofrecérsela a una base de datos de ricos empresarios viejos, gente susceptible de quererla. Podemos ofrecérsela más barata si aceptan que les grabemos holos, para más propaganda.)

»Y decirles, interpelarlos muy directamente:

»'Dentro de unas décadas los riesgos van a ser mucho menores, las seguridades y certezas muchas más. ¿Pero usted puede esperar todo ese tiempo? O, incluso: ¿usted quiere esperar todo ese tiempo? ¿Usted es de esos que no se atreven a tomar un pequeño riesgo cuando la recompensa es absolutamente extraordinaria? ¿Usted no tomaría un pequeño riesgo para alcanzar la felicidad que la humanidad entera lleva miles de años procurando?'».

O, más osado: «¿Se le ha perdido el alma? ¿Le hicieron creer que podía tener una y ya no? ¿Ahora un alma cuesta más que lo que su cuerpo puede pagar? ¿A usted también le parece que es hora de cambiar de esperanza?», empezaba una serie de comunicaciones que, como queda dicho, intentaba aprovechar el endurecimiento de los fundamentalistas cristianos para atraer a quienes no estaban dispuestos a pasar por ese aro. «Su cuerpo no es lo contrario, no es el enemigo de su alma. ¿Recuerda a esos que le decían que tenía que elegir entre uno y otra? 天 es todo uno: usted para siempre.»

Los hemos visto, circularon. Otros, en cambio, nunca terminaron de convencerla y no salieron, quedaron en sus notas:

«Las mujeres y hombres y personas no somos animales: ellos no saben que se van a morir, nosotros sí.

»天 es para nosotros.

»天 no es para animales».

Algunos de estos apuntes se transformaron en mensajes: viejos ricos empezaron a recibirlos, grabados con la voz extraordinaria de Samar. La voz de Samar: melodiosa, angelical, amenazante, timorata, virulenta, enamorada, ronca, cortante, rumorosa. La voz de Samar era todas las voces. Y junto venían unas imágenes confusas, como una pesadilla oscura, interrumpidas por relámpagos de luz.

Destellos por deslumbrar al mundo.

7. Las primeras

Resulta extraño. Son esas cosas complicadas de pensar: vidas, por ejemplo, donde 天 no existía. Hay cosas así, que nos cambian la idea: cómo imaginarse aquel mundo de hace dos siglos sin luz o agua corriente o mujeres votando, aquel mundo de hace uno sin holos ni la Trama, aquel mundo hecho de carnes y petróleo, aquel mundo con miles de idiomas y sin 天. Hay cosas así, que llegan de pronto y, cuando llegan, parece como si siempre hubieran sido.

Es, a veces, por esa extrañeza, lo increíble de que hayan empezado, que preferimos olvidarlo: aparentar que siempre fueron.

Pero empezaron: hubo un momento en que empezaron.

Y fue curioso que, en aquellos inicios, todos ellos, incluida Samar, imaginaran que 天 solo se aplicaría a mayores de 90, 100 años, porque ya en esas primeras notas y grabaciones ella parece haber visto, sin verla, la posibilidad de ampliarla —y llevarla a ser lo que al fin fue. Pero era lógico, también, que pensaran que solo podían vender su producto —¿o empezar a difundir su producto?— a esos ancianos que ya veían su muerte y harían todo por evitarla.

Era otra vez la pelea contra el miedo, que solo podía ganarse por efecto de un miedo aún mayor. «Si tuvieron miedo de que una máquina les regulara la circulación, ¿cómo convencerlos de que entreguen sus cerebros?», se preguntaba Samar. Y la respuesta obvia era que debía ofrecérselo a personas enfermas, desfallecientes, aterradas: personas en la desesperanza. Entonces –todavía hoy– era increíble como, pese a los grandes avances de la medicina preventiva, terapéutica y sustitutiva, las enfermedades se las arreglaban para conservar su lugar. Su habilidad para mutar y mantener viva la carrera contra las técnicas terapéuticas es una de las competencias más fascinantes de estos tiempos, un deporte de riesgo. Es cierto que hemos sabido demorarlas: si a principios de siglo la enfermedad te terminaba a los 70 o a los 80, a mediados ya eran los 120, pero igual. «El cuerpo sigue siendo el enemigo, la debilidad: el cuerpo es lo que hay que aprender a descartar –anotó Samar–. O, mejor, a combinar: todo estaría en conseguir por fin que el cuerpo sea una función de la mente. Mens sana corpus facit.»

Lo más difícil, como siempre, fue convencer a los primeros.

—Usted, así como me ve, debe entender mi lema: «Nunca quise traer ni una persona a este mundo cenizo; ahora quiero llevarme todas las que pueda a uno que es puro brillo».

Dijo Samar en su primer mensaje. Sus posibles clientes debían cumplir esas dos condiciones: ser muy viejos, muy ricos. Samar después diría que hubiera preferido no tener que aceptar la segunda –y de hecho, más adelante, con la difusión de la MásBellaHistoria tuvo que incluir a algunos pobres para justificar la zona más heroica del relato. Pero ya entonces la riqueza estaba tan concentrada que, salvo en China y la India, quedaban muy pocas fortunas intermedias en condiciones de encarar aquellas primeras 天, tan costosas.

(Las cifras ya habían llegado a los valores actuales: el famoso 1 por ciento apiñaba alrededor del 90 por ciento de la riqueza del mundo. La diferencia estaba en cómo lo hacían: entonces la mayoría de las fortunas venían de la especulación financiera, la industria de la salud —incluyendo, por supuesto, la confección de partes—, la fabricación de transportes varios, la producción de kwasis y quantis y otros derivados, la composición de truVís, la explotación de minerales raros y, todavía, el comercio de alimentos. Recién empezaba la explosión de las tres grandes corporaciones de fabricación de comida autónoma, que tanto acumularían en las décadas siguientes.)

Samar, después, llegaría incluso a decir que esa limitación monetaria la había desanimado, que estuvo a punto de dejarlo porque detestaba crear un servicio para los que ya lo tenían todo. Pero que siguió adelante porque esperó —y no se equivocó— que fuera solo el principio.

Lo más fácil habría sido comprar una buena base de datos de ciudadanos de más de 90 años y 90 millones, por ejemplo, con sus perfiles psicofísicos y buscar entre ellos los diez o veinte clientes ideales, pero Samar no tenía con qué. Intentó conseguirla con un hacker amigo, no pudieron: las redes interesantes estaban cada vez mejor custodiadas. Tuvo que mandar sus mensajes casi aleatorios, con los riesgos que eso suponía. Y, aun así, no quiso mandarlos a más de 200 receptores.

(Sospecho que esa política comercial tan moderada debió ser producto del temor: Samar sabría que estaba en una posición difícil. Intentaba imponer, con medios más que exiguos, una idea completamente nueva, una ruptura que muchos podían considerar amenazadora o peligrosa, y que grandes corporaciones, poderosas y despiadadas, intentarían aplastar desde el principio. Eso por no hablar de las iglesias enzarzadas, que también querrían abortar el proceso ab initio. Y los riesgos legales: no hay que olvidar que, en esa debacle de los estados, todavía quedaban aquí y allá tribunales dispuestos a usar sus poderes menguantes para tratar de recaudar alguito.

Además Samar sabía que, al fin y al cabo, lo que estaba ofreciendo no dejaba de ser una tecnología de segunda: un método que otros habían descartado, que no era el tan buscado pero trataba de ocupar su lugar —así que, en un principio, le convenía avanzar con pies de plomo. No solo por su posible oposición; sobre todo, porque sabía que no sabía casi nada: que fracasar era lo fácil.)

De los 200 ancianos que recibieron su mensaje —mayoría de europeos pero también unos cuantos americanos, indios, chinos–, solo ocho lo contestaron con algún interés. De esos ocho, Samar eligió a tres; los fue a ver, habló con ellos, decidió empezar por uno: Mies von den Welde.

Sin la desesperación de Mies von den Welde todo habría sido muy distinto —o, quizá, lo que llamamos todo habría sido muy parecido a nada. Von den Welde tenía poco más de 100 años y estaba espléndido: tenía, también, todas las razones para temer que pronto dejaría de estarlo. Von den Welde era el hijo de un santón yoga de Rotterdam enormemente exitoso, cuya residencia/templo/spa recibió durante décadas más peticiones que las que podía atender —y ganó fortunas. Tras un intento fallido de continuar el negocio de su padre, Von den Welde había usado su herencia para instalar una serie de playas en el mar del Norte: habiendo entendido antes que nadie que pronto el cambio climático las volvería exuberantes, armó balnearios en peladales batidos por el viento que, años más tarde, eran las tropi más deseadas. Durante décadas también ganó fortunas, pero vivió traumado por su incapacidad de seguir los pasos de su padre: había vivido para tratar de superarlo y creía haber fallado. De alguna manera lo había hecho: era mucho más rico, mucho más influyente, mucho más respetado —pero sabía que nunca conseguiría nada parecido a la serenidad con que había visto morir al viejo santón. La idea lo amenazaba, lo aterraba. Para rechazarla había gastado capitales en el cuidado de su cuerpo: los mejores métodos, los mejores médicos, los mejores medios que le aseguraban que podrían mantenerlo vivo hasta el hastío. No contaba con un efecto lateral: cuanto más creía que postergaba su muerte natural, más temía la posibilidad de morirse en un accidente o atentado o azar estrepitoso. Fue, ya lo sabemos, una de las desgracias o paradojas de esos años: con los progresos terapéuticos y la esperanza de retrasar la muerte casi indefinidamente, el miedo aumentaba. Ya era brutal para los que sabían que se iban a morir de todos modos; cuando empezaron a esperar que no, se volvió intolerable.

Von den Welde fue presa de ese mal de su tiempo. Se refugió en su casa de Leiden —una fortaleza rodeada de láseres, perros virtuales, robots y radares, drones y morteros, con vidrios antibalas y muros antifuegos y rayos antirrayos y su hospital privado— de la que no salía. En esos años el mar no había subido tanto: la casa —y Leiden— estaban todavía en tierra firme. Von den Welde no tenía problemas en manejar sus negocios desde allí y en hacerse llevar lo que quería: comidas de los mejores restoranes, mujeres de los catálogos más caros, kosas tipo carey, piezas de muAnce compuestas a medida, las mascotas que amaba y que, últimamente, no se atrevía a tocar por miedo a que un perro dóberman o un tigre tíbet reaccionaran mal. Pero cuando la inseguridad y el terror de la Cruzada mermaron tan brutalmente la demanda de sus playas, cuando la mayoría de las personas empezó a tener miedo de salir de sus casas, cuando entendió que muy pronto se quedaría sin fondos para mantener su fortaleza, la desesperación lo atacó en masa. Intentaba evitarla cuando recibió la propuesta de Samar: para vivir con tales miedos, supuso, mejor tenerlo todo de una vez y, quién sabe, recuperar su vida más allá. El sacrificio y la resurrección siempre vinieron juntos —por lo menos en su tradición cristiana.

(De donde, rápidamente, Samar dedujo ese argumento que terminaría siendo central para la difusión de 天. En esos momentos en que las personas ya no tienen nada bueno que esperar —salvo la expectativa de que lo malo no llegue tan pronto o tan brutal–, 天 les ofrecía algo más. Una gran esperanza: un futuro mejor cuando ya no hay futuro. «Para volver al futuro: 天.»)

Cuando Von den Welde le hizo saber que sí quería, Samar le pidió una cifra notablemente inferior a la que costaría desde entonces cualquier 天; a cambio le preguntó si estaría dispuesto a que grabaran el proceso en una holo. Al holandés in articulo mortis la cantidad le daba igual pero nunca había desdeñado una ganancia extra y, si acaso, la posibilidad de transformarse en un pionero celebrado: dijo que sí, firmó las autorizaciones. El resultado es de sobra conocido —pero, para llevar esta farsa del texto escrito hasta sus últimas consecuencias, incluyo más abajo una descripción/transcripción de aquella holo. Todo empieza con una escena que todos recordamos, quizá porque es tan inverosímil: cuando Von den Welde pide ayuda.

—Ayúdeme, mujer, socórrame. No me quiero morir.

—Bueno, según los estudios más recientes, solo el 0,04 por ciento de las personas quiere.

Le contesta —en la holo— Samar, y consigue que el empresario le devuelva una sonrisa. Sabe —dice— que nada de lo que le pase en este trance puede ser peor que lo que ya es su vida, así que está dispuesto.

—Feliz de usted, mi señor, que todavía puede elegir.

Dice Samar, y el holandés asiente.

(De allí, otro argumento que sería decisivo: nunca se decía claramente, pero estaba claro —se sabía— que solo los vivos podían dar el paso. El argumento contestaba de antemano la objeción más visible: por qué transferirse cuando todavía le quedan al sujeto años, quizá, de vida natural. Dejaba dicho que si alguien se descuidaba —se moría— ya no podría hacerlo.

Que, cuando alguien se muere, si no se lo transfiere en cinco minutos su cerebro se pierde para siempre: se muere de verdad. Y que tampoco esa forma era tan buena: que, en las pruebas, las transferencias de moribundos daban como resultado unos cerebros estresadísimos, llenos de sufrimiento agónico. O sea que las ventajas de hacerlo en plena vida eran indiscutibles. Y el miedo se multiplicaba: no solo el miedo de morirse, sino, por sobre todo, el miedo de morirse sin aprovechar esta oportunidad.

El argumento compensaba las desventajas del procedimiento: Samar explicaba a quien quisiera oírlo que por supuesto sería mejor esperar que la técnica avanzara y que todo resultara más limpito y que, incluso, se pudiera garantizar al transferido la comunicación con este mundo, pero que esa espera podía ser fatal. Samar precisaba desalentar ciertas expectativas: todos sus clientes potenciales habían escuchado hablar, leído, investigado sobre las distintas formas en que distintos laboratorios, corporaciones, genios varios trabajaban para solucionar la muerte. Esa conciencia, que le abría el camino, pudo haberlo cerrado. Por eso necesitaba argumentar que quizás su opción no fuera la mejor pero era la única posible aquí y ahora y que usted, señor, no sabe si puede esperar a la siguiente. Y entonces en la holo, en una charla que se ve casual y parece tan perfectamente preparada: «Si espera unos años las va a haber mejores. ¿Unos años? ¿Cuántos años? ¿Quién puede esperar sin siquiera saber cuánto?». 天 o muerte, podría haber sintetizado —pero su delicadeza comercial se lo impidió.

Aunque, también: «Y sí, sería mejor, pero nunca conseguimos lo mejor: conseguimos lo que podemos. Esto es el futuro pero no en el futuro; aquí y ahora. Usted puede seguir esperando que el futuro llegue o vivirlo ahora mismo. Quizá no sea perfecto; es infinitamente mejor que su presente. El futuro sirve para ser perfecto; el presente —este presente futuro que ahora le ofrecemos— sirve para que usted sea tanto mejor», dice Samar, con demasiado aplomo, lección bien aprendida. Era impecable: una oda al pragmatismo, a la resignación. Una manera de justificar lo injustificable: tras años y años de anunciar, de esperar que por fin venceríamos a la muerte, cuando sucede es así, sucio, berreta, un poco menos que seguro. Al relato le seguía faltando algo.)

La holo se acelera. Vemos a Samar y su equipo trabajando con Von den Welde en el armado de su 天: todavía no había llegado el señor Liao para montar el sistema de entrevistas. Aprenden sobre la marcha: le preguntan qué quiere, cómo querría vivir su nueva vida, y él también improvisa; no había podido, como tantos después, pasarse años imaginando su 天. Al principio les habla de una vida que se parecía tanto a sus vacaciones de antaño: se instalaría con su esposa y sus dos hijas a sus 10 o 12 años en una playa de las islas Andamán y jugarían, nadarían, comerían, cogerían —«¿Todos?», le pregunta uno de los diseñadores y el viejo monta en cólera. Era, en síntesis, ocio armónico banalito leve. Los diseñadores la arman, se la muestran; Von den Welde va entendiendo, poco a poco, que no soportaría que todo fuera eso, que eso fuera todo. Les pide que las vacaciones sean vacaciones pero que haya también momentos de trabajo, momentos de problemas —que pueda solucionar con éxito—, momentos aburridos —que le permitan valorar los otros. No se les ocurre —ni a él ni a los diseñadores, todavía— armar un entorno o unos hechos muy diferentes de los que había vivido.

Von den Welde, en la holo, mira el progreso con cara de terror y de esperanza; por momentos es solo una extrañeza extrema, como si no pudiera creer que él va a ser eso. La holo lo muestra conectado a un truVí donde ve la 天 que le están armando —cuyas imágenes, por supuesto, no hacen justicia a una construcción 3D táctil sensual olfativa absoluta.

—¿Y mi mente va a estar en esos lugares, en esos momentos?

—No, no su mente; usted. Usted va a estar allí como ahora está aquí, va a tocar y oler y ver y sentir igual que ahora, como si fuera un hombre. Su cerebro va a estar en un truVí permanente, pura sensación. A menos que prefiera recular y ver todo como si fuera desde afuera.

—¿Ah, se puede?

—Creemos que se puede. Ahí le confieso que no estamos seguros, pero creemos que sí se debería poder.

El viejo truco: confesar una duda para hacer pasar el resto por certeza. Dos o tres veces, Von den Welde pregunta si realmente no hay forma de dejarlo comunicado con este mundo; cada vez, muy seria, Samar le contesta que no, que es un riesgo que no quieren correr, que cuando lo intentaron todo se fue al demonio. Pero que no es solo un problema técnico, le dice: que sabemos que cada quien vive mejor cuando vive fuera de este mundo. O, en su jerga: cuando vive en sí mismo.

—La comunicación está tan sobrevalorada. Las cosas importantes le suceden a usted, nada más que a usted. Si acaso querrá contarlas —todos queremos contarlas—: si quiere, podrá, se las contará a quien quiera y lo escucharán con todo el interés. Y si a veces necesita algún eco, algún consejo, incluso algún reproche, tendrá quien se lo haga, con el tono y la intención justos. ¿Para qué quiere más? O, mejor dicho: ¿qué más puede querer?

Le dice Samar, y que el mundo es una fuente de problemas, que para qué va a seguir pendiente de sus complicaciones, que no se arruine también esta nueva vida con los líos, que todo lo que puede necesitar está en su 天. Que va a cambiar este mundo decadente ajeno por un mundo mejor, perfecto, blindado, completamente suyo: que cuando haya pasado dos horas en él va a entender que cualquier contacto con el viejo es pura pérdida.

—Si alguien le importa o le interesa lo encontrará en su 天. Si no, no podrá molestarlo.

Al cabo de una semana decidieron que ya tenían lo que querían; la 天 de Von den Welde, vista ahora en su holo, parece banal, casi tediosa: son los riesgos de los adelantados. Había llegado el momento de la despedida.

(Ahora también parece extraño que un potentado como él –y otros que lo siguieron– haya decidido ponerse en manos de unos principiantes. Su desesperación –o alguna forma rara de la confianza, que no sabemos entender– debía ser extrema. Aunque Von den Welde, en algún pasaje de la holo, lo explica mejor: «Por supuesto que esto no es seguro, pero la muerte sí».)

La holo es un clásico: ¿quién no la ha visto, quién no se ha emocionado o se ha reído? Y sobre todo ese momento final, que parece, ahora, tan de otros tiempos, tan pasado.

Mies von den Welde está en los huesos: piel colgando y huesos: «Ve deshaciendo tu cuerpo poco a poco, para que menos muera cuando mueras», recita: es un antiguo texto védico, la penúltima sombra de su padre. La nariz afilada, labios lilas cuarteados, pocos pelos grisáceos; los ojos renegridos saltan de un lado al otro, desconfiados. La voz le sale quebrada, carrasposa, pero se nota que son palabras ensayadas: «He llegado al final del camino, al principio del camino. Yo voy a abrir ese camino. O quizá: yo soy el camino. El camino del medio, le decimos. Tengo el orgullo, tengo el miedo; sé que muchos van a tomarlo y van a recordarme. Yo, mientras, estaré allí, en mi vida. Los dejo; ya me seguirán. A mí, al fin y al cabo, va a importarme muy poco».

(Von den Welde tenía, también, la suerte del principiante: siendo el primero no sabía –ni quiso preguntar– qué iba a ser de su cerebro. Samar, al principio, lo imaginó como un problema ético: qué hacer con el cerebro de un hombre transformado. Se le ocurrían problemas, hasta que le explicaron que esas fetas micrométricas no le plantearían ninguno. No pudo siquiera guardarlas, como habría querido, de recuerdo.)

Con los años lo vimos casi todos: Von den Welde tose, se levanta, camina hasta un sillón negro mullido, se sienta, se respalda, agarra los apoyabrazos con las manos, respira hondo, cierra los ojos. Aparecen unos momentos que deberían corresponder a su 天, se disuelven. El 17 de octubre de 2045 se completó, sin alharacas, sin la menor difusión pública, la primera 天. El mundo, sin saberlo, se había vuelto otro.

Aquí, otro golpe de genio —para bien o para mal. Quizás algún emprendedor menos deliberado, más emocional —¿menos temeroso?— que Samar habría aprovechado la holo de Von den Welde para lanzarla en todos los rincones de la Trama, producir un efecto. Pero Samar pensó que no era conveniente: que, si la veían, las grandes mayorías empobrecidas que no tenían la menor posibilidad de acceder a una 天 podían soliviantarse tanto como las corporaciones, las iglesias. Prefirió probar con unos pocos a ver cómo funcionaba. Así que envió la holo —con precinto de autodestrucción— a través de circuitos muy cerrados a su lista precaria. Les decía que eran los happy few, los afortunados que habían recibido la llamada. Las respuestas no fueron más de veinte: 天 siguió siendo un secreto.

Le convenía: tampoco tenía la infraestructura necesaria para atender a mucha gente, y debía elegir a los mejores clientes posibles. Eran, por un lado, obvio, los que mejor pagaban; por otro, los que tenían redes de contactos y un lugar social que los convertían en orientadores: que ayudarían a que otros tan ricos como ellos decidieran transferirse. Para eso, por supuesto, era necesario ofrecerles algo que la mayoría no pudiera tener —y que, al mismo tiempo, nadie pudiera no querer. Era la condición para venderles algo a esos que ya tenían casi todo —y tanto miedo de perderlo. No es seguro que Samar lo haya pensado como una estrategia a mediano plazo: que haya querido convertir 天 en una meta aspiracional, algo que los levemente ricos envidiaran a los ricos y desearan para sí. Pero así resultó.

Y así conseguía cobayos bien preparados, con todos los cuidados que el dinero puede comprar. Seguía experimentando: cada vez con mayores certezas, pero nunca con tantas.

A veces, diría después, se hacía preguntas. Estaba convencida de que su procedimiento era correcto, de que funcionaba. Pero entre estar convencido y estar seguro hay una brecha bruta, que tenía que colmar. Y sabía que las posibilidades de error eran incalculables.

(De ese período quedó sobre todo la historia del ex cardenal Kaczinski-Vuotto, el viejo prelado que había hecho fortunas con la venta de propiedades de la Iglesia catola so pretexto de recaudar para la Cruzada. Se ve que el cardenal desconfiaba del paraíso de su dios y prefirió asegurarse con su 天. Pero, cardenal al fin —o al principio—, se le planteó un caso de conciencia, que quiso discutir con el equipo: se preguntaba si encarar el procedimiento de transferencia de su cerebro —y terminar para eso con su vida terrena— no sería una manera del suicidio. Todos los cristianismos siempre condenaron la posibilidad de elegir cuándo y cómo se mueren sus ovejas, sus pastores; con cierta facilidad, cierta avidez, el cardenal se dejó convencer de que no se moría: su espíritu cambiaba de vasija. Tenía, dicen algunos, un reaseguro: si su 天 no funcionaba siempre podría argüir ante su dios que había sido su sacrificio cristiano, su cruz contemporánea —y algunos pudieron ver el signo 天 como una versión achinada de esa cruz que había llevado de las narices a sus mayores durante tantos siglos. Nada confirma esa versión. En cualquier caso, la decisión de Kaczinski fue, en esa primera etapa semisecreta, un argumento de ventas bastante extraordinario —y el papa Pious, cuando lo supo, colérico como pocas veces, lo excomulgó a divinis.)

En los seis meses siguientes Samar y su equipo realizaron una media de dos 天 por semana en sus instalaciones de Torino; por lo que pudieron saber, todas salvo una terminaron con éxito. Y sus preparaciones fueron haciéndose cada vez más complejas, más sofisticadas. 天 empezaba a ser lo que sería.

«天 es lo mejor para cualquiera que no esté plenamente satisfecho con su vida —¿y quién puede estar plenamente satisfecho con su vida? Pero los pocos que sí lo están no quieren, por supuesto, que se termine nunca, así que 天 les da la oportunidad única de seguirla.»

Samar terminó de entenderlo en esos días: era sobre el fracaso, qué hacer con el fracaso.

«Un mundo estéril, sin más vida que esta, no tiene solución para el fracaso. Hay evidencias: no hiciste lo que querías, lo que creías que podías. Te acercás al final de tu vida y sabés que no lo hiciste, que hiciste menos, que hiciste mal, que hiciste otro: que no supiste hacerlo. El fracaso es final, definitivo, y el peso pesa, duele, quiebra. Sabés que tenías una oportunidad y la perdiste; sabés que la perdiste, sabés que no habrá otra. La única solución es suponer que sí: que esto es el primer paso, un ensayo, un camino. La única solución es suponer que hay algo más: 天.»

8. Qué es la muerte

Hacia mediados de 2046, meses después de la conversión de Von den Welde, Samar recibía tres o cuatro solicitudes diarias, todas de viejos más o menos ricos, mayoría de hombres y unas pocas mujeres. Los pedidos llegaban de Torino y zonas aledañas —París, Ginebra, Bari, Berlín, Brno— pero ya aparecía alguno de China o Australia. Si no había más —si la noticia de que un grupito de técnicos audaces estaba derrotando a la muerte no corrió como el rayo— fue, sobre todo, porque Samar lo quiso: cada vez que se dirigía a un posible cliente le pedía secreto: para no preocuparlo, le decía que era un procedimiento ultraexclusivo y que si las masas se enteraban podrían soliviantarse: que mejor guardarlo entre nosotros. Era, por supuesto, su miedo en acción. Y, curiosamente, los clientes potenciales le hacían caso: quizá por vergüenza, o por miedo a su vez, no hablaban del asunto.

Al secreto ayudaban también esas empresas y laboratorios —potentes, influyentes— que habían invertido años y fortunas buscando la manera de transferir cerebros y mantenerlos abiertos y temían este competidor inesperado. No hay noticias claras sobre la conducta de Senhora en esos días tempranos, pero era obvio que se había enterado de la aventura de Samar y, por el momento, prefería mirar a la distancia. Tenía un problema: quizás habría querido desautorizarla, pero si lo hacía millones se enterarían de su existencia. Quizá, por otro lado, estaba interesada, calculaba.

Todo ayudaba al secreto. Seguramente, también, el miedo que casi todas las personas tienen cuando no saben, no conocen: esa compulsión a decir no justo antes de pensar, por si las moscas. Y el caos de la región, sin duda, su ubicación en medio del continente sacudido. Pero ese caos también era indispensable: allí la ley amenazaba menos.

Si en esos años turbios Samar y los suyos no tuvieron con las autoridades más problemas que aquellos pedidos de soborno aquí y allá no fue porque la ley estuviera de su lado sino porque esa autoridad no estaba en condiciones de crear ningún problema.

(Samar vivía recluida, monacal. Tenía dos cuartos y un salón en el segundo piso de la casa y allí dormía y allí comía cuando comía y allí recibía si recibía una visita –allí, con el tiempo, se instaló también Vera, pero más adelante. Bacca pasaba a saludarla dos veces por mes. Solía insistirle en que salieran pero Samar nunca aceptaba: le decía que la calle no tenía nada para ella que no fueran peligros, que ahí estaba su vida, que para qué alejarse de ella misma. Bacca diría después que al principio creían que eran excusas para no dejarse ver con él, hasta que se convenció de que era la verdad: a Samar no le interesaba, en esos días, nada fuera de 天, la misión de su vida. «Entonces –diría Bacca– entendí que eso no era un negocio, que era tanto más que un negocio, que el dinero le importaba un pomo y tuve admiración y tuve miedo.»)

Era dudosa: toda la operación era dudosa, y Samar temía las reacciones. Al fin y al cabo, ella y los suyos recibían a una persona consciente y saludable y, en unos minutos, la transformaban en algo que, a primera vista, se podía describir como un cadáver.

Los preocupaba e intentaron corregirlo. Pero por más intentos que hicieron el procedimiento solo funcionaba si lo empezaban con el cliente vivo: sedarlo, anestesiarlo, retirarle el cerebro, fetearlo, escanearlo en los cinco minutos inmediatos. Si no, la mente se perdía. El subterfugio que empezaron a usar a partir del quince o dieciséis —que el propio cliente accionara el gatillo de la primera droga, que el momento quedara debidamente registrado— no era suficiente: Samar y su equipo y sus equipos eran partícipes necesarios del procedimiento. Era fácil argüir que, en términos legales, el operador lo estaba matando: que la operación era, en verdad, un crimen. Era más fácil aún argüirlo en términos morales. También se podía argüir lo contrario: todo dependía de qué se entendiera por morirse.

Se discutía, nunca quedaba claro.

En esos días no era fácil morirse. No lo era en sentido literal: los avances médicos y la soberbia de los médicos hacían que un paciente terminal ingresado en una clínica pudiera eternizarse en esa condición incómoda: según un estudio de la Asociación Médica India, en 2038 los enfermos tardaban hasta un 73 por ciento más en morirse que en 2022. Cada vez más gadgets y recursos permitían demorar el momento en que el profesional se daba por vencido y declaraba la muerte del moribundo; la posibilidad inverosímil de curarlo era su excusa para seguir jugando con esos cuerpos rotos. Tanto, que la A.M.I. decretó, en 2040, que sus profesionales debían ver a sus pacientes internados al menos día por medio; que no podían seguir ocupándose de ellos solo a través de terminales remotas que les permitían aplicarles cualquier procedimiento sin enfrentar sus efectos generales: el olor del enfermo. Y la Asociación Brasiliense quiso prohibir a sus afiliados los truVís con juegos de cuidados finales, cuyas curaciones inverosímiles hacían que los médicos intentaran otras parejamente imposibles en la vida real —pero, ante su rebelión, debió dar marcha atrás. Aunque nada influía tanto en los tratamientos como el sistema de apuestas mutuas donde los médicos se jugaban lo que no tenían: yo te lo mantengo 17 días; veinte a que no pasa de 14; cuarenta y le hacemos 21.

Sylvaine Ndoué, la famosa eticista del trabajo, negrera distinguida, intentó defender esa práctica: «¿Quién puede decir qué incentivos son válidos, cuáles no? ¿Quién puede suponer que esa manera del dinero no es un modo de recompensar a los más aptos, los más trabajadores? ¿Quién puede negarse a aplicar todas las técnicas posibles –las técnicas de la medicina, las técnicas de la remotidad, las técnicas del laborioso post-trabajo– para salvar las vidas de esas gentes?». El artículo seguía en ese tono; la Trama hirvió con energúmenos que le decían que salvar era otra cosa y que también se podía apostar a la baja y que quizás era mejor para el pobre paciente y que ojalá ella tuviera que pasar un mes o dos muriéndose en algún hospital de cercanías.

No era fácil morirse, en esos días. Se imponía un cambio en la definición de muerte, pero nadie se atrevía o interesaba por hacerlo. En junio de 2042 un Manifiesto de los Setenta lo había pedido enfático: eran, en su mayoría, médicos americanos –y unos pocos indios– que recordaban que 75 años antes un Henry Beecher, famoso facultativo de una facultad famosa en América, 'Arvard, pidió que se redefiniera la muerte porque los nuevos tratamientos ventiladores hacían que la sangre pudiera seguir llevando oxígeno al corazón mucho después de la desaparición de las funciones cerebrales y que, por lo tanto, el cuerpo seguía funcionando aún sin mente que lo usara y condujera. Y que entonces, so pretexto de que seguían vivos, se mantenía respirando indefinidamente a cuerpos que jamás volverían a funcionar y que eso demoraba o impedía la donación de órganos, que eran la gran novedad del momento –y que, en esos días primitivos, se extraían de las personas.

Aquella definición se discutió, se cambió, se volvió a discutir, nunca terminó de ser precisa —recordaban los Setenta. «Y ahora, con la preeminencia de las preservaciones, sería necesario hacer lo mismo.»

(Para el contemporáneo, las preservaciones suenan casi tan antiguas como la momificación egipcia. Y sin embargo hace menos de treinta años parecían el gran recurso por venir. No nos detendremos en ellas: pasaron. Baste recordar que se practicaban ya en el siglo XX y que, a través de sus diversos métodos —el suspenso criogénico o criosuspenso fue el más destacado—, la idea era siempre la misma: fijar el cuerpo del paciente en el momento de su muerte para tener la posibilidad de revivirlo años después, cuando nuevas terapias ofrecieran una solución a su problema. Fue un gran precursor del cuerpismo inmortalista y era, sin duda, una apuesta valiente por el futuro, que terminó ganándoles. La preservación sufrió, sabemos, a manos de 天 la misma suerte que tantas tecnologías que parecían señeras: las transmisiones en 3D, digamos, que durante unos años fueron la gran cosa hasta que llegó el truVí y las redujo al nivel de dibujito de tres años con lápiz verde manzana sobre un papel blanco. Ahora resulta casi risueño recordar que las preservaciones eran, para Samar en sus inicios, un motivo de preocupación: su competencia.)

Las preservaciones no fueron la única razón, pero sí la más acuciante para que los Setenta lanzaran su manifiesto: así como alguien que solo sobrevive sumergido en un baño de líquido amniótico conectado con un umbilical de micra a una fuente de proteínas y minerales ad hoc no está realmente vivo, sostenían, alguien que suspende sus constantes vitales pero espera retomar su funcionamiento años más tarde no está decididamente muerto. Era cierto que tampoco vivo; se imponía definir su condición de una manera nueva, creativa. En esos primeros años esas personas que entraban en suspenso crio-génico con la esperanza de seguir viviendo estaban legalmen-te muertas, y eso complicaba. Eran, en general, gente de for-tuna —la suficiente como para pagarse semejante tratamiento—, que sufría el estrés perimortal de no saber si, cuando los des-pertaran, todavía tendrían algún dinero, algo.

Los más previsores intentaron retener sus riquezas y bus-caron los medios legales: siempre había, por supuesto, alguna regla que lo permitiera —se creaban fondos, fundaciones, co-lábricas, estafas intrincadas— pero el resultado era el caos: sus posesiones quedaban en un limbo en que ellos, congelados, no podían manejarlas, y nadie más podía. Cantidad de bienes amenazaban con hacerse improductivos; herederos áureos se volvían paupérrimos, la economía se resentía, las familias más. El batallón creciente de muertos-vivos amenazaba con des-cabalar todo el tinglado. El problema —en esto acertaban los Setenta— era su estatus: estaban muertos a ciertos efectos —no existían como personas, no funcionaban como agentes eco-nómicos—, estaban vivos a otros —no soltaban sus bienes, po-dían volver cualquier mañana.

Los Setenta no consiguieron nada. Los preservados siguie-ron estando legalmente muertos en América y en India y, sin gran interés, en las ciudades europeas. El Comité Central chi-no, siempre tajante, fue más lejos: en 2042 resolvió que quien quisiera suspenderse debía entregar todas sus posesiones a sus legítimos herederos. La cantidad de tratamientos bajó un ter-cio —y chinos ricos empezaron a preservarse en clínicas espe-cializadas que se levantaron en Borneo, donde esa ley no los tocaba.

En esos días no era fácil morirse —y no solo por una cuestión técnica. Morirse, en esos días en que tantos se habían queda-do sin religiones, se había vuelto un asunto cada vez más pri-vado, más desprotegido, más brutal: para la mayoría, como pocas veces en la historia, morirse era entrar en un agujero negro del que ninguna superstición o ciencia prometían salvarlo. Por eso, seguramente, el desespero técnico de postergar todo lo posible ese momento. Esa, en última instancia, era también la promesa de la preservación: hacer que ese momento absolutamente final quedara postergado sine die, disuelto en la esperanza de volver.

Solo que esa esperanza era raíz del caos: un muerto debe irse —si puede— a otro mundo para quedarse allí, no amenazar con su retorno todo el tiempo. Los preservados eran fantasmas que acechaban, presencias de la ausencia que podía hacerse presente en el momento menos esperado. Esa confusión —ese terror— fue, seguramente, otra razón para el éxito de 天. Allí no había ambigüedad: un transferido no estaba en este mundo, lo dejaba con claridad y sin retorno; en dos palabras: no jodía.

Estaba muerto, sí, para leyes antiguas, que su irrupción convirtió en obsoletas. Es lo propio de los descubrimientos decisivos: escaparse a los marcos y las normas, deshacer esos marcos y esas normas, obligarlos a cambiar para incluirlos. Poco a poco, con el tiempo, más y más países transformaron sus definiciones de la muerte. Veinte años después, quien decía muerte ya decía otra cosa.

Con el tiempo.

9. Tiempo al tiempo

Samar no tenía equipo ni instalaciones para atender mucha demanda: seguía asegurando tres o cuatro intervenciones por semana. Sobrevivía, se sentía en el filo: como la moneda que podía caer de uno u otro lado, se decía, y se preguntaba quién le habría contado esa historia sobre las monedas y, al fin, consiguió una. Era plateada y dorada, tenía de un lado una especie de pájaro, del otro un número dos y la palabra euro. Samar la hacía girar y confirmaba: a veces caía de un lado, otras del otro —y pensaba que ella no podía ser tan frágil, que estaba por perder de nuevo el hilo de su vida, que tenía que hacer algo. Fue entonces cuando alcanzó su idea campanazo. Otra vez, no era una mejora en el procedimiento o una astucia técnica, sino un relato: lo suyo.

Es probable que la primera vez que lo dijo no fuese a propósito; de hecho, en la holo, parece como si hablara de otra cosa cuando, como sin darse cuenta, dice «por fin, después de tantos años, entendemos por qué existen las quánticas» —y se queda callada un momento, escuchándose. Samar, entonces, tenía casi 40 años: estaba en la cumbre de su belleza y se hacía, por momentos, incómodo mirarla. Tenía el pelo muy negro, amelenado, los labios llenos, los pómulos salientes; toda ella era un cuadro de deseo y voluntad, pero había, sobre todo, algo en el brillo de sus ojos que asustaba: alguien que ha pensado demasiado lo que quiere, que es pura deliberación. Por eso aquella pausa se volvía inquietante.

Aunque durara nada, unos segundos. «Creímos tantas cosas. Creímos que servían para comunicarnos, para organizarnos el trabajo, para llevarnos donde vamos, para comprar y vender, para curarnos, para hacer más mortíferas las guerras, para hacer más pacíficas las guerras, para juntar información, para distribuir información, para pensar proyectos, para inventar más quánticas. Creímos tantas cosas porque durante todos estos años fuimos ciegos, incapaces de ver, deseosos de no ver, sordos a la verdad que nos traían: que aparecieron para esto, para ser el lugar donde pasaríamos nuestras vidas después de nuestras vidas: 天», dice, y se calla.

Ese silencio es tremebundo.

«Por fin sabemos para qué sirven las quánticas»,
dijo, les fijó un sentido, se apropió.

Entendió que no hay historia sin mito, y que ese mito de origen —«para esto existen, por esto aparecieron»— las cambiaba de una vez y para siempre. Y ponía, claro, la 天 por encima de todo.

Samar sabía. Hay diferencias en las versiones, como siempre: en su holo final, Badul me dijo que nunca se lo había contado, pero ella lo sabía. Que en un momento, sin que viniera a cuento, ella le dijo que era imposible hacer una tortilla sin romper los huevos y él se preguntó qué maravilla del lenguaje había llevado a esa joven más o menos india, que nunca habría visto una tortilla —y, quizás, incluso, nunca un huevo—, a repetir esa noción que él le había oído a su madre, lejana, tantas veces. Pero que ella se le puso seria:

—¿De verdad usted cree que está bien matar por una causa noble? ¿Que entonces sí se justifica? ¿Usted podría defenderlo?

Y que él no supo cómo contestarle, que intentó no contestarle y cambiar de tema pero que ella insistió, casi rogándole:

—¿Solo enemigos? ¿O los que sean necesarios? ¿Y quién decide cuáles son?

Badul, me dijo, no quiso contestarle: que le habría dolido demasiado contestarle. Después, en una de sus notas, Samar coqueteó con la opción de encomiar «el sacrificio germinal de esos hombres y mujeres y fluides que lo entregaron todo por el bien general». Lo anotó y lo borró; debió pensar que en ese momento, con la Guerra de Dioses amenazando sombras, con el desprestigio general de cualquier noción de sacrificio, era mejor apartarse de esa idea, mantenerse limpita. Para vencer a la muerte no era bueno construir sobre más muertes, pensaría, aunque pudiera llamarlas germinales.

(Se ha hablado hasta el cansancio, en los años que pasaron desde entonces, de la historia de Samar, la conducta de Samar, los desparramos de Samar. No encontré pruebas que confirmen las murmuraciones: que ofrecía a sus clientes, a modo de última cena, unas horas de sexo con ella; que, siempre que podía, se incluía en sus 天 para que ellos pudieran usarla a voluntad; que, al contrario, les cobraba fortunas por permitirles incluirla; que su avidez la llevaba a ofrecerles cosas que no estaba segura de poder cumplir; que era tan manirrota que no fue una sorpresa que su emprendimiento terminara como terminó. No hay pruebas de ninguna; lo interesante es que todas circularan: Samar estaba ahí.

Sí es cierto, en cambio, que a partir de un momento impreciso empezó a convivir con esa mujer insoportable. Vera Lipkova, rusa o bielorrusa, rubia como un pescado, fornida como un toro, cegata como un topo, quejosa como un perro quejoso, debía ser extremadamente inteligente: es lo que siempre se supuso de ella —hasta el momento en que, ya muerta Samar, su rastro se extravía. Debía serlo: tenía un doctorado en Holografía de la Universidad de Ulan y, dada su carencia de otras virtudes, es la única que permite justificar su presencia al lado de Samar —si el amor, alguna vez, hubiese necesitado una justificación.)

Samar debió componer la MásBellaHistoria en esos meses. No tengo pruebas documentales concluyentes de su autoría: entre sus notas y documentos no encontré ninguno que se refiera al relato famoso. Esta ausencia completa es más sospechosa que cualquier presencia: se sabe que Samar citó la MásBella más de una vez en esos días; que no haya ningún rastro entre sus materiales es la prueba de que los eliminó con cuidado, que no quería tenerlos.

Pero no cabe duda: Samar precisaba que su mito se completara con una historia que convirtiera ese fracaso y esa traición y esas masacres y esa fuga que llevaron hasta 天 en la elección melodramática valiente generosa de un científico genial. Le urgía, en síntesis, transformar en virtud lo que no fue sino necesidad –insatisfecha. Y su huella está impresa con caracteres indelebles en la famosa frase del inicio:

«El error es el cuerpo,

pensó: el error

es el cuerpo.

El error es pegarse a los cuerpos, aferrarse a los cuerpos, pensó: pensarse como un cuerpo».

Samar, puro Samar, su marca en cada línea. Aunque, por esas ironías, no haya podido reclamar la gloria de sus versos.

(Quién sabe si esa historia se hubiera difundido tanto si 天, su asunto, no se hubiera difundido tanto. Nunca se sabe si lo que decide son los hechos o las palabras que los cuentan. Tampoco suele estar claro cuál es la diferencia.)

10. 0Sing

Lo bueno es que a veces uno encuentra lo que no está buscando. O eso que no sabe que buscaba. O quizás, eso que no debía buscar.

Yo empezaba a reconstruir esos primeros meses de la empresa de Samar en Torino cuando llegó el mensaje. Era escueto, imperativo: que si quería enterarme viajara cuanto antes, que el hombre ya tenía turno para transferirse y que unos días podían hacer la diferencia y que, de todos modos, Güilín no era lejos de Macao, donde yo estaba entonces –aunque nadie tenía por qué saberlo, y menos el autor de ese mensaje anónimo. De hecho, el único nombre en el mensaje era el del hombre –un tal Jacques Mei– que, me decían, si llegaba antes de una semana, me contaría algo importante para mi tarea.

Nadie tenía por qué saber, tampoco, cuál era mi tarea; nadie tenía, en realidad, por qué saber dónde estaba ni cómo ni con quién. Ya llevaba cinco años sin Rosa y mis amistades efímeras no me seguían los rastros; no tenía patrón ni empleo definido, no tenía deudas ni deberes conocidos, y el Estado chino no tenía razones para interesarse por mis evoluciones. Por todo eso intenté olvidar ese mensaje anónimo; por todo eso decidí, dos días después, viajar hasta Güilín.

(Subestimé la fuerza del Estado chino: no sabían dónde estaba yo porque les interesara o preocupara; lo sabían porque saben todo. Aunque no les importe o —dirían algunos— sobre todo cuando no les importa.)

Era verano —de 2071, hace menos de un año— y el Soupir funcionaba peor por encima de los 45 grados. Igual —a 1.500 por hora sobre su campo de neutrones— no tardó ni 50 minutos. Güilín, desde el cierre del río Li, cuando su hedor amenazó con provocar la clausura de la zona y fue necesario, tras grandes duelos, disecarlo, se había convertido en una ciudad extraña: ya sin turismo, librada a su suerte, la usaron ciertos sectores delicados del gobierno central como lugar de retiro para sus servidores —hasta que, en los últimos tiempos, la difusión de 天 la estaba despoblando.

Todavía conservaba dos o tres millones de habitantes y esa tarde, cuando tuve que atravesarlo a pie, el centro era un hervidero de personas. Allí, los olores: suelo olvidar que las ciudades del interior chino todavía exhiben puestos de comidas con comidas animales, que el gobierno mantiene para suavizar la transición. No se venden —cada día se entrega una determinada cantidad de raciones a los autorizados— pero le dan al paisaje ese tono que tantos, en su ausencia, extrañarían. Y, junto con ellos, los gritos y los que se codean y los que se reúnen en las esquinas y conversan y los que se reúnen y se gritan y los que venden sin vender y las mujeres que todavía enfrentan a sus bebés de pecho para que se peleen con sus manitas de manteca y los hombres que escupen con figuras y sonidos espléndidos; las calles de esas ciudades del interior de China son el mejor remedio de una calle de una ciudad del interior de China, casi una: espacios orgullosos de su casi.

No debía distraerme en estas tonterías. El mensaje que decía que Jacques Mei estaba a punto de transferirse no decía qué día: podía ser el siguiente o ese incluso. El pensamiento me hizo sentir idiota: cómo podía ser que estuviera en un lugar tan ajeno corriendo para ver a un desconocido con la sana intención de preguntarle vaya a saber qué. El sentimiento no era nuevo.

—Ah, así que es usted.

Me dijo y me volvió a mirar como quien calcula. Después abrió algo más su puerta.

—Me habían dicho que quizá vendría, pero la verdad que me esperaba alguien distinto.

Yo no caí en la trampa de preguntarle alguien cómo. Estábamos en un pasillo interminable, cien o doscientas puertas pintadas de marrón, una detrás de otra, sobre la larga pared gris. El clásico edificio de habitaciones para servidores del Estado en retiro efectivo: su recompensa tras una vida de servicios más o menos comprometidos, más o menos difíciles.

—Bueno, uno siempre espera algo distinto.

Me dijo, con una mueca de dientes amarillos. Los dientes daban años; el resto del hombre me pareció demasiado joven, demasiado fornido, el pelo negro atado en su coleta.

—¿Y quién le había dicho que vendría?

—¿Vamos a hablar en serio?

—Yo no vine hasta acá para hacer chistes.

Le dije, y enseguida me pareció mejor cambiar de táctica:

—Pero, si me guarda el secreto, le confieso que tampoco sé para qué vine.

El hombre se sonrió. Muchas veces me pregunté qué diferencia entre sonreír y sonreírse: en su cara quedaba muy clara. Después dijo que se lo imaginaba y me hizo un gesto como que pasara.

—Jacques Mei, la esperaba, mucho gusto.

Cuando no sabes qué quieres saber —solía decirme mi maestra Urdina—, decídelo: cualquier cosa, lo que se te ocurra, lo primero que se te pase por la cabeza o lo segundo; no hay nada peor que un relator con titubeos. Simula, inventa, lo que sea que hacemos: sobre todo, que los demás no se den cuenta.

—No, señorita, no le creo.

Nos habíamos sentado en sillas enfrentadas, una mesa pintada de verde en el medio, y a Mei le cambió la cara cuando le dije que venía a preguntarle por la destrucción del laboratorio de Darwin, Patagonia.

—No, señorita. Usted no viene a preguntarme eso. Y si viniera, yo no le contestaría.

Dijo Mei, hizo un silencio. Yo también: a veces es el mejor sistema.

—Usted lo que quiere saber es cómo funcionaba la 0Sing: eso sí se lo puedo contar. Bueno, hasta cierto punto. Pero hasta ahí me dijeron que puedo.

La 0Sing es un gran mito de estos tiempos. Casi ningún lector la ignora; casi ninguno la conoce. Casi todos sabemos que nos protege de la Singularidad, y con eso nos basta y no nos basta, queremos saber más, imaginamos. Pero nos tranquiliza mucho poder hablar de ella: saber que existe, que vela por nosotros. Es lógico: vivimos hace mucho bajo la sombra de la Singularidad —apestados por la amenaza de la Singularidad. La tenemos tan incorporada que no solemos recordar que, de algún modo, empezó en esa frase.

«Definimos una máquina ultrainteligente como aquella capaz de superar ampliamente todas las actividades intelectuales de cualquier hombre, por inteligente que este sea. Puesto que el diseño de máquinas es una de esas actividades intelectuales, una máquina ultrainteligente podría diseñar otras máquinas aún mejores; se produciría entonces indudablemente una *explosión de inteligencia*», escribió, hace más de cien años, el científico y emigrado polaco Isadore Jakob Gudak, que firmaba I. J. Good. Y que esa explosión de inteligencia que llamaríamos Singularidad sería la peor amenaza: que con ella las máquinas, tanto más astutas que nosotros, sabrían dominarnos.

Durante décadas la perspectiva pareció lejana, casi una fantasía. Sería curioso revisar la historia del mundo para ver qué fantasías se volvieron reales y cómo lo hicieron, qué idas y vueltas, éxitos y fracasos, cuánto tardaron para conseguirlo: cuánto pasa entre el momento en que ya se puede imaginar algo y el momento en que ya puede suceder. Las máquinas voladoras, el embarazo extrauterino, las comunicaciones a distancia, incluso aquello que llamaban comunismo: cómo pasaron de fantasías a realidades, qué ganaron y perdieron, cómo terminaron.

Esta historia es antigua. A mediados de los años '20 la amenaza de máquinas más inteligentes que nosotros se volvió urgente: la inminencia tremenda. Se empezó a hablar más y más del asunto, el pánico cundía; la Conferencia Mundial de Paramaribo de 2028 −para la cual, por supuesto, nadie se molestó en viajar al Sur Inam− fue la respuesta de la comunidad internacional organizada. La Ley Global de Límites pareció contundente: todos los estados representados −casi todos los estados importantes, salvo Rusia por orgullo y Francia por derrumbe− se comprometieron a controlar las investigaciones cyber de sus ciudadanos para impedir que llegaran a ese punto temible. El problema fue que, con la degradación de más y más estados, vastos territorios quedaron librados a su suerte, sin estructura capaz de hacer cumplir la Ley.

No hay certezas, pero es casi seguro que el problema fue tratado en una reunión híper-restricta del Comité Central chino en 2036. No hay pruebas, pero es casi seguro que en esa reunión, bajo la dirección del presidente Xi, China dio su primer paso decisivo para ocupar su lugar en el mundo: que decidió que, ya que muchos otros gobiernos −incluido el americano− no estaban en condiciones de imponer la Ley, el aparato chino debía hacerlo. De allí, según parece −no hay pruebas−, la formación de esa formación más que secreta y tan mentada, la 0Sing.

—Sí, yo trabajé para la OS durante casi treinta años.

—¿Y por qué me lo dice?

—Porque me ordenaron que se lo dijera.

—¿Pero usted no trabaja más con ellos?

—No, pero todavía sé cómo cumplir una orden.

Jacques Mei no parecía satisfecho con esta, cómodo con esta. Por lo que me diría después entendí que para él era mucho más simple hacerlo que contarlo.

—Dígame qué quiere saber.

—Todo, por supuesto, todo.

—Señorita, sin trucos baratos. Dígame qué quiere.

No tenía opciones. Le dije que estaba trabajando sobre los orígenes y difusión de 天 y me sonrió: tenía una tarea.

—Ah, claro. Ahora entiendo.

Dijo, y empezó a contarme —sus frases cortas, sus palabras aproximativas— que seguramente yo sabía que su trabajo consistía en detectar o infiltrar todo proyecto de investigación que amenazara con pasarse de la raya que había fijado el Comité de Expertos convocado por la Ley de Límites. Y que quizá no sabía que a veces sus actividades incluían la destrucción de los proyectos o de sus proyectistas pero, por supuesto, siempre bajo las órdenes de los que sabían más que él. Que sí, que era cierto que a veces tenía que hacer cosas que le pesaba recordar —que incluso le había pesado hacer, en su momento—: que su trabajo era de esos no muy lucidos, no muy agradecidos, que alguien tiene que cumplir para que el resto del mundo pueda vivir en paz.

—No es fácil encontrar personas dispuestas a ese sacrificio. Requiere mucha generosidad, tener las miras un poco más amplias que el común.

Dijo, levantando el mentón para la holo que nadie estaba haciendo. Y, después, que no podía darme detalles operativos pero que eran muchos equipos muy bien preparados, estacionados en una docena de países, con todos los medios necesarios y los permisos necesarios —«usted no se imagina el poder que teníamos, que tienen; hay muy pocos que nos puedan plantar cara»– y que su eficacia se nota en que las máquinas todavía están controladas, que el hombre sigue siendo dueño de su mundo.

Jacques Mei me había hecho pasar a su cubículo/hogar/celda, un ambiente como tantos –seis por seis con un rincón cama, un rincón depósito de comidas autónomas, un rincón sanitario y un gran espacio truVí–; nos sentamos alrededor de la única mesita, cerca de la comida, y no me había ofrecido ni un vaso de agua. Yo lo escuché sin chistar durante casi media hora: mucho de ese tiempo lo pasó dándome detalles que le prometí no divulgar.

–Solo para que esté convencida de que le cuento la verdad.

Me dijo. Era una tontería: por definición, yo no tenía la menor opción de comprobar esos detalles. Pero eran elocuentes o, por lo menos, muy entretenidos. Le pregunté cuántos serían los «equipos de campo»; me dijo que no podía darme cifras pero no menos de 4.500. Le pregunté cómo elegían sus objetivos; me dijo que ese era el trabajo principal, la detección; que cualquiera podía romper un laboratorio o arruinar a un científico, que el mérito era descubrirlos, por supuesto. Le pregunté si creía que él y los suyos habían ajusticiado –le dije «ajusticiado»– a mucha gente; me dijo que seguramente muchos miles, que no creía que un millón, que seguro que había algunos que no lo merecían pero que la defensa de la humanidad era más importante y que era mejor pecar por exceso que por defecto y que no podían darse el lujo de que uno solo se les escapara –y varias cosas más: se ve que era un diálogo que sostenía con sí mismo a menudo.

Entonces, con cuidado, le pregunté si no le parecía que sus actos y sus métodos eran condenables; me dijo que no, porque solo atacaban a los que constituían un peligro y que lo hacían por el bien común. Yo le dije que sí, que claro, y creo que en ese momento lo creí. Mei se embaló y me siguió diciendo que sin su trabajo –«nuestro trabajo», dijo– de décadas habría sido muy fácil que cualquier laboratorio perdido vaya a saber dónde produjera quantis tan poderosas que ya se habrían quedado con el mundo, porque los hombres siempre son los mismos idiotas y quieren ganar plata o conseguir poder o hacerse los vivos sin considerar las consecuencias y que por suerte el Comité se hizo cargo y que si nos salvamos es por ellos y su trabajo sucio —y que, como yo bien sabía, la mayoría de la población los apoyaba y los sigue apoyando.

—Aunque siempre se hayan hecho los tarados. Las personas son muy buenas para hacerse los tarados, incluso los horrorizados. ¿Cuántos habrá ahora que digan ay qué horror las cosas que hacían estos señores, y mientras tanto piensen menos mal que las hicieron, si no qué sería de nosotros?

Y que por eso siempre fueron más o menos secretos, me dijo: porque nadie nunca quiso saber más que ese más o menos.

—Ahora entiendo. Le confieso que por un momento casi tuve miedo.

Mei hablaba como si cada palabra fuera un golpe: marcando la diferencia con las otras, pegándome con ellas. No me miraba; se miraba las manos, se frotaba las yemas de los dedos entre sí y se las miraba. Respiró hondo; se diría que empezaba a cansarse:

—Sí, ahora entiendo. Mire, señorita, es casi simple: a principios de 2046 mi unidad recibió la denuncia de que había actividad extraña en Torino.

Normalmente, me dijo, la misión habría sido «d&d», detectar y destruir, pero esta vez se quedaron perplejos: no les quedaba claro, no terminaban de entender si el tratamiento que ofrecía la señora Samar favorecía la llegada de la Singularidad. Su equipo llegó a Torino dos días después de la muerte de la señora y, al principio, se quedó perplejo. Esos momentos de incomprensión fueron, me dijo, los que salvaron a 天.

—Si no hubiera sido por eso la destruíamos y ya. Imagínese que nosotros no podíamos tomar riesgos. Es mucho más barato cargarse un proyecto ambiguo que dejarlo y descubrir, ya demasiado tarde, que era el 1S. Pero ahí tuvimos unos días, lo examinamos, lo pensamos, informamos, y nos dieron la orden de dejarlos avanzar. Fue un caso único.

—¿Y usted sabe quién les dio esa orden?

Jacques Mei me miró por fin a la cara con una sonrisa de piedad, de lástima: cuando el perro, digamos, vuelve a mear la alfombra.

—Señorita…

Era obvio que no me diría nada.

—¿Y usted estaba allí cuando llegó el señor Liao?

—¿El señor qué?

No sé cómo habría sido Jacques Mei para encontrar, romper, matar; mintiendo era un desastre. Algo se le movió en la cara cuando se hizo el que no sabía quién era el señor Liao; algo, también, se le movió para que yo entendiera que no iba a hablar de él.

—¿Pero se puede suponer que fue China la que mandó al señor Liao porque se les ocurrió que 天 tenía potencial, que les interesaba controlarlo?

—Señorita…

Jacques Mei se levantó y me trajo un vaso de agua: debía ser su forma de compensar un poco. Yo estaba pensando a mil por hora: pensé que quizás mi verdadero trabajo no debiera ser sobre 天 sino sobre la lucha de los hombres contra las máquinas —la Singularidad— y sus subsuelos sucios, pensé que quizá más adelante, pensé por qué Jacques Mei me había contado todo esto, pensé que porque alguien —mi corresponsal anónimo— se lo había ordenado, pensé quién tendría tanto poder —y algún interés en mí— para ordenárselo. Después pensé que no era interés en mí sino en mi historia, mi trabajo, pero no podía entender qué le quitaba o agregaba este relato.

Pensé que quizá me ofrecían esta historia para que dejara de ocuparme de 天, para desviarme, pero no entendía por qué querrían hacerlo. Decidí intentar por otro lado:

—¿Es cierto que está por transferirse?

—Sí, es verdad. Me ofrecieron una de primera, con todos los gustitos. Prefieren que no ande por acá y yo, la verdad, tampoco tengo nada particular que hacer, así que por qué no.

—¿Quiénes, prefieren?

—Unos que, a diferencia de usted, no creen que yo soy tonto.

—¿Y no le da miedo?

—¿Miedo? No, por qué, señorita. Miedo debería darle a usted meterse en estas cosas.

Le pedí que me escuchara un momento: que si no quería no me contestara pero que, si podía, me dijera si lo que le decía tenía algún sentido. Aceptó con una mueca rara; le dije que seguramente si sus jefes decidieron dejar que 天 siguiera andando sus razones tendrían, y asintió con una comisura. Le pregunté si sus jefes les habían pedido más información, como que estaban especialmente interesados, o solo se habían desentendido, y miró al vacío. Reformulé mi pregunta: que si se habían interesado en el proyecto de un modo peculiar, y otra vez me dio el sí de comisura. Entonces le dije si le parecía lógico pensar que sus jefes le ordenaron no actuar porque creyeron que 天 podía servir para desviar a los hombres de su búsqueda de máquinas cada vez más potentes, distraerlos, cambiar el foco de esta vida a esa vida, servir de muralla contra la Singularidad y si, por eso, podrían haber mandado al señor Liao. Jacques Mei me miraba como si le hablara en dugashvili. Después me dijo que era tarde, que tenía que hacer. Intenté preguntarle qué preparaba para su 天 pero él ya estaba en otra parte.

Pensando en ella, pensé, en su 天 inminente. Y pensé que si alguien se la merecía era él, que la había tenido en sus manos

y habría podido destruirla; pensé que habría podido destruirla y el mundo, ahora, sería tan distinto. Pensé en las manos
torpes, grandotas de este hombre. Pensé qué poco necesita el
mundo, a veces, para ser tan distinto.

Un olvido, un
accidente, una
confusión. O
ni siquiera.

11. La Eternidad

El problema empezó a plantearse en febrero o marzo de 2047, cuando la empresa celebró su centésima 天, y fue lo que el management de la época todavía llamaba una crisis de crecimiento. Las teorías económicas —¿teorías económicas?— actuales han demolido esa noción, pero entonces se usaban. El problema fue la Eternidad.

En esos días cada cliente podía elegir entre dos opciones de almacenamiento de su 天: o se instalaba en una quanti neuronal —la redN— que se entregaba a sus familiares o deudos designados, o la empresa se comprometía a mantenerlo en su Grande por un período contratado de cincuenta años renovables.

La redN individual era un cubito de diez por diez por diez centímetros, decorado según la voluntad del cliente, que se colocaba dentro de una semiesfera de fibra C3Bü para protegerla. Su batería de vibración solar la ponía a salvo de cualquier fallo del suministro eléctrico, aunque no del fuego u otros cataclismos. O del olvido: que alguien la desdeñara y no le prestase siquiera el mínimo mantenimiento anual necesario.

La memoria de la empresa era una quanti 7&, ya muy probada, sólida, fiable. No había forma de que se arruinara y la empresa, por supuesto, se comprometía a renovarla cada tres años; pero la empresa podía cerrar por la razón que fuera, y entonces a mamarla.

En síntesis: ninguna de las dos opciones ofrecía garantías realmente duraderas. Si era difícil pensar, en esa etapa del conflicto, que una empresa podía asegurar su permanencia interminable, tampoco había cómo descartar que un nieto o bisnieto del cliente ya no quisiera cuidar y mantener el 天 de su chozno. O, peor, que las condiciones del mundo en 2100 —o mucho antes— lo hicieran imposible. La esperanza de una duración ilimitada, es cierto, solo podía caber en las mentes aterradas, llenas de esperanza, de los clientes de Samar.

Pero sin esa duración todo cojeaba.

«La Eternidad —escribió Aloysius— es un problema de todos los tiempos.»

Cada vez más clientes potenciales se preocupaban por la permanencia. Al principio, en el vértigo de la novedad, en la esperanza desbocada de evitar lo inevitable, muchos habían conseguido no pensarlo. La primera que sí, según todos los registros disponibles, fue esa mujer.

Laureen Calvo había sido lo que la crónica de la epoca llamaba «una gran dama de la pantalla» —solo que en su caso el apelativo era casi un chiste. En los primeros años del milenio su figura amplia y curva se había impuesto en esas películas —«películas»— de superhéroes que entonces inundaban las taquillas. Calvo fue, entonces, la primera gran superhéroa y su personaje —BigDama— copó las fantasías de millones. Con la caída de las películas ante el avance de las series de televisión —«televisión»—, su lugar perdió lustre, pero siguió participando, casi como una cita simpática, en algunas de ellas. Su decadencia definitiva llegó a principios de los '30, cuando los actores de carne y hueso fueron reemplazados por las creaciones de truVí. Es gracioso, todavía, ver alguna de esas «películas» para reírse o sorprenderse de lo falsos que resultan aquellos hombres y mujeres que se dejaban registrar con esos medios primarios, bidimensionales, tan aproximativos.

La Dama Calvo había conservado, pese a todo, una fortuna considerable y cierta influencia: las generaciones anteriores la conocían y la respetaban, era una parte de su pasado que no querían perder del todo. La Dama tenía, en ese momento, menos de 80 años; podría haber vivido unos cuantos más pero pensó —diría después en una holo— hacer su 天 porque sentía que «su mundo se estaba derrumbando». No se refería solo a la desaparición de su medio de vida y expresión; era más grave. A mediados de los '20 se había instalado en una de esas casas grandes que los franceses solían llamar château, magnífica, no muy lejos de Avignon, en la Provenza, y allí vivía con su marido, sus perros, su huerta de verduras y frutales, su tedio tan perfectamente trabajado. Y allí habría seguido para siempre —siempre es gracioso cuando alguien dice «para siempre»— pero se le fue haciendo cada vez más difícil: las revueltas campesinas arreciaban.

(Hubo, sobre estos eventos, demasiadas versiones. Ahora, a la distancia, todo parece efecto de la Cruzada y sus combates, pero algunos movimientos ya habían empezado antes, aunque por razones semejantes. Esos años han quedado envueltos en la bruma: es curioso cómo, aunque todo está profusamente registrado, no terminamos de entenderlo. Por lo que pude saber, la realidad fue, por una vez, relativamente simple: los nativos de la región, cada vez más pobres por el derrumbe de las instituciones europeas que los habían subsidiado durante décadas, azuzados por sus obispos y sus imanes, influidos por el nacionalismo ambiente, expresaron su desaliento y su rencor atacando las residencias de extranjeros —pobres y ricos, trabajadores y rentistas— a los que culpaban de su ruina. Por supuesto —sabemos ahora—, su reacción extremó lo que querían arreglar: la partida de tantos residentes profundizó la crisis de la región, la miseria se extendió y con ella las revueltas; en poco tiempo toda la franja mediterránea se volvió casi inhabitable —y llegó la Cruzada.)

La Dama Calvo no quería abandonar su «lugar en el mundo» pero sabía que no podría conservarlo: las amenazas se multiplicaban. Podría haber tratado de migrar; ya lo había hecho, ya no quería más. Quizá —se dijo, no se sabe— también tenía una enfermedad. Cuando su banquero le habló de 天 pensó que podría ser una solución: recuperar para siempre lo que estaba perdiendo, su lugar, su tiempo. En su primer encuentro con Samar su preocupación principal fue conseguir garantías de que la duración de su mundo virtual, su 天, no se vería amenazada, como su mundo natural, por esos factores externos, incontrolables. Era una de las preocupaciones principales de esos tiempos —y de estos—; era, claro, una de las armas más eficaces de 天.

—Disculpe: ¿usted qué dice cuando dice para siempre?

Las explicaciones de Samar no la convencieron: su 天 sería frágil. Si no tan frágil como su vida, demasiado frágil para embarcarse en ella. Además, es probable que esa mujer joven, tan segura, tan contemporánea —todo lo que ella ya no era— le haya resultado insoportable. La Dama se retiró altanera, con una de esas frases que ya no se usaban, resabios de la época en que el inglés hablaba al mundo:

—Gracias, pero no gracias. Un placer.

Samar la miró con algún odio y bastante pena: le habría gustado contar entre sus conquistas —a veces llamaba a sus clientes «sus conquistas»— a esa mujer tan marcada. Unos días después, cuando la Dama le pidió volver a verla, estuvo a punto de decirle que gracias pero no —pero la pudo su curiosidad.

—Usted no debe recordar a un tal Churchill, un político del siglo pasado.

Le dice, en la holo, la Dama, y Samar le sonríe e intenta complacerla:

—No, claro.

Dice, para que nadie dude de que sí.

—Por supuesto, eran otros tiempos. Él fue el que dijo que la democracia era la peor forma de gobierno si se exceptuaba a todas las demás.

—Que la democracia qué…

—Nada, la democracia nada. Con su 天 pasa lo mismo: el mundo tal como está no me deja más remedio que aceptarla.

Samar fue generosa en la victoria. Después, cuando discutieron qué quería la Dama para su 天, la sorprendió su sinceridad, su sencillez: realmente pretendía reproducir su casa provenzal, su marido, su tedio, su huerto, todos sus perros menos uno —y poder, de tanto en tanto, protagonizar una pequeña escena de BigDama. Era fácil, factible, hasta barato.

Samar era todo menos tonta: la resolución de la 天 de Laureen Calvo no la engañó. Sabía que muchos de sus clientes potenciales compartían esos miedos; sabía que muchos la rechazaban por ellos —aunque, después, cuando reflexionaban y caían en la cuenta de que no tenían ninguna otra opción para seguir más o menos vivos, muchos regresaban. Con miedo, con reparos, con menos brío y confianza que lo que habrían querido, regresaban.

Pero, aun así, Samar entendió lo frágil de su posición y decidió que tenía que hacer algo.

(Fue entonces cuando se produjo una de las situaciones más rocambolescas de una historia llena de rocambolidad: el trance de la obsolescencia programada. De pronto, en el calor de la duda —Samar siempre decía que la duda no es, como suele pensarse, un frío sino un fuego—, revisando el problema de los tiempos, se dio cuenta de que las cajitas en las que entregaba sus 天 caerían, como todo, en las garras de la obsolescencia. Que podrían, si acaso, durar tres o cuatro años, un máximo de seis, hasta empezar a producir fallos que, más temprano que tarde, serían fatales para el 天 habitante.

Panicó. Las más antiguas —las primeras— ya tenían casi tres años: iban entrando en zona de peligro. Pero más le preocupó pensar que cómo no lo había pensado: temió de pronto la estampida, la cantidad de cosas que —como esa— se le habrían escapado. Fue un momento largo de terror: estaba en su oficina, las paredes tan blancas para aceptar cualquier imagen, su silla con ronrones y el espanto de saber que otra vez el desastre, que el fracaso: había vuelto a los brazos del fracaso. Al rato consiguió controlarlo: nada podía ser tan grave, se decía, y sabía que se mentía pero se toleraba la mentira. O, mejor: concéntrese en solucionar lo que sabe que hizo mal, se dijo. La moneda, otra vez, giraba, vacilaba. Todo podía haber terminado. Por un truco de cuarta para ganar dinero, la historia del mundo pudo ser distinta.

No fue. Bacca conocía gente: al otro día le presentó a Biondel, un sabio viejo, borrachín y descatalogado, capaz de casi todo. Biondel no tardó una semana en craquear el código de obsolescencia de las cajitas para 天. Aquella tarde Samar pensó —contaría después— en la cantidad de cosas que habría en el mundo esperando que alguien las hiciera, la cantidad de cosas que no se hacían no porque fueran imposibles sino porque nadie pensaba que valieran la pena. O peor: no se les ocurría.

Lo más difícil fue el recall: buscar a los deudos de cada cliente con cajita —unos 62, el resto seguía en la oficina— y convocarlos y decirles que habían descubierto la posibilidad de una mejora en los equipos y que se la harían gratuitamente si el cliente —el deudo del cliente— se comprometía por su parte a no violar la confidencialidad: a no decirle a nadie. Durante los tres meses que duró el proceso —y los tres meses posteriores—, Samar vivió en zozobra: temía filtraciones. No sucedieron o nunca se enteró: si las hubo no fueron decisivas.)

El asunto del tiempo, sin embargo, seguía en pie: corriendo. Una noche de agosto, calor estrepitoso, Samar se reunió con su equipo —básicamente Bacca, los israelíes y, ya entonces, Galdós— y discutieron: nada de lo que escuchó le pareció apropiado para solucionar el tema. Esa noche, ya en su casa, cenando con Vera, Samar pareció encontrar, una vez más, la solución: ¿Qué carajo es el tiempo? —diría, poco después, en la más famosa de sus holos, para decir, en realidad: ¿qué es el tiempo dentro de una 天?

12. El éxito letal

Responder es cambiar la pregunta,
solía decir Samar: hacer
que la pregunta
se adapte a tu respuesta, te pregunte
lo que le has respondido.

Aún la estudian comunicólogos, epistemólogos, políticos y otros representantes de razas extinguidas: el arte de responder sin reconocer nunca la pregunta que se está respondiendo. El arte de cambiar la pregunta sin dejar de ofrecer la respuesta a aquella que se acalla.

—¿Qué carajo es el tiempo, mis queridos?

Samar, el pelo recogido, la mirada modesta, empezaba citando aquella frase de un cura antiguo, Agustito abHiponias, que dijo que sabía qué era el tiempo pero si le pedían que lo explicara no podría. Y que parecía que fray Hiponias había conocido sin conocer la 天: que es el privilegio de las mentes superiores intuir lo que vendrá y que él la había intuido hacía miles de años sin las dudas, porque si hay un espacio donde su frase se cumple palabra por palabra es 天.

—Porque el tiempo tal como lo conocemos, como podríamos incluso describirlo, no es el tiempo de 天. Allí el tiempo es otro: allí el tiempo somos nosotros mismos.

Dijo, y que estamos acostumbrados al tiempo del mundo, un tiempo que transcurre, donde a cada minuto sigue otro minuto y otro y otro, como en una línea más o menos recta. Pero que en 天 el tiempo no está preso de esa línea, que en un solo punto de esa línea puede estar tan lleno que parezca infinito, como si de ese punto en esa recta creciera para un lado una torre de Babel que llegara hasta el cielo y más allá, y para el otro un pozo que llegara hasta el centro de la Tierra y más, y para todos lados todo.

—Allí el tiempo no está regido por minutos o cualquiera de sus unidades terrenas, y un minuto de tiempo «real» puede ser allí toda una vida, infinitas acciones, encuentros, pensamientos. Allí la Eternidad puede ser una hora, un suponer.

Dijo, y no dijo más: tuvo el cuidado de no ligar esa idea con los miedos, con la pregunta de rigor. La comunicación era un modelo. Pero entonces, de pronto.

Algo, a veces, sucede.
Muy pocas veces, algo.

El movimiento fue perfectamente inesperado: en su famosa holo Samar se suelta el pelo, lo acomoda con un vaivén de la cabeza, sonríe como si un rayo de repente. Después habla, pero su voz llega de lejos:

—Hay quienes creen que no creo.

Dice y calla y después, suspirando: «Hay quienes creen que para mí esto es, vaya a saber, una astucia, un negocio, una cosita». Samar mira a los ojos de quien sea: mira a los ojos como si solo existieran esos ojos:

—Esto es mi vida, mi salvación, y más que eso. Es la realización del sueño, el final de un camino de trabajos para entrar en otro de puro regocijo.

Dice, se da media vuelta, abre una puerta, pasa al cuarto donde campea, en el centro, el gran sillón en el que los clientes entran en su 天. Mientras se sienta, sigue hablando:

—Tenemos la salida, que es la entrada. Tenemos la respuesta a todas las preguntas, tenemos las preguntas. Tenemos la posibilidad de vivir para siempre: ¿quién querría vivir para unos días?

Dice, y otra vez su suspiro es terremoto: «Yo, hasta ahora, me privé de tomarla para lograr que ustedes, pero ya no es preciso. Ahora 天 ya está en las mentes, ya no me necesitan. Ahora yo también puedo aprovecharla. Recuérdenme, si quieren; yo voy a estar mucho mejor».

Dice, y tres ayudantes ya la están conectando —una vía en el brazo derecho, un casco leve en la cabeza, el control en la mano. Samar respira hondo una vez más, les dice que adelante:

—Ya no puedo esperar, me mata la impaciencia.

Dice, con ese giro que después sería tan discutido, y aprieta uno de los botones. Segundos más tarde estaba adormilada; minutos más, bastante muerta; una hora más, transferida a su 天.

El Paso de Samar fue el verdadero principio de una era: ese momento.

No es difícil reproducir momentos de su vida. Es más, en cuanto uno se acerca a mirarlos, tiene la impresión de que buena parte de su vida fue vivida para ser reproducida. Y entonces, por supuesto, la desconfianza: ¿cómo creer en la verdad de una vida que parece pura representación? Y enseguida la desconfianza de la desconfianza: ¿por qué creer que la falta de representación es más auténtica? O incluso: ¿cómo creer que hay vidas que se viven sin tener en cuenta las miradas?

Todo acto es un acto para otros, solía decir Samar, y actuaba en consecuencia. Todo acto es un acto para otros para uno, decía, y se reía —pero nunca mucho. Y también que esa era precisamente la originalidad de 天: que no había otros que importaran, que los otros eran solo apéndice de uno, muñecos para uno; que uno podía simular que actuaba para ellos del mismo modo que podía usarlos para cualquier otro propósito: que el placer más unánime de 天 –decía, imaginaba– sería eso de vivir en un mundo donde todo funcionara para uno, donde uno no necesitara funcionar para nadie. Un experimento del más puro egoísmo, decía, y a veces se preocupaba un poco: ¿qué pasará ahí adentro si, al fin y al cabo, somos más generosos que lo que creemos? ¿Qué si, de últimas, disfrutamos en serio –en serio, no como postura, no como deber ser– de dar, de hacer para los otros? Entonces 天 será un fracaso o un tormento, decía, se reía.

Y entonces decidió ir a verlo. ¿Sería, también, que se mató de curiosita?

(La muerte de Samar es el momento en que todo se derrumba y se encarama –y lo que era un edificio prolijo, minucioso, se vuelve ruinas deslumbrantes. Una mujer sigue un camino razonable, prudente en la orillita, cuidando tanto cada paso, disfrutando de la vista del abismo, y de repente salta vuela grita cae en él: se estrella.

Una mujer se estrella.

Y lo que era un paseo se transforma en decisión sin vuelta, y ese abismo que hasta entonces era un paisaje se vuelve drama, invitación, sentido. Nadie sabe qué habría pasado si Samar no pasaba; es probable que nada, en el sonido más brutal de la palabra nada. Pero pasó, saltó, se hundió en su invento, en 天: le dio sentido.)

Samar acecha: Samar hecha un relato
sin silencios.

Es misterioso cómo se difunden ciertas cosas –muy pocas cosas–: como si se supieran antes de saberse, como si no necesitaran que las dijese nadie. Fue un temblor en la Trama: diez minutos después del acto de Samar no quedaba nadie que no lo hubiera visto, y ya empezaban los debates.

Para empezar, la noticia en el estado puro: millones y millones que todavía no conocían la 天 se enteraban. Y la primera reacción, la más obvia, seguramente la que ella habría querido: millones que se convencieron. Si la propia Samar, la dueña del tinglado, la que sabía realmente, se lanzaba a su 天, no quedaba lugar para la desconfianza. Millones preguntaban dónde se hacía, cómo se hacía, cuánto costaba, cuándo. En un rato, la 天 parecía establecida.

Enseguida —faltaba más— llegaron los matices. Los que decían que se mató —no decían se hizo su 天, decían se mató— porque había descubierto que su procedimiento era una farsa y no lo soportaba; los que decían no sean bebes, ella siempre lo supo. Los que decían que entró en su 天 —no decían se mató, decían entró en su 天— porque la deseaba tanto que no podía privarse más. Los que decían que se mató porque su empresa estaba al borde de la quiebra y no lo soportaba. Los que decían que se mató porque su empresa estaba al borde de la quiebra y pensó, quién sabe con razón, que su muerte era la forma de salvarla. Los que decían que, con razón o sin ella, se le notaba que creía; los que decían, con razón o sin ella, que se le notaba que creía; los que decían que, con o sin razón, se le notaba que nunca había creído; los que decían con o sin. Los que decían que todo eso eran pamplinas, cortinitas de humo, lo que ella nos había querido hacer creer y que era de necios caer en esa trampa y que había que buscar las razones verdaderas de su muerte en una deuda, un desengaño amoroso, una persecución de su pasado, la túrbida ucraniana —y tantas otras historias que, de pronto, aparecían. Los que decían que, más allá de historias y pamplinas, lo decisivo era saber si ella creía o no creía en 天 para poder saber qué hacíamos con eso. Los que decían que el hecho de que ella creyera o no creyera era un dato entre otros. Paparruchas, decían.

Y los que decían —los que empezaron a decir, algo más tarde— que todo era mentira, que no se había matado ni 天 ni nada, que era una puesta en escena, un truVí como tantos, que alcanzaba con ver la calma, la elegancia, la facilidad con que se aposentaba en el sillón final para saber que no era cierto y que no se podía ser tan bebe de creérselo —y que ella seguramente se había ido a alguna de esas islas a reírse de todos. Algunos lo creyeron; lo bueno de esas acusaciones es que muy pocas veces puede probarse que sean ciertas pero no hay forma de probar que no lo son. Así que la sospecha se mantuvo, pero millones prefirieron no creerla.

Eran, en cualquier caso, jugueteos. Nadie sabrá nunca por qué lo hizo. Lo cierto es que, de pronto, millones y millones supieron qué era 天. Y tantos la querían: fue el principio.

Y tantos, por supuesto, no: no hay nada más poderoso que la inercia.

Salvo el miedo.

III

LA LLEGADA

La vida de los muertos está en la memoria de los vivos.

CICERÓN

1. El estallido

Alguien dijo —y tantos lo repitieron en la Trama— que «la vida es ese engorro que nos separa de una buena 天».

La vida, de pronto, era ese engorro.
El mundo, una avalancha.

O es lo que puede parecer ahora, mirando desde ahora. En esos días la avalancha significaba que:

—un mes después del Paso de Samar la cantidad de solicitudes de 天 había pasado de unas cincuenta a más de mil por semana.

—la empresa no daba abasto. Se podía suponer que Samar habría previsto y preparado el pico de demanda que llegaría tras su Paso, pero no. Se ve que seguía la línea Luis XV: «Después de mí, el diluvio».

—Vera Lipkova, la dizque viuda, nombrada heredera universal en un testamento que despertó sospechas, tuvo que hacerse cargo de las operaciones; pronto se hizo evidente que no tenía ni idea ni ganas. La empresa era un caos.

—dos meses más tarde, en julio de 2048, mientras el descontrol crecía por momentos, Lipkova recibió la oferta de Liao Yiwu, cuarentón chino de orígenes confusos. Mucho se discutiría después sobre la cuantía de la oferta: las versiones difieren de uno a cien. Hubo, incluso, quienes dijeron que

Samar había previsto esta operación y que su Paso fue parte de ella e, incluso, que lo hizo bajo amenazas de los chinos, que no le dejaron más remedio —entre otros desatinos de ese orden. Se sabe en cambio que Lipkova dudó porque no parecía claro que el señor Liao pudiera disponer de tanto capital pero que el dinero apareció sin más inconvenientes, y Lipkova firmó la cesión absoluta. Y, si bien es cierto que su rastro se pierde, no hay ninguna evidencia de que haya tenido que aceptar, como parte del negocio, su 天 inmediata.

—el señor Liao era hombre de palabras y empezó por rebautizar a su empresa: la llamó 春天, que tenía la ventaja de incluir el signo que ya todos conocían y reconocían pero que, con el agregado del 春, cualquier traductor interpretaba como «primavera». Así que la empresa, para los traductores occidentales, se llamaría Primavera, la antigua ilusión del florecimiento —pero seguía siendo, por supuesto, 天.

—el señor Liao decidió que no podía dudarse más sobre la palabra usada para denominar la operación. En tiempos de Samar se usaban varias: transferirse, por supuesto, pero también transformarse, convertirse. Él dijo que la idea que daban estas dos era brutal o tosca: como si quien se fuera a vivir en su 天 no fuera uno mismo sino otro, un yo convertido o transformado en otro yo —y que, por lo tanto, esas dos palabras quedaban desterradas del lenguaje 天, y que solo se usaría, de allí en más, el verbo transferir y el sustantivo transferencia.

—el señor Liao instruyó a sus empleados para que siempre se refirieran a él como «señor Liao». Ni jefe, ni señor, ni Liao, ni patrón, ni ninguna otra forma: señor Liao. El modismo se impuso.

—el señor Liao cambió de un golpe la política empresarial. Quizá no tenía más remedio. A partir de la difusión del Paso de Samar, 天 ya era un asunto público. El señor Liao no podía ni quería revertir esa tendencia. Para empezar, decidió no prestar atención a los posibles problemas legales. No se sabe —yo no he podido averiguarlo— si hizo algún arreglo previo con las autoridades torinesas o simplemente confió en que la difusión de 天 o su condición de chino y el respaldo de su país lo harían intocable. Lo cierto es que, desde su llegada, 春天 dejó de esconderse, se volvió completamente pública.

—en esa misma línea, el señor Liao intentó que 天 se hiciera presente en todos los rincones pero, al mismo tiempo, multiplicó por seis el precio del procedimiento. Su idea, explicaría más tarde, era convertirla definitivamente en algo que todos quieren pero pocos pueden. O, por lo menos, que les cuesta mucho conseguir. «Esa es la clave de un negocio como este», dijo, y que se había inspirado en la política de los vendedores de ropas de lujo —en los lejanos tiempos de las ropas.

—para compensar agregó, como veremos, el mecanismo «ponga un pobre en su mesa» —de operaciones— para justificarse y justificar el pasaje correspondiente de la MásBellaHistoria. Así, cada tantas transformaciones pagas, haría una gratuita a alguien «que se lo mereciera».

—y, ya entonces, el señor Liao hizo su primer gran aporte al crecimiento del producto: inventó la figura del 天Manager, el experto que va guiando al cliente en la construcción de su 天 —que, como sabemos, después se volvería emblemática, inseparable de cualquier 天. La visita al 天Man estaba destinada a convertirse en un clásico de nuestra sociedad: ese momento decisivo en que cada quien diseña, con su ayuda, la vida que querrá vivir, su 天.

2. El señor Liao

«El negocio —decía el señor Liao— avanza al galope.» El señor Liao hablaba con frecuencia de galope; sus empleados ya habían aprendido qué era eso. Nosotros, en cambio, todavía no sabemos por qué decía esas cosas.

Sobre el señor Liao Yiwu ignoramos bastante. En estos tiempos de hiperinformación y registro absoluto, la comprobación sorprende pero es cierta: todavía sabemos más que poco. O peor que poco: demasiado, que es la manera actual de poco. Circulan sobre él tantas historias diferentes, contradictorias, superpuestas, que nadie puede determinar cuál es la verdadera.

(El procedimiento es antiguo —alguien dijo hace siglos que la mejor manera de esconder un elefante es rodearlo con ochenta y cuatro elefantes, y alguien le discutió la cifra— pero su empleo es un recurso tan de nuestra época: ya que es imposible borrar o escamotear todos los registros que una persona va dejando, la solución más razonable y eficaz para quien quiera disimular su historia es agregar más rastros, más registros, para lograr que lo cierto y lo falso se confundan y nadie pueda reconstruir la historia real. La verdad no se elimina por defecto sino por exceso —o, como dijo Jhon Jairo Indashviti: «Lo que sobra hace falta».)

Sabemos, sí —o creemos saber—, que Liao Yiwu habría nacido en Shenzen, la ciudad del sur de la China, en los primeros años de este siglo o los últimos del otro. Muy joven habría sido admitido en el Partido Comunista; lo formaron como técnico agrícola o programador comercial o enfermero de órganos, según las versiones. Hacia sus 25 años lo habrían destinado a un sector africano —¿Angola?, ¿Dimkia?— donde hizo sus primeras armas como comisionado; los registros más insidiosos dicen que compraba seres para extracciones de primarios; los más benévolos, que se ocupaba de una mina de uranio y algún otro mineral secreto.

En cualquier caso, su rastro se confunde a partir de sus 30: aparece en el norte del Amazonas haciéndose con carradas de hectáreas de zona ganadera abandonada —por el auge de la carneHumana—; aparece en Tianjin estudiando —muy sospechosamente— un máster en Negocios de la Virtualidad; aparece en Tianjin cumpliendo 17 meses de reclusión por algún error en su desempeño africano; aparece en el sur de Chile prospectando unas extracciones que no constan; aparece empleado en un banco japonés que, en esos años, ya casi no tenía empleados —y así de seguido.

(Esa confusión, sabemos, es la marca de los enviados del Partido Comunista chino: una política de Estado que consiste en crear comisionados de ese Estado que pueden ser todo y su contrario. Pero, igual que en el silogismo clásico, que todos los comisionados del Partido lo hagan no quiere decir que todos los que lo hagan sean comisionados del Partido. Así, las sospechas de que el señor Liao lo era están bien fundadas —pero no demostradas. En todo caso, más que el caos sospechoso de su historia, las sostiene el papel que el Partido y el Estado chinos jugarían en el desarrollo de esta historia, pocos años más tarde.)

En síntesis: no sabemos de dónde llegó el señor Liao para hacerle a la viuda Lipkova una oferta tan torrencial que, lógicamente, la llevó a desconfiar. Pero sí sabemos que la viuda no tuvo más remedio que aceptarla y que después no parece haberse arrepentido: que el señor Liao cumplió con cada coma de sus obligaciones –y llevó a la empresa a la cima de su fama.

–Usted sabe que yo no puedo decirle muchas cosas.

Me costó, tantos años más tarde, dar con él. Pero ahora, por fin, estamos conversando a la distancia. Lo imaginaba como un viejo porque tuvo peso en hechos de hace mucho, pero no: es un hombre de unos 70 años, los ojos muy atentos, el pelo cepillito, pocas arrugas y solo un tic de morderse el labio inferior que lo complica.

–Pero, señor, usted puede decirme lo que quiera. Usted ya está más allá del bien y del mal.

–Si por lo menos supiera dónde está el bien y dónde el mal.

Me contesta, casi con sonrisa: me esquiva, se me escapa. El señor Liao no quiere hablar o, por lo menos, prefiere no decir. Debí haber sospechado: quien me consiguió el contacto, después de tanta búsqueda, fue uno que siempre trabajó para el Partido. Pero yo tampoco podía poner condiciones: necesitaba hablar con él. El señor Liao fue decisivo en esta historia –y lo apartaron cuando estaba en su mejor momento. Es el tipo de gente que suele contar más: los que estuvieron muy adentro y se quedaron fuera. Pero se ve que el señor Liao no está realmente afuera: o le dieron algo para compensarlo o lo amenazan.

–El bien, le digo, el mal, o cualquier otra cosa. Si yo supiera cualquier otra cosa. Si yo supiera dónde están las cosas.

–Señor, para empezar: cuando usted compró la empresa, ¿lo hacía por cuenta propia o por orden del gobierno chino?

–Ni lo uno ni lo otro…

–¿Sino…?

–… ni lo de más allá.

Dice, se calla. El señor Liao tiene un ropón negro de entrecasa: esa tela y su cara es casi todo lo que veo en la holo. Los rodea un fondo de nubes del ocaso, rosaditas, que esconden todo el espacio alrededor. Yo tampoco hablo: es curioso cuando, en una entrevista, ambos se callan. La situación encalla, se encallece, se encanalla. Al cabo de un momento, Liao decide recuperar cierta apariencia de diálogo:

—Había unos inversores que decidieron arriesgar y me contrataron para que los representara.

—¿Eran chinos?

—Por supuesto que eran chinos.

—¿Y por qué decidieron comprar 天?

—Porque eran gente inteligente.

—¿Le parece?

—¿A usted no? Mire cómo siguió la historia.

La esgrima se está poniendo boba, repetida; debo romper esa deriva.

—¿Y esa gente estaba relacionada con la entonces futura presidenta?

—¡Señorita!

En 2048, cuando el señor Liao compró lo que pronto sería 春天, todavía regía China el viejo presidente Xi Jinping, su cara flaca macilenta, su papada de pavo, su pelo siempre negro: estaba a punto de cumplir 34 años en el poder y había anunciado que se retiraría al cumplir los 40, 99 de su edad. Como sabemos, murió dos años antes, a sus 97, y el mundo se estremeció, convencido de que había sido un complot criminal, aterrado por sus consecuencias.

Con el tiempo quedaría casi claro que fue la conspiración más colectiva, más unánime de una corte que llevaba milenios conspirando: es cierto que la encabezó —y aprovechó— la Dama Ding, que ocuparía el sillón de Xi, pero también lo es que casi todos los jerarcas apoyaron. Estaban convencidos de que Xi los hacía perder el tren —«perder el tren», decían— de la vanguardia técnica y económica, que si la India les ganaba posiciones era culpa de sus miedos y que tampoco podían reprochárselos: era un hombre de 100 años, un hombre de otros tiempos, un hombre que ya había hecho todo lo que un hombre puede hacer —y que se merecía descansar y se negaba. Así que, de un común acuerdo más o menos explícito, decidieron ayudarlo.

La Dama Ding Shimun era, ahora lo sabemos, lo opuesto: la quintaesencia de esa renovación que el viejo imperio necesitaba urgente.

Y era, al mismo tiempo, un misterio para la mayoría. Ni todos los años que pasó en el poder disiparían el desconcierto —y ella jugaba con él, lo alimentaba. La Dama medía poco más de un metro y medio, los ojos negros rasgadísimos, la piel cera, la boca siempre pintada con ese lápiz casi negro, la frente ancha despejada, el pelo muy negro tirante y recogido en un rodete, y su famosa chaqueta amplia y sin adornos. El mundo, a fuerza de no saber sobre ella, la adornaba de hipótesis. Muchas eran puro disparate: se llegó a decir, por ejemplo, que:

—la Dama era una actriz que cumplía con cada una de las órdenes de su supuesto segundo, Qua Guoming, inelegible por su dicción, su imagen y la torpeza de sus crímenes;

—la Dama era un hombre ambicioso sin nombre conocido que había entendido que los tiempos favorecían a las mujeres y se había variado para eso, o que ni siquiera se varió y por eso nunca aparecía en público sin sus chaquetas amplias;

—la Dama era un kwasi perfecto, la raza del mañana, con un sistema operativo también extraordinario que conseguía, a través de un algoritmo complejísimo, sintetizar y expresar la voluntad de todos los miembros del Comité Central y mandar según ella. O, incluso que era la nueva forma de la democracia: ese mismo androide estupendo pero con un algoritmo que sintetizaba las opiniones no ya del Comité sino del pueblo chino, a través de una muestra científicamente elegida para representar equilibradamente las opiniones del conjunto.

Y tantas otras zonceras que parece mentira que millones las

creyeran. La realidad, si es que existe tal cosa cuando hablamos de la mujer más poderosa del mundo, parece ser otra: que la Dama Ding fue la primera mandataria china con la que se aplicaron las tesis Birkin sobre la construcción del líder, es decir: que fue elegida −como antiguamente se elegía al Dalai Lama− a sus 4 años entre los hijos de la vasta clase dirigente de su país, para que algún día lo mandase. La comisión encargada, un comité de ancianos notables dizque probos, habría entrevistado o entrevisto a miles de niños hasta dar con esta, que habría lanzado las señales esperadas −convenciéndolos de que el hálito del presidente Mao Zedong vibraba en ella y que, para ponerlo a soplar, solo necesitaba la mejor formación.

La operación, si la hubo, o la historia −si no hubo más que eso− se basaba en los trabajos de Jeanne Birkin, la pensadora belga que postuló, en plena ola antipolítica de los años '20, que el problema principal del ejercicio del poder es que antes de ser un hecho es una aspiración y que, tras años y años de intentar conseguirlo por medios más y más difíciles, quienes lo conquistan creen que sus esfuerzos les dan el derecho de usarlo en toda la extensión de la palabra y se atragantan con él, y se marean. Y que de ahí vienen los caprichos y corruptelas de nuestros líderes, que podrían solucionarse si mandaran personas que se criasen desde niños con la certeza del poder: que lo vivieran como algo natural, que no lo sintieran como una conquista sino como la estricta normalidad, lo cotidiano.

Y sabemos que en su momento nadie le hizo caso −que las críticas fueron feroces, descalificadoras− pero suponemos que el Comité Central chino, en una etapa de desesperación por sus problemas de liderazgo −porque las peleas intestinas en la cumbre les estaban impidiendo gobernar en serio−, decidió usar el recurso sin decirlo, para no ser, precisamente, blanco de esas críticas. Y que por eso la Dama Ding ya lleva 22 años de poder con esa facilidad, ese desdén: como si no fuera ella quien lo hiciera, como si solo ella lo pudiera hacer.

—Entonces, la gente que compró la empresa, ¿estaba o no relacionada con la Dama Ding?

—Señorita, en nuestro país todos estamos relacionados con la señora presidenta.

—Pero entonces no era la presidenta.

—Entonces era, ya era, una mente preclara que guiaba nuestros pensamientos hacia el porvenir.

Lo mataría. El señor Liao no es así —estoy segura de que no es así. De pronto se me ocurre que exagera el tono cortesano para que yo sepa que sus palabras son falsas —pero, al mismo tiempo, no parece dispuesto a intentar otras. Así, nuestra charla no tiene sentido. A menos que encuentre la manera de preguntarle oblicua, sibilinamente, que le permita decirme alguna cosa.

—¿Los cambios iniciales en el funcionamiento de 天 fueron idea suya?

—No, señorita. Fueron idea de la mente común, colectiva que maneja nuestra patria: el genio chino, lo llamamos.

—¿O sea que usted recibía instrucciones desde el principio?

—Yo nunca haría nada contra la voluntad de mi país.

Me dice, y juraría que sonríe con los ojos.

—Pero, entonces, ¿usted compró 天 porque su gobierno quería usarla?

El señor Liao respira, mira para abajo. Le digo que ya está, que podemos dejarlo; el señor se seca la frente con un paño y me sonríe. Se ve que le dijeron que debía atenderme, y que la situación lo llenó de zozobra. No saqué mucho en limpio: si acaso, que la apropiación de 天 parece haber sido, desde el principio, un plan de China.

En sus primeros días, el gran golpe de genio del señor Liao —o de quien fuera que lo dirigía— fue encargar al mejor realizador de su equipo el tan famoso *Samar*天, el juego de truVí sobre la vida de Samar. Así, millones y millones fueron ella, se sintieron ella, vivieron su vida: inventaron 天, la construyeron, la desarrollaron, decidieron usarla.

Sin el juego, por supuesto, 天 también habría funcionado; con él se volvió ineludible. Y, sobre todo, la inclusión de la primera versión canónica de la MásBellaHistoria lo convirtió en la piedra fundamental sobre la cual se levantó el edificio ideológico del gran relato 天.

En el juego, como es lógico, el jugador que hacía de Samar podía enterarse de la historia del «sacrificio de Van Straaten» de maneras diversas, y después debía elegir qué hacía con ella: que la sabía pero no sabía cómo contarla, que intentaba ocultarla, que trataba de cambiarle algún detalle; también variaban sus razones para que se conociera o no se conociera.

En una de las opciones la filtraba a un relator que se llamaba Woodrow Hint. En otra intentaba armar una holo pero tenía problemas. En otra modificaba ciertos datos. Pero en todas, de uno u otro modo, se repetía esa historia que todos conocemos y que, recién ahora, gracias a las revelaciones de Badul, reconocemos como falsa: que la idea de armar un mundo virtual para que la mente convertida siguiera actuando sin necesidad de interactuar con el mundo real fue suya, no de Samar; que se le ocurrió aquella noche famosa en su laboratorio mientras Van Straaten, su maestro, agonizaba; que fue un gesto de amor y de piedad, un gran triunfo de la ciencia. Y que su fuga no tuvo nada que ver con el espanto y los asesinatos —de los que, por supuesto, nada se decía— sino con su voluntad de darle al mundo lo que había imaginado.

Aquí también —una vez más— la realidad y la ficción se mezclan demasiado. Las causas de las cosas, por supuesto, suelen venir más de una que de otra: lo difícil es saber de cuál.

Total: que, tras tanta información, tras tanto juego, no podemos afirmar sin las dudas que la creadora de la MásBellaHistoria fue Samar —y no Liao. Lo creemos, pero no lo sabemos. Si ella la imaginó, antes de dar el Paso, suponiendo que esa historia le daría a 天 mucha más fuerza: que ese momentoEureka entre dos científicos, uno de ellos en el umbral de la muerte, convencería tanto más que la inspiración repentina de una chica cualquiera.

O si, en cambio, la creó el señor Liao para sacarle un poco de fuerza a Samar, que ya tenía demasiada. Esta opción suena más verosímil: si la muerta era todo, su muerte podía debilitar su obra; si la obra era colectiva, podía seguir bajo su inspiración y la gerencia de otros. Se me dirá que ya no importa: que los grandes mitos de origen siempre tienen orígenes confusos. Si no importara, nada de esto que estoy haciendo importaría.

Pero es cierto que la versión Badul-Van Straaten, quienquiera la inventase, fue eficaz para ocultar el gran vicio de origen: las tremendas masacres, por supuesto, pero, incluso más que eso, el aprovechamiento de una tecnología de segunda que nadie más usó porque era mala, porque había fracasado, porque no conseguía el objetivo básico de mantener a los cerebros vivos y comunicados. Que había, en esos días, varias empresas y laboratorios poderosos que manejaban esa misma técnica pero no la lanzaron porque no funcionaba. Y que utilizarla fue la aceptación de una impotencia, resignación creativa a lo que había. Que 天 no fue, como siempre se dijo, un triunfo técnico; que fue, para empezar, una derrota de la ciencia y, después, la victoria estrepitosa de un relato.

Que una tecnología de segunda selección se apoderó del mundo. Que lo mejor es enemigo de lo bueno.

Que nada convence más que la historia apropiada.

En cualquier caso, hay que anotar que Badul nunca desmintió públicamente esa versión —y yo no pude preguntarle por qué. Quizá fuera que, perdido en su refugio, no se enteró de ella hasta muy tarde, cuando el relato había circulado tanto que cualquier desmentida habría sido vana. O pura vanidad:

que prefirió no desmentirla. ¿Qué pasa cuando sabes que has fallado en serio, que no supiste encontrar lo que buscaste toda tu vida, pero descubres de pronto que, con solo callarte, millones creerán que sí lo hiciste? Después de todo no era fácil para Ily Badul resignarse a desarmar el relato donde dejaba de ser aquel tonto que no supo ver la luz y se convertía en uno de los grandes inventores del devenir humano, el avatar más actual del profeta. Aunque debo decir, en su descargo, que al final no pudo soportar esa grandeza falsa: por eso, supongo, aceptó hablar conmigo, por eso me contó la verdad de la historia.

Por eso, supongo, me cargó con el peso de contarla.

3. ReVidas

La insurrección llegó, como suele, desde adentro.

Ladisleo Galdós se había sumado al equipo de Samar muy al principio, cuando solo eran cinco. Tenía 26 años y venía de una infancia sin matices en Baja California, en esa zona que, tras el fin de los vinos, violenta, descuajeringada, terminaba de deshacerse de sus pobladores: Galdós se había ido a Torino porque consiguió un viaje barato, sin más idea que la confusa voluntad de seguir vivo. Había estudiado varios idiomas —hindi, ruso, chino, caribeño, catalán, inglés—; siempre pensó que cuando le preguntaran para qué lo hacía si los intérpretes automáticos traducían todo al momento, contestaría que ninguna palabra equivale a otra palabra, ni dentro de un idioma ni, menos aún, entre dos diferentes, y que él quería saber exactamente qué decían las personas. Nunca se lo preguntaron, pero esta voluntad de comprender fue, quizá, lo que le permitió conseguir su trabajo y convertirse, pronto, en el mejor 天Man. Algún envidioso dijo que no lo era: que un buen 天Man debía ser más caprichoso que comprensivo, más dispuesto a imponer sus ideas que a aceptar las ilusiones del Cliente. Había opiniones.

Galdós era alto, flaco como un palo, alimentado solo de autónoma, callado: escuchaba mucho más que hablaba. Al principio se alegró tanto de su trabajo nuevo. Durante un par de años lo llevó adelante con obediencia y brío. Recién después, cuando empezó a aburrirse, incubó su ruptura decisiva.

Galdós se había hecho una familia. Siempre había querido tener una a la antigua, como la de su bisabuela —solía decir para explicarlo—: con una esposa continua mujer, dos niños adorables que lo adoraran concebidos con los métodos de antes, él. Es raro, pero algunos lo quieren todavía; Galdós, sin ir más lejos.

La suya, en esos días, empezaba: incluía, entonces, solo uno de los dos niños previstos, pero nada hacía pensar que no fuera a completarla. Se ha especulado sobre la influencia de este orden familiar en su aporte a 天; puede que haya pesado. No solo porque su familia lo obligase a trabajar mucho más —por su necesidad de mantenerla, por su necesidad de evitarla— sino, sobre todo, porque le insufló una noción de orden y de tradición que condicionó el desarrollo de sus ideas: que probablemente le hizo pensar como pensó.

Pero él siempre lo contó de otra manera. Contó que un domingo —de puro tradicional, Galdós todavía usaba la idea de domingo— vio a Loredana, su hijita de tres años, jugando con su perro de aguas virtual precioso, blanquito, retozón.

«Y la seguí mirando deslumbrado, encantado con la cara de placer de mi nena, felicitándome de haber parido semejante criatura, satisfecho de haberle dado ese entorno y esa educación y ese perrito, y estaba pensando en archivar ese momento en la carpeta de 'momentos más felices' porque no hay nada más feliz que la felicidad de otro que uno quiere, cuando una nube negra se interpuso: ¿cuál no sería el horror de Loredana si seis horas después tuviera que seguir jugueteando con el perro, si mañana se levantara y tuviera que seguir jugueteando con el perro, si pasado mañana, si la semana próxima, si el año próximo, si el siglo que viene tuviera que seguir jugueteando con el maldito perro? Y enseguida, casi sin darme cuenta: ¿cuál no sería mi propio horror si tuviera que seguir mirándolos, si mañana me levantara y tuviera que seguir mirándolos, si pasado mañana, si la semana próxima, si el año próximo, si el siglo que viene tuviera que seguir mirando a mi hija frizada en sus tres años jugueteando con el maldito perro? ¿Cuál no sería mi odio, mi desesperación, mi urgencia de la fuga? Y eso, entendí entonces, era lo que les ofrecía a los Clientes.

»Hiperventilé»,

dijo, más tarde, en esa holo.

Resoplaba.

Debió sentarse y trató de no pensar.

No podía. La imagen lo había enredado como un pulpo.

No sabía qué hacer. No sabía a quién contarle la zozobra de su descubrimiento. No sabía si salir a denunciarlo por la Trama, si pedir una entrevista extraordinaria con el señor Liao, si huir con su mujer Batik y Loredana e incluso el perro a vaya a saber dónde. Ese día avisó que no iría a trabajar, que le había subido mucho la presión, y traficó el sensor que mandaba su info física a la empresa. Tardó tres días —con sus noches— en decidir que lo mejor era la fuga: que no tenía más solución, que no podía «seguir condenando» —diría después— a sus Clientes al tormento, que tampoco sabía cómo solucionarlo, que el problema era mayor que él. Al cuarto día estaba por decírselo a Batik; desayunaban, la mujer alimentaba a la niña con galletas y se comía sus autónomas, hablaban de la escuela tru-Ví y Loredana decía que hoy no quería, que siempre le gustaba pero que hoy no quería, y Galdós pensó que si la niña no se educaba le iba a ir mal en la vida y empezó a imaginar los problemas que podría tener para conseguir un buen trabajo y un espacio y su comida, para hacerse una vida y de pronto soltó una carcajada: era tan fácil.

Hacer una vida: tenía que hacerles vidas. No trozos de placer barato, no cachos concupiscentes, no gritos de gustito; vidas.

Esa misma mañana, en su casa todavía, por si acaso –por si se olvidaba, por si se arrepentía– registró aquella holo.

«Las hacemos raras, primitivas. La idea se instaló desde el principio, como si fuera natural: las 天 eran pepitas de placer, extractos agradables de sus momentitos», dice, desde algún recodo de la Trama, Galdós: la holo sigue allí, se puede verla.

«Las hacemos primitivas. Da pena pensar en estos conejitos de Indias que se quedan para la –relativa– eternidad atrapados en sus 天 tentativas, agujereadas. Como quien se hubiera pasado la vida condenado a mirar aquel aparato que llamaban televisor en lugar de sumergirse en un truVí. Pero supongamos que eso es lo que los antiguos –la gente del televisor– llamaba 'el precio del progreso'. Supongamos que nuestros Clientes hasta ahora fueron los pioneros, conquistadores de un continente virgen. Supongamos que –sin saberlo, sin quererlo– se sacrificaron por nosotros.

»Las hacemos tan primitivas. Las pensamos como una jubilación: ese retiro en que uno, tras una vida de esfuerzos exitosos, disfruta del merecido descanso y los merecidísimos placeres que sus ocupaciones le impidieron. Parecía extraordinario, pero son solo escenas sueltas, desvaídas, sin un argumento: sus 天 son como esas viejas holos pornográficas vintage, sucesión deshilvanada de polvazos.

»Las hacemos realmente primitivas: a imagen y semejanza de la 天 pionera de Von den Welde, recuperan –reconstruyen– unas pocas escenas de la vida del Cliente. Escenarios escasos: su casa, su trabajo, sus lugares más íntimos y, si acaso, en medio, algún lugar mitificado. Digamos: un hombre elige la playa más tropical con las mulatas más amulatadas y esos tragos de colores psicotrópicos y un sol que calienta sin quemar y las langostas naturales, donde estuvo una vez, poco antes de cumplir los 39. O una mujer elige una gran cama de sábanas de raso y almohadas de duvé y en ella su marido de décadas pocos días después de conocerlo, cuando no tenía forma de saciarse de él. O un hombre elige recuperar ese placer fundamental, tan supuesto y tan desconocido, de chupar y chupar y chupar esa teta de madre. O una mujer elige vivir una vez y otra vez la satisfacción de concretar aquel negocio donde ganó 6,4 veces más que lo que nunca podría haber soñado. Situaciones que se repiten infinitas: la insistencia interminable de un placer volviéndose tormento. Repetición, repetición, repetición. La Eternidad que les vendemos es un momento que no se cierra nunca, un momento que lo ocupa todo, águila picoteando.

»Sí, ya sé que no es solo culpa nuestra. Somos, al fin y al cabo, hijos bastardos de lo que nos rodea, y todos los paraísos que nos contaron de chiquitos eran así, así los supusimos. Pero estamos para ser mejores. Estas 天 no son una vida: son pasajes de una vida reiterados sin mengua. Las celebramos; hoy me aterran. Ahora, que entendí, no puedo sino compadecer a esos pobres incautos que llevan años y años, la Eternidad de 天, encerrados con sus recuerdos más felices, quién sabe detestándolos, o quizás atontados por la repetición, convertidos en gatitos ronroneantes», terminaba Galdós en la famosa holo, y se quedaba como pensando en algo. O, quizás, asustado por lo que había dicho.

Pocos momentos como ese: cuando
alguien tiembla por lo que se escucha.

Aquí la historia se confunde. Por razones más o menos obvias, no quedan testimonios. O por lo menos no consigo encontrarlos. Hubo, sin duda, una charla entre Galdós y Liao; conocemos el punto de partida y conocemos el punto de llegada. Sobre el recorrido solo podemos conjeturar, suponer cosas. A veces el trabajo de una relatora consiste precisamente en eso. Y está bien, siempre que no simule —que sabe lo que ignora.

Sabemos —en verdad sí sabemos— que se vieron dos o tres días después, cuando Galdós se decidió a volver a la oficina. Le habría mandado su holo a Liao el día anterior, para tenerlo sobre aviso: para darle el tiempo de digerir las novedades. Supongamos que los dos hombres se encerraron en la oficina del patrón, la mesa y el sillón inteligentes para el dueño, la silla arisca para la visita y las ventanas cubiertas con película para evitar el sol tan bruto. Supongamos que obviaron las formalidades y se fueron al grano; el señor Liao siempre tuvo ese estilo. Preguntaría, seguramente, qué pensaba hacer Galdós: que si creía que lo que hacían era tan desastroso qué iba a hacer. Y él, acaso, le contestaría con otra pregunta: ¿por qué, a usted no se lo parece?

—Sí, claro, cómo no.

Supongamos que entonces Liao dijo que lamentablemente no podía más que estar de acuerdo o incluso que no podía estar más de acuerdo. O, con menos palabras: Galdós, estoy de acuerdo, lo que dice me abrió los ojos y se lo agradezco. Estoy dispuesto a encontrar soluciones. Solo que, para poder buscarlas, tengo que pedirle que lo hagamos entre nos, que esa holo nunca salga a la luz. Y que entonces Galdós temió que fuera una trampa para silenciarlo y le dijo que le daba dos meses; que si en dos meses no habían cambiado su sistema la colgaba en la Trama. Y que Liao aceptó y lanzó su discurso. No sabemos, claro, si fue entonces, pero sabemos que existió: sus ecos aparecen en tantas otras palabras, tantos hechos:

—Nos acercamos a la Eternidad…

O quizá no fue así. Supongamos que en realidad Liao intentó desechar la crítica Galdós:

—No, claro que no me parece desastroso. ¿No ve que llevo años haciendo eso que ahora usted denuncia?

—Sí, lo veo. Por eso mismo le digo que tenemos que cambiarlo.

—No tenemos que cambiarlo. Funciona cada vez mejor, estamos haciendo felices a miles. Además, mi padre, que era un señor tradicional, siempre me decía aquella vieja frase confuciana: «Si no está roto, no lo arregles».

—Tenemos que cambiarlo, señor. Si no lo hacemos, salgo con la holo, lo denuncio, grito.

Habrá dicho Galdós, y que Liao sopesó rápidamente opciones —callarlo, sobornarlo, desaparecerlo— y prefirió negociar y empezaron a buscar la solución, y acordaron que cambiarían la idea central de 天 pero sin presentar las anteriores como un fracaso o un error porque habría miles que se sentirían muy dañados y porque los que pensaran en hacerlo de ahí en más se preguntarían si años después alguien descubriría que todo estaba mal. Y entonces quizá Galdós aceptaría y Liao ensayaría su famoso discurso:

—Nos acercamos a la Eternidad…

O acaso no. También podemos suponer que Liao, como solía, quiso imponer él solo el nuevo rumbo de 天 y Galdós le dijo que la condición de su silencio era que lo buscaran en común, un acuerdo común, que no podían correr el riesgo de volver a caer en el mismo desastre. Y que entonces Galdós le dijo algo que, de tan obvio, nunca se habían planteado: que debían hacer una 天 que ellos mismos desearan y Liao le diría que no fuera ingenuo, que eso no era garantía de nada, que pensara en la pobre Samar que deseó esta 天 que ahora él, Galdós, estaba destrozando, pero que aceptaba el principio de buscar en equipo y que ojalá encontraran y que, en todo caso, todo eso era un buen signo:

—Nos acercamos a la Eternidad…

Habrá dicho, para decir que hay maneras del tiempo que se aprenden de a poco, y que 天 estaba mejorando.

(¿Importa la historia con que se explica o justifica el principio de algo? ¿Lo condiciona, lo define? ¿O puede ser cualquiera porque es, de todas formas, una construcción hecha para explicar y justificar lo que empezó y todos lo sabemos y dejamos que nos cuenten un cuento que, al fin y al cabo, no nos cambia nada? ¿Simulamos que nos importa porque suponemos que debería importarnos? ¿O simulamos que nos importa porque creemos que así nadie va a molestarnos? ¿O cada vez lo simulamos menos?)

La reunión sucedió —y sí quedó registro— y fueron días extraños: tres muchachos, tres o cuatro muchachas, dos o tres fluides y un señor buscando una idea que tendría, después, aunque entonces ellos no lo supieran, una influencia extraordinaria en millones de vidas, en miles de millones. La noción de Galdós, en todo caso, era clara, precisa: se trataba de no lanzarse a un best of, las cuatro o cinco mejores canciones que se repiten interminablemente; se trataba de ofrecer al Cliente que volviera a recorrer su vida.

Le explicaron que no era ni posible ni deseable. Por un lado, era complicadísimo recuperar o crear los materiales necesarios para recrear la vida de cada Cliente. Deberían producir escenarios y personajes y momentos muy específicos que, aun con las quantis más potentes y los programas más actuales —de esos años—, no tendrían los detalles y la textura y la realidad que se esperaba. (O quizá fuera pura superstición: todavía se discute cuándo fue que una recreación de cualquier situación dejó de ser peor que un registro de esa situación: cuándo fue que las recreaciones dejaron de tener esa pequeña niebla que las delataba como creaciones, cuándo fue que ya no supimos distinguir entre creación y registro.)

Por otro lado le dijeron que lo que estaba proponiendo era una especie de reencarnación a la oriental, que si era un topo de esas religiones —budismos, hinduismos, papadamia— que prometen la metempsicosis, que si se había perdido en un truVí rarito, que se tranquilizara. Y le dijeron que cómo podría una persona volver a vivir su vida si al volver a vivir esa vida podía tomar decisiones que la fueran cambiando: o pasaba por su vida como por un museo y eso entonces no sería una vida, o su vida ya no sería su vida.

El señor Liao, entonces, vio una opción: le gustaba la idea de que 天 fuera la vida del Cliente porque le daba, decía, otra entidad, su magnitud, pero como era imposible lo que harían sería darles algo que se pareciera a sus vidas, que fuera sucediendo como si fuera una vida y pasara en un escenario semejante al de sus vidas, incluso con materiales de sus vidas, y que les dijeran a los Clientes que lo que les daban era eso, la continuidad de sus vidas, que no les daban unas vacaciones en el Trópico ni unos polvos furiosos sino sus vidas aligeradas, renovadas, mejoradas. Y que si, para eso, traían materiales de sus vidas, holos, registros de sus vidas serían bienvenidos.

(Había tanto, claro; ya entonces había tanto. Menos que ahora pero mucho. Lo que sí estaba registrado eran las subjetivas de la mayoría: con las lentillas inteligentes, aquellas inteliLentes que ahora suenan tan viejas, cada cual registraba todo lo que sus ojos veían y lo tenía en la Trama —y algunos, por supuesto, por si acaso, borraban más que lo que guardaban, pero siempre algo quedaba. Complicaba que eran tomas muy mal hechas, difíciles de aprovechar en una 天. Pero ya entonces las casas lógicas registraban todo lo que pasaba en ellas. Y lo mismo los vehículos, los truVís, los negocios, las clínicas. En la calle, entonces, era más azaroso: todo se registraba pero los sistemas de indexación no eran tan buenos, y era difícil encontrar cada cosa.

Ahora en cambio no: en las ciudades lógicas —en los lugares que todavía son lugares— todo está, todo se encuentra, y es por eso. A medida que se fue difundiendo la posibilidad de 天, las personas que lo veían como su salida se preocuparon por registrarse, registrarse, registrarse —so pretexto de tener material. Todos furiosos desesperados por registrar todo lo que hacían para tenerlo, para no desperdiciarlo: cada minuto de vida, en esos tiempos de locura, se transformó en la materia prima de otro minuto que volvería, bajo forma de 天, cuando llegaran.)

Llegaron a una fórmula mixta que parecía lo mejor de cada mundo: se mantendrían los pedazos escogidos, placeres evidentes, pero se los inscribiría en una línea de tiempo sucesivo donde el Cliente se iría desarrollando en situaciones varias —«viviendo», decía, aunque para simplificar las cosas decidieron que siempre tendría más o menos la misma edad, algo convencional alrededor de los cincuenta. Y, para ganarse la voluntad de los Clientes y convencerlos de que decidían, se inventaron que cada cual podría decidir qué grado de azar habría en su 天: que, en su primera reunión, una de las preguntas perentorias que les haría el 天Man sería la proporción de imprevistos o desdichas que querían incluir en su re/vida. Que les darían, para facilitarles la tarea, tres opciones: 15 por ciento porque no quiero sufrir; 50 por ciento porque así se vuelve más real; 80 por ciento porque entonces aprecio de verdad las cosas buenas. Más tarde, cuando revisaran las planillas, nunca dejarían de asombrarse por la cantidad de Clientes que elegían la tercera.

Y que la transición sería sutil: que no la anunciarían, que incorporarían las novedades como si siempre hubieran existido, que lo más inteligente sería hacerse los tontos. Y que la única indicación —para los que supieran entenderla— sería un discurso ambiguo, celebratorio del señor Liao cuando se cumplieran los cinco años de la primera 天, unos meses más tarde, el 17 de octubre de 2050: «Nos acercamos a la Eternidad, la vamos entendiendo. Si hay algo que el hombre nunca supo es cómo vivirla —porque nunca la tuvo, solo la deseó. Ahora la tenemos, la aprendemos de a poco: tenemos todo el tiempo».

4. Poder saber

El señor Liao se rio cuando un Cliente le contó que tiempo atrás sus abuelos hacían listas de «todo lo que quiero hacer antes de morirme» y él en cambio traía una lista larga de «todo lo que quiero hacer después de morirme». Y después el señor Liao se encerró en su oficina y no salió durante horas. Cuando salió no quiso hablar con nadie.

天 cumplía, queda dicho, cinco años: ya habían pasado desde la transferencia del pobre Von den Welde. El ritmo de operaciones se había estabilizado en 50 o 60 por semana: nunca más de cuatro por día en cada una de los dos salas de transferencia. Aunque los precios eran duros, la fama de 天 crecía y sobraban pedidos, pero el señor Liao no quería o no podía ampliar la clínica torinesa ni parecía dispuesto a instalar otras. Más de una vez sus colaboradores le preguntaron por qué. Alguna vez, con un 天Man que insistió, el chino estuvo a punto de perder la calma:

—Tengo un plan, muchacho, siempre tengo un plan. Y el plan es que esto no sea fácil, ¿me comprende?

Tampoco estaba clara la situación de Galdós: su relación con Liao era muy tensa y, sin embargo, seguía allí. Solo uno, Abubulé, sabía que lo protegía la sombra de la holo.

Galdós sabía que no iba a durar pero, mientras, insistía. En esos días idílicos —o que, más tarde, algún relato se empeñó en mostrar idílicos— el sistema se afinaba pero había, como siempre, pliegues, huecos. Galdós los veía con una claridad que le dolía: nada en el mecanismo le parecía tan precario como su propio trabajo, la tarea de los 天 Man. Los seis que había contratado al principio el señor Liao −y los tres que se agregaron más tarde− actuaban según su idiosincrasia. Tenían orígenes variados, culturas mezcla, ideas muy diversas, y tendían a aplicarlas: Galdós sufría. En la semana de Navidad de 2051 los reunió en un hotel seguro no muy lejos de Marsella para darles un curso que debía unificar criterios.

−Parece como si cada cual acá fuera su propia mujer, su propio hombre. Y no: somos los portavoces de 天, otra cosa.

Muchos aspectos de su intervención, les dijo, podían discutirse, pero había uno que no: no podían enfrentarse al Cliente sin conocerlo con detalle. Esa era su arma. En esos tiempos en que los clientes solo querían unos trozos de placer en una playa no importaba; ahora, cuando se trataba de hacerles una vida, había que sabérselos al pie de la letra. Así que no recibirían a ningún Cliente sin haber reunido toda la data disponible: se trataba de poder, al verlo, convencerlo de que sabían sobre él más que él mismo. Solo así, les explicó Galdós, los llevaremos a abrirse, a trabajar en serio con nosotros; solo así podremos darles la mejor 天 que podrían haber imaginado. O, mejor: una 天 tanto mejor que cualquiera que podrían haber imaginado.

Tenían una ventaja: muchas personas creen que se conocen y que, por lo tanto, saben lo que quieren. No terminan de aceptar que nunca podrán conocerse mejor que los algoritmos que han ido registrando, a lo largo de sus vidas, todo lo que hicieron, dijeron, compraron, consumieron, detestaron, creyeron, extrañaron; sus bienes, sus amores, sus trabajos, sus cuentas, sus derrotas.

−Por supuesto que el Cliente siempre tiene razón, pero no siempre hay que dársela. Él tiene razón; lo que no tiene es la noción de quién es realmente. Y, mucho menos, de cómo funciona una 天, qué se puede hacer, qué no, qué se debe, qué salta. Intentaremos satisfacerlo, faltaba más, siempre que no salte.

Todo nuestro arte —les explicó Galdós— consiste en hacer valer ese saber sin que el Cliente se sienta aturullado: nunca le diremos que no sabe lo que quiere; le iremos mostrando con cuidado que él quiere en realidad lo que nosotros sabíamos y él no. Le contaremos —dijo, en un alarde— quién es y, por lo tanto, quién será.

Uno de esos días, Abubulé, el 天Man más reciente, un fluide de piel casi azul, dijo que había un problema:

—Nosotros sabemos lo que el Cliente fue, pero a menudo el Cliente nos busca porque quiere ser algo distinto. Para ser lo que era ya tuvo su vida; con nosotros quiere ser lo que le habría gustado.

Galdós le miró con fastidio:

—Con nosotros lo que quiere es seguir viviendo. Sí, quiere cumplir ciertos deseos. Pero si le hacemos una vida muy distinta de sí mismo lo estamos condenando, señores. No caigamos en la tentación de ser dioses, que al fin y al cabo los dioses siempre hacen desastres.

Era cierto que aquellos 天Man eran casi monjes: para entrar en la compañía habían jurado mantener en estricto secreto todos los conocimientos técnicos que allí aprendieran y usaran —era la condición para que el know-how no llegara a eventuales competidores— y sabían que, si no lo hacían, ellos mismos o sus cercanos podían sufrir tanto: al fin y al cabo, todos sabían o suponían que el señor Liao estaba respaldado por el poder del poder chino. Para compensar la violencia de ese juramento, para darle un matiz altruista y monacal, también habían jurado dedicarse en cuerpo y alma al servicio del Cliente.

—¿Qué pasa cuando sabemos sobre un Cliente ciertas cosas que él preferiría que no supiéramos? ¿Cómo hacemos para no avergonzarlo?

—¿Y me lo preguntan? ¿Ustedes realmente creen que hay algún Cliente que pueda no avergonzarse de su vida?

Contestó Galdós, casi a las carcajadas, y que a veces era mejor no hablar de eso pero incluirlo de todos modos en la 天.

—¿Y entonces el Cliente se lo encuentra cuando se la mostramos?

—Sí, y en general va a agradecerlo, seguramente sin decirlo. Si se queja, le dicen que fue un error del 天Des.

La comunicación con los 天Des había sido, desde el principio, un problema: eran ellos, los diseñadores, los que terminaban de armar la 天 de cada Cliente. Pero los 天Man no siempre se tomaban el tiempo de contarles con precisión lo que querían. Galdós les insistió en que mejoraran esos canales, «y más ahora, que hemos podido contratar a algunas de las mejores autoras de juegos de truVí; estas muchachas son espeluznantes», les dijo, y todos se rieron.

(Y les dijo, también, con una de esas sonrisas que los demás temían, que si sabían aquello del Ojo del Amo: que de ahí en más todos los encuentros 天Man-Cliente se grabarían en holos. Ya se verá cómo esa provisión controladora terminó por facilitar enormemente nuestra tarea: nos proveyó de un material inestimable.)

A partir del encuentro de casi-Marsella el aparato brilló durante un tiempo. Pero nada de nada permanece, nada dura. Me gustaría poder contar que desde entonces el funcionamiento espléndido de las 天 consiguió que todos se conformaran al nuevo formato, que las reVidas de Galdós se impusieron a todo lo demás, pero ustedes saben mejor que yo que no es verdad: son los problemas de contar lo que ya saben todos. Si les hablara de los primeros pasos de la ocupación de Iota-38, si les hablara de esa tribu que todavía encontraron en Borneo, si les hablara del poder brutal de las Hermanas, si les hablara de mi infancia —y les interesara— sí podría, pero sobre esto no puedo contarles cualquier cosa: todos ustedes saben.

5. En otro mundo

Corrían tiempos turbios: el siglo atravesaba su mitad sin saber dónde iba. Aquel mundo, entonces, estaba, como este, ahora, en plena ebullición: zonas sólidas, zonas líquidas, zonas naufragadas. Los que comían autónomo sobrevivían e incluso prosperaban; los que seguían alimentándose de la naturaleza comían poco. La temperatura no había aumentado tanto pero todavía no se habían descubierto algunas de las técnicas de refrigeración contemporáneas: insuficientes como son, sabemos que ahora consiguen paliar efectos que hace veinte años parecían fatales.

Y empezaban a notarse los primeros movimientos de lo que luego llamaríamos el Desastre. Primero fueron noticias en la Trama, y parecían las de siempre: que había hambrunas y epidemias en algún lugar de África, que la situación era difícil, que los socorros tardaban en llegar o no llegaban. Lo que quedaba de los organismos internacionales se desgañitaba clamando por ayuda y no les hacían caso. Aún no estaba claro qué pasaba −o estaba claro pero a nadie le importaba suficiente. Salvo, por supuesto, los de siempre: jóvenes de Zaragoza, de Zagreb, de Zaangstad con bolsitos de buenas intenciones fueron y registraron y lo mostraron en esos recovecos de la Trama que nadie mira, que están ahí para que podamos saber que están ahí y que no es cierto que no le importa a nadie. Una chica de Oslo, Gretta Garifi, mulata estrepitosa, fue la primera en dar un grito lo suficientemente fuerte: era un desastre, lo que estaba pasando no era lo habitual, en Dar es

Salaam, donde ella había llegado, las personas morían y morían. Y se sabía que también en Lagos y en Addis y en Nairobi y en todos los campos y los bosques y quién sabe qué más. Hubo repercusiones, comentarios, más jóvenes –incluso algunos chinos– prepararon los bolsitos; las grandes holos, como el IndiaN o el DaZiBao, seguían sin decir una palabra.

Hasta que se hizo evidente que no era una hambruna o una epidemia como todas –porque los pocos drones aéreos y marítimos que quedaban en el Mediterráneo ya no fueron capaces de contener la invasión de las balsas, y Europa se llenó de aquellos fugitivos aterrados. Que, además, contaban sus historias: que la muerte los había atacado por todos sus pueblos o ciudades, que ya no tenían pueblos ni ciudades, que ya no eran o que casi.

Contra lo que suele decirse, el Desastre del '52 no se debió solamente a la crisis de los antibióticos. Y la crisis, que sí contribuyó, tuvo tantas causas: la debilidad de los estados, la difusión incontrolada de las drogas, la transición de las técnicas médicas, el fallo de los mecanismos de intervención preventiva, la falta de comida, los calores. No es este el lugar para un análisis exhaustivo. Sabemos que en esos años varios estados implosionaron y África quedó todavía más salvaje, sus recursos ubérrimos al alcance de cualquiera.

Y entonces pareció que el choque tan esperado, tan temido terminaría por producirse: China anunció que, so pretexto de ayuda, mandaría una fuerza de ocupación que debía basarse en Mombassa –o lo que quedara de ella– y, desde allí, extenderse por el continente. América quiso reaccionar: el episodio del botón rojo, tan contado, tan cantado, tan mofado, fue solo la culminación bufa de esos años de crisis.

(Que el presidente –todavía entonces se llamaba presidente– de Norteamérica haya intentado apretar el botón de sus misiles nucleares solo para descubrir que ya no estaba conectado a esos misiles no fue, como entonces dijeron, producto de un astuto sabotaje de los chinos. Fueron –después se supo– sus propios generales y colaboradores más cercanos los que decidieron que no podían dejar en manos de ese payaso ciclotímico la decisión de conflagrar el planeta, y se la retiraron sin alardes. Que no hayan sabido cómo reaccionar en ese momento de urgencia absoluta en que China desplegó sus fuerzas fue solo la muestra de que tenían, al fin y al cabo, el presidente que se merecían: que el tan denostado Harry Starbucks no había sido un azar sino el producto de esa larga decadencia, que empezó a manifestarse a principios del siglo, cuando aquel presidente raro se hizo elegir diciendo que había que «volver a hacer grande a América». Hasta entonces casi todos pensaban que seguía siendo grande; fue como si alguien –el presidente, nada menos– hubiese dicho de pronto que el rey estaba desnudo.)

El Asunto Mombassa –la amenaza de apocalipsis completito– duró sus dos semanas. Por fortuna, al fin el presidente Xi entró en razones y aceptó no seguir adelante con su ocupación –quizá nunca había querido hacerlo realmente o quizá de verdad se había reblandecido– a condicion de que América tampoco lo intentara. Fue la última vez que pareció que los viejos amos ganaban algo, y fue un espejismo: América ya no tenía poderes ni recursos, ya hacía décadas que había reemplazado a Europa –demasiado convulso, peligroso– como gran parque temático para los turistas asiáticos, que disfrutaban de la ruina del gigante que se había creído inexpugnable y se pasaban unos días viviendo como si hubieran sido aquellos rubios antaño tan potentes. Pero ya entonces su unidad era casi nominal: su gobierno central no era más que una instancia de arbitraje entre los gobiernos regionales y las grandes corporaciones que ejercían el poder efectivo.

Desde África el Desastre cruzó el mar y llegó a Latinia; allí no fue tan grave. El continente ya era, de todas formas, otra ficción: tenía zonas donde gobiernos locales mantenían cierta apariencia de orden y progreso —aunque los más dependían de la voluntad del Estado Brasiliense. Pero había, al mismo tiempo, vastos territorios que nadie controlaba: zonas de producción de drogas tradicionales —marihuana, tabaco, café, coca— para mercados melancólicos o simplemente espacios sin ley. En algunas de estas zonas, aprovechando el desconcierto, se instalaron regímenes raros, experimentales, a la manera de Asia Central, que al principio —en esos días— no preocupaban a nadie.

Brasilien sí que se aprovechó de la epidemia: sin que nunca haya quedado claro cómo, por qué, quién dio la orden si hubo orden, su región nordeste fue una de las más afectadas: murieron multitudes, se vació. Así, el Sur próspero se sacó de encima el peso que siempre lo había lastrado, y avanzó hacia un ordenamiento que, curiosamente, recordaba a las antiguas sociedades del bienestar europeas.

Rusia, en cambio, fue el más afectado de los países enteros: su ejército todavía estaba basado en soldados humanos, y su aniquilación casi completa por la plaga la neutralizó por unos cuantos años —otra vez: cualquiera diría que el destino de ese gran país era hundirse cada cincuenta o sesenta años, un homenaje involuntario a Rostovieff. Sobrevivía por sus enormes reservas minerales y, gracias al calentamiento, las tierras cada vez más fértiles de Siberia y el Círculo Polar.

(De todas formas la mayoría de esos estados eran más un recuerdo o un intento que un poder real: salvo los chinos —y, en alguna medida, indios y brasilienses— ninguno de ellos estaba en condiciones de poner condiciones a las Corpos. Ni, tampoco, de controlar las actividades de sus ciudadanos: ni policías ni jueces ni servicios tenían forma de intervenir en la dimensión virtual del truVí —y ese era otro de sus numerosos atractivos. Por supuesto, esa precariedad dificultó, al principio, la difusión de 天, pero, sin esa precariedad, 天 nunca hubiera conseguido la difusión que terminó teniendo.)

El Desastre, como sabemos, no fue tan extremo en cifras: al fin, pese a lo que se dijo en esos días, murieron menos de 280 millones de personas, si se excluyen los millones sin cómputo que cayeron en las fronteras chinas, donde las armas rechazaron sin miramiento a los migrantes. Tuvo, sí, consecuencias decisivas a mediano plazo: repartió por el mundo la conciencia de que ese tipo de horror era posible, y terminó de hundir a Europa.

El viejo continente se había pasado décadas en la cuerda floja. Como estado era cada vez más nominal: sus regiones autonómicas centrífugas la hacían ingobernable y su población, acostumbrada a siglos de riqueza, sufría para adaptarse a la nueva situación. Solo subsistían sus ciudades, descontroladas, peligrosas, en vías de desfallecimiento, y esos enclaves fortificados donde las Corpos extraen los materiales y fabrican lo suyo, repletos de kwasis trabajadores y kwasis guardianes, tan poquitas personas.

Sus campos habían sido desertados: tierras gastadas caídas en desuso por la difusión de la comida autónoma y la hecatombe del turismo que siguió a la irrupción del truVí y las violencias. La invasión de millones y millones provocada por el Desastre calentó las peleas de la Cruzada y los enfrentamientos entre islamos y catolos se hicieron más y más frecuentes: combates de calle contra calle, pequeñas bombas, distribución de virus, quemazones. Todavía faltaban unos pocos años para la violencia generalizada, pero los que podían ya empezaron a huir. El señor Liao, pese a todo, resistía en Torino.

(Sus razones nunca estuvieron claras: ¿por qué un ciudadano chino tardaría tanto en llevarse su empresa, cada vez más próspera, a su país de origen, donde podría funcionar tranquila?)

Mientras tanto, 天 seguía su camino calmo. Ahora parece increíble: ¿cómo fue posible que hubiera —y se conociera— una forma de vencer a la muerte y no produjera avalanchas reales, imparables, millones y más millones lanzándose? El señor Liao intentaría, después, explicaciones: que su propio proyecto era mantenerlo en un pequeño círculo porque necesitaba ese tiempo de experimentación y cambios, que tardaron en entender las posibilidades, que les faltó grandeza. Llegó a decir, ante sus jefes del Partido, que más años se pasó el Maestro Marx predicando en el desierto, por no hablar del presidente Mao y su tan Larga Marcha. Y, también, que el tipo de 天 que proponía no coincidía con las expectativas de la época, que ofrecía «un producto feliz para tiempos felices y esos tiempos no lo eran ni un poco»: que las vidas de tantos eran tan desdichadas que la idea de prolongarlas no resultaba siquiera tentadora.

Pero la verdad parece otra: que los más no creían. Que imaginaban que era otra trampa para ricos tristes, viejos desesperados, bobos varios. Pero claro, quién va a decirlo ahora.

6. Perféctica

El gran cambio, como suele pasar, al principio pareció pequeño —y llegó de la mano de una minucia casi inconsistente, uno
de esos tropiezos: los Perfes. Seguramente sin ellos igual habría sucedido, pero de otra manera, o quién sabe. Así suelen
ser las historias de la historia: cierta necesidad, algunas con-
tingencias. Cosas que quizás habrían pasado pero que pasan
—en la vida, en lo concreto— porque algo las desencadena, y se
tiñen entonces de ese algo. Y que, de pronto, abren un campo
que estaba sin estar, no estaba.

Nadie nunca quiere lo que no sabe que puede querer: es la
ventaja, es el agujero.

Los Perfes también fueron un chiste del azar. Su inspiradora,
Marjoir Amin, era una melancólica. Dotada de una belleza
extrema —extrema es la palabra: su belleza era de esas que están
siempre a punto de transformarse en despilfarro— y de mucho
dinero por los usos que supo darle a esa belleza, vivía al borde del colapso: nada de lo que hacía le parecía satisfactorio.
O mejor: todo lo que hacía satisfacía a todos salvo a ella. Si
cantaba en la mejor holo y levantaba multitudes se quedaba
colgada de esa nota que, decía, había desafinado; si agotaba al
galán de turno con el polvo de su vida recordaba esa mirada
rara al terminar; si revisaba el balance general veía el rojo enorme, tan minúsculo el negro.

A sus 74, fresca como un pimpollo, bella como una rosa, aguda como una espina de esa rosa u otra, decidió que ya no necesitaba más de esto −y que quería empezar su 天 de una vez. Fue a hablar con el propio señor Liao: su status la habilitaba para eso y se presentó en la casa junto al Po. El señor Liao la recibió con su deleite y baba: el señor nunca supo esquivar las caricias de la fama. Marjoir no dejó para las amabilidades ni un momento:

−Me tiene que hacer la mejor 天 que haya hecho nunca. Una como nunca las hizo, si me explico.

La holo muestra la cara de desdén del señor Liao: ni siquiera una belleza como Amin iba a decirle semejante cosa.

−¿Y cómo sería eso?

−Fácil, con reset. He notado, por lo que dicen sus holos, incluso sus truVís, que el camino de su 天 no tiene vuelta atrás. Es tan idiota como cualquier vida. Una va y se equivoca y ya está, se equivocó, saludos. ¿Para qué sirve que sean inteligentes?

−Sirve para tantas cosas, mi querida. Sirve para…

−Yo no soy su querida. Y no me va a hacer la lista que ya he escuchado docenas de veces. No sirve para nada si no ofrece la posibilidad de corregirse. Usted no entiende, señor Liao: lo que las personas queremos de su 天 no es seguir adelante en medio del error; para eso ya tenemos esta vida. Lo que queremos es corregirnos, mejorarnos, hacernos vidas como las soñamos.

El señor Liao la mira, frunce el ceño: ahora sí parece interesado.

−¿Y eso cómo se conseguiría?

−Muy fácil, mi querido: con el reset. Si tiene un rato, yo le explico. Y habrá visto que le dije mi querido.

Marjoir Amin se lo explica. Trata de no ser altanera −por una vez lo intenta− y lo que explica es simple: que el Cliente pueda, en cualquier punto, resetear un período equis: la última hora, el último día, el último año y regresar al punto donde todo se maleó para empezar de nuevo, corregir el error.

—¿Usted sabe lo que daríamos por poder corregir nuestros errores? ¿Si pudiéramos hacer lo que hacemos sabiendo lo que hacemos, habiéndolo hecho ya, reconociendo? ¿Usted sabe el dinero que podría ganar si nos ofreciera…?

—¿Usted sabe el dinero que yo gano?

—Mucho, supongo, o no. ¿Y no hay nada que preferiría hacer distinto o no haber hecho?

—Claro que hay.

—Pero no puede.

—En general no puedo.

—天, la vida que sí puede. ¿No le gusta el slogan? Yo le grabo una holo.

—Ya le estamos grabando una holo. Esto es una holo.

—Sí, pero no puede usarla.

—¿Ah, no? ¿No puedo?

No es justo acusar a Marjoir de haber creado la movida de los Perfes. Hay bruta diferencia —que tantas máquinas ignoran— entre inspiradora y creadora, por ejemplo. Las máquinas ignoran todavía demasiadas diferencias. O, mejor: conocen tantas que no saben bien cuáles son las que importan.

Marjoir, en cualquier caso, no los creó; los inspiró. Ella solo quería resetearse de vez en cuando y consiguió que 天 incluyera el mecanismo. Quién sabe cómo lo habrá usado. Pero sí sabemos que el señor Liao lo mandó publicitar con esas holos y que de a poco empezaron a llegar Clientes atraídos por esa opción porque alguien los había convencido de que no habría mejor tarea para la Eternidad que construirse una Vida Perfecta. Ese alguien se llamaba Gideon Svenson y no hablaremos de él: sería una pérdida de tiempo.

Todos sabemos cuál fue su prédica, cuáles sus resultados. El psicopompo Svenson convenció a unos cuantos de que había una ética de la perfección —la Perféctica— que pretendía que nadie podía hacer nada mejor consigo mismo que producir una vida inmejorable, en la que cada paso fuese óptimo: una vida que se alejara lo menos posible de su tipo ideal. Era clavado para esos tiempos turbios: cuando todo lo social se derrumbaba, la búsqueda de la perfección individual era la vía más obvia.

Los Perfes eran gente muy rara, monstruos del control que vivían de la exaltación de ese control, recalcitrantes que pensaron —antes que los demás— que la muerte era una oportunidad para hacer lo que no habían podido hacer en esta vida. Fueron, si acaso, los primeros que no vieron en 天 simplemente una manera de evitar el final sino la mejor forma de poder, por fin, ser como querían. No sabían —no podrían haber imaginado— que su intuición terminaría por realizarse de la manera más contraria a su intención.

Pensaron 天 como un camino de perfección: reproducir tu vida una y otra vez para ir corrigiendo cada error, mejorando cada detalle, hasta llegar a la versión inmejorable. Aunque, de pronto, a alguno lo asaltara, mientras se preparaba, el miedo más horrible: ¿Qué hacer cuando uno ya ha corregido todo lo posible, cuando ya llegó lo más cerca posible de la perfección? ¿Seguir corrigiendo, aprovechando que la perfección es imposible? ¿Darse por satisfecho y revivir cuantas veces mejor esa vida, esa obra? ¿Y si la vida no tuviera sentido sin errores? Entonces, decía uno, realmente uno se muere: se instala en el paraíso de su vida perfecta, ha terminado.

Dudaban —dudar era la base de su busca y sus vidas— pero, mientras, lo hacían o decían que lo hacían en sus 天. Supongamos que lo hacían: debía ser terrible si se quedaban enganchados. Me imagino: una mujer que va a encontrarse con un hombre o lo que sea —que por fin decide que ya es hora de encontrarse con un hombre o lo que sea— y, cuando llega, le oye decir que ese color de labios no le queda tan bien, que tanto mejor sería uno más claro, y ella que se pasa toda la cena pensando en la tristeza de sus labios y entonces, antes de que termine, resetea al momento de prepararse para ir y se pinta los labios de lila claro y cuando se encuentran él le dice que qué bonito ese color de labios y no puede dejar de mirarle la boca y ella piensa que es un baboso insoportable y entonces, antes de que termine, resetea y se pinta los labios de un negro carbón y cuando se encuentran él le mira los labios y le dice que así se los pintaba su madre y pobrecita lo mal que terminó y empieza con una larga historia y entonces, antes de que termine, ella resetea y piensa un rato largo qué va a hacer con sus labios y por fin decide ir sin pintura y entonces él le dice que qué pena que no le guste pintarse los labios porque a él le gustan las mujeres que se pintan y ella no sabe qué decirle y piensa en explicarle pero no hay nada que explicarle y entonces, antes de que termine, resetea y se queda pensando qué va a hacer pero, para ese punto, ya hizo tanto y se ha pasado tanto tiempo recomenzando una y otra vez —y, sin embargo, va a seguir. Así los imagino: pegados al deseo intolerable de hacer que cada situación sea la mejor, que funcione perfecto, y víctimas de la posibilidad de intentarlo, desprovistos de nuestra mejor arma: la certeza de que el tiempo no vuelve, que hacemos cada cosa una vez sola.

Debía ser insoportable. Al principio los Perfes lo preparaban en silencio, sin ninguna alharaca. Vaya a saber por qué empezaron a envalentonarse y a contarlo, y se armaron escuadrones que entraban en sus 天 como quien marcha a la batalla, con himnos y estandartes, porque en ellas iban a poner por fin en práctica sus convicciones más profundas. 天, de pronto, amenazó con convertirse en el escenario para los disparates de una banda de locos. El señor Liao temblaba en un rincón: no lo podía creer y de tanto en tanto, para colmo, pensaba ay, si lo hubiera sabido seguro no hacía eso, qué pena que ya no puedo corregirlo.

Si esto fuera mi 天 reseteaba, pensaba, y se reía.
Amargo, se reía.

Los Perfes, al fin y al cabo, fueron una anécdota: una llama de gas, una chispa en la holo. Nadie sabe lo que hacían realmente en sus 天; ahí adentro no jodían a nadie. Y sin embargo molestaban: sus certezas, su terquedad, sus aires superiores molestaron cuando empezaron a jactarse, a adoctrinar. Por eso, quizá, nadie quiso reconocer que sin ellos todo habría sido muy distinto.

No porque hayan querido: tan a menudo los efectos que uno o una o una idea o un intento producen están tan lejos de los que pretendían. Estos, lejísimos: los Perfes, al final, sirvieron para romper el dique, hacerle el agujerito, mostrar la posibilidad de una idea nueva.

Fue, de pronto, evidente: si ellos podían volver una y otra vez al punto que eligieran y rehacer lo que habían hecho, si podían ir cambiando sus 天 punto por punto para perfeccionarlas, también podrían —cualquiera podría— introducir los cambios que quisieran, hasta hacerla decididamente otra.

Recién entonces 天 empezó a ser lo que sería, lo que es: lo que ahora entendemos cuando decimos 天. A veces pasa: es curioso pensar que durante diez o doce años muchos creyeron que eran testigos o usuarios de una novedad absoluta que marcaría su tiempo y recién después, pasado todo eso, apareció la verdadera novedad, y era distinta.

Sabemos:
ya sabemos de sobra cuán distinta.

IV

PARA SIEMPRE

Ars longa, vita brevis.

HIPÓCRATES,
Aforismos

1. La Historia

Aquí empieza la historia, fin de la prehistoria.

—Y supongamos que yo me quiero ir a Roma Antigua. Yo siempre quise vivir en Roma Antigua.

—Pero eso no sería su vida ni nada que se le parezca.

—Claro que no sería mi vida. Pero si esos beatos de los Perfes pueden resetearse cuando quieren, ¿por qué yo no puedo vivir en tiempos de Nerón? ¿Ustedes no son capaces de armarme una vida en tiempos de Nerón?

—Capaces somos, sí.

—¿Y entonces? Yo soy el Cliente.

—Sí, pero acá hay unas órdenes, un orden.

—¿Acá dónde viene a ser? ¿Acá es un lugar o un estado o una nube?

A la manera de las mejores construcciones, las 天 fueron haciéndose en la práctica. Una práctica, por supuesto, registrada y después, inesperadamente, difundida: alguien —¿un empleado vengativo?, ¿un robot de limpieza desquiciado?, ¿una maniobra de la empresa?— mandó hace años a la Trama cantidad de holos que revelan cómo, en aquellas entrevistas entre el Cliente y su 天Man, se fue moldeando lo que terminaría por ser la estructura clásica de 天. Alguien quiso mostrar que nadie lo había decidido: que fue un juego largo, multiforme, de ensayo y error, de adiciones inesperadas, de transgresiones que se iban transformando en norma: la invención de un sistema.

–¿Envejecemos, ahí adentro?
–¿A usted qué le parece?
–¿Mejor no, no?
–¿Pero eso sería una mentira, no?
–¿Y todo el resto?

Se habían roto los diques: el mundo estaba por cambiar de medio a medio. Para producir ese cambio, 天 cambiaba a su vez. Impresiona la rapidez de la evolución de sus formas, las demandas insatisfechas y poco a poco satisfechas –que fueron creando por suma y saturación maneras nuevas, que ningún individuo imaginó solito. Fue un proceso de creación colectiva incomparable. Por eso, antes de encarar el momento decisivo de la historia, vale la pena recordar cómo 天 se convirtió en lo que ahora es.

–¿Qué es lo que espera de su 天?
–La sensación de haber llegado, por fin, haber llegado, y no tener que buscar más.
–¿Y eso le gustaría?

Fue mayormente imperceptible: esas cosas que suceden de a poco, que van abriéndose camino como si se quedaran, que no se ven venir. Ya está dicho: el primer hueco en el cemento, el que permitió que la corriente empezara a fluir, fue el de los Perfes, su idea del reset. A partir de allí, cuando se supo, los Clientes empezaron a imaginar que podían pedir cosas. Y peor –o mejor–: los 天Man no sabían si negárselas. Penaban: se encontraban con su falta de límites, y nada te limita más que la falta de límites. No sabían si debían o no debían, si podían o no podían, si querían o no querían: ignoraban. Penaban, y algo tenía que pasar; dicen —decimos— que fue Abubulé quien decidió pegar el salto. En su caso, pegar el salto significaba aceptar lo que ya estaba pasando: consagrarlo.

—Yo lo que quiero es hacer como esa gente que se despedía. Que se iba y nunca más se veían, esas cosas.

—¿Y usted sabe o no sabe?

—¿Si sé o no sé qué cuernos?

—Que nunca más va a verlos.

—No sé, cómo saberlo.

Abubulé nunca se decidía. Decía que para qué, si decidirse es perder tanto. A veces decía que había nacido en Lusaka; a veces, que en Toledo o en Toledo, Ohio o en Toledo, Filipinas o en Toledo, Bolivia. Decía que a quién le importa lo que cada quien diga: que si alguien quiere saber de verdad todo está registrado, y si no quiere puede escuchar lo que le digan y tomarlo, por un rato tomarlo.

En Lusaka o Toledo o Toledo o Toledo o Toledo, entonces, daba igual: yo sé, lo busqué, pero voy a callarlo —o quizá no. Abubulé nunca decidía: con su primer dinero —¿en qué habrá ganado su primer dinero?— se había hecho hacer una vagina. Aunque no lo dijera, cuando nació no la tenía, pero después sí la tenía, junto con su verga: las dos, para no decidirse. Y había días en que se ponía más de hombre y días que de mujer, no decidía —o, mejor: decidía por un rato, que es de verdad no decidir.

Abubulé era tan bueno como 天Man porque no necesitaba decidir: podía decir una cosa y su contrario, su contraria y otra, lo que el Cliente quisiera oír o no quisiera. Tenía 22 años al empezar a trabajar en 天: era un niño o una niña prodige, atraía las miradas, los pedidos. Muchos querían que les hiciera su 天

porque los inquietaba: les hacía pensar. Llegaban a la entrevista con algo imaginado, algo seguro, lo veían y dudaban: sobre todo, dudaban. Era como un portento sin los ruidos.

Y él los acompañaba: dudaba con ellos.

O, si no, los escuchaba e intentaba.

—¿Y qué pasa si una vez ahí adentro me doy cuenta de que me equivoqué?

—¿Qué pasa?

—No sé, eso le pregunto yo: ¿qué pasa?

—Nada pasa, se equivocó. Todos nos equivocamos. La gente se equivoca.

—Sí, ya sé, no le digo eso. Le pregunto si hay forma de solucionarlo.

—Es probable, señor, cómo saberlo.

Aquel Cliente que le dijo que volver a vivir su vida era un castigo.

Aquel que le dijo que quería vivir en un pueblito de África y ayudar a las personas de ahí, hacer todo el tiempo cosas buenas: sentirse todo el tiempo bueno, a ver si soportaba.

Aquel que le dijo que él le dijera, que Abubulé le dijera qué podría hacer, que se ponía en sus manos porque le habían hablado tanto de él pero que le dijera algo maravilloso, algo que de verdad la soprendiera.

Aquel que le dijo que volver a vivir su vida era un castigo: que ella no le iba a pagar por su castigo.

Aquel que le dijo que no tenía ni idea pero tenía una sola idea: que no quería saber nada de su esposa, que para eso era mejor morirse.

Aquel que le dijo que quería vivir en tiempos de su bisabuelo materno, el ingeniero Boertoluch, y ayudarlo a construir ese puente sobre el Danubio superior: que siempre había querido construir ese puente de hierro.

Aquel que le dijo que quería vivir en el futuro y Abubulé le dijo que quién sabe cómo sería el futuro y entonces ella le dijo que eso a quién le importa, que el futuro tenía la ventaja de que podía ser como a ellos se les diera la gana, que nadie iba a saber.

Aquel que le dijo que quería vivir en el futuro y Abubulé le dijo también que cómo lo sabrían y el Cliente le dijo que entonces bueno sí no importa, que quería vivir en el tiempo de los dinosaurios: en un mundo de puros dinosaurios grandes pero no tan grandes y que le hicieran caso, mascotas dinosaurio querendones.

—Yo me pasé quince años pensando cada detalle de mi 天, ¿y usted se cree que me los va a hacer cambiar en una hora? ¿Por qué? ¿Porque usted es el más astuto de los perros?

—No. Porque nadie sabe lo que realmente quiere de su 天. Saben lo que querrían de su vida si pudieran hacerlo, pero una 天 es otra cosa.

—¿De verdad otra cosa?

—Bueno, quien dice otra dice una.

Abubulé se había hecho un arte de escuchar: decía que escuchar era la única forma de decir. Pero tampoco en eso terminaba de decidirse: a veces hablaba y hablaba y hablaba sin parar.

A veces se callaba demasiado.

—¿Y qué nivel de complejidad alcanzan?

—¿Qué me quiere decir?

—Digo, por ejemplo: si yo quiero ser un noble camboyano del siglo XVI, uno de los sponsors de Nham Doc, ¿se podría?

—Sí, por poder se podría.

Aquel que le dijo que lo único que le importaba era seguir comunicado con los suyos, saber lo que pasa en el mundo –en este mundo– y Abubulé le dijo que ella sabía que eso es lo imposible, que no pida la única cosa que no se puede conseguir y la señora que le dijo ¿la única? y Abubulé tan sorprendido de haber usado esa palabra.

Aquel que le dijo que quería una casa con muchos empleados, en el sentido de sirvientes, y Abubulé le dijo que para qué si en una casa 天 no hay que hacer nada y el señor que le dijo que qué importa, que el placer era mandarlos, que lo sirvan.

Aquel que le dijo que quería algo que pareciera muy real, todo el tiempo muy real, que la vida nunca le parecía, que siempre le parecía un truVí, que qué podían hacer para hacer algo que pareciera muy real.

Aquel que le dijo que él quería ser una de esas mujeres que llevan el cuerpo como un estandarte, lo enarbolan, lo ondean; le dijo: ¿sabe lo que debe ser ir por la vida sabiendo que todos te miran, todos te apetecen?

Aquel que le dijo que solo quería vivir su vida más tranquilo, más tiempo para pasar con su familia, y si pudiera darle un hijo tanto mejor, más agradable.

Aquel que le dijo que no tenía por qué vivir nada parecido a su vida. Que 天 no es la continuación de su vida por otros medios: que es otra vida. ¿Usted nunca escuchó eso de que fulana pasó a mejor vida? Antes era muy común. Eso es lo que yo quiero: pasar a mejor vida.

–Yo quiero oler. Estoy harto de este mundo limpito. Quiero tener un cuerpo sucio, manchado, con olores. Quiero oler y aprender cómo es el olor de cada momento de mi cuerpo. O, mire, ahora que lo digo: quiero que todos huelan. Quiero poder cerrar los ojos y reconocer a las personas por su olor. Quiero oler, solamente oler, no ver ni oír ni tocar nada. Yo quiero vivir en un mundo donde el único lenguaje sea el olor,

que me cuenten historias con olores, que me muestren lugares con olores, que reconozca a las personas por su olor, que
no haya nada más.

—¿Y por qué, si se puede saber?

—¿Usted me lo pregunta?

Y el que pidió que el principio de su nueva vida fuera un
despegue: día de lluvia y viento en remolino, despegue turbulento y de pronto el avión que supera el techo de nubes y
llega a un cielo sereno, luminoso, celeste. Una imagen antigua,
de cuando volaban los aviones, que recordaba a todos que
estaban pasando de una vida temporal a una vida sin tiempo.
Le dijeron que no, pero después lo pensaron y empezaron a
ofrecerlo. Sucedía.

—Yo lo que quiero es ser un hombre y vivir en esos mundos de hombres que te cuentan, esas cosas. Había mundos
donde todos eran hombres: los ejércitos, parece, llenos de soldados, las universidades, digamos, las oficinas, los gobiernos.
Me intriga mucho cómo sería eso.

—¿Pero y si no le gustara, señora?

—Bueno, quizás esa es la gracia.

A veces se lo veía más mujer, decían los clientes, a veces más
hombre. Abubulé se les reía: es curioso cómo, ya con tantos
años de mostrar que esas definiciones no siempre funcionan,
personas intentan usarlas cueste lo que cueste; personas no
terminan de aceptar que hay algunos que no son ni lo uno ni
la otra. Pero lo que subrayaban los clientes —mayoría de viejas
y viejos— era el cambio, el vaivén de Abubulé:

—Si usted en esta vida puede cambiar así, si ahora todos
en esta vida podemos cambiar así, ¿cómo no vamos a poder en
esa otra, la 天?

Dijo una, centenaria, los ojos muy brillantes.

—Se diría que podemos.

Le dijo Abubulé, y se quedó pensando en lo que le decía.

—Si usted se pide una vida conmigo, yo me pido una vida con usted…

—…y así vamos a estar juntos para siempre.

—¿Juntos, le parece? Yo no voy a estar con usted ni usted conmigo.

—Sí, ¿cómo no?

—Claro, cada cual va a estar en su 天, ahí encerrado.

—Bueno, no vamos a estar juntos, quizá, pero usted en la suya va a estar conmigo y yo, en la mía, voy a estar con usted.

—Eso, sin duda. Separados, siempre juntos.

Aquel que le dijo que 天 no iba a ser algo mientras tratara de ser lo mismo que lo otro. Que 天 debía dejar de ser lacaya de la vida, independizarse de la vida, volverse la verdadera vida: otra.

Aquel que le dijo que si por favor podía vivir como un animalito: sin saber nada, sin pensar nada, sin futuro, solo esperando que le dieran cada mañana su comida y lo lavaran y lo sacaran a pasear o lo que fuera que le hicieran a dicho animalito o bestezuela.

Aquel que le dijo que quería pasarse la 天 discutiendo opciones con él, Abubulé: que era mejor planear que decidirse.

Aquel que le dijo que él quería ser un 天Man e inventar todo el tiempo 天 para todos, que qué le parecía, y Abubulé le sonrió y le dijo que mejor no, que le creyera que no le convenía —por no decirle que no iba a poder.

Aquel que le dijo que todavía le gustaba mucho coger, que era de las antiguas, que no le importaba tanto cómo fuera si estaba segura de que podía coger todos los días con variados —y no le importó que Abubulé le dijera que la noción de día no era tan precisa en 天; le dijo qué me importan esas minucias, usted me entiende, hablamos de coger.

—Yo lo que quiero es pasarme años y años, o como sea que se mida ese tiempo, mirando una de esas películas que hacían. Una, siempre la misma.

—¿Cuál?

—No sé, cualquiera, más o menos. Lo que quiero es mirarla una y otra vez, docenas, cientos, millones de veces: agotarla, conocer cada detalle, cada centímetro de imagen, cada palabra, cada movimiento. Y creo que después de verla millones de veces voy a seguir descubriendo cosas nuevas. ¿Se imagina lo sabio que seré?

Aquel que le dijo que prefería confiar en el algoritmo, que ella había trabajado toda su vida con esos algoritmos y creía en esos algoritmos, así que le parecía bien que le hiciera su 天 como dijera el algoritmo.

Aquel que le dijo que como él tenía tanta plata no quería que le impusieran ninguna regla, que el Cliente era él y el que pagaba todo lo que fuera necesario era él, pero que no le dijeran lo que tenía que hacer. Y entonces Abubulé le preguntó qué era lo que no quería que le impusieran y el señor dijo que no sabía, que nada preciso, que precisamente eso: nada.

Aquel que le dijo que cómo creerle y, después: ¿y qué pasa si no le creo, igual puede ser que tenga mi 天 si no le creo?

—Yo lo que quiero es ver cosas por primera vez. ¿Se imagina ver por primera vez una jugada de Mary Cheng, un cuadro de Picasso, una holo de Jupi sin todas las copias, sin todos los enchastres que les hacen después?

Por supuesto, no era solo Abubulé. Los demás 天Man recibían —cada vez más, aunque menos— el mismo tipo de pedidos: se les iba de las manos.

—Yo lo que quiero es una mujer.

—Bueno, eso no es difícil.

—No, pero le digo una que sea combinación de muchas. Quiero que tenga las tetas de mi primera novia, los chistes de Pamita, la tontería de Sertenta, la tolerancia de mi esposa, la voz aguda de Guang Li…

—Usted sabe que esa mujer puede ser un monstruo, ¿no?

—¿Alguna no?

Y aquel —tan decisivo— que le dijo que lo que él quería era comer comer comer interminablemente, comer sin límites comer sin parar, comer todo lo que quisiera comer todo el tiempo, pasarse toda su 天 comiendo y más comiendo. Y que querría que le armaran una donde pudiera comer sin parar, sin llenarse, sin sufrir consecuencias. Así, la gula fue la clave:

Abubulé —es verdad, fue Abubulé— lo dijo: «天 es un mundo donde las cosas no acarrean consecuencias. Feliz la despreocupación, blando el descuido. Usted, mi querido glotón, en su 天, tendrá que preocuparse por lo que hace, no por lo que va a hacerle lo que hace».

—¿Y entonces todo va a ser como un presente permanente, un presente sin idea de futuro?

—Me parece que no, señor Koturze. Porque usted también sabrá que puede seguir haciéndolo, que más adelante también va a hacer lo que le cante. El futuro será esa cosa, mi señor: saber que viene fácil.

Eso sí que no era otra vida: era un mecanismo que no tenía nada que ver con ninguna vida. Nadie sabe bien qué puede ser la vida, pero todos sabemos que la vida es una máquina con causas y consecuencias, gérmenes y enfermedades, donde quien las hace las paga —o se las pagan.

—Yo quiero saber que en mi 天 voy a sufrir bastante, mucho.

—No le entiendo. ¿Sufrir cómo?

—No sé, me da igual, eso piénselo usted. Yo lo que quiero es saber desde ya que voy a sufrir, así me dan ganas de aprovechar la vida, lo que me queda de la vida.

Y un día el señor Liao y Galdós llegaron y le dijeron que tenían que hablarle. Serios, adustos, que tenían que hablarle: le dijeron que habían revisado casi por azar —por azar, le dijeron, pura trola— las 天 que estaba armando y que no entendían lo que hacía, que no podía seguir haciendo cosas de esas. Discutieron, no llegaron a nada. Abubulé les prometió cuidarse. Días después, el señor Liao pasó a verlo de nuevo —sin Galdós— y le dijo que era inevitable: que había entendido que el cambio era inevitable porque se había corrido la voz a lo largo y ancho de la Trama de que las 天 ahora eran así, que cada vez más Clientes las pedían así, que ya no había manera de negárselas. Y, aunque lo que decía parecía grave, sonreía:

—Lo que sí podemos hacer es armar una categoría, las 天Fic, y cobrarlas el doble, ¿le parece?

—Lo que usted diga, patrón. Lo que usted diga.

Abubulé, cuando decía esas cosas, era como que se reía.

2. 天Fic

—¿Y yo podría ser mi bisabuela?

—¿Cuál de ellas?

—La materna materna, por supuesto. ¿Así que sí?

—Sí, por qué no. Si eso le gusta…

—¿Y podría abortar a mi abuelita?

La ficción fue el cambio radical, definitivo.

—Yo quiero hacer todo lo que me dijeron que no tenía que hacer: robar, mentir, decepcionar, comer chocolate, poluir a lo bobo.

—¿No se va a aburrir mucho dependiendo otra vez de unas reglas, aunque sean las contrarias?

—¿Usted se cree que yo no pensé en eso?

—Yo no me creo nada, mi estimado. Entonces, ¿pensó en eso?

Pero tampoco hay que pensar que fue por Abubulé: él se dejó, otros se dejaron; él no decidió, los otros tampoco. Se dejó deslizar, digamos, llevar por la corriente, y sucedió porque estaba sucediendo. Cultivamos el mito de los grandes inventores, grandes descubridores; muchos grandes inventos, grandes descubrimientos suceden de por sí, sin necesidad de quien los haga: se componen. Este es un caso claro.

—Yo tengo un gato…

—Qué interesante. Cada vez hay menos.

—Sí, tengo un gato…

—… ah, y usted querría que lo incluyéramos en su 天. No creo que haya ningún problema.

—No, lo único que me falta. No, lo que quiero decirle es que cada noche tengo que encerrarlo en un armario, frío, duro, que casi me da pena, pero que cada mañana cuando sale en lugar de estar enojado, rencoroso, se viene a mi cama ronroneando. Yo quiero que mi 天 sea así: presentes absolutos, puro placer sin proyecto ni memoria.

Hubo meses de perplejismos, confusiones. Y entonces el señor Liao se dedicó a establecer un orden: sintetizar —que era lo suyo— todo eso que había estado dando vueltas, haciéndose. Eso fue, al fin y al cabo, su 天Fic: un orden para que sus Clientes creyeran que no había ninguno —que podían hacer lo que querían.

—Yo lo que quiero es cumplir algunas de mis ambiciones de jovencito, ¿sabe? Lo que pasó fue que me daba mucho miedo de decepcionarme, entonces me pasé toda la vida negándome a cumplirlas. Pero ahora me da mucha curiosidad saber cómo habría sido todo si las cumplía, quiero saber. ¿Le parece que se puede?

—Sí, claro. Usted nos dice cuáles eran y las vamos haciendo.

—¿Ah, se las tengo que decir?

—Y, sí, es necesario.

—Me imagino. Pero me da mucha vergüenza.

El orden es progreso —solía decir el señor Liao, como si improvisara— y trató de instaurarlo:

Quedó claro que las 天 ya no se limitarían a reproducir la vida del Cliente o situaciones consistentes con la vida del Cliente —que podrían haber sido parte de su vida.

Que, para empezar, una 天 no tenía por qué limitarse a la propia vida, el propio entorno. Que cada cual podía establecerse en el tiempo y el lugar que le pareciera —siempre que la técnica lo permitiese—, y que tampoco tenía que elegir un tiempo y un lugar definitivamente; que también podía pasar de unos a otros —aunque, por supuesto, cuantos más tiempos y lugares fuera necesario diseñar para una 天, más cara costaría. Y 春天 empezó a ofrecer destinos: «Pásese la Eternidad en la Ciudad Eterna», un suponer; «Viva como un rey en el Reino de los Cielos», digamos.

Que el Cliente podía estar acompañado en su 天 por sus próximos o conocidos reales o que podía compartirla con otros personajes, reales y/o imaginarios, según los mismos baremos que los tiempos y lugares.

(Muchos —los más conservadores, los tímidos, los demasiado satisfechos— siguieron queriendo revivir algo así como su vida. Muchos otros se lanzaron a la ficción. No era mejor lo uno que lo otro —aunque tantos lo discuten tanto—; era, sí, más barato. Pero se discutía y discutía; por una vez la discusión no era teórica: trataban de decidir qué harían con el resto de sus vidas, con esa continuidad esplendorosa de sus vidas que era —o debería ser— 天.)

—¿Yo puedo ser sincero con usted?

—Si no, pierde su plata.

—Yo quiero amor. Pero el amor, para la gente como yo, consiste en encontrar a alguien que me admire aunque sea la mitad de lo que yo me admiro. No es fácil, pero, si lo encuentro, no me sirve: rápidamente esa persona se transforma en algo triste, un cortesano o cortesana, un adulador o aduladora, un ridículo. ¿Cómo hacemos?

—Usted, no sé. Yo, ahora le cuento.

Y, ante los miedos que también aparecían, fórmulas mixtas: el Cliente podía instalarse en una vida consistente con la suya pero hacer escapadas a tiempos y lugares y situaciones y personajes ajenos –por un precio, claro. Como si, en última instancia, vivieran en sus casas y tuvieran un muy buen truVí en que pudieran refugiarse o perderse cada tanto.

Tardaron un poco más en darse cuenta de que esos tiempos y lugares podían ser, como los personajes, inventados: que no tenían por qué funcionar según modelos del mundo real –que empezaron a llamar «mundanos». Que podían crearlos a la medida del Cliente, como en cualquier truVí con algún mérito. De hecho una línea que funcionó bien fue la de armar 天 tipo juego de truVí: llenos de monstruos, combates, vuelos espaciales, proezas sexuales, carreras desmadradas, esas cosas.

O, dicho sin desvíos: que se podía hacer lo que cada quien quisiera y ya. Y que, como había descubierto Abubulé con su goloso, nada tenía consecuencias. O quizá sí, si el Cliente quería.

—Yo lo que quiero es tener vidas, una detrás de la otra.

—¿Cómo, vidas?

—Sí, no quiero que una sola vida me dure para siempre, debe ser aburridísimo. Quiero que una empiece y termine y después venga otra.

—¿Y cómo quiere que sean esas vidas?

—No sé, sorpréndanme. Que cuando una se me vaya acabando esté ansioso por saber cómo será la próxima.

Pero, aunque mirado desde ahora suene extraño, hubo un tema que requirió más discusión: si el Cliente podía o no –incluso, si debía o no– ser otro en su 天.

A primera vista, ser otro podría parecer una consecuencia

lógica de todo lo anterior: si alguien podía vivir en Egipto en tiempos de Tutankamón o en la selva artificial de la séptima luna de Marte –que solo tiene dos– claramente no era la misma persona que estaba por entrar en su 天 en Torino a mediados del siglo XXI. Pero no: también se podía sostener que alguien puede trasladarse así de un tiempo a otro, de un sitio a otro, de la realidad a la ficción y viceversa sin dejar de ser el mismo.

La discusión se hizo barroca: ¿qué significa ser uno mismo? ¿A qué de uno mismo se refiere la idea de que uno es o no es sí mismo? ¿El cuerpo, la mente, los demás elementos? El señor Liao, en su Orden, explicó con bastante claridad que la mente del Cliente sigue siendo su mente: toda la base de la operación consiste, precisamente, en transferir esa mente intacta a la máquina, o sea que «si la mente no fuera la misma ya no estaríamos hablando de 天 sino de vaya a saber qué».

Liao venía a decir, sin terminar de decirlo pero casi, que la mente era una sola, la de siempre. Lo cual, por supuesto, no zanjó la discusión: ¿alguien con su mente no puede dejar de ser un coronel de kwasis del siglo XXI para volverse una bailarina en el harem del sultán Solimán? ¿Alguien con su mente no puede dejar de ser la jefa de relaciones públicas de una fábrica de comida autónoma para volverse Whitney Houston, la vieja cantante de los años '00?

—Yo no quiero ser yo: no me gustó ser yo.

—¿Y entonces, quién querría?

—No sé, tampoco quiero ser ningún otro: me sentiría muy raro si fuera algún otro, si tuviera que aprender a ser alguien, acostumbrarme a ser alguien. ¿No puedo ser solamente algo que mira?

Se discutía –y algunos todavía lo discuten. Dicen que, aun si alguien se pasa toda su 天 siendo Houston seguirá siendo, en su mente, Lavella Smith-Aldrigas; les dicen que es posible pero que eso no quita que en su 天 vivirá como Houston; les contestan que sí, pero con ese raro doblez de ser y no ser al mismo tiempo.

No se sabe –del todo. Lo que quedó claro fue que, en cada 天, lo que manda es la mente: que el cuerpo es un reflejo, un conjunto de órdenes programadas en la máquina. Que si, durante años, al principio, los Clientes y los 天Man asumieron que cada cual mantendría en su percepción su propio cuerpo, fue más por acostumbramiento y falta de imaginación que por alguna decisión o imposibilidad técnica.

Y que, por lo tanto, cualquier cuerpo, cualquier personalidad eran posibles –y que, incluso, se podía adoptarlos por un tiempo y volver a sí mismo, eventualmente, luego.

–Yo lo que quiero es hacer gimnasia, ejercicio, entrenar todo el tiempo.

–Pero usted sabe que no va a tener realmente un cuerpo, ¿no?

–Claro, por eso se lo digo. Yo siempre desprecié a esos que se dedicaban a mantener sus cuerpos, a acumular capital en sus músculos, sus piernas, esas cosas. ¿Pero no le parece maravilla pasármela entrenando un cuerpo que no tengo, que alcanzaría con pedirle que me lo hiciera espléndido para que fuera espléndido? Porque alcanzaría con pedírselo, ¿no es cierto?

–Claro, alcanzaría.

–Entonces, eso mismo. Pongame a entrenarme sin parar, no dejar nunca de hacer ejercicios, agotarme, con la satisfacción de que no sirve para nada.

Pero los 天Man recomendaban que, aunque cada Cliente podía hacerse los cuerpos que quisiera, era mejor si no los cambiaba demasiado. Que ya le resultaría bastante raro encontrarse en la 天: que sería más fácil si se reconocía; que era mejor que hiciera cambios chicos, no grandes variaciones. Pocos les hacían caso, por supuesto.

—Yo lo que quiero es fumar y fumar y fumar sin parar.

—¿Cómo que fumar?

—Sí, como hacían antes. Sabe, cuando las personas tenían ese sistema de autodestrucción lenta controlada, que podían ir regulando su caída. Yo quiero pero sin regular, pura violencia.

—¿Y entonces después?

—Después nada, cuando llego al final empezamos de vuelta. ¿No es para eso todo esto?

El único límite —dejó dicho el señor Liao— es la imaginación de cada Cliente y su 天Man. Que la palabra imaginación —dijo— es muy tramposa: que se suele pensar como imaginación la potestad de intentar alguna de las alternativas diferentes ya propuestas: alguien se imagina bebiendo cocteles bajo una palmera frente a un mar tropical, volando como una bandada de patos por un lago. Cuando, en realidad, imaginación en su sentido interesante es la opción de pensar algo que no se sabía que se podía pensar. Y que no hay nada más decisivo en 天 que esa posibilidad de pensar —y conseguir— algo que no se sabía que se podía pensar.

—Yo quiero que sea como cuando salen a bailar esos que bailan bien: que todos mis movimientos tengan su respuesta.

—De acuerdo. ¿Pero haciendo qué?

—No sé, no me importa, cualquier cosa. Pero que cada vez que hago o digo algo, algo pase que lo contesta y lo completa. No sabe lo duro que es hacer todo para nada.

Que no había límites, decía, aunque quizá no fuera cierto.

—Yo quiero ser Stalin o Trump o Hitler o cualquiera de esos grandes dictadores del pasado, pero más Stalin. Me interesa mucho esto de que sé que debo hacer cosas horribles, cosas que me condenarán para siempre en la memoria de mi pueblo, para salvarlo. Como el veterinario que curaba a un caballo cortándole una pata, aquellos tiempos. Como el papa, ahora, ¿vio lo que está diciendo?

Y después decía que nadie que no fuera capaz de un buen esputo ascendente merecía su respeto.

—¿Y se puede soñar ahí adentro?
—¿Soñar? ¿Cómo soñar?
—Sí, soñar. ¿Usted no sabe lo que significa la palabra soñar?
—Sí, claro que sé. Pero no entiendo lo que quiere decir usted. Ahí adentro todo sería como un sueño…
—¿Así, como en los sueños?
—¿Cómo es como en los sueños?
—Pero claro, señor, señora: que a uno le pasen cosas y ya sepa que no le están pasando, que son gratis.
—¿Usted dice que cuando sueña ya sabe que es un sueño, que no le está pasando de verdad?
—Claro, ¿a usted no le pasa?
—No importa. Podemos ponerle esa función, es fácil.

Quedaban otras dudas: se discutía si debían tratar de reproducir la realidad mundana con tal precisión que el Cliente creyera que seguía viviendo como antes o si debían dejar marcas que le recordaran que no, que estaba en su 天, que había llegado a ese lugar espléndido. La segunda opción se fue imponiendo: había que dejar de lado el realismo y darle a toda la 天 ese aire de ficción que tienen los mejores truVís. Era, comparada con las dudas anteriores, casi un detalle —pero un detalle decisivo.

—Yo quiero hacer algo que las personas digan que es muy bueno.

—¿Algo como qué?

—No sé, algo. Inventar los mejores truVís, bailar como un demonio, incluso escribir unas canciones.

—¿Y que quién le diga que es muy bueno?

—No sé, alguien. Que ustedes pongan gente inteligente pero que me admire.

Y así se fueron terminando de conformar las 天 clásicas de la Edad de Oro: una construcción absoluta, un mundo creado por cada quien para pasar allí sus mejores momentos: un futuro perfecto. O algo que después, en la memoria, se convirtió en perfecto.

O, dicho de otra manera: recién entonces las 天 empezaron a ser lo que ahora pensamos cuando pensamos en las 天.

—Yo, de verdad, de verdad, lo que quiero es poder pasarme todo el tiempo rodeado de mí mismo: encontrarme conmigo, conversar conmigo, compartir todo conmigo, acostarme conmigo incluso, por qué no. Si con nadie me llevo mejor que conmigo, ¿para qué estar con otros?

3. Olas de 天

Ahora parece fácil entenderlo. O, mejor: ya no parece siquiera necesario. Pero en esos días todo era tan nuevo, y el debate tronó. Cuando la irrupción de 天 se hizo patente, los entendidos de siempre intentaron explicar por qué.

(Es cierto que fue, primero, casi un espectáculo: muchos sabían que existía, no tantos se atrevían a hacerlo. Bastantes, queda dicho, porque no tenían plata; más, por supuesto, porque sí tenían miedo; algunos, porque no tenían miedo suficiente. Pero aun así millones se enteraron del Paso de Samar —pocas holos circularon tanto en aquel mundo turbulento. Y por supuesto cuando salió el truVí *Samar*天, que permitía a los participantes encarnarla y tomar todas sus decisiones —caminos, alternativas, emociones—, se convirtió en el más jugado de la Trama: millones fueron ella, millones diseñaron la 天, millones se internaron en la suya. Pero temían, aun así: durante años, 天 fue más un juego, un comentario, una sorpresa que verdadera alternativa. A veces pasa con lo realmente nuevo. Después vendría el efecto catarata: parece que de pronto, como muchos se deciden, muchos más se deciden, y entonces muchos otros se deciden —y nada puede contenerlo.)

Ahora parece fácil entenderlo; entonces lo era menos. Cuando la irrupción se hizo patente, los entendidos de siempre intentaron entender por qué. Uno de los primeros fue el insigne Rui Svenson, director de la 'ArvCloud:

—Ya no estamos acostumbrados a vivir en el mundo material. Si nuestras vidas fueran como fueron durante tantos siglos, si hubiéramos seguido viviendo en el mundo de las cosas, nadie habría podido convencernos de desear esa supervivencia en lo virtual. Pero llevamos años viviendo mucho más tiempo en nuestros truVís, en nuestros mundos propios, que en el espacio material. ¿Qué diferencia, entonces? ¿Qué será 天 sino la prolongación casi igual de nuestras vidas? ¿Qué, sino hacer para siempre lo que hacíamos casi siempre?

Le saltaron al cuello. Diadema Göltz, desde lo alto de sus millones de holos vendidas y su moral contestataria, se apresuró a comentar que era un típico comentario profesoral y masculino, de alguien incapaz de diferenciar lo real de lo aparente. Svenson le contestó que su crítica era una antigüedad:

—Si mi abuela o mi abuelo me hubieran hablado así les habría dado su papilla. Pero que una persona que se dice actual, contemporánea, resulte ser una de esas retardatarias que todavía piensan a las personas en términos de hombres y mujeres, al mundo en términos de real y aparente…

Svenson había sido hombre la mayor parte de su vida; se había derivado hacia mujer a los setenta y tantos, y muchos desconfiaban de su pasaje, lo llamaban oportunista, revirada, chocho. Sus seguidores, por supuesto, lo consideraban un acto de coraje extremo. Pero Diadema Göltz esperaba esa respuesta y ya tenía la suya: «Un hombre, sí, un hombre, mal que le pese, tan hundido en su propia realidad que se cree que la suya es la de todos. ¿Cuántos son los que viven encerrados en el mundo virtual del que nos habla? ¿Él y los que son como él, los ricos, los privilegiados de este mundo? ¿Cuántos los que no tienen cómo entrar a esos mundos y siguen viviendo en la tierra y el polvo y las tribulaciones del mundo material?».

Svenson podría haberle contestado que ella también era una de esos encerrados pero, diría después, le pareció tan obvio que prefirió callarlo. El argumento, en cualquier caso, seguía siendo válido: en esa primera etapa la Avalancha 天 se desparramó sobre esos privilegiados; ellos eran —y son, de todos modos— los que crean esas tendencias, la cultura.

Y ya entonces era cierto que esa gente había abandonado los espacios reales. Y era cierto que, si 天 terminó por imponerse, fue porque esos, los que podían, ya no vivían en el mundo de las cosas.

Lo sabemos, lector: o lo viviste o lo envidiaste o lo odiaste si acaso.

Las cosas que importan no suceden: van sucediendo, se suceden en el tiempo —hasta que de pronto alguien entiende algo, lo enuncia, lo explica, y parece como si recién hubiera sucedido: tiene nombre.

Algunos dijeron que la fuga a la virtualidad empezó después del Desastre, pero está claro que venía de antes. Angora M'Bappé retomó los trabajos precursores de Ashaly Pires —en *La tarde de los tiempos*— para explicar que la división empezó a principios de siglo, cuando una parte del mundo empezó a vivir hiperconectada: cuando los viejos teléfonos inteligentes y los ordenadores hicieron que las distancias, la presencia y la ausencia fueran cada vez más aleatorias. Que cada vez más personas vivieran fuera del espacio real, en esos espacios virtuales que sus comunicaciones producían: hablándose, mirándose. Esa primera torsión al mundo material se multiplicó, por supuesto, exponencial con el crecimiento de la Trama y la llegada de los demás espacios virtuales. Pero que no había nada nuevo en esa novedad.

«Nos fuimos porque siempre quisimos irnos: o sea, cuando pudimos», sintetizó M'Bappé.

Es la línea que continuaron los esencialistas como Gálvez Gordon, que dicen que los hombres siempre quisimos vivir fuera de la realidad de la materia y que siempre intentamos hacerlo con los elementos que las técnicas ponían a nuestra disposición en cada época. Y que si el hombre de las cavernas se refugiaba en las historias que se contaban junto al fuego para huir de las asechanzas de las fieras, si después empezó a asilarse en esos cuentos de dioses que le aseguraban protección y sentido, si siempre buscó drogas que le permitieran refugiarse en otros espacios de la crueldad de este, si en algún momento inventó representaciones en un escenario o una pantalla para escapar de la rutina, que ahora se pase tanto tiempo en sus truVí no es más que el perfeccionamiento de esa tendencia sempiterna: el grado más alto al que ha llegado, hasta ahora, la necesidad humana de escaparse.

(Y la solución a ese problema tan acuciante de principios de siglo: las drogas, que tantos crímenes causaron, tantas preocupaciones, han quedado limitadas a los sectores más bajos. Son otra muestra de la desigualdad contemporánea: para los que pueden permitírsela, un buen truVí ofrece viajes tanto más apetecibles, más completos que cualquier psicotrópico. Por no hablar, por supuesto, de 天.)

Nadie negó estas postulaciones: cómo objetar que siempre quisimos vivir en otro espacio, liberados del yugo de la materia. Pero hubo gente, como Li Dengsing y los suyos −los que suelen llamarse desnaturalistas−, que aceptó esa base para rechazarla al mismo tiempo: dijeron que es una constante tan constante que argumentarla no sirve para explicar nada, como quien dice que la lluvia moja porque el agua es húmeda. Pura obviedad, dijeron, lugar común glorificado, cotorreo.

Y que la diferencia radical, la clave de la época, es la «desnaturalización del espacio natural». Lo sostienen: que el retiro de los hombres del espacio material se produce porque ese espacio está cada vez más ocupado por las máquinas: desnaturalizado. Sobre todo, claro, en las instancias productivas: ya sabemos, desde hace mucho tiempo, que —salvo unos pocos privilegiados— la mayoría de los hombres y mujeres y fluides no tienen forma de competir con ellas. Pero no solo en él, es obvio.

Que no es que hayamos elegido dejar la materia, dicen: que las máquinas se apoderaron de ella y tuvimos que buscar refugio. Y que, para eso, nos guardamos en máquinas: la paradoja avanza y nos humilla. Alguien, después, haría una observación reveladora: que es muy raro que en las 天 aparezcan máquinas. Es verdad que los hombres, cuando deben imaginar sus 天 —cuando pueden pensar un espacio feliz—, se deshacen de ellas. Lo hacen, claro, cuando van a convertirse en una máquina.

Reacción casi bobita de tan clásica.

La voluntad de escapar de lo real estaba establecida, era un acuerdo. Sus razones se siguen discutiendo. El argumento de Li Dengsing —que las máquinas habían ocupado el espacio material y por eso los hombres se refugiaron en 天— era, quizás, un poco primitivo. Eso decía, entre otros, Sathya Ingolevich, su discípula más renombrada, la más ingrata, la que lo traicionó con avaricia. Y postuló, en una serie de charlas que todavía sobreviven en la Trama, que lo decisivo es la «voluntad de control». Ingolevich citaba a un viejo filósofo alemán para decir que las formas clásicas de huir del mundo material te ponían en situaciones bastante incontrolables: las religiones, las drogas, los relatos se imponían a quien los consumiera, se apoderaban de ellos. Y que todo cambió en la fuga cuando se inventó una virtualidad que ofrecía la posibilidad de controlar: que nos permitía ejercer esa voluntad de control aun en esos paseos más allá de las realidades inmediatas.

La máquina del sueño, explicó, fue el modelo. Y aquí todos nos hemos sonreído, incómodos, como cuando te cuentan algo que deberías haber sabido: que esos aparatos tan comunes, esos inductores que, primero en los hoteles de lujo pero después en casi todos los hogares, te permitían elegir y programar la materia de tus sueños, esos aparatos que ya parecen tan pasado, fueron vanguardia de ese cambio. Según Ingolevich, que hayamos encontrado la manera de controlar el espacio de los sueños —antaño tan librado al azar— fue decisivo para nuestra forma de pensar el mundo. Y que de ahí a 天 faltaban unos pasos, claro, dijo, pero «perfectamente lógicos, casi inevitables».

(No tendría que haber dicho «inevitables». Hay palabras así, que derrumban toda una construcción. Cuando la oyeron decir inevitables le llovieron las risas: ¿ah, sí, inevitable? ¿Y si era tan inevitable por qué no la inventó usted, señora lista? De todo su planteo, intrincado, inventivo, inteligente, no quedó nada que no fuera corrompido por las risas. Hay palabras así, que lo derrumban todo.)

Li Dengsing rabió y protestó y enunció hipótesis que pocos entendieron. Su problema era que quería rebatir a su ex discípula pero estaba de acuerdo en que un gran mérito de 天 es que corrige un error fundamental, horrible de las vidas: que un algo bobo, un azar que podría no haber sucedido, puede definirlas. Intentó maneras de decirlo; sus argumentos solo se difundieron cuando los retomó Diadema Göltz.

Göltz era la mejor para reconocer esos temas y sacarles todo el jugo: convertía sus razonamientos en pequeños relatos que difundía como holos y que le daban un público tanto mayor que sus colegas. Los contaba ella misma con esa voz ronca, gastada, que la consagraba como mujer ilimitada:

«Ida recuerda: jugaban en la vereda de su casa y la madre quería que subieran, que ya empezaba a hacer fresco y se le hacía tarde para preparar la cena y estaba cansada después de un día entero de trabajo en la peluquería pero Ida y sus hermanos le pidieron cinco minutos más, y su madre no tuvo el coraje de decirles que no: los veía tan contentos de estar ahí, de jugar en el tobogán y en las hamacas, de potrear. Varias veces los volvió a llamar, varias le pidieron unos minutos más, varias los dejó. Al fin se puso firme; no había terminado de decirles que no los iba a llamar más cuando Ida oyó el estallido y la vio caer con las manos en el pecho y corrió y llegó justo para ver cómo la última luz se escapaba de sus ojos. La quemaron, trataron de olvidarla; Ida se ha pasado la vida pensando que si le hubiera hecho caso, si hubieran subido unos minutos antes, si hubiera hecho más frío, si hubiera llovido, si ella o sus hermanos hubieran estado enfermos, si hubieran estado más cansados, su mamá viviría. Ida se agotaba pensando en la cantidad de azares que habían sido necesarios para que ese rayo perdido del kwasi policía que perseguía a un muchacho que le había robado la cartera a una señora para comprarse un truVí que quería demasiado la matara. Si el muchacho hubiera corrido en otra dirección, pensaba, si el kwasi hubiera tenido buena puntería, si la señora no hubiese llevado su bolso al negocio de comidas, si su madre hubiera tenido que quedarse una hora más en la peluquería, si el muchacho solo se hubiera tropezado metros antes, si. Ida se pasaba la vida pensando opciones, lamentando opciones; no está bien una vida que hay que pasar así. Necesitamos otra vida».

Que no puede ser, que es un gran fallo de este universo nuestro que todo dependa del azar de segundos. Y que en cambio lo que sucede en 天 está basado en años de reflexiones, de imaginación: sucede por una buena razón, no por accidente.

La razón, por fin, la síntesis:
«Necesitamos otra vida».

Y estaban los que se cagan —decía mi abuela— en la tapa del piano. Una vez, hace años, quise saber. Busqué una imagen en la Trama, encontré un piano: brillaba, negro como un recuerdo negro. Los que se cagan en la tapa del piano no quieren saber nada con sutilezas, los matices. A Genaro Váldez y los suyos los llaman brutalistas: dicen que todo eso que dicen Li, Ingolevich, Göltz y demás son paparruchas, lírica basta para oídos tapados. Que si hace décadas abandonamos los espacios materiales no fue por una condición atávica ni porque no quisiéramos competir con las máquinas ni leches; que fue porque el peligro se había vuelto tremendo.

Que si ya nos olvidamos de cuando ir a cualquier lugar era una aventura, caminar por la calle una aventura, salir de la ciudad una aventura. Que si somos tan fallutos redomados. Que cómo podemos olvidarnos si, para los que siguen allí, lo sigue siendo. Y que por eso el truVí pasó a ser el lugar donde vivir sin tanto susto: un espacio, además, que cada quien formatea a su gusto y placer, sin más imposiciones.

«Hagamos un paraíso en la Tierra, mis amigos/ en lugar de esperar hasta más tarde», escribió, tan atrás, un Heinrich Heine, y ahora lo leían literal, al revés que en su momento: no convertir a la Tierra en un paraíso, sino inventar un paraíso y ponerlo en la Tierra —o donde fuere.

En cambio, Hidero Tanakushi, gerente de Japón, les contestó que siempre igual, que son esos que siempre han querido convencernos de que el mundo es un desastre y sobreactúan el desastre y que no es para tanto porque nunca es para tanto pero que para las personas como Váldez y los suyos nada tiene sentido si no pueden pronosticar algún apocalipsis —que lleve agua a su molino.

Y que no es cuestión de peligro sino comodidad. Y daba —es fácil— el ejemplo de los viajes. Que el transporte es la actividad por excelencia que no ha podido desligarse de la materia, del tiempo real: que para ir de Beiyín a París, por ejemplo —si alguien debiera por alguna razón ir a París—, todavía se tardan más de dos o tres horas. Que llevamos años esperando que la teletransportación funcione y no funciona, y que si un avión va un poco más rápido eso no significa que no se pierda el mismo tiempo abordándolo y que no deba subir y bajar. Y que por eso nadie viaja, o solo los pobres menos pobres, los que quieren subir en la escala. Pero que el resto para qué: si no hay nada que esté en el mundo que no esté en el mundo virtual. Y que el truVí lo presenta más fácil y, sobre todo, más puro: los lugares reales están llenos de gente, de ruidos, de olores, mientras que en un truVí —incluso los más baratos, los más simples— los lugares están como realmente son, sin contaminaciones.

Y, es cierto, sin peligros. Casi, decía, como en una 天.

O quién sabe.

Y entonces Svenson que aprovechaba para intervenir y señalar que una gran ventaja de 天 es que se arman mundos con una cantidad razonable de personas. Que no hay nada más monstruoso, más aterrador que un mundo donde hay miles de millones de personas, donde todo está repetido infinitamente, donde todo eso que nos importa no es sino una porción ínfima, insignificante, igual a millones y millones de porciones iguales: donde nada es original, todo aburrimiento. «Se ha hablado mucho de los males que trajo el hombre a la Tierra; se habla poco del peor, que es haberla llenado de repeticiones, haberla convertido en el teatro de la banalidad», dijo Svenson en una de sus frases más citadas.

(Era curioso cómo las discusiones sobre 天 se desviaban y pasaban a ser, de algún modo, discusiones sobre truVís y el mundo y el azar y la necesidad. Es un viejo truco de intelectuales: dicen que debaten de lo desconocido y en realidad hablan de algo que sí conocen –de lejos– y se parece un poco.)

En cambio el tremendismo idiota pero directo pero pertinente por lo impertinente de Vaconcel, el pintor angoleño devenido chichi de los más ricos de Shanjei y Singapur, el gran especialista en provoquetas, que decía que 天 existe por la incompetencia de las autoridades y los agentes especiales que no supieron impedirlo, porque es en realidad una conspiración para acabar con nuestra sociedad: ¿qué peor puede hacerse a los hombres que enfrentarlos con la libertad, ponerlos ante la posibilidad de elegir cualquier cosa? «Nada más disolvente, más revelador de nuestra pobreza y nuestras miserias, nada más subversivo. Quienquiera que sea que inventó esto es un terrorista que solo quiere destruir este mundo, un resentido», dijo en esa holo con su sonrisa llena de dientes como piedras, y se echó una carcajada como quien dice créanme si se atreven, so piltrafas.

Y que lo mejor, lo más astuto de 天 es que es un relato puro, puro relato, decía Svenson cada vez que podía: que no debe pelear contra ninguna realidad, no les depende.

4. El florilegio

—¿Usted sabe de qué tengo miedo?

—No, si supiera de qué tiene miedo cada persona que viene a verme no estaría acá.

—¿Ah, no? ¿Y dónde estaría?

—Tiene razón, estaría acá. Pero estoy aún sin saberlo. ¿Por qué no me lo dice?

—Yo tengo miedo de su sistema. Tengo miedo de que nos arme la memoria con todo lo más grande, los hechos memorables, los momentos decisivos, y nos deje afuera lo chiquito, lo que importa. Yo no quiero olvidarme del color de aquella mandarina.

—¿Qué mandarina?

—¿Ve lo que le digo?

A lo largo de esos tres años —ahora, a la distancia, parece más, pero fueron tres años— 天 avasalló. Su influencia se limitaba, por supuesto, a un sector —personas de cierta edad y posición social y cultural en lo que iba quedando de las ciudades europeas y, cada vez más, clientes que llegaban desde China, la India, aún los paraísos de Oceanía. Es cierto que seguía siendo un lujo para ricos, un aspiracional, y que muchos todavía no lo hacían. Hay registros: entre los 55.396 Clientes de 2053 hay un 23 por ciento de personas que habían hecho dinero en la industria y el comercio de alimentos —y que, por lo tanto, ya habían perdido su peso económico—, un 21 por ciento de inventores varios —incluyendo al inventor del gran ojo circular de los kwasis, que algún idiota inicial había armado con vista al frente y millones de idiotas, durante años, conservaron así. Había también, por supuesto, médicos, ingenieros, compositores de truVís, artistas varios, expertos diversos, especuladores financieros e incluso seis o siete patrones de negocios turbios.

Y estaban los otros, millones y millones de otros, los que no: algunos no pensaban que pudieran hacerlo, como que eso no era para ellos. Algunos sabían que jamás podrían pagarlo. Algunos podían pero al precio de dejar a sus hijos en la intemperie, y preferían no hacerlo. Algunos tenían miedo. Algunos lo rechazaban porque era una ofensa intolerable a sus creencias religiosas. Algunos —muchos, todavía— no terminaban de creérselo.

(Solo esta incredulidad puede justificar que no haya habido, mucho antes, movimientos más enérgicos que lo reclamaran. Ahora parece inverosímil: se descubre un remedio perfecto contra la peor enfermedad y la mayoría no lo busca, no lo exige, sigue siendo su víctima. La desconfianza es una causa, por supuesto, pero también habría que buscar más en esas aguas turbias de la condición humana, con perdón.)

Y sin embargo 天 era, ya, una propuesta triunfante, si se mide el triunfo de una propuesta como: una que es conocida por mucha más gente que la que podría usarla. Y dentro de ese sector de los que sí podían estaba irresistible: parecía que todos querían crearse la 天 más audaz, más compleja, más excepcional. Para los afortunados que se la trabajaron esos días, 天 fue la obra de sus vidas —la forma rebuscada de sus muertes.

Aunque, como siempre, solo unas pocas fueron realmente originales. Las creaciones más atractivas crearon seguidores, banderías: conjuntos de personas que querían para sí lo que habían envidiado en otro, y lo copiaban.

—Yo quiero pasarme todo el tiempo haciendo esas cosas que te dan culpa o desazón o nerviosismo porque te parece que son perder el tiempo.

—¿Qué cosas?

—Según: escuchar esas músicas antiguas, tirarme todo un día en truVí de planetas, tener novias, dormir cuando me da la gana, pensar en esas cosas. No importa qué, pero que sean perder el tiempo.

Quizá no sea este el lugar para revisar esos excesos. Pero sí es necesario recuperar la sensación. Para eso, algunos temas, solo algunos:

Se discutió bastante, por ejemplo, la cuestión del tiempo. ¿Cómo percibía cada cual el devenir del tiempo en su 天? ¿El tiempo en 天 era uniforme o cada cual podía comisionar una forma distinta del tiempo para sí? Se decía que sí, que cada cual: de hecho, alguien recuperó el libro, publicado unos sesenta años antes, de un autor olvidado que glosaba las formas muy distintas de pensar el tiempo que había inventado una cultura igualmente olvidada en el sur de Latinia —y las usaron para imaginar tiempos en 天: el del eterno retorno, por supuesto, pero también ese que solo pasa para las cosas que no concluyen, o el que va y viene a su guisa, o el que establece un ritmo distinto para cada suceso según su condición, entre tantos otros.

Y, en esa línea de problemas, la pregunta brutal: ¿era necesario crecer y envejecerse? ¿El tiempo trabajaba también allí dentro? Y, si sí, ¿cada Cliente podía elegir también la forma en que el tiempo lo cruzaba, o sea: envejecer más o menos despacio, mantenerse siempre en una edad, ir y volver, ser un chico y después un viejo y después un adulto y ese chico y así de seguido? La mayoría, es cierto, prefería esquivar ese vértigo: a veces no podían.

—¿Con sueño o sin sueño?
—Con sueño, creo. ¿Qué me quiere decir?
—Eso: que en 天 no necesita dormir, pero quizá le gusta y quiere conservarlo.
—Quiero, sí, me gusta.
—¿Y quiere hacerlo todos los días, le organizamos día y noche?
—¿Cómo?

Por encima de excentricidades había un debate práctico: ¿cómo separa una persona, en su 天, un momento de otro momento de otro momento? ¿Se organizan días y noches en sucesión regular, como en la Tierra? ¿Es necesario? Casi de inmediato se establecieron dos líneas: los que decidieron aprovechar que no había límites previos —que no tenían que comer, dormir, sufrir la sucesión de días— para vivir como querrían: un gran minero ucranio, por ejemplo, que decidió que pasaría de una situación a la siguiente por un sistema de libre asociación, imprevisible, caprichosa —y decía que esa era, al fin y al cabo, la forma de la vida. Y los que creían que vivirían mejor si mantenían el ritmo de los días y las noches, el sueño y la vigilia, las comidas, todas las obligaciones que estructuran las vidas.

—Yo lo que quiero es tener 15 años, no dejar nunca de tener 15 años, para poder imaginarme todo lo que voy a hacer cuando sea grande. Nunca hacer, nunca dejar de imaginarme. ¿Puedo?
—Claro que puede ser. ¿Pero no le parece que en algún momento se va a desesperar, va a querer que eso que se imagine le suceda?

—Eso sí que sería bonito, ¿no?, ese desespero... Como el amor pero de veras.

El problema de la realidad de los espacios —lo mismo que los días y las noches— acuciaba. Muchos temían perderse en una escena demasiado ajena, que los hiciera sentir raros todo el tiempo, e insistían en que no fuera así. Otros, al contrario, esperaban que sus 天 fueran lo más distinto: que los sacara de este mundo averiado.

—¿Qué se puede hacer que se parezca al Paraíso?
—No sé, usted dirá.
—El Paraíso, le digo.
—Señora, no hay nada más personal que el Paraíso.

Había variantes, fantasías. Estaban, por ejemplo, los que querían vivir en las series o los truVís que los habían marcado; había, incluso, snobs arcaizantes que querían vivir en una película o un libro. Llegó a haber personas que quisieron vivir en *1984*, *Las mil y una noches*, *Fahrenheit 451*, *Cien años de soledad*, *La vuelta al mundo en 80 días*, *Cincuenta sombras de Grey*, *Veinte años después*, *Catorce perras*, *Siete locos*, *Tres tristes tigres*, *Dos Passos*; hubo otras que quisieron ser el soldado Ryan para que muchos murieran tratando de salvarlo o Teddy Bear para dormir con niños y más niños o Betsie para que la desearan y acosaran las hordas de mongoles. Después, cuando esa tendencia se estableció —sabemos— el negocio verdadero de un autor de truVís era que muchos Clientes quisieran usar su historia como 天 —y pagaran los derechos necesarios—: los truVís más ambiciosos se volvieron publicidades de sí mismos como mundos posibles para vivir la 天.

—Yo estoy obsesionado con una canción antigua, esa que dice «But I shot a man in Reno/ just to watch him die…».

—¿Y quisiera vivirla?

—Bueno, no sé. ¿Qué tal si cada día mi vida fuera una canción distinta, como un random?

—Es complicado. Le va a salir muy caro.

—¿Y eso es un problema?

—Usted sabrá. ¿Qué canciones querría?

Pero muchos no conseguían desprenderse de este mundo. No terminaban de entender que sus 天 eran un espacio perfectamente ajeno, que estando en él ya no tendrían ninguna relación con este: dejaban de entender qué era la muerte.

—Yo lo que quiero es que en el mundo ya no quede nadie.

—¿Cómo que no quede nadie? ¿Dónde, que no quede nadie?

—En el mundo, cuando yo me vaya a 天, que no quede más nadie. Lo que no soporto es pensar que yo me voy a ir a encerrar a esa burbuja y en el mundo todo va a seguir igual que cuando yo estaba: todo igual, pero sin mí, como si yo no hiciera ninguna diferencia.

—¿Y usted hace?

—¿Si hago qué?

—Nada, no se preocupe. Qué va a hacer, usted.

—No se me vaya por las ramas, señor, señora. Lo que yo le pido es que el mundo se quede vacío, devastado.

—Acá hablamos de cómo va a ser su 天, no del mundo.

—Haberlo dicho antes.

No entendían: seguían sin soportar el peor efecto de la muerte: la certeza de que después de sí todo seguirá igual, tan parecido. La manera más ilusoria de seguir ligados era hacerse una 天 como este mundo: una ficción que no lo pareciera. Era, tras una vuelta de campana, una vuelta al principio.

—Yo lo que quiero es seguir haciendo mi trabajo. Vivir como hasta ahora. A mí me gusta mi trabajo, mi vida me gusta como es.

—¿Y entonces no preferiría dejar su 天 para más adelante?

—No, para qué. Si usted me garantiza que voy a poder seguir haciendo lo mismo, mejor transferirme de una vez y me quedo tranquilo.

También había maneras más confusas: dejar, por ejemplo, para la 天 tareas de este mundo. Un monje japonés, Ahita, que no debió ser monje ni quizá japonés, convenció a buena cantidad de no devolver agravios en la vida: dejar todas las respuestas para 天. Era, dijo, una cruzada de pacificación: si todo se procrastinaba, la venganza se borraba de este mundo y la violencia aminoraba.

—¿Entonces si yo voy guardando el material, puedo pasar mi 天 vengándome de las personas que me hicieron mal?

—Sí, poder puede. ¿Quiere?

—Claro que quiero. ¿Se imagina el placer? ¿Y se imagina la tranquilidad? Como dice el Gran Ahita, puedo vivir en calma, sabiendo que cuando llegue mi momento ya me vengo de todos. No vengarme de cualquier manera, no; voy a pensar las venganzas más crueles, más sofisticadas. Imagínese, por ejemplo, Lester: el muy canalla estuvo a punto de quedarse con la patente de ese plástico autoinmune que inventamos juntos: lo moldeo en ese plástico, lo convierto en un pelele eterno. O Gina, que prefirió volverse con un hombre, la convenzo de volverse elefante. Y mi hija menor y su sobrino y los que vengan todavía. Tantos, tantos.

—Puede. Pero yo tengo que advertirle: ¿no le parece que realizar en 天 sus venganzas va a hacerle revivir cada dolor? ¿Vale la pena?

—¿Pena? ¿De verdad dijo pena?

Y, en la misma línea pero multiplicado por cientos o por miles, los que usaban la 天 para conseguir esas acciones o momentos o sensaciones que siempre habían querido y sin embargo no.

—Yo quiero ser un héroe. Quiero correr peligros tremebundos por alguna causa, quiero vivir amenazas espantosas, que me ataquen, me tomen, me torturen y yo siempre convencido, siempre para adelante. Y entonces, cada vez, evitar un desastre.

—¿Quiere salvar al mundo todo el tiempo?

—No, a mí el mundo qué me importa. Yo lo que quiero es tener esa sensación de placer y de alivio y de triunfo que uno tiene cuando evita un desastre. Cualquiera, que se te caiga un frasco y puedas atajarlo, que esté por caer un meteorito sobre mi ciudad y lo desvíe, que te acuerdes de llevar el paraguas y caiga un aguacero. Caídas, tormenta de caídas. Y si eso no se puede, quiero una que me engañe, que no deje de engañarme todo el tiempo.

—¿Cómo? ¿Que lo engañe quién?

—Mi vida, que mi vida me engañe. Digo, para escapar de la rutina. Hasta lo mejor se vuelve aburrido si se repite mucho. En cambio no hay mejor placer que llegar hasta el borde y no caerse.

—¿Pensó algo?

—Pensé tanto, pensé demasiado. Le digo dos, como un ejemplo: soy paralítico, camino con muletas, cada paso es un parto, ya no soporto más la idea de otro paso —y me despierto y me levanto y camino hasta el baño, apurado, con ganas de mear. Le digo otra: mi médico me dice que mi cáncer se les escapó, que si hubiera ido a verlos un mes antes me cambiaban el páncreas y ya pero que tardé demasiado y que encima mi chip de prevención había caducado y no hay nada que hacer y que lo siente tanto. Y al día siguiente me llama para decirme que fue un error de la máquina de diagnósticos. ¿Me entiende?

El otro extremo —¿de verdad el otro extremo?— fueron esos que buscaban 天 adocenadas, obvias. Los que querían ser futbolistas, por ejemplo: miles querían ser futbolistas, de esos de la época heroica del fútbol, los principios del siglo, y tener la experiencia de jugar para cientos de millones y sentir la admiración y la pasión de cientos de millones depositadas en sus pies, ser jóvenes y bellos y ricos y triunfantes, como sus padres o abuelos les contaban que habían sido aquellos. Era triste.

(Para ellos, la compañía se armó un template —con tres opciones, se podía ser Messi, Cristiano o Mary Cheng— y esas 天 en serie tan baratas les dejaban una ganancia monstruo.)

—Yo tengo miedo de quedarme sin nada que querer.
—¿Cómo, sin nada que querer?
—Claro. Llevo años queriendo llegar a la 天. Y ahora, cuando llegue, cuando ya esté allí, ¿voy a vivir sin querer nada? Yo lo que necesito son cosas que querer.
—¿Como qué, qué se le ocurre?
—No sé, cosas, metas, objetivos. Por ejemplo tener una 天 que nadie tenga. O aprender a volar sin que me enseñen.
—¿Y preferiría que se cumplan o que no se cumplan?
—¿Usted sabe que lo que me dijo fue una tontería, no?
—¿Perdón?
—Lo que importa de las cosas de querer es que uno no sabe si las va a cumplir o no. Si uno supiera que las va a cumplir no

tendrían más gracia que ponerse a lavar los platos; si uno supiera que no las va a cumplir sería difícil intentarlas.

Llamaba la atención la enorme legión —la superioridad numérica— de los que preferían, pese a todo, una 天 sin alardes y, dentro de ellos, los que querían pasarla en mundos como el de sus padres, sus abuelos —como suponían que era el de sus padres y sus abuelos. Tantos que reclamaban, por ejemplo, un mundo con solo hombres y mujeres: donde los hombres fueran hombres y las mujeres mujeres, se pedían. «Yo sé que eso existía, seguramente puede hacerse, ¿no?», pregunta una en otra holo. Y, en esa línea: la sorpresa —ya citada— ante lo poco que aparecen, en los pedidos de ese período, las máquinas, los adelantos técnicos que, precisamente, permitían que 天 existiera. Como si todos quisieran olvidarlos, simular que no.

—Yo lo que quiero es ser un hombre homosexual de los de antes.

—¿Cuándo es antes?

—Antes, no sé, antes, esos tiempos en que era una aventura. ¿Usted no vio esas historias en bidimens que muestran cómo tenían que esconderse para hacer sus cosas? Cuando se casaban con mujeres y llevaban una vida de héteros porque si decían lo que eran los echaban de todos los clubes y tenían que encontrarse a escondidas y era esa zozobra de no saber si insinuarse o no a otro hombre porque si no llegaba a ser homo era un desastre y se armaban esos códigos de señales pero a veces fallaban y tenían esos lugares secretos que todos conocían para encontrarse y en general eran lugares sórdidos y un poco peligrosos donde se conocía a gente que podía ser sórdida y un poco peligrosa o quizá no, quizá solo un temeroso como uno, pero que hacían que cualquier contacto sexual tuviera un condimento que ya no tienen.

—Disculpe la pregunta: ¿usted se aburre con su sexo?

—¿Mi sexo? ¿Usted dice cuando me encuentro con mi ese en el truVí?

Y todos esos que querían una 天 de peligros y exabruptos: sobre todo la cuestión de la moral o la falta de ella. A partir del caso famoso del Goloso quedó claro que los actos en 天 no tenían necesariamente consecuencias. Podían tenerlas —se los podía setear para que sí tuvieran— pero podían no tenerlas: que la ética de las consecuencias era un fallo humano que 天 podía reparar o no, según le diera, como los despotismos del azar. Así que todo era posible. Pero también, si todo era posible —decían algunos—, nada era muy interesante. O sí, les contestaban.

—Yo quiero matar.
—¿Cómo matar?
—Matar, dar muerte, quitar la vida, liquidar, trucidar, extinguir, sacrificar. ¿No sabe lo que es matar?
—Claro. ¿Usted ha matado a alguien?
—No creo que vaya a contestarle eso.
—Digo, porque me extraña su pedido.
—No tiene que extrañarle ni que no extrañarle. Tiene que encontrar la forma de satisfacerlo, y todos muy amigos.
—Discúlpeme que se lo diga así, pero matar solo tiene gracia porque es lo más prohibido. Si no, es una tontería, como quien cocina.
—¿Usted dice que sería mejor si me castigaran por hacerlo?
—De algún modo.
—De ningún modo, mi querido.

El señor Liao dio órdenes de que trataran de desalentar a los Clientes que traían pedidos demasiado estrafalarios o siniestros —pero que, en última instancia, si no había más remedio, sin proclamarlo los satisficieran. Que no era que el Cliente siempre tuviera razón; era que, si le ponían límites, 天 dejaría de ser lo que era. O, mejor dicho: lo que se había vuelto.

—¿Usted vio que había ese escritor que dijo que había solo una cuestión filosófica seria, el suicidio?

—No. La verdad, no.

—Bueno, había un escritor que dijo que había solo una cuestión filósofica seria, el suicidio. Por eso lo que yo quiero es suicidarme muchas veces, de todas las maneras, a ver si lo entiendo. Por ejemplo: tirarse desde una ventana. Creo que si uno se tira desde una ventana mientras está cayendo pueden pasar dos cosas: o que uno esté aterrado por el final de la caída o que uno esté jubiloso por esa sensación de estar volando —y que en un caso no quiera terminar de caerse porque le da terror y en el otro no quiera terminar de caerse porque de pronto la vida es increíble y uno vuela y todas esas cosas. Así que yo, desde afuera, creo que habría que tirarse desde un piso bajo, encontrar el piso más bajo desde el que uno pueda tirarse y matarse pero sin tener el tiempo suficiente como para aterrarse o disfrutar y asustarse o lamentar la cercanía del golpe contra el suelo, todo eso. Pero no estoy seguro y además… Todas esas cosas necesito investigar, ¿me sigue? Suicidarme muchas veces, para ver qué entiendo.

—¿Pero usted entiende que no le sirve para entender cómo es matarse si se mata sabiendo que no se va a morir…?

—Ah, no, pero eso yo no tendría que saberlo. Cada vez yo debería creer que me estoy matando en serio. ¿Se podrá?

—Sí, seguramente se podría.

El señor Liao también tuvo que advertir a sus 天Man que no se dejaran ganar por el placer de muerte. «Es fácil, lo tenemos inscripto desde siempre, de cuando los hombres hacíamos las cosas: cuando teníamos que cazar para vivir, cuando teníamos que matar para sobrevivir», les dijo. Y que ahora tenían esta oportunidad increíble de tener que matar a tantos por una buena causa, por la mejor de las causas, y que era un peligro batidor: «Si hay algo más fuerte que el placer de matar es el placer de matar por una buena causa, sintiéndose tan bueno. Domen la voluntad de matar: conviertan el placer en un servicio, sufran, transformen el placer petulante de matar en el placer humilde de servir; cuídense y así podrán, si acaso, darse el gusto sin que sea puro gusto».

—Yo lo que quiero es morirme de todas las maneras posibles: que me acuchillen, me frían, me acogoten; que me dé un cáncer, un infarto, que me pise un elefante, que me quemen los curas, que me aburra, que se caiga mi aeropán. Conocer todas las caras de la muerte.

—¿Y no le parece que, sabiendo que va a volver enseguida, eso más que muerte viene a ser gimnasia?

—Quizás, entonces, para que sea más de verdad debería tener un porcentaje de posibilidades de morirme en serio.

—¿En serio? ¿Y cuánto le parece?

—No sé, ¿qué le parece? ¿Un dos, un tres por ciento? Eso sí que sería una verdadera vida, ¿no?

Tiempo después un rejunte de despechados rencorosos quiso usar los testimonios para promover la abolición de 天. Quién sabe si no tenían razón. Pero en ese momento no lo parecía. El problema, de pronto, se hizo otro: conseguido ese grado de excelencia, ya rico de todas sus variantes, 天 se había vuelto algo extraordinario: algo mucho mejor que cualquier vida. Así, ¿quién podría escapar a la tentación de 天, quién podría no quererlo? Y, entonces: ¿cómo conseguir que no corrieran todos hacia allá? Y, entonces, visto que todavía era muy caro: ¿cómo conseguir que no hicieran locuras para conseguirlo?

—¿Y yo puedo ser un cura y sodomizar infantes, como hacen ellos?

—Sí, puede, pero también podría hacerlo sin ser cura.

—No, ¿y entonces qué gracia?

—La gracia del Señor, digamos.

—Muy gracioso. ¿Y de verdad no tienen problemas en ponerme a fornicar criaturas?

—No, señor, ¿por qué? Si es una ficción…

—¿Cómo, una ficción? Va a ser mi vida.

—Por eso se lo digo.

Entonces sí la vida se volvería ese engorro.

—¿Y de verdad puedo pedirle cualquier cosa que quiera?

—Bueno, casi cualquier cosa.

—¿Sabe qué es lo que realmente quiero, lo que me gusta de verdad? Lo he pensado bastante, no se crea que es tan fácil, pero creo que al final terminé por llegar a un resultado. Ahora creo que sé qué es lo que quiero de verdad.

—Me alegro tanto, ojalá podamos. ¿Me lo cuenta?

—Claro, para eso estamos acá, ¿no? Yo lo que realmente quiero es darles de comer a los gorriones. No sabe el bien que me hacía dar de comer a los gorriones, cuando había gorriones. No a cualquier pájaro, no, no se crea: hay gente que se cree que cualquier pájaro da lo mismo, dicen les voy a dar de comer a los pájaros como si una ballena y una anchoa fueran la misma cosa. No, yo digo los gorriones. A mí me gustaban los gorriones. Los gorriones casi no eran pájaros; eran tan modestos que casi no eran pájaros. Cuando los veíamos volar nos sorprendíamos: los imaginábamos más en sus saltitos, más en la tierra que en el aire. Y eran idiotas: yo cuando era chico le he dado de comer a algún gorrión durante días y días y nunca se me acercó si no veía las migas en mi mano, nunca me reconoció de ningún modo. Entonces sé que no pueden agradecértelo. De pronto si usted le daba de comer a un caballo, a un chico, a un perro, a un animal con un poco de sesos lo hacía por interés, porque iba a recibir a cambio su gratitud, su cariño, alguna cosa. Con los gorriones, en cambio, no había ese peligro: si uno les daba era solo por el gusto de dar, no por recibir nada.

–¿Y a usted le parece que querer dar sin querer recibir es más meritorio, más noble, más algo?

–A mí no me parece nada. ¿Usted se cree que yo voy a querer pasarme los siglos de los siglos alimentando a esos gorriones solo por una moralina como la que usted me dice? ¿De verdad usted se cree que eso puede ser posible?

–Mi trabajo, mi amigo, no es creer nada. Mi trabajo es preguntar para darle el mejor servicio posible, usted lo sabe.

–Entonces pregunte. Pregúnteme qué es lo que tienen los gorriones para que yo quiera pasarme los siglos de los siglos dándoles miguitas. Pregúnteme, haga su trabajo.

Los 天Man no lo podían creer: estaban en el momento justo en el lugar preciso, eran el privilegio caminando. Lo que les resultaba más difícil, lo que realmente no podían controlar, era esa tentación tremenda de pensar sus propias 天 todo el tiempo: de imaginarles los detalles más salaces. Era una guerra –y algunos la perdieron.

5. Las asechanzas

—¿Y por qué va a haber reglas morales o castigos si lo que yo puedo hacer, por más malo que sea, no va a afectar a nadie?

—Es cierto. Si mata a alguien va a matar unas líneas de programa. Si se coge a un bebé se va a enchastrar con un poco de código.

—¿Y entonces?

—Pero va a enchastrar o matar algo más, algo difícil de decir. Algo de usted, algo del mundo.

—No diga tonterías.

—No digo; usted no entiende. Una moral no es un campo de fuerza para proteger personas; es una decisión personal basada en valores. Por eso, aunque no afecte a nadie, igual tiene que mantener esas reglas.

—Pero yo lo que quiero es ser un amoral.

—Eso es una moral, señor, de las más duras.

La Avalancha 天 estaba en pleno y produjo, por supuesto, sus heridos, heridas, sus ahogados. Hay metáforas que se vuelven condenas.

Hay triunfos que se despeñan peor que una derrota.

(Nada mejor que la expansión para mostrar —o crear— los flancos débiles.)

La ironía eran las necesidades materiales: que no había forma de escapar del mundo material sin el debido apoyo material. A medida que aumentaba la cantidad de 天, la cuestión de su mantenimiento se hizo más y más complicada: cómo asegurarse que esas pequeñas máquinas, pensadas para ofrecer la Eternidad, duraran. O que la empresa 春天 y sus quanti se mantuvieran en el tiempo. Ya había pasado —sin alharacas— la crisis de la obsolescencia programada; ahora el problema era, puro y duro, el tiempo.

Algunos Clientes y Clientes potenciales confiaban: más que nada, porque querían confiar. Pero un examen más imparcial no fomentaba esa confianza. No era nada seguro que una empresa relativamente pequeña, sin el apoyo serio de ningún Estado —como 春天—, pudiera garantizar el servicio de almacenamiento. Que, además, no era barato: los Clientes debían instituir un fondo dedicado a pagar las cuotas anuales por los siglos de los siglos —y eso disminuía las herencias que dejaban a sus deudos; algunos, por supuesto, se oponían. Era una situación perfectamente sucia: los herederos se indisponían porque sus herencias disminuían, los Clientes temían que sus cuotas no se pagaran y sus 天 fueran interrumpidas, la empresa sufría esas y otras desventuras y su confiabilidad se resentía. Clientes potenciales no acudían y la empresa sufría más y más se resentía. Y encima como sombra, amenaza sombría, la Cruzada y sus violencias cada vez más marcadas y los movimientos de población que producían. Ya ni las ciudades resultaban seguras: parecía claro que si no caían por su propio caos terminarían cediendo ante el avance de sus campesinos y, sobre todo, de los migrantes. Uno de los gastos más extremos de la oficina de Torino era el pequeño ejército privado que debía custodiarla: croatas, los más caros, los mejores —y, decían algunos, los únicos que, en lugar de dejarse llevar por la crueldad, la usaban como mejor les convenía: artistas de esas cosas, imbatibles para adornar tiempos caóticos.

Se perdía la ilusión del principio: la 天 empezaba a mostrar sus aristas melladas. Sucede con todos los amores, las pasiones.

(Aunque no era el ciclo habitual que cualquier novedad recorre entre nosotros: el deslumbramiento inicial, la desconfianza segunda, el acostumbramiento, el hastío, la búsqueda de la siguiente.)

Y la vieja idea de Samar sobre la Eternidad complicaba las cosas. Nadie dudaba de su elegancia; nadie terminaba de entenderla lo suficiente como para tranquilizarse. La vida está llena de cosas que uno acepta entender a medias, pero cuando esas cosas le definen la vida quiere entenderlas de verdad. Así que cada tanto, en los rincones más inesperados, surgía la discusión: ¿Qué cuernos quiso decir Samar? ¿Que la Eternidad es una convención y que la eternidad de un 天 dura un minuto del tiempo de los vivos? Se puede entender que ese minuto está tan lleno de cosas que se parece a la Eternidad. Pero entonces, cuando se termina ese minuto, ¿qué sucede? ¿O es verdad que nunca se termina?

Si hubo un momento en que 天 estuvo a punto de desaparecer fue este: cuando su éxito parecía arrollador.

Frente a cuestiones más sofisticadas, el tema del almacenamiento parece banal, pero fue decisivo. En esos días, ante la incertidumbre sobre la capacidad de mantener en marcha las quanti de 春天, la mayoría seguía optando, sin mucha fe, por la solución individual. Pero tenían razones para temer —y temían. No habían pasado diez años desde las primeras 天 y ya se habían conocido casos de abandono de las famosas cajitas de cristal: una familia que se extingue por accidentes o por enfermedad, una familia que se arruina y huye, una violencia que destruye la casa donde estaba la caja, el descuido puro y simple de herederos que no se sienten herederos de ese que está ahí: que lo odian, que lo aman de otra forma, que no quisieran recordarlo, que no recuerdan bien quién fue y no les importa, que están muy ocupados, que prefieren ocuparse de otras cosas.

Al principio los casos resultaban escasos o, si acaso, no se difundían lo suficiente como para crear una masa crítica de preocupaciones. El quiebre llegó con el caso horrible y tan meneado de la familia Grosse, tres primos veinteañeros que alentaron a su abuelo y abuela, dueños de Valait, la gran fábrica de parachocos a punto de quebrar, a lanzarse a sus 天 con el fin de vender sus cajitas —solo para enterarse, cuando lo intentaron, de que no tenían ningún valor de mercado porque estaban hechas a medida y no podían reutilizarse. La porquería sucedió en Bratislava; el clamor indignado se elevó por todo el continente, ardió la Trama. Y se discutió qué hacer con ellos, y hubo quienes dijeron que la cárcel no era suficiente, y hubo quienes pidieron la recuperación de la pena de muerte, y hubo quienes propusieron 天 para los tres y el señor Liao tembló: si 天 podía verse como un castigo, años de cuidadosa construcción de su producto se irían al carajo. Consiguió detener esa idea —«no se puede premiar a un criminal dándole la carnada que usó para su crimen; como si a un donjuán que sedujera a una mujer para robarla lo condenaran a fornicar sin pausa»— y respiró. Finalmente, los primos Grosse fueron transferidos a Nairobi: la mayoría consideró que el castigo era más que suficiente; algunos, incluso, que resultaba exagerado.

En cualquier caso, más allá de su destino individual, el caso Grosse fue una trompeta de partida. De pronto, en la primavera boreal de 2055, docenas de denuncias de maluso o profanación —se hablaba de «profanación»— de las cajitas aparecieron en distintos lugares de la Trama. El señor Liao, por supuesto, se preocupó y encargó una investigación sobre el origen de esa saturación. La respuesta podría parecer previsible, pero lo cierto es que nadie la había previsto: la mayoría de los casos eran difundidos por distintos grupos —públicos, secretos— de creyentes. Empezaba el contraataque de las religiones.

Fue una declaración de guerra. Pero, mientras encontraban las formas de pelearla, el señor Liao y sus gerentes tuvieron que solucionar un problema más inmediato: cómo devolver la confianza a sus clientes.

No fue fácil. Uno de los argumentos más repetidos por los repetidores religiosos de la Trama era que las máquinas 天 —tanto las personales como las centralizadas— eran un desastre: que bastaba un corte del suministro eléctrico para que dejaran de funcionar y se perdieran miles y miles de —lo que ellos llamaban— truchiVidas. El argumento caló hondo y las consultas al respecto se hicieron incesantes. El pánico se apoderó de 春天.

Fue un episodio curioso y elocuente: de cómo la multitud —cuando se pone multitud— puede creerse cualquier cosa. Es cierto que un mundo que ya empezaba a creer masivamente en 天 podía creer cualquiera, pero no es lo mismo. El planteo era un disparate: ya entonces todas las máquinas producían su propia energía, o sea que el tal peligro de corte era un invento inverosímil. Los repetidores de la Alianza habían aprovechado para su campaña un resto en la memoria colectiva, un recuerdo confuso de esos tiempos en que las máquinas debían estar conectadas a una red de electricidad o una batería para funcionar. Y, pese a lo que podría suponerse en primera instancia, el señor Liao y el departamento de discurso de 春天 tuvieron que hacer grandes esfuerzos para demostrar que una falla de ese sistema eléctrico cada vez más reducido e inútil no afectaría a unas máquinas que no necesitaban conectarse —en un mundo en que prácticamente ninguna máquina necesitaba conectarse.

Las discusiones sobre la conexión innecesaria relegaron por un breve lapso la verdadera discusión: que, en efecto, las cajas de cristal no siempre eran cuidadas por sus deudos. Que era cierto que casi un 10 por ciento de las 天 se había perdido por falta de cuidados. Y que si eso había sucedido en apenas diez años, qué no sucedería cuando pasaran veinte o treinta —para no hablar de la famosa Eternidad. Pero una vez dificultosamente desactivada la estupidez del suministro de energía, el debate estalló:

Que podía ser —y solo podía ser— que los hijos conservasen las neuronales de sus padres; que quizá —solo quizá— los nietos podrían conservarlas; pero que era irremediablemente iluso suponer que lo harían unos bisnietos o tataranietos. Que todos sabemos que la memoria dura tres generaciones —en los mejores casos— y que todos sabemos que muchas veces dura dos y nunca dura cuatro, y que entonces la ilusión de eternidad que 天 ofrece no era siquiera una ilusión: un chiste para bobos.

Que Eternidad no puede depender de seres breves —decían, en síntesis: un argumento claramente lanzado por la Alianza.

El señor Liao intentó una respuesta: que, de ahora en más, quien quisiera merecer su 天 debía empezar por conservar a sus mayores en las suyas. Preparó una holo cuidadosa, donde se lo veía como entre nubes, en un lugar que era ningún lugar y que era todos, hablando con esa voz que él se empeñaba en creer convincente pese a sus tonos tan chinados. Decía que quien quisiera asegurarse debía preparar en su casa un Rincón de Nosotros para guardar las 天 familiares igual que los antiguos romanos conservaban en el lugar más prominente las máscaras de sus antepasados muertos para que los libraran de todo mal. O como lo habían hecho brevemente en ciertas zonas de Latinia décadas atrás, cuando conservaban a sus difuntos en los living de sus casas familiares y comían con ellos y bebían con ellos y miraban cositas con ellos, y que pim y que pam y que entonces. Y que «si 天 va a servir para algo será para inaugurar un ciclo de confianza, para demostrar que creemos en el futuro y en el género humano, que podemos reposar en los que vendrán». Y que decidir su 天 es un acto de fe extraordinario en ese porvenir, que es un ejemplo: que es el acta de nacimiento de una nueva época. Que el futuro, por fin, nos pertenece.

Las respuestas estallaron en la Trama: que no sabía lo que decía, que no le iba a hacer caso ni su nieto, que mejor vendiera tigres extinguidos, que era un sopa. La situación se agravaba por momentos. El señor Liao —y tantos más— temieron que la Era 天 se terminara cuando estaba empezando.

Y fue entonces cuando llegó la peor noticia: en el Nudo apareció el anuncio de que por fin los investigadores de la Milwaukee Mihi habían completado los 33 experimentos requeridos con final feliz y podían proclamar que eran capaces de transferir cerebros humanos a redes neuronales y seguir en comunicación con ellos sin daño ni detrimento alguno: que los primeros ya llevaban casi un año y seguían tan pimpantes. Esa noche, el señor Liao estuvo a punto de volverse loco.

Estaba claro —siempre había estado claro— que el mecanismo de 天 era pobre, imperfecto: que su incapacidad para transferir cerebros que pudieran comunicarse era un hándicap extremo, que solo la inteligencia y el oportunismo de Samar habían convertido en una ventaja, pero que la humanidad llevaba décadas esperando que los cerebros transferidos siguieran abiertos a este mundo: que siguieran vivos. Si la noticia era cierta, si el sistema funcionaba, pronto 天 sería tan prescindible, tan deplorable como fueron, tras el Desastre, los perros y los gatos.

(O los anteojos cuando las intraLentes, o los autos cuando los veros automóviles, o los aviones cuando los aeropanes, o los franceses cuando la cartamonia, o las ideas cuando las frases Doble Ser, o las vacas cuando la leche de lychee o, faltaba más, los pantalones.)

El señor Liao sabía que tenía que hacer algo: antes que nada, confirmar la noticia. Ya se había engañado suficientes veces —ya había engañado suficientes veces— con informaciones de la Trama como para creerse esta sin más indagación. Pero si era falsa no bastaba con que lo averiguara; debía comunicarlo clara, masivamente. Si no lo hacía, la mayoría de sus clientes potenciales esperaría la llegada de las transferencias abiertas que les permitirían seguir conectados a este mundo —y nadie más se interesaría por 天, sería la catástrofe: con suerte, un refugio triste para huraños. Tenía que actuar, urgente y eficaz: tenía que averiguar. Tenía, en realidad, que conseguir quién pudiera averiguar.

—Creo que ha llegado la oportunidad que estaban esperando.

El señor y la señora Matteotti no eran ni tan viejos. Tendrían unos 80, quizá 90 años; ella, los rasgos chatos delicados que suelen ofrecer las caras indochinas; él, la nariz gorda y ligeramente carmesí de ciertos bebedores. Eran torineses; él había enseñado en una escuela primaria hasta el final de la educación pública presencial; ella, siguiendo la tradición de su madre camboyana, había masajeado más de medio siglo. Y los dos tenían su miedo de desaparecer: como si sus vidas, ya muy cerca del fin, ya sin fines, tuvieran algo que mereciera conservarse. Querían desesperados sus 天 pero no tenían la plata.

Y sin embargo, a diferencia de tantos, no se resignaban. Solían pasarse las mañanas ante la puerta del edificio tradicional —acero y vidrio, muy principios de siglo— al que se había mudado la 春天, con una pantalla que pedía «Por favor nosotros también merecemos nuestro lugar en el Mundo». El señor Liao casi nunca los veía —solía llegar directo a su oficina del octavo piso— pero sus empleados se lo habían comentado. Esa mañana se acordó de ellos y los mandó llamar.

—¿De verdad? ¿Y cómo sería esa oportunidad, excelencia?

Matteotti se veía esperanzado y temeroso. Quizá pensó que, ante los eventos recientes, el señor Liao necesitaba un poco de publicidad positiva y estaba por proponerles una holo que mostrara lo bueno que era: se equivocaba como un sapo.

—Les quiero hacer una propuesta. Quizá les parezca cruel y los abata; quizás, al contrario, les alegre las almas.

Les dijo el señor, y que necesitaba alguien que experimentara esa nueva transferencia que acababan de anunciar en Milwaukee:

—Personalmente no creo que funcione, pero no lo sé. Ellos dicen que sí. Necesito un enviado mío que vaya, se informe, sea transferido, me informe. O no me informe, en cuyo caso sabré que no funcionó: que lo transfirieron y ahí quedó. Es difícil pedirle a ninguno de mis empleados que lo haga, pero se me ocurrió que quizás ustedes —uno de ustedes— podría quererlo. Lo que les ofrezco es una oportunidad única: uno de ustedes va a transferirse a Milwaukee, el otro se queda aquí conmigo y le damos su 天 en cuanto me confirmen que el primero ya fue.

—¿Y quién de nosotros debería hacer qué?

—No, eso lo tienen que decidir ustedes. Ya me dirán. Piensen que si lo de Milwaukee es cierto, uno quedará transferido con contacto y el otro estará en su 天. Pero también puede ser que aquello no exista o no funcione. Si no existe quizás el que vaya se salva y pueda volver acá, pero se queda sin su 天. Y si existe pero no funciona no quiero decirles lo que le pasaría… porque ustedes lo saben tan bien como yo.

Hay quienes dicen que el señor Liao disfrutaba de situaciones como esta. Yo no lo creo: sospecho que los problemas de los hombres —que los problemas de esos dos pobres— les parecían tan menores que ni siquiera le daban el escalofrío.

—Pero si aquello sí funciona, el que se arriesga a ir es el que gana y el que pierde es el otro, el que se queda en una 天 aislada.

Le contestó el viejo ex maestro.

—Es así, usted lo ha dicho. Lo bueno de esta vida es que nada es blanco ni negro ni rojo corazón. Así que ya me dirán: díganme ahora.

Fue la mujer. El marido disfrazó de caballerosidad lo que muy probablemente fuera pánico, y se quedó en Torino donde entró en su 天 la semana siguiente: «Yo no quiero saber cómo termina esto», le dijo, en confianza, a su 天Man y se armó una 天 bastante simple donde pasaba con su esposa la mayoría del tiempo, trabajando en un jardín, pintando cuadros, corrigiendo exámenes horribles, cuidando nietos que nunca habían tenido.

La mujer, Guaviana, volvió de Milwaukee días más tarde: el laboratorio Mihi la había rechazado con pretextos y quedó claro que no habían conseguido la transferencia abierta. El señor Liao difundió la holo que mostraba la falsificación y Guaviana se hizo bastante popular en la Trama. Pero no podía sacarse de la cabeza la idea de que su marido se había apurado a meterse en su 天 porque sabía que ella volvería y no quería volver a verla ni, peor, dejarle el puesto: estaba desolada. El señor Liao estuvo a punto de contradecir su propia palabra y darle una 天 a ella también, pero se arrepintió: se dijo que era un sentimental barato y que si lo hacía perdería mucho crédito y que al fin y al cabo a él qué le importaba esa señora. Guaviana murió poco después, en un episodio de esos que antaño solían considerar suicidios.

La crisis Milwaukee había pasado pero dejó secuelas: el señor Liao cobró súbita conciencia de la fragilidad de su negocio. Bastaba con que cualquier laboratorio, de la docena que lo intentaba alrededor del mundo, consiguiera hacer auténticas transferencias abiertas para que todo se acabara.

Y eso sin contar las demás amenazas: las noticias falsas de fallos en las 天, las noticias verdaderas de profanación de cajas, el caos creciente en toda la zona y, encima, la aparición muy reciente de dos empresas que ofrecían en la Trama «transferencias bien cerradas» por un precio cuatro veces menor que el de 春天.

Eran malas: pronto hubo noticias de que varias personas que habían contratado esos servicios low-cost se apagaron en las 48 horas posteriores a la operación. La noticia, que podría haber sido útil a 春天, fue peor: produjo una oleada de desconfianza que terminó por afectarla. Y fue, además, un toque de atención: si otros lograban manejar realmente la tecnología de transferencia, el mercado podía derrumbarse.

El señor Liao quiso saber cómo habían conseguido los procedimientos de 天, consultó a su abogado, contrató a un equipo de investigadores digitales: les fue fácil descubrir que Galdós, despechado por el abandono de las reVidas, los había entregado a dos sacerdotas de la Iglesia Católica Apostólica. Lo que algunos guasos empezaban a llamar, ya entonces, la Iglesia Poscatólica.

Fue una nueva ironía. La Cruzada, que había empezado como una forma de reafirmar las tradiciones más conservadoras de la Iglesia de Roma, la había desangrado tanto que debió renunciar a una de las más sólidas: el papa Pious no tuvo más remedio que completar los rangos de su organización, diezmada por la violencia, con mujeres.

Por supuesto no hubo proclamas ni movimientos, tan fuera de lugar en esa pirámide de silencios. El suyo fue un movimiento sordo pero firme, que amenazaba los cimientos de la institución, pero en 2055 ya había dos cardenalas, siete obispas, y un número significativo de curaas y demás sacerdotas. Y los sectores aún más recalcitrantes del Vaticano, los que todavía se oponían a su avance —los que acuñaron aquello de la Iglesia Poscatólica—, conseguían encajarles las tareas más deslucidas, las más sucias.

Fue, según pudo saber el señor Liao, una comisión formada por una de las obispas y tres o cuatro curaas la que recibió el encargo de la campaña de desprestigio de 天. A ellas se debió, aparentemente, la constitución de esas dos compañías de 天 deliberadamente malas que, al matar a sus clientes, desprestigiaban el procedimiento y desanimaban a los usuarios posibles. Después, cuando se conocieron los detalles, voceros de la Iglesia dijeron que no era esa la idea; que habían intentado realmente instalar un par de compañías que funcionaran bien para experimentar con el asunto, para ver si podían controlarlo.

Otros dicen —muchos dicen— que las muertes y el desprestigio consiguiente fueron su intención desde el principio: cómo saberlo. Entre sus documentos nada lo prueba, pero nada prueba que sus documentos puedan probar nada. Y se dice que tiempo después, cuando le reprocharon lo mortal de su sistema, la obispa contestó —se dice, nada de eso se sabe a ciencia cierta— que eran solo unas docenas de personas y que, de todos modos, como mártires de la causa que habían sido, la Iglesia les garantizaba una vida mucho mejor en su Cielo de siempre.

Eran escaramuzas. Faltaban unos años para que la Iglesia de Roma terminara de entender la gravedad de la amenaza que las 天 representaban para ella —y lanzara su ofensiva final.

Tampoco el señor Liao entendió entonces la amenaza que esa Iglesia representaba para su compañía. Su campaña de desprestigio era solo uno de los elementos que lo preocupaban, pero la suma de todos ellos fue lo que lo llevó, en esos días de 2056, a tomar la decisión que cambiaría el rumbo de la 天 para siempre.

El que terminaría por convertirla en la mayor marca de la injusticia, el mayor objeto de deseo, la pasión que, tan impensada, cambió el mundo.

6. Torino

Un hombre mayor –quizá no tenga más de 90 años, pero parece destruido– camina por una calle sin personas, sucia, el asfalto rajado, piedras, yuyos. Todavía queda algún cartel: la calle se llamaba Antonio Gramsci y en sus tiempos tenía los mejores negocios de kwasis y quantis y tortellini tartufatti. El hombre huele a rayos.

–No se acerque tanto, señorita. Pueden vernos.

–¿Quiénes pueden vernos?

–No sé, los que nos miran.

Me alejo, el hombre me sigue con los ojos; se les ve tristeza o compasión. Cuando ya estoy a diez o quince pasos me suelta un grito; la voz de su interpretador suena cascada:

–¡Nadie nos mira, señorita!

No diría que es un error pero sí un esfuerzo casi inútil. En estos días, en Torino, las huellas de 天 no aparecen. Es cierto que ya hace más de quince años que se fueron de allí y que entretanto pasaron tantas cosas; también es cierto que la ciudad o ex ciudad debería recordarlo de algún modo: al fin y al cabo, es el lugar donde empezó el invento que cambió nuestro mundo. Eso, claro, si Torino pudiera recordar.

Pero aquí estoy, de todas formas, so pretexto de reportear esta cuestión, recuperar algún resto de esa historia; es, también, una buena excusa para volver, tras tanto tiempo, a algún rincón de Europa. Por supuesto me previnieron de todas las maneras de que no era prudente, de que no valía la pena —y es cierto que el trans que me dejó en Siena metía miedo y que el reDron que tuve que tomarme desde allí no había tenido un service en quién sabe cuántos años. Pero, aun así, la imagen del centro de la ciudad ganado por los vagos y las matas y las ruinas consiguió sorprenderme, impresionarme.

—¡Hace tanto que nadie nos mira!

Insiste el hombre, y se sienta en el suelo y se pasa una pierna por encima del cuello y agarra una pantallita tirada en un rincón y la mira y le habla. Yo los miro: lo que tiene el hombre en la mano debe ser lo que llamaban un teléfono. Se lo pido, no me lo quiere dar: ¿No ve que estoy hablando, señorita? Que yo sepa, esos aparatos dejaron de circular hace más de cuarenta años; me habría gustado mirarlo con detalle.

Y que se desenroscara la pierna de alrededor del cuello.

(Empezó por cierta idea del sacrificio: un mendigo no podía pedir cómodo, como si descansara, así que empezaron a colocarse en posiciones enrevesadas para mostrar su sufrimiento. Solían estar, al principio, arrodillados con la cabeza en la tierra y los brazos levantados por delante. Pero pronto esa postura se hizo vulgar, casi obligatoria, y aparecieron los que quisieron cambiarla y destacarse. Sus intentos se hicieron cada vez más acrobáticos, más barrocos: los mendigos se transformaron en desbarajustes de piernas y brazos enroscados, tan alejados de su esquema habitual, tan llenos de sí mismos y de su sufrimiento. Poco a poco, su postureo se transformó en arte y se difundió por las ciudades. En su momento de esplendor hubo muestras, competencias, aquella famosa holo de Bembé que decía que si el cuerpo social se había retorcido tanto como para que hubiera vagabundos, los cuerpos de los vagabundos no podían sino estar parejamente retorcidos. Ahora, como suele pasar, todo lo que queda es la retórica sin recuerdo, el signo sin significado.)

El panorama es distinto en las afueras: mi hotel sigue siendo un edificio de seis pisos con agua, luz, todas las conexiones, cuartos casi limpios —y su barrera de robots alrededor. Los pocos torineses que no se fueron se han refugiado en las colinas; allí el calor extremo se soporta mejor y las casas sobreviven más o menos enteras. No es tan cierto que, como creemos en el resto del mundo, Europa haya quedado desierta o completamente abandonada a las hordas; es verdad, en cambio, que su forma de vida cambió tanto. Salvo en esos pocos centros que todos conocemos, los propietarios que quedan viven en los antiguos suburbios, se mantienen con su trabajo personal, se protegen con máquinas pesadas. Y el resto es población flotante, blancos y negros y marrones que fluyen por los restos de caminos y las vías y algún transporte que marcha todavía, de un lado a otro buscando lo que queda, usando lo que queda. Por momentos me hace pensar en aquellos grabados de Roma en el 1200, 1300 —solo que aquí entre las ruinas no hay ovejas; hace mucho que aquí no hay animales.

—Aló, aló, aló.

Grita el señor mayor enrevesado, y no parece que nadie le conteste. Yo lo miro; él solo mira su aparato y le habla más: un rato, unos minutos, y el aparato mudo. De pronto, de la nada, una voz de mujer vieja grita:

—Giacomino, sei tu?

El hombre llora.

Ahora, tanto tiempo después, parece fácil entender lo que pasó: en aquel momento las naciones y sus ciudadanos intentaron combatir el malestar que les producía la globalización de la economía y de la información, el hecho de que sus representantes ya no tuvieran ninguna chance de manejar sus sociedades, atrincherándose en sus paisitos —en lugar de intentar formas políticas globales que pudieran limitar el poder global del dinero o desdeñarlo.

Cuando renunció a operar sobre las riquezas y su distribución, la política se volvió tan claramente inútil y los políticos se convirtieron en farsantes odiosos y los pueblos se quedaron sin instrumentos para cambiar sus vidas. En cambio se hicieron nacionalistas y trataron de reforzar sus instituciones, que ya eran impotentes frente a ese poder global, y así sus estados fueron perdiendo más y más fuerza, más y más relevancia, hasta que se convirtieron en figuras decorativas o desaparecieron.

Lo dicho: visto desde aquí, está claro que ese camino llevaba a este desastre; se podría haber evitado si los esfuerzos de todos esos ciudadanos se hubiesen centrado en buscar formas políticas internacionales —*inter nacionales*— para que las sociedades consiguiesen cierto control sobre la economía, es decir: si se hubieran dedicado a inventar las formas políticas apropiadas para las nuevas formas económicas. Pero no; imaginaron que debían reivindicar las viejas obsoletas. Gritaban, matoneaban, trataban de atajar la lluvia con las manos, culpaban a los inmigrantes y a la nación de al lado, y así llegamos adonde llegamos.

Ahora, con la irrupción de 天, se diría que aquella oportunidad se perdió definitivamente: ya nadie está dispuesto a pelear por un orden social que solo define la parte menos deseada de sus vidas —arriesgándose a perder la que realmente les importa.

—¿Usted sabe que se va a hacer de noche?

Me pregunta, amable, una mujer muy rubia muy pintada, tremenda mujerona, sentada en un sillón en un local abandonado. Se diría que fue una heladería: la idea me entristece. Le digo que sí, que a estas horas suele suceder.

—Claro, a estas horas suele suceder.

Le digo y ella me dice que yo no sé lo que es la noche:

—Usted no entiende, rica. Usted oye la noche y piensa en su país, la noche. No sé de dónde es, la verdad, ni me importa. Pero sé que en ese lugar, sea donde sea, no saben qué es la noche.

Su sillón no tiene patas pero parece cómodo. Alrededor, en el suelo, envases viejos de comida autónoma.

—La noche, la noche en el sentido de la noche. Ustedes son como nosotros éramos: creíamos que la noche era un día sin sol. No, acá la noche es noche.

Dice, no puede parar de repetirlo, y que yo no sé y que mejor, si no quiero aprenderlo, me vuelva a donde sea que estaba. Yo primero pienso no hacerle caso, después que mejor sí. No quiero arriesgarme inútilmente y, de todos modos, esta mañana conseguí los datos de Galdós. En el hotel, después, pido un plato de pasta: el camarero me mira muy raro.

Era cierto: aquí las noches han vuelto a ser lo que fueron, dicen, hace siglos: un lugar de las sombras. En nuestras ciudades, por supuesto, el día y la noche son lo mismo, y aquí también lo eran, pero ya no hay luces en las calles —no hay administración que las mantenga— y pocas en las casas. Sombras, sí.

—No es una época que me guste recordar.

Ladisleo Galdós es, ahora, un hombre en la flor de la edad que cultiva un huerto que se ve floreciente a pocos kilómetros del centro, rodeado de alambres ácidos y una corona láser suspendida. Lo ayuda una de sus hijas, Lore, la mayor, que ya tiene veintitantos; la menor, Gini, me dice, se fue a vivir a Goa:

—No soportaba el calor de acá, decía. Yo creo que lo que no soportaba era esta vida primitiva.

Y que allí en el Índico trabaja en extracción de minerales submarinos y que están en contacto, sobre todo desde la muerte de su esposa, su madre. Yo no sabía que se había muerto, y se me nota.

—Sí, Muna murió hace casi dos años, un asalto. Es el precio de vivir en estos peladales.

Pero que él se quedó porque esto ya es lo suyo y dónde se iba a ir y que si no se fue cuando todos se fueron a la China para qué. Y que lo disculpe pero de verdad prefiere no acordarse de los tiempos de 天. Galdós sigue siendo muy flaco, largo, desgarbado. Le faltan tres o cuatro dientes pero tiene, aún, una sonrisa que resulta agradable. Después me dice otra vez que lo disculpe pero que hablar no es lo suyo, que a él le gusta escuchar —y que cada vez menos.

—¿Y usted qué vino a hacer al peladal?

Me pregunta, como si le importara. Yo le cuento que estoy reconstruyendo la historia de 天 y que quería ver el lugar donde empezó y verlo a él. Galdós respira hondo:

—¿Reconstruyendo la historia de 天? ¿Ahora?

Le digo que sí, que ahora, que ahora es cuando vale la pena intentar entender lo que pasó y él me mira entre extrañado y sospechoso:

—¿No sería mejor dejar que todo aquello vaya cayendo…?

No quiero escucharlo, lo interrumpo. Le digo que por qué si, por lo que sé, él estuvo realmente apasionado. Galdós se seca el sudor de la frente: es noviembre, estamos sentados bajo una parra recién cosechada, las moscas zumban, hace un calor de perros.

—Sí, claro que estaba. Íbamos a inventar la pólvora…

—Y la inventaron.

Galdós me mira con tristeza y sorna, pero no me contesta.

—Sí, estaba realmente apasionado. ¿Y sabe lo peor? Cualquiera le diría, yo mismo le diría, que trabajar en 天 fue lo más importante que me pasó en la vida. Y ahora ni quiero recordarlo…

Galdós sonríe, me dice que la vida es cruel, que quizá por eso tanta historia con la 天 y que no le haga caso, que sobre todo dice tonterías, que si quiero un vasito del vino de su parra:

—Es malo, lo hacemos como podemos. Pero es vino, casi como antes.

Bebemos un vasito cada uno: me mareo. Me pregunto cómo harían las personas cuando tomaban vino. Pero encuentro de pronto la audacia para hacerle la pregunta que quería:

—Disculpe, Ladisleo: ¿usted, cuando se fue, ya no creía?

Galdós suspira hondo, inclina la cabeza. Lore limpia unos yuyos pero está escuchando; quizá no ha oído muchas veces la historia de su padre.

—No sé, no se trataba de eso. Pero la cosa se fue volviendo un carnaval, parecía un truVí de idiotez: cada cual con su pedido a ver quién hacía uno más raro.

Galdós se ríe: despacito, amargo.

—¿Se está acordando de alguno en especial?

—No, cualquiera. Lo que sí es cierto es que cuando se fueron para mí fue un alivio. Supongo que usted sabe que al final yo no me entendía con el chino, teníamos ideas muy distintas. Yo llegué con Samar, ella sí era una dama. Pero el chino era un ventajitas, un espía, un aparato del Partido.

—¿Usted está seguro?

—¿Y cómo no voy a estar seguro?

Galdós se pone digno: ahora está aplacado, debió ser un torito. Lo imagino en sus discusiones con el señor Liao —y pienso que, aun si no consigo que me diga más nada, esta posibilidad de suponer cómo era ya me pagó el viaje.

—¿Pero lo supo, él se lo dijo, alguien se lo confirmó?

—No necesito, señorita, era evidente. ¿O usted no vio lo que hizo cuando se fue de acá? Estaba todo preparado de antemano.

Galdós se levanta, va a hacer o buscar algo adentro de la casa; cuando sale no se vuelve a sentar. De pie me mira; amable, me está diciendo que me vaya. Yo le sonrío; con mi mejor cara de tonta le pregunto si ya pensó su 天. Galdós tarda casi un minuto en contestarme:

—No, no sé. No sé qué voy a hacer. Y se lo digo de verdad, no le estoy esquivando la pregunta: no lo sé.

—¿Por qué?

—¿Por qué no le estoy esquivando la pregunta?

—No, por qué no sabe.

—Porque no sé qué hacer. Supongo que al final sí, después de todo... Vaya a saber qué pasa cuando te transfieren, pero mucho peor que la muerte no ha de ser, ¿no le parece?

V

TODOS

Nunca digas que un hombre fue feliz antes de que haya muerto.

ÆSCHYLUS, *Agamemnon*

1. La partida

El señor Liao no conseguía dormir. Su cinta de inducción ya no le hacía ningún efecto; su truVí de coger no lo relajaba; la música del maestro Chen lo ponía de los nervios. Al cabo de ocho días de desvelos aceptó que su insomnio era sensato: 天 estaba amenazada y él no podía seguir ignorándolo. Se encerró en su oficina; al cabo de otros dos días sin dormir llegó a una síntesis que le pareció lo suficientemente precisa para derivar un curso de acción.

Su lista, por supuesto, no estaba escrita. Pero puede resumirse en estos párrafos. Según el señor Liao, los problemas que amenazaban la supervivencia de 天 eran los siguientes:

–la desconfianza de los Clientes potenciales ante los problemas de mantenimiento de sus cajitas: no podían confiar en que sus herederos lo siguieran pagando; no podían suponer que la empresa duraría para siempre; no podían siquiera estar seguros de que las ciudades europeas sobrevivieran a la crisis;

–la solución de dedicar al pago una póliza Perpetuity fondeada con criptomonedas se había derrumbado con el derrumbe de la Noción Blockchain, tan anunciado y demorado y al final sucedido;

–la posibilidad de que en cualquier momento, en un momento que nadie podría prever con suficiente antelación, los campesinos o los migrantes se lanzaran contra Torino –o cual-

quier otra ciudad de la zona, si decidiera mudar la compañía—
y acabaran con todo;

—el riesgo siempre presente de que otro desertor le entregara el know-how a algún competidor inescrupuloso que organizara un mecanismo de transferencia menos cuidado y, por lo tanto, más barato, que reventara el mercado;

—el riesgo siempre presente de que otro desertor le entregara el know-how a algún competidor astuto que organizara un mecanismo de transferencia que, por alguna razón todavía imprevisible, resultara más atractivo;

—el riesgo siempre presente, cada vez más presente, de que alguno de los numerosos investigadores diera por fin con un mecanismo de transferencia abierta que cambiara la dinámica de la actividad y se llevara todos los clientes;

—la amenaza de que la Iglesia de Roma —o alguna otra confesión religiosa— terminara de entender que la competencia de 天 lesionaba gravemente su dominio y lanzara su ofensiva decidida, decisiva;

—el aumento de la cantidad de personas que querían 天 pero no tenían los medios y se ponían violentas: se decía que en las ciudades sureñas había habido un aumento de los robos a mano armada, que los fraudes y otros timos estaban a mil, que distintos tipos de latrocinio pululaban con el solo propósito de conseguir los medios de pagarse una 天; que, en fin, el apetito de 天 estaba creando una inquietud social que hacía que, incluso, las débiles autoridades de Torino —tan agradecidas por el negocio que aportaban— los miraran con un odio creciente;

—el crecimiento de una tendencia que, por el momento, se manifestaba embrionaria, larvada: que aquellos que deseaban 天 pero no tenían los medios para conseguirla aprovecharan su número, se organizaran e intentaran usar esos números y esa organización para forzar a la empresa a darla como fuera.

Quizás estos dos últimos puntos eran los más novedosos, los que más sorprendieron al señor Liao. Ambos terminaban de consagrar su triunfo. 天 era el gran lujo, una meta aspiracional de primer orden. Pero también parecía claro que esa política excluyente, tan exitosa en un inicio, empezaba a volvérseles en contra. Y que eso se sumaba a todos los problemas anteriores y que era necesario —el señor Liao se convenció de que era necesario— actuar sin más esperas.

Después muchos dirían que fue pura excusa: que el señor Liao había tenido esa intención desde el principio o, peor, que su gobierno lo había mandado desde el principio con esa intención. Hay versiones, y hay personas muy implicadas en la historia que lo creen: Galdós, sin ir más lejos, lo hemos visto. Yo no puedo estar segura.

Es improbable. No que lo hayan mandado, cosa casi indudable, sino que supieran para qué. La política del gobierno chino en ese sentido siempre fue clara y consistente: no tomar riesgos. Por eso, en cuanto detectan algo —un invento, un movimiento, un negocio, una noción— que puede tener alguna chance, mandan a alguien por si acaso. No con ningún propósito preciso: para poder controlarlo si en algún momento se les canta. Sus estadísticas más o menos oficiales dicen que en el 73,8 por ciento de los casos la movida no prospera; el otro 26,2 es muy diverso y más que suficiente.

O sea: que es muy probable que el señor Liao tuviera desde el principio la misión de hacerse con 天 para mantenerla bajo control chino, pero que es casi seguro que la idea de llevársela a la patria apareció después, entonces.

Aunque es cierto que con los chinos nunca se sabe si la solución que aplican es producto de las presiones del momento o las presiones de ese momento fueron el producto de una estrategia planeada para que pareciera que esa solución que aplican es la única posible.

Después se debatiría tanto y tan oscuro sobre sus razones verdaderas para decidir ese traslado —como si estuviera, para empezar, probado que los miedos del señor Liao no alcanzaban. En cualquier caso pulularon las preguntas: ¿Sería cierto que lo decidieron porque los ayudaba en su pelea contra las grandes corporaciones de Occidente? Es cierto que la República China ha dedicado estas últimas décadas a demostrar por todos los medios que un Estado clásico, fuerte, controlador, es una solución mejor que la liga de grandes corporaciones que se fue quedando con lo que antes eran los países occidentales. Y que por eso ha jugado a menudo el juego de amenazar corporaciones para poder ofrecerles su cobijo —y ponerlas bajo su poder.

¿O lo decidieron, al contrario, porque suponían que su control de esa tecnología —que pronto se volvería mucho más que eso— debilitaría a los ya débiles estados de Occidente? ¿O porque calculaban que la movida 天 sería decisiva en la resurrección de esos estados? ¿O porque les permitía avanzar en su combate contra las iglesias? ¿O porque les servía para controlar los destinos de unos miles de personas —los Clientes— que pronto se volverían millones y millones? ¿O simplemente autorizaron el traslado como autorizaban, cada año, miles de movimientos de ese tipo, que nunca produjeron más que algún dinero?

En cualquier caso, parecía lógico hacerlo. El emprendimiento estaba amenazado, necesitaba garantías. Y el único lugar donde un Estado fuerte podía dárselas era, faltaba más, la China.

Porque, más allá de otras consideraciones, desde el punto de vista de 春天 era obvio que la República China estaba en condiciones de responder a cada una de las preocupaciones del señor Liao:

—podía ofrecer un espacio tranquilo y seguro para que las instalaciones de la empresa aseguraran un mantenimiento prolongado de las cajitas. O incluso, si lo conseguía, el uso de una quanti6 del ministerio de Salud: computadoras de última generación mantenidas y renovadas por el Estado, donde las 天 durarían tanto como la República más poderosa;

—podía, por supuesto, garantizar que su territorio no sufriría revueltas o invasiones migrantes —o, por lo menos, eso parecía entonces;

—podía utilizar sus cuerpos de seguridad para ayudar a conservar el monopolio de los mecanismos de 天, aunque la posibilidad de un robo, obviamente, nunca pudiera descartarse del todo;

—podía incluso facilitarles laboratorios top para que la propia compañía llevara adelante sus propios intentos de mejorar el mecanismo de transferencia o, incluso, encontrara la clave de la transferencia abierta antes que los demás;

—podía, gracias a su larga querella con las distintas iglesias religiosas, apoyarlos si el conflicto con alguna de ellas escalaba;

—podía, sobre todo, reprimir con todo el peso de la ley a cualquier desaforado que quisiera cometer delitos para pagar su 天 o que, incluso, quisiera hacerse con su 天 sin tener que pagarla —o, por lo menos, eso parecía.

Nadie ignoraba del todo todo esto. Por eso aquella tarde, cuando el señor Liao reunió a sus jefes de sector y les comunicó que en 17 días dejarían Torino y se trasladarían con todos los equipos a Shenzen, ninguno de ellos pareció sorprendido. Algunos, sin embargo, intentaron una respuesta inverosímil:

—¿Y si no queremos irnos? ¿Si preferimos seguir viviendo acá?

Preguntó Sybilla, la más joven de los jefes, una thai de ojos azules nacida en Cádiz, superior, alta, brusca. El señor Liao la miró como no solía mirar: seco, tan tajante. En su mirada sobraban las palabras y, sin embargo, dijo algunas:

—Consulten sus contratos. Ustedes lo firmaron: no son personas que prefieran, son empleados de esta casa. Les repito: salimos en 17 días.

Dijo, y lo dio por terminado.

¿Quién podría haber imaginado, entonces, que el traslado al lugar más controlado del planeta debía producir el descontrol que ya sabemos? ¿Quién podría haber dicho que esa decisión menor terminaría por cambiar el curso de la historia?

2. Shenzen, Liao

«En los mapamundis chinos la China está en el medio, en el centro del mundo —es fácil y legítimo: alcanza con poner América a la derecha y Europa en el extremo izquierdo. China se llamó siempre el Reino del Centro y es cierto que, en los últimos milenios, fue el Estado más poderoso de la Tierra salvo en dos breves momentos de confusión: del siglo I al IV después de Cristo, cuando el Imperio Romano se le podía comparar —aunque no competían—, y del siglo XVI al XX, cuando los imperios europeos ocuparon el mundo conocido. Si China vuelve a ser el Estado más poderoso en los próximos años, entonces, solo será la corrección de ese error breve, la vuelta a la normalidad. La diferencia, en este caso, es que será el Estado más poderoso en tiempos de globalización, o sea: cuando para serlo hay que dominar, de un modo u otro, a todos los demás.»

Escribió, a principios del siglo XXI, un autor olvidado.

Cuando el señor Liao y los doscientos empleados de la 春天 se instalaron allí, Shenzen ya era una de las diez mayores ciudades del mundo —aunque todavía no se había tragado, como haría años más tarde, a Hong Kong y su zona de influencia.

Por supuesto, 春天 mantuvo abiertos los satélites virtuales en las ocho ciudades europeas donde ya funcionaban: los encuentros de preparación se hacían por holo desde allí pero, llegado el momento, el Cliente debía trasladarse a Shenzen —donde entraba por fin en su 天. La complicación produjo una baja temporaria de la demanda. El señor Liao lo había previsto: su estrategia, claro, consistía en reemplazar a esos clientes occidentales por clientes chinos. Lo consiguió mucho antes de lo que había imaginado —y en cantidades pavorosas.

La llegada a Shenzen también produjo —contarían después sus empleados— un cambio radical en la actitud del señor Liao. Si hasta entonces había mantenido un discreto perfil bajo, el regreso a su tierra lo convirtió en un pequeño emperador. Se notaba —dirían— que había pasado todos esos años cuidando su conducta en territorio ajeno, quizá temeroso de no poder cumplir con su misión y que, ya de vuelta en su tierra y habiéndolo logrado, se sentía el puto amo.

El señor Liao es uno de los personajes más curiosos de esta historia desbordada de personajes curiosos. Fue una mezcla extraña de obediencia y audacia, orden y desparpajo, sumisión y ruptura: si sus jefes lo hubieran escuchado se habrían evitado tantas complicaciones. Pero quién sabe cuántas se habría evitado él, de haberlos escuchado.

Nada lo preparaba para no obedecer. Aunque, como queda dicho, nunca terminamos de saber los detalles de su historia —los cuadros chinos son así—, todo en ella anunciaba un funcionario puntilloso y manejable. Es cierto que los preparaban para ser capaces de producir iniciativas; es más cierto que los entrenaban para dejar de lado cualquier iniciativa propia cuando el Partido se lo requería.

Quizá fue porque estaba solo: después, algún informe subrayó que el gran fallo del aparato fue haber confiado tal misión a una persona sin familia, sin ese punto débil que el amor de un hombre o una mujer o unos hijos les produce. El señor Liao era, en ese sentido, alguien que solo podía ser amenazado con su propio dolor —y era, por supuesto, alguien muy bien entrenado para soportar su dolor o el miedo de su dolor posible.

Tenía un punto débil: se ve que sus jefes, cuando lo necesitaron, no lo conocían —y recién lo supieron tiempo después, cuando ya no les servía. El señor Liao no soportaba ciertas formas del desorden, los colores que no combinan, las palabras que se superponen; si lo hubieran sabido, muchas cosas habrían sido distintas.

Pero no lo sabían. Por raro que parezca, no sabían.

O quizá sí, y entonces todo es más confuso.

Cuando su superior en el Partido, un tal Huang Chidú, negro retinto, autorizó el traslado de la empresa a Shenzen fue claro: las dimensiones y las formas de operar debían mantenerse parecidas a las que fueran habituales en Torino y sus satélites. Los altos funcionarios chinos solían equivocarse por su falta de información —por su desdén— del mundo ajeno; fue tan raro que este se equivocara por un fallo de previsión sobre su propio mundo. Parece que nunca calculó que, cuando se supiera que 春天 operaba en territorio chino, estallaría el frenesí.

Pronto las oficinas de Shenzen —los cuatro últimos pisos de un rascacielos antiguo, brilloso y deprimente— quedaron desbordadas. Los privilegiados que podían viajar libremente acudían en manadas; los que no, pedían citas, buscaban subterfugios; multitudes decidieron utilizar sus ahorros o pedir préstamos para hacerse su 天. El negocio explotó: en seis meses 春天 organizó un gran centro para alojar a los Clientes que llegaban con o sin sus familias desde todos los rincones. Cuentan quienes estuvieron que ese complejo —1.200 habitaciones, ocho comedores, salas de truVí por doquier, la tecnología más avanzada en atención robótica—, que todo el lugar era un centro de discusión permanente sobre 天 y sus posibilidades, sobre planes y deseos, caprichos y temores: un foco de multiplicación incontenible. Como siempre: lo que antes había parecido un gran fenómeno, recién se convirtió realmente en uno cuando aterrizó en China —con esa potencia extraordinaria que tiene el Imperio para cambiar las magnitudes de las cosas.

(Y una adición casi folclórica, tan propia del espíritu chino, que le dio a la situación una rugosidad inesperada: la Fiesta de Verdad. Es probable que haya habido algún antecedente; en cualquier caso, no fue hasta la llegada a Shenzen que la Fiesta tomó el impulso que tomó.

El principio era simple, casi obvio: quien estaba por transferirse llegaba al local de 春天 en alegre procesión, escoltado por sus amigos y parientes en un paseo multicolor, alegre, jaranero por las calles de la ciudad. Y, una vez allí, se despedía de los suyos con una reunión en que, a modo de velorio, se hablaba del Viajero —lo llamaban Viajero, a punto de emprender un viaje hacia su auténtico sí mismo— como si no estuviera allí. Cada cual contaba entonces sus historias con él, sus deudas, sus amores, sus rencores, sus olvidos con él. Pero, cada vez más, la reunión y sus discursos y sus revelaciones terminaban en riñas tremebundas. Cada vez más, la muerte voluntaria del Viajero era la ocasión de dos o tres involuntarias. Cada vez más los ociosos y aburridos de Shenzen se agolpaban en las Fiestas de Verdad deseosos de ver sangre. Cada vez más la situación quedaba fuera de control.

El señor Liao intentó intervenir. No tardó mucho en entender lo evidente: que las riñas provenían sobre todo de la envidia de aquellos que no podían acceder a su 天 y que eso no tenía remedio. «La muerte es terrible cuando es para todos; cuando es solo para algunos es intolerable», citó en un informe: que una cosa era resignarse a lo inevitable y una muy distinta aceptar la propia incapacidad de evitar lo que otros sí podían. Y que la situación, tarde o temprano, se volvería explosiva.)

El tema 天 llegó, por fin, al Comité Central. La sorpresa de la presidenta Ding fue grande —aunque intentó disimularla—

cuando comprobó que los ocho miembros presentes conocían a alguien que estaba planeando su 天 y uno de los miembros, el decano Wung, reconoció con vergüenza tras un rato que ya había tomado cita con el 天Man que lo ayudaría a diseñar la suya. La presidenta no sabía —contaría después un ayudante— si sorprenderse o indignarse y al fin, pura praxis china, optó por interesarse y controlar. Encargó una evaluación seria; el comité que se ocupó del tema lo hizo con tanto cuidado que pudo informar de que las 天 encargadas en China se diferenciaban de las habituales de Torino en varios puntos, y que los chinos eran menos nostálgicos a la hora de planearlas, que no querían escenarios tradicionales pastorales ecokitsch, que no querían tanta naturaleza ni tiempos idos ni sociedades ya pasadas ni caprichitos personales; que pedían porvenir, tecnología, sexo, plata. Y que una cantidad extraordinaria comandaba 天 en las que vivirían como alguna de las estrellas más conocidas del firmamento musical: que en este preciso momento —decía el informe— había cientos de miles de personas que se estaban armando vidas donde serían, por ejemplo, Ci Chunung, la pop-rano que ponía, con sus canciones y sus bailes, la banda sonora de tantas casas chinas.

(De esta comprobación surgió, poco más tarde, uno de los grandes negocios del período: «No espere su 天», decía la publicidad de esas apps —Sea Ci, Como Huan, etcétera— que inundaron el mercado ofreciendo la posibilidad de imitar la vida de los cantantes favoritos. La primera app, la que lanzó la moda que todas imitaron, era astuta: ante cada decisión que su usuario debía tomar —desde las más banales, voy o no voy al parque ahora, la saco o no a bailar, hasta las más complejas, acepto este trabajo, me pongo ojos azules, me preparo mi 天—, se le aparecía lo que Ci o Huan harían al respecto. La app no era barata —el algoritmo había sido entrenado por la estrella correspondiente a un costo exagerado— pero daba la posibilidad de vivir con sus pautas, sus baremos: como ella.)

Pero eso sucedió tiempo después. Cuando le presentaron el informe, la presidenta Ding no estaba interesada en esas

3. Todo para todos

«Vivimos tiempos difíciles. Siempre los vivimos, pero solo soportamos vivirlos porque creemos que más temprano que tarde dejaremos de vivirlos, y así vamos. Yo lo hice; yo también creí —y yo también me equivoqué, aunque alguno podría creer que no fue así.»

Su relato muestra tanto como oculta, pero nadie va a poder preguntarle más nada: Gao Alasha grabó esa holo donde cuenta su aventura unas horas antes de entrar en su 天. Gao, entonces, era un hombre de menos de cuarenta años, el pelo teñido de rojo, la cara ancha con la piel sebosa, una camiseta negra de cuello redondo como única ropa visible en ese registro que lo muestra de la cintura para arriba, sentado, contra fondo gris neutro. Gao habla sin gestos, como si no quisiera que su cuerpo interfiriese con sus palabras: pura emisión de ruidos.

«Nací en Wuxi, que ahora es como decir que nací en Shanjei, en mayo de 2022. Mi padre entonces trabajaba en una fábrica de componentes para teléfonos —¡teléfonos!— de esos que se llamaban inteligentes; mi madre era maestra pero había perdido su puesto por hablar de más así que tenía que cuidar viejos solos que pagaban muy poco. Nunca tuvimos plata; yo aprendí desde el primer día a sorber hasta el último grano de mi cuenco de arroz pegajoso.

»Creo que mi madre me crio para que fuera su revancha. Por suerte ella, Wu, hija de musulmanes de Bayingolin, eligió vengarse altivamente: hacer un hombre que mostrara su capacidad —la suya, digo. Para eso me sometió a tantos cursos, tantos aprendizajes que a mis 12, cuando debía entrar a la escuela secundaria, me escapé de mi casa.

»No es importante contar los detalles de esos cuatro o cinco años que pasé por ahí. Solemos creer que el Partido lo controla todo: yo les aseguro que un chico —un chico— puede escapar a su control y vivir en las calles, los campos, comiendo aquí y allá lo que se pueda, robando incluso, alguna vez, para sobrevivir. Y que no solo sobrevive: que, además, puede sentirse libre —o eso que en ese momento parecía libertad y que, más tarde, resultó ser una fuga sin perseguidores. Fue bueno aprender, desde tan joven, que cuando creía que estaba haciendo algo no hacía nada.»

Gao intenta una sonrisa y se lanza a una lista de los trabajos de fortuna —changarín, vendedor de tabaco caduco, lazarillo de un ciego intrigante— que intentó en esos años; después dice que todo cambió en 2050, cuando aprendió algunas cosas sobre la desesperación: «Tardé meses en enterarme de lo que había pasado en las fronteras, cuando toda esa gente quiso entrar en nuestro país y nuestro ejército la rechazó o la masacró. Ahora sabemos todo y puede parecer extraño, pero en esos días nadie supo enseguida. Y si después lo supe no fue porque el gobierno lo anunció ni las víctimas se hicieron oír; fue por alguien que conocí una noche en un tugurio y había sido soldado y nos reprochaba a los demás que éramos unos cómodos y unos malcriados y que cuando llegó el peligro ellos, los soldados, debieron defendernos y se sacrificaron por nosotros y nosotros ni siquiera lo supimos. Nos dijo que se había pasado varios días encerrado en su consola casi sin moverse, casi sin dormir, lanzando contra esa gente drones y más drones, oleadas de mastines clones, lluvias ácidas: que ellos nos salvaron y que nosotros no los reconocíamos. Le pedí más detalles, me los dio —le gustó dármelos, contarme sus crueldades, ver en mi cara sus efectos—, y fue una revelación. Por supuesto, como siempre pasa en esos casos, no supe qué hacer con ella. O, en realidad, no hice gran cosa, pero algo había cambiado», dice, en la holo, Gao y se queda callado, quieto, como quien por fin entiende algo.

Se calla un rato: es raro ver en una holo a una persona que no se mueve, que no habla; Gao se muerde el labio de abajo y después, al fin, dice que quizás aquella vez lo que más lo impresionó fue que todo eso hubiera sucedido sin que nadie lo supiera y que cuántas cosas más sucederían parecido, en la ignorancia, y que el mundo debía ser un lugar hecho de pozos y más pozos —eso dice, que pensó que «el mundo era un lugar hecho de pozos y más pozos»—, y que qué idiota haber creído tanto tiempo que él sabía. Y que por eso —dice en la holo— tuvo que tomar en cuenta que no sabía nada y decidió buscar algo que nadie supiera y difundirlo: que si cada quien buscaba algo que nadie sabe y lo difunde, muchos pozos —o por lo menos algunos pozos, dice, por lo menos algunos— se irían tapando poco a poco. Y que eso fue, al fin y al cabo, lo que lo convenció.

«Yo pensé un mundo menos agujereado. Y me propuse ayudar a hacerlo, en mi ínfima medida, tapar un agujerito, convencer a otros de que taparan otros. Me pasé un tiempo intentándolo; no vale la pena que les cuente cómo. Lo que sí deben saber —o deben ignorar— es que no funcionaba.» Entonces Gao toma un vaso de agua —o de algo que parece agua— y dice que se había equivocado: que creyó que podía cambiar este mundo hasta que descubrió que era mejor abrir el otro. Y que eso también, como todo lo que importa, lo descubrió por un azar.

«Yo todavía no tenía treinta años, saltaba de ciudad en ciudad, trabajaba en lo que podía, sobrevivía con problemas; imagínense si me iba a preocupar por lo que iba a hacer después de muerto. Pero llegué a Shenzen justo en esos días y fue tremendo golpe: esos miles y miles de personas vagando por las calles sin saber dónde iban, viejas muchas, atraídas a la ciudad por la ilusión de 天 pero sin ninguna chance de conseguir el dinero necesario para comprarse una, eran algo que yo nunca había visto. Eran un huracán de desesperación, un remolino de tristezas: personas sacudidas. Yo los escuchaba: a mí, aunque no me lo crean, escuchar me gustó siempre más que nada. Y esos días escuché las palabras más desgarradas, más hundidas: personas que se veían a las puertas de la felicidad y veían, al mismo tiempo, cómo se las cerraban en la cara. Alguien, una mujer vieja y bella, que me dijo que había vivido toda su vida tranquila pensando que un día se moriría y que eso, incluso, la había ayudado a vivir mejor, pero que ahora que sabía que había una opción, una salida, no podía soportar la idea de no poder tomarla: que habría preferido morirse sin saber, sin pasar por esta agonía de poder y no poder, esta angustia de ahogarse frente a la playa salvadora.

»Y lloraba y yo lloré con ella —yo lloré con ella—, y otros me dijeron cosas parecidas y en algún momento yo sentí lo mismo pero me dije que tenía que evitarlo, que si quería hacer algo de verdad no podía hacerlo para mí, que aunque fuera para mí no debía hacerlo para mí, no sé cómo decirles. Y entonces empecé a pensar si de verdad podría hacer algo.»

Todos sabemos lo que hizo, pero escucharlo contar el origen sigue sorprendiendo, emocionando. Gao no da detalles ni precisiones sobre cómo empezó a formar la Morvida: con una cara ingenua que resulta tan difícil de creer dice que de pronto, cuando quiso darse cuenta, ya eran miles y miles los que reclamaban, los que coreaban con él en la Trama la frase que se fue volviendo decisiva: «Todos Somos Todos» —que cualquier chino entendía sin necesidad de más palabras: que en un país basado en la idea de igualdad, que no se practicaba pero seguía dominando sus discursos, sus símbolos, no se podía dejar a millones al margen del mayor logro imaginable: la vida más allá de la vida, 天.

No está claro a quién se le ocurrió la frase. Si hubiera sido el propio Gao lo habría dicho: no era del tipo que disimula sus aciertos. Quizá surgió de una noche de sustancias o de un intercambio airado en un truVí; su fuerza estaba tanto en lo que decía con palabras como en lo que decía con silencios: el «Todos Somos Todos» refería al «Todo para todos» que el Partido siempre incluía en su retórica —y tenía una ligera carga de amenaza que sus seguidores jamás reconocerían. En cualquier caso, el Todos Somos Todos se transformó en la frase más decisiva del palabrerío chino de esos años, el símbolo de un movimiento que ya nadie pudo contener.

Y el recurso, para empezar, a los viejos discursos del dogma chino: «Hablemos de desigualdad: no hay ninguna mayor. Los más ricos se mueren para gozar de sus 天, los más pobres nos morimos para morirnos solo. ¿Para eso pelearon nuestros mayores, para eso luchó, vivió y murió el presidente Mao Zedong, para eso trabajamos como revolucionarios en fábricas y campos, para eso nos encolumnamos fervorosos tras las órdenes de la Dama Ding y el Comité Central?».

Era obligado: sin esas letanías nada podría funcionar. Pero su primer acierto fue, seguramente, su carácter directo, casi brusco: era, dice Gao en la holo, una borrasca de experiencias. Las imágenes eran muy simples, muy reales: ¿qué chino no vio, en esos días, a esos compatriotas hablándoles como si fueran sus amigos, contándoles —como quien se confiesa— el horror de quedar del otro lado?

«Soy Tse y hoy voy a hablarte con todas las palabras —o de frente o a cara descubierta, según qué programa traduce— para confesarte que no soporto verlos. Cuando veo a mi jefe en la oficina, cuando veo a esa estrella en la Trama, cuando veo a todos esos que saben que van a tener su 天 cuando quieran, no soporto. No les soporto esa cara beatífica que se les sobreimprime, no soporto esos aires con los que miran a los que no sabemos, no soporto esa seguridad con la que saben que ellos sí. No lo soporto, ¿pero qué puedo hacer? Tengo que confesarte —y esto es lo que quería decirte— que me dan ganas de matarlos. Me dan ganas de acabar con toda esa prestancia, con esa diferencia, con la arrogancia con que saben que ellos sí tendrán lo que tantos queremos. Pero matarlos no es una solución, ¿no? ¿O será que sí?»

O, si no: «Soy Zhiu y hoy voy a hablar a cara descubierta —o de frente o con todas las palabras, según qué programa traduce— porque no quiero ofender a nadie pero lo que te voy a decir debo decirlo. Yo puedo pagarme mi 天: yo he trabajado mucho y tuve suerte y puedo y voy a hacerlo. Pero mi madre no pudo: ella se murió hace dieciséis años y no pudo y yo ahora sufro pensando en ella y cuánto habría querido poder ella también y entonces pienso en cómo sufrirán otros pensando en sus padres, en sus hijos, en sí mismos si ellos o él no pueden. ¿Tú puedes? ¿Y tú, si puedes, piensas en todos esos que no pueden? ¿Tú soportas pensar en todos los que quieren y no pueden?».

—Y todo eso para evitar algo que quién sabe si va a suceder.
—Bueno, es seguro que va a suceder. Usted va a morirse.
—¿Cómo lo sabe?
—Porque todos vamos a morirnos.
—Usted no sabe. ¿O acaso usted ya se murió alguna vez? Yo nunca. Quién sabe lo que pase.

O, si no: «Soy Asha y hoy voy a hablar de frente —o a cara descubierta o con todas las palabras, según qué programa traduce— porque voy a decirte la verdad: he hecho cosas malas. Por supuesto que no te puedo decir qué son exactamente, pero créeme: son malas, son dañinas, y todo para juntar el dinero para hacerme mi 天. ¿Será que mi 天 va a estar teñida de eso malo? ¿Que me voy a pasar la eternidad de 天 pagando mis maldades? ¡Ni siquiera! A esta altura ya sabes que en 天 no hay castigos, no hay precios, no hay de ese regateo. O sea que podríamos hacer cualquier cosa para conseguirla y sería gratis. Gratis, como dicen que solía ser el aire. Gratis, sin costo ni castigo. Cuidado, decía mi abuelo, con lo gratis: contagia, contamina».

O, si no: «Soy Duy y hoy voy a hablar sin frenos —o a toda máquina o barranca abajo, según qué programa traduce— porque ya nada me detiene, porque voy a morirme quién sabe hoy, mañana: les voy a hablar con la franqueza de los muertos. Sí, ustedes me ven, lo sé, me ven: ven en mis huesos y mi piel reseca y mis pocos pelos la fuerza de los muertos. Estoy muerta, mi enfermedad es incurable: ya me lo dijeron, incurable, y que hay enfermedades que no se curan porque son incurables. Ya lo sé, ya me lo han dicho, demasiadas veces me lo han dicho. Pero lo que nadie me dice, lo que yo les digo, es que ahora —hoy, mañana quién sabe— voy a morirme porque no tengo los yuanes. Si tuviera los yuanes no me moriría —pero quién tiene esos yuanes en este país social. Si tuviera los yuanes, en lugar de morirme me habría pasado este último mes preparando mi 天 y ahora me estaría transfiriendo: en lugar de agonizar y morirme de miedo y de rabia y de tristeza me habría dedicado a imaginar mi nueva vida; en lugar de morirme me prepararía para vivir mejor —y no puedo hacerlo porque no tengo los dineros. Me muero porque no tengo los dineros: la pobreza me condena a muerte. Ni se imaginen la desesperación de saber que si tuviera unos pocos yuanes más no me moría».

—¿Es peor saberlo o no saberlo?
—Saber siempre es peor.
—¿Peor que qué?
—Peor que estar a punto de saberlo.

Y una holo que no fue monólogo sino un diálogo que puede parecer ingenuo pero, al fin de cuentas, tuvo una influencia decisiva, entre Gao y una joven de ojos redondeados:

—¿Pero no va en contra de la naturaleza?

Pregunta ella, y él que sí:

—Sí, como cualquier aspirina, un antibiótico. ¿O usted prefiere no tomarlos y morirse de cualquier infección, como pretende la naturaleza? O no curarse nunca una caries y dejar que los dientes se le caigan… Nos hicimos lo que somos corrigiendo a la naturaleza, eligiendo plantas para cultivar y mejorándolas para vivir de ellas, regando con canales las zonas demasiado secas para soportar la vida, construyendo refugios para no estar sometidos a su violencia, y sin embargo ahora tememos corregirla. La consideramos inmejorable: suponemos que lo mejor que podemos hacer es conservarla.

—¿Pero dejar atrás la muerte no sería dejar de ser humanos?

—Al contrario: eso es ser humanos. Ser humanos es superar nuestra condición, llegar siempre un poco más allá. ¿O inventar las lenguas, o aprender a llorar, o descubrir la penicilina, o construir la República Popular no son momentos decisivos de la historia humana? ¿No son esos cambios de condición los que nos hacen ser humanos?

Eran holos y no truVís, para que todos pudieran verlas. Por supuesto un truVí habría sido más realista, más completo, pero todavía había —y hay, aunque muchos parecen no creerlo— tantos que no tienen. Las confesiones eran holos y llegaron a todos los rincones: una nueva cada día durante 55 días, inundándolo todo —aunque si ahora, viéndolas todas juntas, parecen un poco formateadas es porque probablemente estuvieron un poco formateadas. Pero los personajes eran ciertos, sus historias eran ciertas: todo se podía comprobar y, ya desde el principio, dejó marcas que se volvieron cicatrices aun sin la herida previa. Al cabo de los 55 días muy pocos chinos no estaban convencidos de la legitimidad del reclamo y muchos empezaron a buscar las formas de apoyarlo: que hubiera 天 para Todos —que el Estado se ocupara de garantizar que hubiera 天 para todos— se transformó en el tema principal de la vida en esos días: mil y pico de millones de personas hablando de sus muertes, de qué hacerles, de cómo suspenderlas. Mil y pico de millones de personas más o menos dispuestas a conseguirlo fuera como fuere.

4. La conquista

Buscaban las maneras;
encontraban maneras.

Las maneras eran multimulti: por supuesto las caras y las historias y los juegos de truVí y el grito de Todos Somos Todos que salía de infinitos altavoces en cualquier calle china y las burlas y ciertos ataques a los que se apuraban a pagarse la suya y los ataques a los oficiales del gobierno que repelían los ataques y el Todos Somos Todos que irrumpía e interrumpía las transmisiones del gobierno en la Trama y las Mañanas Tristes —miles y miles y miles de personas caminando despacio en las ciudades, arrastrando los pies como lastrados de tristeza extrema— y, al final, los ataques a cualquiera: matar a alguien para mostrar la injusticia de que el muerto se muriera en lugar de transferirse como podría si 天 ya estuviera; muchos muertos así, miles y miles, el terror, solo para mostrar que estarían muertos. Entre tantas otras cosas: todo se aceleraba.

(La Morvida se ha estudiado tanto: es lícito decir que, unos días antes de su irrupción, nadie, ninguno de los miles y miles de personajes —académicos, espías, funcionarios varios, relatores— ocupados en predecir los humores sociales, imaginó que existiría. Quizá por eso, desde entonces, se convirtió en el blanco y la excusa de todas las preguntas: ¿cómo se funda y crece un movimiento? ¿Cuando crea una demanda nueva, cuando realmente representa una demanda que está ahí pero nadie supo sintetizar, cuando ofrece una ilusión eficiente, cuando encuentra una bandera atractiva? ¿Qué necesita para pasar de opción a realidad? ¿Un liderazgo fuerte o un liderazgo difuminado, una organización precisa y eficiente o una estructura laxa, la voluntad de perdurar o la de disolverse en cuanto sea posible? El hecho de que haya pasado de la nada al triunfo en tan poco tiempo es, por supuesto, el incentivo principal de tanto estudio. Y también la razón central de que esos estudios sean tan mal mirados, tan cegados.)

Aunque nunca se sabrá cuáles fueron las verdaderas razones de su éxito: la Morvida se impuso, quizá, demasiado rápido. Es cierto que en unos meses el reclamo estaba por todas partes, pero también es cierto que en ocasiones anteriores el gobierno chino había enfrentado otros reclamos con dureza y sin otorgar nada, y que esta vez tampoco le habría costado desarmar los reclamos de unos millones de pelagatos sin poder, adiestrados durante décadas en la obediencia más supina, controlados con las mejores herramientas conocidas.

(China, por supuesto, no había cometido el error que tanto le costó a América y, en menor escala, a Europa: su gobierno no cedió al apetito de ganancia y nunca confió el grueso de su producción a kwasis y otras máquinas; siempre prefirió mantener funciones humanas donde fuera posible, como un modo de contentar y controlar a su población desmesurada. Tuvo, claro, para eso, dos ventajas básicas: una, que el poder de resolución estaba en manos del Partido hipercentralizado y no de las corporaciones dispersas, que decidían individualmente en función de sus ganancias propias; otra, que América había empezado antes, así que China pudo dar un paso atrás y estudiar las consecuencias del proceso. Entonces entendió que el reemplazo de la mano humana y el aparcamiento de cientos de millones vía la rentUn producía brutos problemas sociales y políticos —y decidió no hacerlo. Su forma de control siguió siendo, tan clásica, el trabajo.)

Dada la tradición intransigente del Partido, es probable que muchos de los que reclamaban lo hicieran sin la menor expectativa, más por fijar una posición —o por salir de su sosiego genuflexo o por hartazgo irreflexivo— que por lograr algo concreto. Y sin embargo en menos de once meses —el famoso 6 de junio de 2059— la presidenta Ding se plantó en todos los rincones de la Trama para decir que su gobierno, sensible a los reclamos de su pueblo, preocupado por la igualdad y la justicia, había decidido que el Estado chino, magnánimo y atento, garantizaría a partir de ese momento 天 para Todos.

En el chino oficial: 春天, el signo que a partir de entonces pasó a ser tan ubicuo como la propia bandera roja con estrellas.

(Dijo, también, algo que muchos estudiosos se pasaron años intentando entender: que ese día se cumplía un siglo —«¡un siglo, camaradas, y aún lo recordamos!»— desde que el Gran Timonel Mao Zedong lanzó su gran campaña de modernización que llamó el Salto Hacia Adelante. Y que en aquella guerra contra el pasado murieron 30 millones de personas —dijo, y fue la primera vez que un dirigente precisaba una cifra para aquel desastre— por culpa de la audacia del Partido y que ahora, cien años después, el Partido quería compensar esas muertes entregándole —la palabra es ambigua, algunos interpretadores la tradujeron como regalar, obsequiar, ofertar— al pueblo chino 3.000 millones de vidas nuevas. Que así se demostraba la inteligencia de aquellas decisiones: que por una inversión de 30, cien años después se obtenían 3.000, cien veces más, 10.000 por ciento de ganancia.)

Yo, ese día, estaba allí. Tenía 27 años, me buscaba. Acababa de empezar a trabajar para ese nudo de Taipei y les pedí que me enviaran al continente, a Beiyín, a Shanjei, a Shenzen. No quisieron; fui igual. Me parecía que esos días serían irrepetibles —y creo que lo fueron y, quizá por eso, estarán entre los más repetidos de la historia.

Los dejé, fui a Guandón, pude verlo. En cien ciudades chinas las escenas se sucedían semejantes: millones y millones de personas felices, millones y millones festejando que por fin habían conseguido —parecía que habían conseguido— algo que querían, millones y millones con esa sensación de triunfo que hacía tanto no tenían —aunque tampoco tuvieran exacta noción de qué era eso que habían conseguido, todavía. Pero, vagamente: millones y millones imaginando que ya no se morían, que serían los primeros en la historia del mundo en seguir vivos para siempre.

«Dama Ding, Dama Ding,
nos dio lo que pedimos.
Dama Ding, Dama Ding,
nos dio lo que nadie podía pedir.
Más que la vida
te damos y nos das,
Dama Ding, Dama Ding, Dama Ding»,
es la traducción de lo que más cantaban.

El Partido, por supuesto, había preparado los festejos: cinco días de feriados todo gratis, grandes encuentros de músicas vivas y comidas materiales, enormes holos de la Dama Ding discurseando en todas las esquinas, sonriendo con su pueblo al ofrecerle lo mejor. Yo registraba todo lo posible —y, por supuesto, festejaba: en esos días para mí 天 todavía no era materia de estudio sino júbilo puro. Pero no importa hablar de mí; lo impresionante era ver, por primera vez en mi vida, quién sabe si por última, un pueblo feliz: un pueblo que se pensaba como uno. Por primera vez, quién sabe si por última, millones y millones de personas felices al mismo tiempo, por la misma razón, felices por sí mismos y por compartir el motivo de su felicidad, felices tan distinto de las felicidades habituales que siempre dejan fuera a tantos, felices sin que haya dañados o abandonados de esa felicidad, felices sin arrugas sin agujeros, felices con la felicidad de tener algo que no se va a pasar, que es suyo para siempre, que es absolutamente suyo sin plazos ni asechanzas.

Aunque, claro, había matices: la felicidad común también deja espacios para las diferencias, y yo, joven aún, las buscaba sin tregua:

—Yo estoy encantada, claro, cómo no, pero espero que alguien nos enseñe, señorita. Digo: una es muy bruta, no sabe cómo hacerse una vida en esta vida, imagínese en otra, señorita. A mí me han dicho que ahora vamos a tener que inventarnos otra vida, yo no creo que pueda…

Me dijo —y lo registré— una señora muy mayor que debería tener 70 años.

—Yo siempre le decía a mi padre, pobre, siempre se lo decía, que no se preocupara, que alguna vez iba a llegar. Y él no me creía, pero llegó.

—¿Y ahora sí le cree?

—No, pobre, él se murió hace mucho.

Me dijo —y lo registré— un hombre como de 50, las manos marrones de trabajar con litio en alguna de esas fábricas-testigo, y se puso a llorar: no sabe lo feliz que estoy por él, decía, repetía:

—No sabe lo feliz que estoy por él.

Y más y más, en medio de las comidas y las músicas y discursos y bailes, que se abrazaban y se miraban sin creérselo y se abrazaban sin creérselo y se decían qué increíble qué increíble —creo que increíble fue la palabra más pronunciada en esos días de felicidad, hasta el punto en que me pregunté si la felicidad no es, simplemente, lo increíble— y se volvían a abrazar y por suerte no bebían: el Partido, siempre previsor, había prohibido cualquier ingesta alcohólica.

—¿Yo le puedo decir un secreto? Ahora, la verdad, no sé qué voy a hacer. Yo cuando me sentía triste siempre decía que era porque un día me iba a morir. Pero ahora que sé que no me voy a morir, ¿qué voy a decir? ¿Será que nunca más podré estar triste? ¿O será que no voy a estar triste nunca más?

«Dama Ding, Dama Ding,
nos dio lo que pedimos.
Dama Ding, Dama Ding,
nos dio lo que nadie podía pedir...»

Conocemos el júbilo, y lo seguimos recordando: ahora, en todo el mundo cada 6 de Junio. Pero conocemos también las especulaciones: ¿por qué y, sobre todo, por qué casi sin resistencia? Las interpretaciones se dividen y disputan:

—los que dijeron que la Morvida de Gao tocó una fibra dormida y que, cuando tomó una amplitud y una potencia inusitadas, el Comité Central se sintió realmente amenazado y pensó que, más allá de maniobras, conveniencias y perjuicios, la situación se le iría de las manos si no lo concedía y que entregar ese pequeño don —que, al fin y al cabo, le costaba cierto esfuerzo económico pero no lo perjudicaba en nada— era un precio razonable para conservar todo lo demás;

—los que dijeron que fue un azar, que el reclamo cayó justo en el momento indicado: que el gobierno chino ya había rechazado demasiados pedidos populares y que tenía que conceder alguno y que, en principio, le pareció que este era el apropiado, que no le traería grandes perjuicios, que tendría incluso sus ventajas y, a cambio, le devolvería la imagen de benefactor de su pueblo que temía estar perdiendo porque la sociedad que dirigía en nombre de la igualdad se había vuelto exageradamente desigual, obscena;

—los que dijeron —en voz baja— que, cuando el reclamo apareció, el gobierno saltó sobre la oportunidad de conceder algo que, por diversas razones, le podía servir y que por eso facilitó de distintas maneras —dineros y herramientas, tolerancia, algún ataque menor que la legitimara— el crecimiento de la Morvida;

—los que dijeron —en susurros— que hubo alguien en el Comité que, cuando el reclamo apareció, se contactó con Gao y le ofreció el apoyo secreto del gobierno para que siguiera reclamando eso que el gobierno, por esas diversas razones, quería establecer pero prefería presentar como una concesión al pedido del pueblo, y que por eso un pequeño movimiento de los que había tantos consiguió la potencia inusitada que este tuvo, y el «triunfo» final;

—los que dijeron —en silencio— que todo fue un plan del Comité desde el principio: que, por las diversas razones, querían establecer 天 para Todos pero preferían presentarlo como una concesión. O sea: que el gobierno no se había subido al movimiento en marcha sino que lo había creado desde el inicio, que había preparado a alguien —Gao— para que lo condujera y que había guiado cada uno de sus pasos, y que por eso un pequeño movimiento de los que había tantos consiguió la potencia inusitada que este tuvo, y el «triunfo».

De una forma u otra, el sistema del partido siempre incluyó pequeñas rebeliones controladas que dieran al conjunto la sensación de que se expresaban, se imponían.

(Dicen que las decisiones del gobierno chino siempre estuvieron rodeadas de secreto; deberían verlas ahora, tan perfectamente inaccesibles. Es cierto que hubo rumores sobre la oposición de Tsing y HoHiHang, las dos grandes corporaciones corporistas chinas, a la adopción de 天 para Todos. Es probable: se sabe que las dos estaban investigando formas de transferencia abierta; pero, a diferencia del resto del mundo, el gobierno chino siempre manejó a sus corporaciones. Y, pese a lo que se cree, no lo hace con el garrote solo: en este caso se dice que, además de amenazarlas, les dio cosas: a Tsing, la exclusividad sobre la exportación de extremidades de segunda mano a los países revueltos, que se anunciaba como un negocio extraordinario y discutido; a HoHiHang, la autorización para vender un nuevo antirrebiótico que podía haber precisado dos o tres años más de pruebas médicas.)

En cualquiera de los casos, el anuncio de la presidenta Ding la llevó a unos niveles de popularidad y agradecimiento que nunca había alcanzado. Y esa era una de las razones que argüían los que las argüían. Pero también:

–que, para empezar, declarar 都天, 天 para Todos, como un servicio público era la mejor forma de reforzar el poder del Estado, al instalarlo como garante de eso que todos deseaban y que, de ahí en más, funcionaría en la medida en que el Estado funcionara: que eso justificaría toda pretensión de reforzar todavía más el aparato estatal chino, darle aún más poder, por la buena causa;

–que, obviamente, esa función beneficiosa, necesaria para el conjunto, pondría al Estado por encima de críticas y ataques: que lo volvería indispensable aun para aquellos que podrían estar tentados de atacarlo;

–que servía para recuperar la mística común: hemos conseguido eso que queríamos gracias a la compenetración entre el pueblo y su gobierno y gracias a esa compenetración ahora tenemos todos juntos lo que más queremos: la unión –de Pueblo y Partido– hace la fuerza, o algo así;

–que, por otro lado, 天 aliviaría la presión demográfica: al facilitar la muerte de millones –que estarían probablemente más interesados en transferirse que en seguir viviendo como viejos o como pobres o con el riesgo de morirse y quedarse sin 天–, la población disminuiría y, con ella, la demanda de bienes y el despilfarro de recursos y la saturación de cuerpos y más cuerpos. Y todo de manera voluntaria: personas que preferirían dejar su sitio;

–que, subsidiariamente, el descenso de población podría servir también para mejorar las chances de que no se concretara el mayor temor del gobierno chino: una epidemia tipo Desastre –por fallo masivo de los antibióticos– pero ya no en países alejados sino en pleno territorio nacional. Y que, incluso si no pudiera detenerse, 天 le daría una salida apetecible a sus posibles víctimas;

–que perfeccionaría el control policial del Estado: obligados a declarar ante los 天Man toda la verdad o casi toda, los ciudadanos deberían ofrecer en esas sesiones de preparación aún más información sobre sus rincones más recónditos;

–que tranquilizaría –acobardaría– a millones: que el miedo a una muerte que sea muerte cuando hay una que no es los volvería aún más cuidadosísimos, temerosísimos, apichonados: los haría vivir en puntas de pie;

–que, de forma más oscura, que empezaría a aclararse con el tiempo, nada le serviría más a la política china en su pelea creciente contra la Alianza de Dios.

Y, por fin, volviendo al principio:

–que, como decíamos, la Dama Ding lograba ese rasgo fuerte que la identificaría o, incluso, la inmortalizaría: que, durante décadas, dentro de décadas, cualquiera podría decir ah sí, la presidenta Ding, la que nos dio 天 para Todos;

–que, de la misma forma, la República China lograba ese rasgo fuerte que la identificaría y reforzaría su lugar en el mundo. 天 sería la primera gran expresión cultural del poder chino actual. (Que, pese a su dominio, no tenía grandes marcas propias. Con la irrupción de 天 habría, por primera vez, un elemento decisivo de la vida que sería, para todos los que no conocieran sus detalles, un invento chino, una marca china, una forma de convertir lo chino en algo a lo que todos aspiramos, un artículo de exportación que permitiría a su diplomacia abierta y secreta formas de intervención más agresivas.)

En definitiva: la adopción de 天 por parte del Estado mostraría la superioridad del régimen, su defensa de sus ciudadanos —y lo legitimaría, como sabemos, para su posterior intervención en los asuntos internos de muchos otros países.

No pensaron —quizá no pensaron, quién lo sabe— en qué terminaría todo esto.

«Pude, pudimos. Poder no siempre es bueno. A veces uno puede y hace, y al poder y al hacer se equivoca. Yo no estoy seguro: yo ahora otra vez no estoy seguro de nada o casi nada. Pero sé que, para bien o para mal, la Morvida creció y se difundió y tan pocos, al final, se quedaron afuera. Qué belleza cuando muchos quieren y creen que quieren lo mismo; qué belleza cuando quieren para todos; qué belleza cuando tantos consiguen lo que quieren. Aunque ahora sea esto, aunque quién sabe y quién sabrá. Cómo me gustaría estar seguro», dice Gao en la holo final y su mirada tiene tanto orgullo y tanta pena, fuerzas que suelen venir por separado y al pobre se le mezclan. Sus dudas son razonables. Lo son, aun así, menos que las nuestras. Y, por momentos, pareciera que él mismo quiso, en ese momento final, confundir a la historia:

«Algunos dirán: por mí millones de personas van a pensar más en sus muertes que en sus vidas; lo dirán, lo han dicho. Algunos dirán: por mí millones de personas harán sus muertes más veloces, desearán; lo dirán, lo han dicho. Algunos dirán: por mí tantas personas murieron demasiado, en la pelea; lo dirán, lo han dicho. Algunos dirán: por mí millones de personas hicieron sus muertes y sus vidas más felices, se hicieron más felices; lo dirán, lo han dicho. Algunos dirán: todo eso le importaba tres carajos, solo quería ser un jefe de algo, ganar algo; lo dirán, lo han dicho. Algunos dirán: lo hizo sin creer, para engañarlos, y se rio y ahora lo paga con su vida, le remuerde; lo dirán, lo han dicho. Todos tienen razón, por supuesto, y ninguno la tiene. Yo, sobre todo, no la tengo, y tanto hice como que sí tenía».

En cualquier caso, todos sabemos cómo terminó. Algunos dijeron que su Paso fue un homenaje a Samar, la creadora, y que fue su sacrificio final, su forma de decir que creía realmente y que quería encabezar la marcha. Otros, que lo hizo para expiar quién sabe qué culpas –la de haber llevado a tantos por ese camino, por ejemplo, o la de haber causado tanta muerte en el camino. Y otros, que fue puro egoísmo. En cualquier caso, Gao se lanzó a su 天 sin vacilar, con su elegancia acostumbrada.

(El espectáculo es sublime. Sus dos hijas, todavía, venden la holo «original» y viven de eso: llevan años viviendo de eso. Por supuesto la holo se puede ver en cada rincón de la Trama, está por todas partes pero poseer esa versión autenticada atrae a millones de seguidores; muchos, incluso, la incluyen en sus propias 天, cierran de algún modo el círculo.)

Gao se transfirió el 20 de junio de 2059. Con él la Unidad Estatal 天 inauguró su actividad febril. Algunos dijeron incluso que su 天 inmediata había sido parte del acuerdo: que se había vuelto demasiado popular, que el Partido no lo quería vivo y compitiendo.

5. La república de 天

De su oficina de Shenzen, intentando parecer más normal que normal, el señor Liao había seguido los acontecimientos ansiosísimo. Desde el principio de la Morvida había creído que, lógicamente, la conquista de 都天 no podía sino beneficiarlo: él, al fin y al cabo, había sido el pionero; él, sin duda, era la persona que más sabía en toda China –en todo el mundo– sobre 天. Así que, con más cuidado al principio, con más desfachatez después, apoyó el reclamo de Gao y sus seguidores. Durante los meses de movidas y movilizaciones su empresa se transformó en uno de los epicentros: reuniones y consultas dentro, marchas y contramarchas fuera, clientes que se apuraban a concretar sus 天 por miedo a que se suspendieran o prohibiesen, algún ataque menor casi simbólico. El 6 de junio, cuando la Dama Ding anunció que el gobierno lo asumía y todos los ciudadanos chinos recibirían su 天, el señor Liao creyó que había llegado su momento: respiró hondo, festejó.

(Tenemos una breve holo sobre su fiesta de esa tarde: en su oficina casi vacía, con las paredes sin imágenes, un espacio tan neutro, el señor Liao bebe algo que no sabemos identificar junto con una mujer que tampoco y dos hombres más; los cuatro llevan sus forros sin colores, como quien ya está mucho más allá, y casi no hablan: saltan, se ríen, bailotean; contra las órdenes del Partido, están visiblemente bajo la influencia. Se los ve felices con una felicidad tan primaria, tan salvaje que da un poco de miedo; quizás esa holo haya tenido algún peso en el desarrollo de los acontecimientos.)

Era su gran triunfo. Por eso pocos días más tarde, cuando un mensaje le indicó que tenía que presentarse en la Torre del Poder de Beiyín —presentarse de vivo cuerpo, aclaraba el mensaje—, pensó que su futuro estaba hecho y sus sueños cumplidos: él también tendría su 天; su privilegio sería que él la tendría en vida. En la Torre, el edificio inconmensurable de fibra de vidrio desde donde todo se gobierna, su primera sorpresa fue que no lo recibiera la Dama o su segundo sino un funcionario Hyang, cuyo título tampoco le decía nada.

—Liao Kimdu, supongo que sabrá para qué lo hemos convocado.

—Me imagino, camarada.

—Y se imagina mal, me imagino, pero eso a quién le importa.

La sala estaba, por supuesto, vacía salvo los dos sillones y la mesa del té; alrededor las holos armaban el paisaje de Shenzen: el señor Liao se confió. Después, años después, pensando y repensando este momento, tantas veces se dijo que debería haber estado más atento a la efigie 3D de Dama Ding que se movía y los miraba y seguía la conversación con los gestos apropiados.

—Necesitamos que nos informe sobre los requerimientos del proceso: piense que en seis meses tenemos que poner en marcha una maquinaria capaz de producir un mínimo de 63 millones de 天 al año.

El señor Liao diría después que fue entonces cuando lo perdió —pero es probable que nunca haya tenido ninguna chance de victoria. Es cierto, en todo caso, que cometió el error de utilizar su propia lógica; creyó que mostraba su idoneidad y solo exhibía su tontería:

—Disculpe, camarada, ¿por qué 60 millones? Somos, contando los territorios incorporados, menos de 3.000 millones, y se calcula que la tasa de muerte anual es, centésima más, centésima menos, del 1 por ciento. O sea que estamos hablando como mucho de unos 30 millones de muertes y, por lo tanto, menos de 30 millones de 天 al año, ¿no es así?

—No es así.

—¿Por qué, camarada, disculpe?

Liao no había terminado de decir esas palabras cuando entendió que nunca debería haberlas dicho. Después, años después, pensando y repensando, tantas veces se dijo que había sido soberbia: que sus años al frente de la empresa y sus éxitos como paladín de 天 lo habían vuelto vano, incapaz de callarse; que tendría que haber recordado a su padre cuando le decía que no hay nada más inteligente que el silencio. Ya era tarde. El tal Hyang lo miró con un desdén macizo:

—Cuando decidamos consultarle nuestras decisiones se lo haremos saber, Liao Kimdu. Si acaso.

Le dijo, y nada más. El funcionario tenía los dedos más finos que Liao había visto nunca y, en general, los ojos cerrados. Hubo un silencio largo, que Liao no sabía si debía interrumpir. No lo hizo. Después, años después, pensando y repensando, tantas veces se dijo que quizá si hubiera dicho algo. Es improbable. El funcionario, al cabo, le dijo que lo iban a conducir a un cuarto donde debía instalarse y preparar un informe sobre los medios necesarios para producir 63 millones de 天 por año, más de 170.000 por día. Después tosió muy leve y un choF agarró del brazo al señor Liao para llevarlo a dicho cuarto. La reunión, era obvio, se había terminado —y, más obvio aún, sus esperanzas.

Al día siguiente Liao elevó su informe a la dirección que le dijeron. Después esperó dos días más en ese cuarto: le llevaban comida material y el truVí era estupendo. Cuatro veces cada día el aparato le recitó, con la voz de los cielos, un poema que agregaba burla a la desdicha —o revelaba, sarcástico, algo decisivo:

«¿Qué es lo que arruina la revolución, los intentos, las buenas intenciones?

Las personas, el exceso de personas.

Hay demasiadas, y siempre algunas son idiotas o crueles o simplemente incorregibles.

La salida —la única salida— es no depender de ellas.

El hombre solo puede vivir como se merece si rompe con los límites del hombre.

La salida —la única salida— es individual, ¿pero cómo, si hay que vivir con ellas?

Hay que morirse para vivir sin ellas.

¿No dicen que en la muerte sí que estamos solos?

¿No dicen que es mejor solos que mal acompañados?

¿No dicen tonterías?

Cuando los muertos
fueron para los muertos, los vivos
sí
vivimos.

Cuando los muertos
sean para los muertos, los muertos
viviremos».

El tercer día otro choF lo volvió a llevar a la misma sala donde el funcionario Hyang lo esperaba sentado, aburrido —y no se levantó para saludarlo. Las paredes, esta vez, estaban blancas, sin la menor imagen. El funcionario le señaló, como la vez anterior, el otro sillón individual y le habló sin mirarlo:

—Su informe insiste demasiado en los problemas técnicos. Quizá no se haya dado cuenta, Liao Kimdu, de que la República Popular está en condiciones de producir esos 63 millones y más, si se le canta.

El señor Liao intentó protestar que sí, que por supuesto; el funcionario Hyang no le hizo caso:

—Pero no importa, hay datos que nos van a ser útiles. No que no los tuviéramos, claro, pero así todos juntos se potencian. El nuevo director de la Unidad Estatal 天 quizá los use; quizás alguna vez hasta lo llame para pedirle algo.

Dijo Hyang, y estuvo a punto de dejar caer una sonrisa. El señor Liao —contaría después— se calló: había aprendido. Hyang siguió su soliloquio:

—Su trabajo ha sido valioso, nadie lo niega, pero esto es otra cosa.

Le dijo y, después, como un gesto de buena voluntad, de piedad casi —o al menos eso pensó Liao—, le explicó:

—La Unidad Estatal 天 será una de las grandes reparticiones del Estado, así que la va a dirigir alguien que esté a la altura. Alguien, además, que no se haya pasado tanto tiempo manejando una empresa exterior, que no se crea que puede decidir: un verdadero chino.

El señor Liao se petrificó: trataba de no hacer el menor gesto que pudiera interpretarse. Hyang entonces sí se sonrió:

—Bonito su silencio. Y no se preocupe: usted también nos va a ser útil.

Dijo Hyang: que Liao quedaría al mando de la empresa, que seguiría funcionando porque la 天 pública no significaba que no siguiera habiendo 天 privadas:

—Usted va a ser discreto. 天 va a funcionar discretamente, va a tener menos usuarios pero usuarios importantes, va a servir a ciertos extranjeros y ciertos compatriotas. No vamos a decir que la cerramos; simplemente la vamos a nombrar poco. Pero va a continuar con su trabajo, les va a dar el mejor servicio a los mejores y además tendrá que aprovechar su situación para seguir investigando, para desarrollar las técnicas de transferencia y de diseño y producción de 天.

Después el señor Liao diría que mantener su puesto, que en cualquier otro momento habría sido una alegría, parecía, en esas circunstancias, una derrota estrepitosa. Y que el premio consuelo no terminó de consolarlo:

—Ahora usted va a volver a Shenzen. Pero antes, en testimonio de reconocimiento, el choF lo va a llevar a la Galería de los Huéspedes: desde ahí podrá ver, unos minutos, a Dama Ding comiendo con sus invitados. Es un honor, ojalá lo merezca.

Ya de vuelta, ya derrotado, ya domado, el señor Liao manejó la empresa con la cabeza gacha. Durante dos o tres años nadie fuera de su ínfimo círculo leal supo que estaba dedicando buena parte de los recursos a investigar maneras de transferir los cerebros a un entorno abierto, comunicado: el viejo sueño. No llegó a conseguirlo; una mañana lo convocaron a otra reunión en Beiyín y no volvió. La Oficina de Rumores del Partido hizo circular que no lo habían matado; que su desobediencia no merecía la muerte sino un truVí de sufrimiento permanente. Que quizá, si alguna vez se arrepentía seriamente, lo dejarían morir —y le darían, incluso, una 天 pública. Pero, por supuesto, fue un rumor: clásicos del gobierno. Yo sé —yo lo encontré el año pasado— que la verdad era otra.

6. Unos dioses

La polémica es vieja, y no podremos resolverla ahora: en qué medida el estallido de la Guerra de Dioses influyó en la gran decisión china. Enzetti y Páez, los insignes estudiosos latinios, insisten en su peso —y yo, en principio, comparto sus ideas: muchos otros expertos las rechazan. Es cierto que la Guerra sucedió lejos de China; también es cierto que el lugar que China ya ocupaba —y ocupa— en el mundo hace que nada le sea ajeno.

Ya habían pasado dos décadas desde que el papa Pious declarara su Cruzada. En ese lapso se desarrolló, como sabemos, lo que Piotrina König llamó la «guerra dulce»: una que no conoció enfrentamientos abiertos sino pequeñas maniobras particulares, ataques de vecinos, sabotajes secretos, dientes apretados, construcción del odio, destrucción del espacio común. Sabemos también cuánto influyó este malestar en la decadencia final de Europa, su escenario central. Ciudades desmembradas, territorios abandonados por el miedo, vejaciones justificadas por la fe, vilipendios por la falta de ella, energías tan necesarias despilfarradas en la batalla lenta: lo cierto es que parecía que ese estado de degradación continua se arrastraría unos años más —hasta el abismo terminal. Pero en cambio, de pronto, todo se incendió.

Es probable que nunca se sepa por qué fue, quién lo quiso. Se discute: los saudíes culparon a Roma por la explosión, en las costas de Zanzíbar, de aquel supertanker que transportaba su petróleo a las regiones que todavía lo consumían —africanas, sobre todo– y que solía llevar, junto con el mineral, esos kits islamos que incluían holos del Profeta predicando, canciones de combate, vestimentas aprobadas, alimento basto y, a menudo, esos hatos de armas que se repartían entre los más pobres para acercarlos a la causa. Los catolos negaron cualquier responsabilidad en el naufragio –quizá no la tuvieran– pero el papa Pious, ya viejo, quién sabe craquelé, salió al balcón de San Pedro a dar aquel discurso tan citado donde decía que el Vaticano no tenía nada que ver con el estallido, que no era el tipo de cosas que un católico haría y que, de todas formas, «lo que hace Dios no precisan hacerlo los hombres».

Quizá nunca sepamos –tampoco– si fue el desliz de un anciano o una provocación preparada por los cardenales; lo cierto es que la atribución de tantos muertos a uno de los dos dioses inflamó los espíritus de los fieles del otro, y su respuesta fue brutal: cinco días después, las aguas de Barcelona, Brasilia y Rotterdam eran contaminadas con ese virus sofisticado que mató a miles y miles de mujeres. En Rotterdam y Barcelona no solo había cristianas; murieron, también, muchas islámicas. Cuando se lo reprocharon, el gran Imam de Ryad citó al viejo dignatario católico que había dicho, muchos siglos antes, que no temía matar a todo el que se cruzara en sus designios «porque Dios reconocerá a los suyos».

Roma debía responder y respondió. Con la colaboración de los concejos de Aragón y Renania lanzó sus oleadas de drones sobre El Cairo, y todo se precipitó. Hay más de un placer en llegar a la auténtica guerra: el alivio de hacer por fin lo que tanto hubo que contener, el gozo de hacer lo que nunca se puede, el gusto de probarse, el deleite de morir con la idea de que vale la pena. Y había una lógica numérica en el hecho de lanzar esa guerra. La radicalización del Islam y la Cruz los había hecho perder casi un 40 por ciento de sus fieles; ante esa disminución, necesitaban, para compensar, que cada uno de esos fuera un fanático dispuesto a casi todo.

«Un placer en la falta
completa de placer, en el placer
de abandonarlo todo.
Un placer
en estar más allá, tan lejos
más allá
del placer siempre aplazado
de estar vivo.
Un placer en llegar
tan cerca de Mahoma, ese placer
de ver su cara con los ojos
cerrados
para siempre»
—cantaban los soldados de Ismailia.

Y un panfleto catolo de la época circuló tanto con una historia simple, de esas que usan las personas simples para creer que son complejas:

«Te pido, Dios, con toda mi alma te lo pido: yo no quiero morirme ahora. No quiero morirme sin tener un hijo que algún día me recuerde: que se siente junto a un fuego y se pregunte cómo habrá sido su papá y no sepa cómo responderse y entonces se dé tantas respuestas, tan variadas, y yo sea tantos, tantas personas en su intento. Quiero tener un hijo para ser multitud».

A mediados de 2059 la guerra se había hecho abierta aunque convulsa. No había frentes, no había invasión, no había batallas establecidas. De pronto una serie de misiles borraba un barrio de uno u otro; de repente un ataque bioBru mataba algunos miles. Pero la mayoría de la población que quedaba en Europa no pertenecía a ninguno de los bandos; salvo cuando la violencia directa aparecía en sus lugares, la Guerra de Dioses les resultaba ajena: sucedía en otro plano, al margen de millones que, cada vez más desalentados, cada vez más desesperados, trataban de seguir viviendo sus vidas mientras los otros se mataban.

(El descontrol era fecundo y, por supuesto, todos sacaban su tajada: ladrones, señores de los campos, vendedores de cosas; los comandos 0Sing, por ejemplo, nunca trabajaron con tanta comodidad, tal ligereza —me había dicho Jacques Mei— como en ese período de violencia barata. Y hay, por supuesto, sospechas de que los comandos chinos no solo aprovecharon el desparramo para operar más cómodos; que también aprovecharon sus habilidades para matar aquí y allá a blancos elegidos para echar leña al fuego.)

La Guerra no avanzaba: se volvía una forma matadora de la paz, hasta que el papa Pious —o alguien en su corte— tuvo una idea. El principal problema de esa guerra, lo que la había llevado a ese estancamiento, era que ambos bandos peleaban en nombre de nociones semejantes: la verdad de su único dios, la venganza de ofensas, la fe ciega. Es difícil sentirse superior a un enemigo que proclama lo mismo; había que encontrar o construir la diferencia.

Pious lo entendió y lanzó su proclama: el error de esta guerra había sido pelearla con la arrogancia de la ciencia; había que volver a la decencia y la humildad que Nuestro Señor siempre pidió, y la única manera sería pelear en serio, poner el cuerpo, recuperar aquellos tiempos en que una guerra era un asunto de personas. Sus hombres, dijo, no podrían matar a nadie que no tuvieran frente a frente y, de ser posible, debían matarlo mirándolo a los ojos. Era, dijo, su forma de reaccionar contra la «degradación de la guerra» convertida en un enfrentamiento entre máquinas que mataban a la distancia a quien fuera, asesinatos ignorantes. Pero sabemos cómo terminó: era muy difícil encontrar enemigos tan cerca como para matarlos en la cara, así que la mayoría de sus víctimas fueron civiles desarmados, desinteresados, los únicos con los que se podía cumplir las reglas.

En cualquier caso los soldados catolos mataron con entusiasmo, con denuedo. Los combatientes, había dicho Pious, ganarían por supuesto la gratitud de Dios; quienes murieran, dijo, se ahorrarían el Purgatorio: derechos al Paraíso. Se inscribieron cantidades y, en pocas semanas, las tropas vaticanas habían llegado a las puertas –derruidas– de Kishinau, y seguían avanzando.

Ryad, entonces, necesitó soldados. No encontró en los viveros habituales, pero sí en el centro de África: multitudes fueron enviadas de urgencia, entusiastas, vocingleras, también ávidas de mieles y de huríes. En los días en que millones de chinos reclamaban su 天, la Guerra de Dioses se estabilizó en un frente que partía Europa al medio. Lo que quedaba de gobiernos regionales intentó contener los combates con el viejo argumento nacional: que cómo podía ser que pelearan hermano contra hermano, marsellés contra marsellés, pragano con pragano, varsovios y varsovios. Alguno, incluso, en su desesperación, resucitó las viejas identidades nacionales: Cazzo, siamo tutti italiani!, dijo famosamente Carlo Mbenda, ministro de Comunicaciones del Piemonte, y las carcajadas inundaron la Trama. Por una vez no funcionó: la Nación no pudo nada frente a los dioses que durante siglos habían sido sus aliados –y sucumbió ante ellos.

La Guerra se fue de madre. Es cierto que, vista globalmente, no era más que un asunto menor, escaramuza en esos márgenes perdidos pero, si no se la cortaba, si se extendía, el mundo podía volverse un lugar muy convulso. Es más que probable que, cuando tomó su decisión famosa, el Comité Central del Partido Chino haya factoreado también ese problema: que haya entendido, ya entonces, que la mejor manera de desarticular una guerra religiosa sería sacarles a las religiones su herramienta principal: el monopolio sobre la vida eterna.

7. 都天

Se lo puede proclamar alto y claro: sin la Dama Ding, China nunca habría adoptado 天 como política de Estado. Pero son tantas las cosas que no habrían sucedido sin la Dama que pensarlas se vuelve un ejercicio ocioso. Está claro que no hubo, en lo que va del siglo XXI, nadie tan influyente como ella.

Ese 6 de junio de 2059 la Dama Ding Shimun ya llevaba nueve años gobernando la República China con mano de hierro y un éxito parejo. Bajo su mando —o lo que fuera—, la República China terminó de ocupar el lugar de privilegio que ahora tiene en el mundo.

(Desde los años '20, cuando el colapso norteamericano se volvió más y más evidente, muchos esperaron que China tomara su lugar. Y el gobierno chino —ahora lo sabemos— contempló la posibilidad pero, al fin, decidió en contra. Su fracción globalista desesperaba: argumentaba que repetían el error de 1420, cuando el almirante Zheng He, en su nave capitana de nueve mástiles y 130 metros de eslora, llevó a los 30.000 marinos en los cien barcos hasta el África —y las intrigas cortesanas consiguieron que el Celeste Imperio no conquistara esas tierras bárbaras que, decían, solo le traerían complicaciones. No lo hicieron, y los europeos aprovecharon esa desidia e inauguraron una era difícil para el Reino del Medio. Ahora, decían, siete siglos después, China volvía a equivocarse.

La fracción nacional o antiglobalista, que terminó por imponerse entonces, seguía sosteniendo que no valía la pena: «Esconder la fuerza y aguardar el momento», había dicho el Gran Fundador Deng Xiaoping, y ellos porfiaban que ese momento no había llegado todavía –y quizá nunca llegaría. Que para qué complicarse con la administración de territorios confusos, que ya bastante tenían con gobernar su zona natural y que al resto del mundo podían comprarle y venderle lo que quisieran sin enredarse en sus problemas –aunque conservaban, por supuesto, sus fuerzas de intervención preparadas para actuar si cualquier situación amenazaba con desbordarse y complicarles los negocios. Fue lo que sucedió, por ejemplo, en el '27: que tal o cual bando de zulus o afrikaaners o mozambicos se quedara con los diamantes del Transvaal les daba igual, solo los obligaba a cambiar de proveedor. Pero cuando la guerra se volvió tan cruda que interrumpió el suministro mandaron sus drones y sus tanques autodirigidos y limpiaron la zona e instalaron una provincia provisoria –que años después, como sabemos, dejaron a su suerte.)

Esos tiempos de idas y vueltas se acabaron con el ascenso de Dama Ding. Desde el principio, Dama trabajó para asentar el poder chino en el mundo. Fue un proceso gradual: debía construirlo poco a poco. La proclamación de 都天 fue una de sus bases: una forma de conseguir que más y más ciudadanos de cada rincón del mundo envidiaran a los chinos, quisieran ser como ellos, los desearan.

Un largo camino: durante siglos, milenios, los chinos fueron respetados, temidos, pero no apetecidos. Nadie, salvo sus vecinos muy próximos muy pobres, había querido nunca parecérseles: nadie, nunca, los tomó por modelos.

Ya era –habrá pensado la Dama– tiempo de empezar.

Dama Ding lanzó el *Manifiesto* 都天, que por supuesto quería competir con el *Manifiesto* clásico y con el *Libro Rojo* de Mao y que muchos llamaban *Somos otros* –por su inicio: «Somos otros. Las condiciones materiales siempre condicionan nuestras opciones políticas y sociales: ahora han cambiado porque las hemos cambiado. Durante siglos lo dimos todo para crear el mejor mundo en este, porque no sabíamos hacerlo en ningún otro. Pero la inteligencia de los pueblos es mayor cuando colaboran, cuando trabajan juntos por el bien común: cambiamos esas condiciones materiales y así cambiamos nuestra búsqueda. Hoy hemos conseguido construir ese mundo que tantos buscaron de tantas maneras, con tantos esfuerzos…».

Somos otros era sentencioso, ligeramente fárrago, pero tenía sus perlas: «Somos lo que seremos: si eso no es el socialismo, el socialismo no existió nunca». O, si no: «El futuro del pueblo socialista es el pasado de sus sueños» o «¿Qué es avanzar sino volver adonde nunca habías estado?». Y una afirmación como al pasar que mostraba casi obscena la idea de base: «Así damos por terminado el cierre de ese ciclo nefasto que empezó a fines del siglo pasado, señalado por tres clausuras: el Sida, que cerró las relaciones personales, el 11-S, que cerró la circulación de las personas, la Burbuja, que cerró todo el resto. Es, en síntesis, el final de la Era Americana y el principio de una nueva, restallante: la Era 天».

Los primeros meses de 都天 fueron, como es lógico, confusos. Las provincias no estaban preparadas para ofrecer un buen servicio y muchos provincianos afluyeron hacia las grandes capitales de la costa: en Beiyín, en Tianyín, en Shanjei, en Guandón hubo revueltas cuando los autodirigidos intentaron disolver columnas de ciudadanos que marchaban hacia los Centros 天 a transferirse. Pero con el correr de los meses el suministro se fue regularizando: el esfuerzo fue ímprobo y en el verano de 2060 la provisión de 天 ya estaba asegurada en cada rincón del país mastodonte.

(Un problema grave −e impensado− que planteó la irrupción de 天 fue la invasión de cuerpos. Cuando la Dama Ding proclamó ese triunfo −«El cuerpo es un fracaso; liberarse de él es nuestra gran victoria»− no pensó que esa liberación simbólica tenía aristas reales de lo más incómodas. Con la ola de 天, la avalancha rechoncha de cadáveres desbordó toda chance de entierro razonable; en los primeros meses, con cementerios ya repletos rebosantes, millones de tumbas de ocasión florecieron en todos los rincones. Con ellas aparecieron infecciones, enfermedades que amenazaron con convertirse en epidemias −en un contexto en que morirse no parecía una mala opción si daba tiempo a hacerlo en un Centro 天 y, por lo tanto, la reacción de cada quien contra esos males no era enérgica.

Sin la acción rápida y retrasada del Partido el país podría haberse hundido. La maniobra fue, una vez más, completamente china: las autoridades, tras breve devaneo, no plantearon el problema sanitario sino moral, espiritual: ¿tenía sentido enterrar esos cuerpos como antes si sus mentes no estaban, si sus personas vivían en otra parte? ¿Tenía sentido enterrarlos como si allí quedaran? La opción de quemarlos como el desecho que eran fue la más favorecida. Pero el Estado no reprimió una opción que surgió en los confines occidentales de Xinjiang: la comida. Allí los uigures del Karakorum recuperaron −dijeron que recuperaban− una tradición: que sus mayores, por siglos, se habían comido a sus difuntos, como los masagetas, como los yanomamis, como los uruguayis, como la mejor forma de homenajearlos y llevarlos para siempre junto a sus corazones. De pronto la costumbre, prohibida desde la Gran Revolución, ya no era antisocial: si el difunto vivía, si pervivía en su 天, comerse su cuerpo no era comer a una persona sino sus sobras −y podía hacerse. Pronto, millones de personas que nunca habían comido carne verdadera la probaron y aprobaron. Entre el fuego y la panza, la crisis se contuvo.)

En los cinco años siguientes el Estado chino transfirió en sus 1.200 Centros 天 más de 300 millones de cerebros a sus grandes circuitos neuronales: es probable que nunca en la historia de la humanidad tantas personas hayan marchado al mismo tiempo por caminos tan nuevos; es seguro que nunca tanta gente se acumuló en un espacio tan pequeño.

La 天 pública o 都天 tenía, como es lógico, una serie de reglas. Solo se podía solicitar a partir de los 75 años: se consideraba que, hasta esa edad, cada cual debía contribuir con su trabajo al bienestar general y que, llegado ese momento, su transferencia era el premio que recibía por esa vida de esfuerzos: el porvenir radiante que la República Popular garantizaba a cada ciudadano. Se discutió si los postulantes tenían derecho a postergar su 天 cuanto quisieran; dos o tres funcionarios decisivos sostenían que no, que la edad debía respetarse –porque, decían, si no se hacía, la capacidad de 都天 para regular la cantidad de población se veía amenazada y habría que volver a los planes de ocupación de Marte y otras soluciones alternativas. Pero la Dama Ding y algunos de sus más cercanos entendieron que fijar una edad obligatoria para la transferencia se parecía demasiado a una sentencia de muerte y temieron la incomprensión o cólera de sus conciudadanos.

Sí se podían conseguir, en cambio, adelantos: el medio más común consistía en acreditar alguna enfermedad de pronóstico bruto. No era difícil obtenerlos, y la furia por transferirse hizo que muchas personas sanas los buscaran; ante la proliferación de certificados falsos emitidos por médicos corruptos, las autoridades se vieron obligadas a instalar consultorios en cada sede que confirmaban o rechazaban el diagnóstico que aportaba el postulante. Por supuesto también hubo casos de falsificación de certificados de nacimiento –los mayores de 60 habían nacido todavía en el siglo XX o principios del XXI, cuando los registros eran más que confusos–, pero en esos casos la determinación de la edad por un scanner de dendritos los desenmascaraba en un santiamén.

Y, aun en los casos en que el Postulante —por razones obvias ya no se los llamaba clientes— cumpliera con las condiciones, el 天Man que le correspondía tenía instrucciones de simular que intentaba disuadirlo: aunque el Estado se beneficiaba claramente con cada persona que elegía su 天, le convenía presentarlo como una dádiva que concedía a regañadientes y que, por lo tanto, debía ser pedida, agradecida. Así, suponían, los Postulantes en particular y el pueblo chino en general apreciaban la generosidad de su gobierno y quedaban en deuda con él, dispuestos a los esfuerzos y sacrificios necesarios para compensar la bondad de un Estado que hacía todo eso para complacerlos.

—Por favor, por favor, por favor.
—El pedido es lo contrario del merecimiento, ciudadano.
—Pero yo sí que lo merezco.
—Si mereciera no tendría que pedirlo. Si mereciera nosotros lo sabríamos.

(Solo mucho más tarde salieron a la luz los informes que mostraban el perjuicio que sufrió la economía china en esos años: ese valor intangible, indefinible que se llama foco se había desplazado del apetito de bienes materiales —y el trabajo necesario para obtenerlos— a la expectativa de 天 y, por lo tanto, la producción cayó, en esos cinco primeros años, un buen 7 por ciento. Una catástrofe que Dama Ding obviamente escondió a la mirada pública y que justificó, ante sus dirigentes, como el costo de contentar a sus miles de millones y de crear, en el resto del mundo, las expectativas mencionadas y consolidarse, así, en el buscado liderazgo: una inversión, dijo, «henchida de futuros». Quizá, si hubiera conocido mejor sus clásicos marxistas —Friedrich Engels, Herbert Marcuse, Antonio Caparrós–, podría haber dicho que por fin los ciudadanos chinos reemplazaban los incentivos materiales conocidos por un incentivo moral procrastinado: 天.

Los miembros del Comité Central tampoco discutieron, esos días, un problema que después se plantearía en toda su crudeza: qué hacer con los que no quisieran transferirse. Se supone que en ese momento, ante el clamor general, no imaginaron siquiera que tal cosa pudiera suceder; diez años después, cuando el movimiento de rechazo empezó a construirse, la cuestión los tomó por sorpresa. Esa imprevisión explicaría, seguramente, muchas cosas.)

De tantas formas la irrupción de 都天 cambió la vida china. Y, por supuesto, la vía china cambió radicalmente a 天.

Ninguna norma definió tan claramente a 都天 como «las Cinco Maravillas», el ramillete de modelos de 天 que el servicio público ofrecía. Esa limitación apareció al principio como la única forma de cumplir con los cientos de millones; sería, al fin y al cabo, su marca y su condena.

El principio era lógico: para asegurar esa media de 63 millones de 天 por año había que simplificar. Era simplemente imposible reproducir el mecanismo de la empresa privada y ofrecer a cada postulante largas charlas con su 天Man, tanteos, intentos, pruebas y errores varios. Para no depender de la iniciativa y las variaciones individuales, un funcionario preclaro cuyo nombre no quedó registrado tuvo la idea salvadora: se ofrecería a los postulantes cinco opciones precocinadas y se les permitiría, para no parecer autoritario, introducirles pequeñas variaciones –que también estarían más o menos prefijadas.

Así, durante los años que siguieron, cientos de millones se vieron llevados a planear sus vidas reputadas eternas en alguna de estas cinco opciones:

—GloriaRoja. La inmortal Revolución de 1949 y los años que siguieron: la Construcción de la Gran China. Los postulantes vivirían su 天 como soldados o militantes del Partido en esos años heroicos, desde el principio de la Larga Marcha hasta los vaivenes de la Revolución Cultural. Muchos la eligieron por curiosidad o fiebre de aventuras; hubo, por supuesto, quienes la eligieron para congraciarse —y despertaron burlas soterradas: ¿qué quiere, conseguir un buen puesto después? ¿No se da cuenta de que después no hay?

—NuestroMundo. Viajes y más viajes, el planeta como lugar de disfrute para sus nuevos dueños. Era, de lejos, la más popular: los postulantes se dedicaban a conocer todos esos lugares alejados que, en vida natural, solo habían visto en holos y truVís. Allí comprobarían —les decían— cómo en todos ellos los chinos eran tratados con temor, admiración, respeto. Era, de algún modo, una avanzada: lo que pronto sería real en esta vida, lo era por ahora en esa otra.

—Avalancha. Una vida en el borde del borde, con su cuota de violencia, de riesgo, de ira y desahogo. Los postulantes se encontrarían a menudo en situaciones extremas que pondrían a prueba su capacidad de defenderse, de sobreponerse, de atacar —que podían incluir, si se negociaba bien, cierto desparramo sexual. Fue pensada para calmar a los proclives a este tipo de conducta: convencerlos de que si querían ese desmadre lo mejor era contenerse y esperar su 天. Visto lo visto, no está claro que haya funcionado.

—FamiliaFeliz. Un niño inteligente, una niña diligente, una esposa gordita y amante, cierta comida material, una casa con salón y dos cuartos y todo el confort —se podía, bajo ciertas condiciones, negociar un gato. Los postulantes irían incluso a trabajar, prosperarían en sus empleos, se retirarían con honores —y, si lo pedían, podían durante todo ese tiempo imaginar una 天 excitante, desbocada.

—LaVidaMisma. El azar, lo ignoto: el postulante se entregaba a lo que le saliera, sin anuncios ni garantías. Se sabía que el resultado podía ser una de las cuatro anteriores o alguna otra o algunas otras, sobre cuyas características se tejieron innumerables conjeturas. De hecho, en esos años, pocos temas estuvieron más presentes en el imaginario y el conversatorio chinos que las cábalas sobre el contenido de esas 天 desconocidas. Convocaba menos candidatos que las otras cuatro, pero sus postulantes tenían derecho a la jactancia y los demás los miraban con respeto y sus familias lo proclamaban a los vientos. Era una forma de riesgo controlado que algunos compararon a lo que hace un sujeto cuando se tira de cabeza sobre la multitud, confiado en que lo atajan. No quedó registro de su autor, pero se supone que haya sido el mismo funcionario que inventó el mecanismo de las Cinco Maravillas: un auténtico príncipe del humor oriental, un rascamuelas.

(La única excepción a esta regla de cinco aparecía con la muerte de un chico. Había pocas, solo accidentes y enfermedades tremebundas —el infanticidio había sido desterrado en los años '30 con la ola de condenas a muerte. En estos casos, 都天 le ofrecía al chico muerto —cuando lograba transferirlo a tiempo— la vida que podría haber tenido. Era una situación especial: 天 Rep, la 天 reparatoria —en ellas los funcionarios públicos, siempre tan secos, se tomaban un poco más de tiempo, proveían un poco más de esfuerzo, se informaban para crear un recorrido que realmente tuviera que ver con el que el chico de marras habría hecho. Y no lo hacían solo porque cumplieran órdenes: la mayoría de los chinos siempre pensó que matar a un chico es casi tan grave como matar a un gato.)

Al principio, maravillosa imprevisión, todos los ciudadanos tenían la posibilidad de elegir cualquiera de las Cinco Maravillas. El sistema que conocemos, de elección según méritos, no terminó de organizarse hasta mediados de los años '60, y se armó poco a poco: primero se dio prioridad a los ciudadanos que hubieran reunido, a lo largo de su vida, más de 5.220

puntos. Recién después se decidió que cada ciudadano tendría derecho a elegir entre tantas opciones como miles de puntos había acumulado, es decir: los ciudadanos de 5.000 o más podían elegir entre las cinco opciones, los de 4.000 o más entre cuatro, los de 3.000 entre tres, y así de seguido. Es cierto que el mecanismo potenció muchísimo el sistema de incentivos morales regulado por los puntos, y creó ciudadanos más y más responsables, más y más comprometidos con los suyos; también produjo innumerables trucos y retrucos, todo un capítulo sin fin en la infinita picaresca china.

Con sus problemas, sus injusticias, sus imperfecciones, 都天 fue el mayor cambio civilizatorio que la vieja sociedad oriental había producido en milenios. Pronto, sus efectos se sentirían en el resto del mundo.

VI

LAS PACES

Si se pudiera ver, seguramente
verlo sería inútil.

GA NUN HOC

1. La Buena Nueva

Así que esto era la felicidad.

Ustedes se imaginan —muchos de ustedes lo recuerdan— el efecto que causó la noticia en la Trama: millones y millones de personas descubriendo juntas —descubriendo al mismo tiempo— que los chinos ya no se morirían y ellos sí, nosotros sí. Dicen que, hace más de cien años, la primera Bomba produjo un efecto semejante: cambiar las reglas del juego, hacernos pensar todo de nuevo. Entonces, la ruptura fue entender que la humanidad por fin había aprendido a destruirse; ahora, que el hombre por fin había aprendido a evitar su destrucción inevitable.

Y la idea corrió como un reguero de pólvora.

(Como un reguero de pólvora: me gusta esa imagen que encontré en una «película». Los regueros de pólvora eran líneas dibujadas en el suelo con un material muy inflamable; se lo encendía por una punta y el fuego avanzaba por la línea a la velocidad del rayo; supongo que en tiempos de las películas debían hacerlo mucho, porque la expresión aparece a menudo. Como un reguero de pólvora, entonces, la noticia de 天 para Todos corrió por el mundo conectado y fue provocando fuegos y más fuegos y más fuegos: el incendio perfecto.)

Como pólvora: en unos días nadie pensaba en mucho más. O todos pensaban en tanto más pero la idea de 天 volvía una y otra vez a cada rato a cada cabeza, que es lo que pasa cuando decimos que «nadie piensa en nada más»: que todos piensan en eso algunas veces, entre tantos pensamientos que les queman la mente poco a poco.

Pareció como si 天 ahora sí existiera: como si los quince años que llevaba existiendo —en la clínica de Torino, primero, la de Shenzen después— no significaran de repente más nada, nunca hubieran significado nada. Como si la proclamación del gobierno chino le hubiera dado una realidad que nunca había tenido. Como si 天 empezara de pronto —y era casi así: 天 empezaba de pronto, estallaba en el mundo.

La metáfora —con perdón— es precisa: el estallido que cambia de lugar todas las cosas, que hace que muchos corran y otros se queden quietos alelados y otros no puedan creer lo que están viendo y otros no puedan creer lo que ya no verán. Somos viciosos: en minutos se había armado uno de esos debates globales. A propuesta de (a)Geo, un conductor de senderos en la Trama, millones se expresaron sobre el tema diciendo frases que debían empezar con «Esto quiere decir» —en pregunta o en afirmación. En las tres primeras horas había seis millones de entradas:

* ¿Esto quiere decir que yo, por ser parisina y ser modesta, me voy a morir y que si fuera china o rica no? ¿Que ahora morirse o no morirse depende de la patria o la fortuna? —decía una señora setentona, la boca ajada pintada muy oscuro, la mirada sombría.

* Esto quiere decir que nada es fijo, nada inevitable: que cualquier cosa puede cambiarse, que debemos cambiar todas las cosas —decía un muchacho de piel oscura, los ojos rojos, el pelo falso celestito.

* ¿Esto quiere decir que de una vez por todas tenemos que invadir China y darles su merecido por reírse de nosotros, por

cagarse en nosotros, por querer ser nosotros? —decía una mujer con una cruz catola pintada en la frente, cara llena de manchas como de ir a la guerra.

* ¿Esto quiere decir que nosotros también vamos a tenerla? Digo, porque si no, si no pensaran dárnosla, no nos habrían dicho nada, ¿no? ¿O son tan tontos o quieren provocarnos? —decía un señor cincuentón, sus pecas escocesas, su cuello de cisne verde oscuro.

* ¿Esto quiere decir que otra vez van a tratar de engañarnos con pamplinas del algoritmo bajo? —decía una señora calva con pinta Asia Central, y recogió miles y miles de respuestas en minutos: que no fuera sombría, que basta de pensar siempre al revés, que si no entendía se callara, que disfrutara del paisaje.

* Esto quiere decir que ahora sí tenemos algo por lo que vale la pena pelear. ¿Me oyen? ¡Algo para pelear, imbéciles, algo para salir de sus cuevitas! —decía un señor nonagenario, ruso por lo menos, la papada profusa, los dientes arruinados.

* Esto quiere decir que empezamos de nuevo. ¿Se dan cuenta? Que empezamos de nuevo. ¡Que empezamos de nuevo! —decía un muchacho pelos verdes torso al aire con los ojos desorbitados de la impresión, tan cómico.

Y millones más. La batalla por el sentido —diría después el maestro Svenson— estaba lanzada: ¿qué significaba que la muerte pasara a ser aquello que solo les sucede a los que no supieran evitarlo? Algunos matizaban: no era que las personas no se muriesen, era que podían vivir después de otra manera —pero era fácil contestarles que precisamente morirse significa no poder vivir después, de ninguna manera. Alguno intentó decir que lo mismo habían ofrecido durante milenios ciertas religiones y casi lo linchan de todos los costados: que no fuera irrespetuoso de comparar la omnipotencia de un dios y señor de los cielos y de la vida eterna con este malabarismo técnico, le dijeron los unos; que cómo se le ocurría comparar una superstición vulgar con el mayor logro de la ciencia y la técnica, le dijeron los otros. Se calló.

La felicidad requiere, tantas veces, un silencio.

Solo que las palabras no fueron más que el prólogo. Rápido —tan rápido— empezaron a pasar sus cosas.

2. El sismo

Pasaron tantas cosas. En un mundo donde todo había parecido, durante años, degradación, caída, algo empezaba a armarse. La vida, la esperanza de ganarle a la muerte —天— se lanzó al tablero y lo dio vuelta.

En los meses que siguieron todo se movió. No es fácil sintetizar esos momentos terremoto: 2060 fue un tembladeral en buena parte del planeta. Hacía mucho que no sucedía algo tan entero, tan global.

Aunque, por supuesto, estaban los rincones donde nada llegaba: los de siempre, los dejados atrás. Y, en los otros, los temblores fueron diferentes. Sí tenían, es obvio, algo en común: todos ellos se relacionaban, de una manera u otra, con la urgencia de la inmortalidad.

(«Nadie puede morirse ahora, nadie
debe morirse ahora, cuando la muerte
ya no existe.
¿Quién, cómo, por
qué podría morirse ahora, cuando
la muerte ya no existe, de qué
se moriría quien se muriera
ahora?
¿A quién, cómo, por
qué podría algún destino
matar cuando la muerte

ya no existe, cómo
podría justificarlo? Nadie
puede matar ahora, morirse ahora,
rozarse con la muerte ahora: ahora
cuando la muerte
ya no existe
casi»
—escribió en esos días, en el norte de México o sur de América, una hispana, Guadalupe Sánchez Reddhim.)

Lo recordamos: ese año 2060 y los siguientes fueron un mag-
ma confuso y complejo. No intentaremos contar cada uno de
sus recovecos: sería vano tratar de reducirlo a tres o cuatro
historias y, además, el período está fresco en las memorias —y
sus efectos siguen, de algún modo, entre nosotros. Solo los
rincones más abstrusos del planeta quedaron fuera de la onda
expansiva: la región centroafricana, partes del Amazonas bra-
silio-ecuatorial, la Patagonia Hot, la meseta cundiboyacense,
el extremo sur de España, las islas Marshall y Bikini y Kiriba-
ti y tal. Fuera de eso, cada región o país o lo que hubiera
encontró sus propias formas de reclamar con urgencia el acceso a 天. Por eso los modos fueron tan variados, tan diversos,
que sería engorroso e inútil dar cuenta uno por uno.

(Me he pasado muchas horas estudiándolos; creo, en base
a estos intentos, que he podido determinar ciertas constantes,
y que lo útil sería tratar de definir esos rasgos generales. Por
razones obvias me centraré en América —pero muchas de sus
características y significados se verifican, con pequeñas variaciones, en Latinia, Brasilien, el norte de África, Japón, Tainam, e incluso, con sus peculiaridades, Europa; la India es otra
cosa.)

El dato central para entender los movimientos americanos, los
que marcaron el período y se difundieron desde allí al resto

del planeta, es la degradación –la casi desaparición– del Estado central y los estados regionales, que ya eran cada vez más nominales. Con el poder real en manos de las corporaciones, dos de ellas –Starbucks, Chumhum– quisieron hacerse con el oligopolio de 天.

Frente a esta realidad:

–el equipo renovador –los Autos– armó una red de clínicas capaces de transferir personas a sus 天. Los Autos siempre tuvieron las mejores intenciones: sus clínicas eran autogestionadas y no buscaban beneficios, lo cual les permitía trabajar muy barato –aunque la calidad no siempre estuviera a la altura. Nunca quedó claro dónde obtuvieron el know-how; es cierto que, al extenderse tanto su uso en China, no debió ser difícil conseguir quien lo copiara y se lo entregara. Lo que no se sabe –ni, probablemente, se sabrá jamás– es si el «entregador» actuó contra su gobierno, considerando justo facilitar a otros lo que ya tenían sus compatriotas, o, por el contrario, fue un agente chino comisionado para suministrar la tecnología a quienes podían ponerla en marcha y difundirla. No parece, sin embargo, que el proyecto chino se beneficiara de la actividad de este sector. En cambio:

–el equipo tradicionalista –los ProGov– aprovechó la difusión inmediata del modelo chino para iniciar una campaña por el restablecimiento de un Estado fuerte en América, que garantizara una suerte de 天 para Todos. Esto coincidía con el giro reciente de Dama Ding y su Comité, que ya entonces habían dejado de buscar la destrucción de los demás estados nacionales y abogaban por su reconstrucción: el argumento de Dama, en la tradición maoísta, era que había que diferenciar la contradicción principal de las contradicciones secundarias, y que la principal en estos momentos era la que los oponía a las grandes corporaciones que acumulaban más y más poder –y que, tras haber minimizado el rol de los estados en casi todo el mundo, podrían querer hacer lo mismo con el Estado chino. Y que esa contradicción principal requería que se dejaran de lado ciertas contradicciones secundarias y que, por lo tanto, era urgente apoyar el resurgimiento del Estado americano y algunos más, para convertirlos en aliados —o subordinados— en la pelea contra las Corpos. En ese punto los intereses chinos coincidían con los tradicionalistas americanos; a ambos, 天 les ofrecía la razón perfecta: como en China, el Estado era necesario para garantizar que todos los americanos pudieran recibirla. Por eso, también, es poco probable que fueran los chinos los que entregaron el know-how a los Autos.

Lo cierto es que al cabo de un año no había ciudad —o resto de ciudad— que no tuviera su Centro 天, fundado y administrado por los Autos. A veces dos políticas se diferencian más que nada en su capacidad para hacer suceder: allí donde los estatistas necesitaban ganar poder para hacer funcionar sus clínicas, los autogestores podían montarlas y hacerlas funcionales de inmediato. Pero, en el mediano plazo, estas clínicas Auto parecían frágiles y, una vez más, el esfuerzo de los Autos favoreció a los Pros: cuando miles y miles de americanos probaron, gracias a los centros autogestionados, la atracción de 天, empezaron a reclamar un Estado fuerte que asegurara la continuidad de ese servicio y el cuidado de las máquinas de almacenamiento. Parece mentira comprobar que, tras tres siglos de vanas experiencias, la izquierda sigue haciendo el trabajo de la derecha —con perdón de estos nombres que, desde 1792, nos resultan arcaicos.

Y entonces, a la hora de la hora, nadie escuchó los argumentos de los Autos, basados en la experiencia china: que no podía ser que, so pretexto de igualdad, el Estado usara una vez más técnicas nuevas para volver a controlarnos: que le diéramos el poder de decidir a qué edad y con qué contenidos podemos entrar en nuestras 天.

(Tanto debería contarse sobre estos héroes menores, héroes sin alharaca. Los Autos, sabemos, alertaban sobre la locura de las nuevas técnicas y sus efectos sobre nuestras vidas. «No habrá cambio técnico auténtico sin un auténtico cambio político y social –decían–, o los cambios políticos y sociales van a ser decididos por los cambios técnicos.» Alertaban: que no repitiéramos con 天 lo que ya nos había sucedido con la irrupción de los truVí, de la comida autónoma, del sexo distanciado. No estaban contra 天; al contrario, la usaron sin dejar de preguntarse cómo impedir que nos diera vuelta como a un guante; sabemos que no tuvieron ningún éxito.

El fracaso es la mejor base para los prejuicios: sobre los Autos hay montones. Que si eran sobre todo viejos que, nacidos en el siglo pasado, todavía cargaban ciertas ideas muertas en esos años; que si eran más que nada admiradores o fanáticos del régimen de Tainam que querían extenderlo sin decirlo; que si eran –esta era muy común– agentes provocadores a sueldo de la China; que si eran agitadores de Bembé; que si eran perdidos que a fuerza de no encontrar su lugar en el mundo insistían en que la culpa era del mundo; que si eran unos vagos que con tal de no trabajar hacían esas cosas o cualquiera; que si eran unos resentidos rencorosos reconcomidos que querían destruir nuestro mundo –como si nuestro mundo necesitase quien lo destruyera.

Lo cierto es que eran grupos de veinte o treinta personas, que la mayoría eran mayores de 70 o menores de 30, que había menos hombres que mujeres y fluides, que muchos no tenían trabajo –pero eso no era raro en poblaciones donde casi nadie lo tenía– y que vivían de la rentUn y tenían tiempo, que solían compartir ciertos intentos de producción de bienes y comidas materiales sin mercado, que solían compartir ciertas ideas de cambio: que se empeñaban en postular cierta igualdad en la riqueza cada vez más desigual, que proponían formas de autogobierno que el descontrol de nuestras sociedades favorecía sin querer, que se oponían por igual a la fuerza china e india y al poder de las corporaciones.

Los había en casi todas las ciudades o ex ciudades americanas –y, por su ejemplo, después aparecieron en Europa. El grupo de Miami es un buen ejemplo de su desarrollo: lo crearon los hermanos Minguez, dos varones, un fluide y una mujer de pieles mixtas, hijos de latinios judíos y mulatos, profesores de diversas materias que habían perdido sus empleos en universidades locales y vivían cobrando la rentUn y ocupando pisos abandonados. Ya entonces medio Miami estaba hundida bajo el agua: estaba incómoda, interrumpida, desertada por los que habían podido. Su última gran tentativa de resurrección, la instalación a principios de los '40 de seis prostíbulos inconmensurables, había fracasado unos años después con el perfeccionamiento de los burdeles de truVí, tanto más saludables, más variados, más excitantes, más perversos. Con esa irrupción Miami había perdido su penúltima oportunidad y había vuelto a ser, en su mayor parte, un manglar de calor y cocodrilos. Era el tipo de situación donde los grupos de Autos daban su paso al frente y trataban, con la mejor voluntad, de salvar algo.)

En el resto del mundo lógico −¿el resto del mundo lógico?− la situación era, con sus matices, semejante. En India, en cambio, el gobierno pensó en declarar su propia 天 para Todos para reforzar así el poder del Estado, pero temía que esa decisión le diera a su vecino y enemigo un peso excesivo. En esas estaba cuando empezaron los movimientos migratorios: millones de indios que intentaron entrar en China para conseguir sus 天. Al cabo de unos meses las migraciones tomaron proporciones catastróficas, el gobierno chino reaccionó, y hubo deconstrucción masiva de migrantes en la frontera terrestre, zonas Assam y Cachemira. El gobierno chino insistió en que la única forma de detener la carnicería era que el indio otorgara 天 para Todos; el gabinete de Rabindragore resistía, el de Dama insistía. La situación estaba cada vez más inestable, peligrosa, cuando se despertó la guerra que parecía dormida.

La guerra fue casi global; cada rincón tuvo, por supuesto, sus particulares, pero la etapa más extrema, decisiva, se dio, otra vez, en la enfangada Europa. Y tuvo que ver, una vez más, con esos dioses.

3. Cólera de los dioses

La guerra entre islamos y catolos –los mal llamados moros y cristianos– arreciaba en Europa, el norte de África, el Oriente Medio, algunos rincones de Latinia: en el otoño de 2060 los algoritmos calculaban entre 2,8 y 3,2 millones de muertos de toda forma y rasgos. Es difícil saber cifras correctas, porque muchos de esos muertos se evaporaban en el aire, muchos se escapaban, muchos se declaraban muertos por razones varias –y no había organismos de control que lo aclararan. En cualquier caso tres millones son muchos; eran, también, en ese momento, solo el 0,04 por ciento de los habitantes del planeta. Es curioso cómo cambian las cosas cuando se numeran, cuando se ponen en la horrible perspectiva del conjunto. Curioso cómo las cifras cambian las ideas.

Para los que estaban allí, sin embargo, esas cifras eran poco consuelo. Los ejércitos humanos de los catolos habían ocupado varias regiones –Tirol, Sicilia, Asturias, Libia– y desde allí enviaban expediciones punitivas: quemazones, fundidos, aludes provocados. La fuerza islama, manejada desde los búnkers de Ryad y La Meca, contestaba sobre todo con gases sobre las concentraciones de personas.

En Europa y alrededores, la vida de los que querían mantenerse al margen se hacía cada vez más difícil; a duras penas los grupos de Autos y ProGov, formados a imagen y semejanza de los americanos, subsistían e insistían. Habían conseguido mantener viva la ilusión e, incluso, montar algunos Centros 天 –que eran, demasiado a menudo, blanco de los ataques de los bandos. Sin embargo, y pese a todo, prosperaban: cada vez más neutrales los buscaban, cada vez más neutrales se escapaban a territorios donde podían lanzarse con más garantías a sus 天.

(Podría parecer extraño y no lo es: es tan fácil conseguir lo contrario. O, dicho de otro modo: cuando alguien busca algo muy preciso, lo más probable es que encuentre lo opuesto. Islamos y catolos habían traído tanta muerte que era lógico que más y más neutrales se refugiaran en 天.)

Los neutrales eran, como suelen, mayoría, pero los fanas dominaban: imprimían la marcha. Durante décadas, siglos, muchos creyentes habían vivido sus religiones como un asunto suave, leve; allí y entonces ya no era posible. En la Europa sacudida por la Guerra de Dioses, las religiones habían vuelto a su esencia: cosa de fanáticos. El papa Pious plasmó, en un escrito reservado que un traidorzuelo publicó, su regodeo con este giro: «Si les pedimos que crean ciegamente, que acepten una fe que cierta ciencia contradice, que respeten los mandatos de los que hemos sido investidos por el poder supremo, no podemos aceptar que crean como si no creyeran: esta guerra, con todo y la tristeza, nos ha permitido recuperar la esencia de nuestra religión, su verdadera fuerza: la alegría de obedecer a los que mandan, la energía de vivir sabiendo que la vida no importa». Los islamos, por su parte, decían tres cuartos de lo mismo: creer es aceptar que tu vida no es tuya. Islamos y catolos morían como ratas.

La guerra se había vuelto su forma de vivir, y aquel otoño parecía estancada. No que no se combatiera; se combatía siempre igual. Los territorios se habían repartido: las ciudades arruinadas eran más islamas, las campañas arrasadas más catolas; las ciudades eran más contagiosas; más peligrosas las campañas. Al radicalizarse, los enemigos se parecieron más y más: ambos se aferraban a la letra de sus libros sagrados —y se tentaron con recuperar la esclavitud o apedrear a la mujer adúltera.

De esos días, unos testimonios seleccionados entre los cientos recogidos por Eileen Power, gran cronista de esa llamarada:

«Yo soy una persona muy normal, señorita, siempre fui muy normal. Quiero decir: hace mucho que no tengo trabajo, como todos, y lo que tengo es que siempre fui una persona muy normal, una buena persona, pero a esos hombres yo les deseo la muerte. No una muerte común, esa que ellos quieren, no; ¡una que sea terrible para ellos, que no los deje ir a su cielo o adonde sea que se creen que van, idiotas del trapito! Y yo ni siquiera soy catola, a mí qué me importan esos birlibirloques, lo que cada quien crea es su problema, que al fin y al cabo los dioses no son más que problemas, pero yo ese no lo tengo, yo no soy ni catola y lo mismo aparecieron esas, las hubiera visto, señorita. Cuatro mujeres eran, cuatro con sus tocas en la cabeza y unas armas que yo ni conocía, llegaron a mi casa y me dijeron que de dónde me había creído que podía tener un cerdo. Se reían, las muy putas, se reían y se hablaban entre ellas, que si Alá las iba a castigar por cargarse ese cerdo pero más las iba a castigar si no se lo cargaban, que quizá lo que podían hacer era poner una bomba de retraso para que explotara cuando ellas ya no estaban, que había que acabar con ese cerdo. Y yo trataba de decirles que no era 'ese cerdo', que era Benjamín, que yo lo había criado de chiquito con mi marido, que mi marido se había muerto en unos bombardeos y Benjamín era lo único que me quedaba; como si le hablara a un almohadón sin plumas. Ni me contestaban, ni me miraban, hacían como si no estuviera, hasta que les dije que si mataban a Benjamín me mataban a mí también, que sin él ya no tenía esperanzas de sobrevivir, que me mataban despacio pero tan seguro como si me fusilaran ahora mismo y entonces la jefa, la del pañuelo negro, dijo que no era mala idea, que quizá mejor ahora que más tarde, que quién sabe, que sí, mejor, para que no sufriera. No sabe lo mal que la pasé, señorita. ¿Y sabe lo más raro? Lo pensaba y lo pensaba y de verdad pensaba que si mataban a Benjamín mejor que me mataran a mí también, así no tenía que preocuparme, no tenía que buscar cómo vivir. Pero ellas se deben haber dado cuenta, porque le pusieron la carga a Benjamín ahí en el cuellito, debajo de la cabeza, y él les ronroneó y ellas le acariciaron la cabeza −ojalá por eso se pudran en su infierno− y salieron a la puerta y me dijeron que mirara bien, que así es como trata Alá a los infieles, y lo hicieron reventar. Pobrecito Benjamín. La cabeza me cayó casi a los pies, no sabe los ojitos que tenía, pobrecito; no sabe cómo me miraba.»

(Maruszka Z., 61, cerca de Kishinau, en la antigua Moldavia)

«A mí esos no me agarran. Yo sé cómo son esos cruzados, a mí no me agarran. A mi papá lo agarraron, a mi mamá también, creo, no sé seguro. Lo que sí sé seguro es que a mí no. Yo ya sé muchas cosas, yo aprendí. A mí me enseñaron los muchachos del bosque a hacer bombas con los restos que aparecen por acá y por allá, por todas partes. Con cualquier cosa se pueden hacer bombas, sabemos hacer bombas. Y después cuando consigue ponerla en un lugar bueno, señorita, no le digo el desastre que les hace. Eso fue lo que me enseñaron los muchachos: que una bomba no importa si es grande o chica, importa dónde está. Una bomba puede ser un mundo, enorme como una ballina de esas pero si explota en el desierto a quién le importa; en cambio con una de las nuestras, si la ponemos donde las ponemos, no sabe el festival. Y ellos dicen que no nos tienen miedo, que solo temen a sus dioses pero no es verdad, nos tienen miedo pánico: ya llevamos matados a cientos, miles, ni sé cuántos, mire si no nos van a tener miedo. Y no, no me da reparo, señorita. ¿Cómo me va a dar si ellos me mataron a mi papá y quién sabe a mi mamá y a mis dos hermanitas y a tanta gente que quería, cómo quiere que me dé reparo? Que se mueran todos en trozos, señorita, y que yo sea el que los mate.»

(Ottaviano G., 16, las ruinas de Perugia)

«Para mí lo más difícil fue que tuve que comer comida, no sabe los desastres que me hacía en la panza. Claro, una ya no está acostumbrada, yo nunca había comido de eso y lo sentía, sentía los ruidos, sentía como golpes en la panza, como si la comida se peleara, no sabe los sustos que me daba al principio; después me acostumbré, no tenía más remedio. ¿Ahí en el fondo del bosque dónde iba a conseguir otra cosa, una buena autónoma de las de siempre? Porque yo me tuve que pasar casi dos años sin salir del bosque, señorita, usted ya sabe. ¿Ah, no? Creí que ya sabía, como acá todos saben. No, nada, que resulta que un día vinieron unos soldados cruzados y yo les tiré desde la ventana de mi casa con una de rayos que tenía y maté a uno, entonces los demás se asustaron y salieron corriendo pero después esa tarde me mandaron un mensaje que decía que me limpiara el culo porque al día siguiente iban a venir a matarme pero antes todo lo que me iban a hacer, me lo decían, con sus detalles y más detallitos y yo me asusté, qué iba a hacer, yo en esa casa vivía sola porque mi marido ya se murió hace mucho y mis dos hijos estaban en la guerra, así que no tenía quién me defendiera y decidí escaparme. Y no, dónde quería que fuera; al bosque me fui, una prima que la busqué para dejarle unas cosas me dijo que era peligroso pero yo le dije que para mí más peligrosa es la ciudad, imagínese lo que estaba pasando entre las ruinas de Sevilla, así que me pareció que el bosque era más fácil, más seguro. Y creo que tenía razón. Cómodo no era, señorita, de eso nada, pero había muy poca gente y se vivía tranquila, a veces me pasaba dos o tres semanas sin ver a nadie, yo me había instalado en una cabaña medio rota que había quedado debajo de unas matas, casi no se veía, y tenía su suelo y sus paredes y estaba bien; el problema, como le digo, era la comida: todo de ahí, las frutas, verduritas, algún bicho, cómo quiere que no me destruyera mi panza, señorita. Pero no, no, no fue por eso que volví; no, fue porque no aguantaba más estar todo ese tiempo sola, así que decidí que me volvía, que si me querían matar que me mataran, pensé, pero también sabía que los cruzados ya no andaban tanto por la zona o sea que quizá sobrevivía y si no qué se le va a hacer, ¿no, señorita? No hay nada que hacerle, al fin y al cabo, nuestras vidas son así, así somos los pobres, tan cortitos. Y sí, por eso nos matamos así, sin mucha fuerza.»

(Veneza P.G., 49, alrededores de Sevilla)

Y seguía esa rutina de la muerte cómoda. Hasta que el Vaticano, siempre atento a ciertas conveniencias, imaginó que un cambio podía favorecerlo en lo internacional e intentó una nueva división de roles: quiso mostrarse moderno para dejar a los islamos como la fuerza oscura. Conducidos por el cardenal keniata Abbelay —el papa Pious ya estaba viejo y lo radiaban—, hablaron de empezar a tolerar trans, células madre, rituales virtuales, confesiones con holos, incluso manipulaciones genéticas si contaban con la anuencia divina. No lo hicieron, por supuesto: lo decían. Pero no consiguieron mejorar su audiencia; los que sí los seguían eran fanáticos que no necesitaban convencerse —o, mejor, que ni siquiera oían—, y los que no los seguían no los escuchaban. De todos modos era tarde: ya nadie les creía. «El que sigue creyendo que le creen/ cuando ya los oídos se han cerrado/ y los ojos abierto, despertado…», cantó ese monje del siglo XVII refiriéndose a algún otro pagano. Pero la iniciativa creó, por supuesto, en los retorcidos pasillos romanos todo tipo de reyertas y querellas —que se habrían desbordado si no hubiera aparecido el padre Félis.

El Vaticano estaba en remolino; el padre Félis —escribió más tarde sor Marjorie Pomegrant— fue su salvación y su hundimiento. Es curioso: tantas cosas son ambas.

No es cierto que el padre Félis fuera una mujer limeña y que, para hacerse perdonar su femenino, se hiciera tanto el cura-hombre. No es cierto que el padre Félis hubiera nutrido ese rencor por la muerte de un pariente gaditano en una 天 hecha por Autos. No es cierto que el padre Félis fuese un fallido candidato a papa buscando su revancha. No es cierto que el padre Félis fuera un kwasi, un personaje de truVí, el seudónimo de cuatro dominicos ya viejitos. No es cierto casi nada en los infinitos rumores que circularon sobre el padre Félis —y que, todo hay que decirlo, deben haber sido creados por la famosa Oficina Guandón del Servicio de Astucia chino. Su cantidad y variedad es otra medida del peso del padre Félis en esos años, esas circunstancias. Pero sí es cierto que el padre cambió el curso de esta historia.

El padre Félis fue una de esas figuras que las religiones producen cada tanto: un carismático, un iluminado, alguien que en otro lugar y circunstancias podría haber sido un loco pero que encuentra el lugar preciso donde su locura coincide con el clima dominante —y se vuelve su adalid.

Antes de adoptar su nombre final, el padre Félis se llamaba John Jairo Qualude: había nacido en Tegucigalpa, hijo de un humanitario americano y una heredera local, en 2032. Nada lo preparaba para un destino sacro. Pasó su infancia con unos abuelos displicentes, demasiado ocupados, rencorosos. Su madre había muerto en una venganza cuando John Jairo no tenía tres años, y le dejó una tierra montañosa que antaño había servido para hacer café. Al llegar a la edad, John Jairo descubrió al mismo tiempo que le correspondía esa herencia y que un tío se la había birlado: dejó ese rincón latinio, se pasó unos años a los saltos en América —a veces creía que buscaba a su padre, a veces no; en cualquier caso, nunca lo encontró. Hacía trabajos, aprovechaba su buen cuerpo en truVís de fornicar, malvivía; a sus 22 estuvo a punto de trabajar con Shalom B., la Gran Membrana, pero una gripe fuerte le hizo perder la chance y creyó que nunca tendría otra; a sus 24 un mal de transmisión sexual lo puso en coma. Se despertó en una clínica jesuita, atendido por un cura joven que le prodigó cuidados especiales —y, se dice, lo convenció de que la vida sacerdotal no era tan mala y que, si la abrazaba, podrían seguir viéndose. Ya ordenado, a sus 27 lo mandaron a misionar a Zurich; era un destino difícil, peligroso, asolado por la Guerra de Dioses. Allí fue donde, dicen, «vio la Luz del Señor».

El padre Félis no tenía 30 años cuando plantó su proclama decisiva. Se conoce que conocía su Lutero: su gesto tiene mucho de aquel cura alemán que clavó en la puerta de la iglesia de Wittenberg sus 95 Tesis que dieron vuelta su Iglesia en esos tiempos; el Félis, conocedor de sus tiempos y su Iglesia, eligió plantar solo Seis y no en una puerta sino en un recodo de la Trama; tampoco estaban escritas, por supuesto, sino dichas en una voz que era la Voz del Cielo. Pero el efecto podría compararse:

«* Dios no es dos ni tres ni cuatro. Dios es Uno y el Mismo y ahora llora. Dios pena, sufre, nos maldice.

* Dios llora porque nosotros, sus criaturas, no sabemos elegir amigos ni enemigos. Peleamos entre nos, sus criaturas, y dejamos que el Demonio se apodere del mundo.

* Dios dice: Mío es el mundo de los vivos, Mío sobre todo el mundo de los muertos. Dios dice: ustedes, criaturas, saben que solo la muerte las trae hasta Mi vera. Dios dice: la muerte es nuestra, criaturas; si por culpa de ustedes la perdemos, Me perdieron. Si la pierden se pierden, criaturas.

* Dios nos pide que nos unamos y defendamos lo que es nuestro. Dios nos ordena que nos unamos y defendamos lo que es nuestro. Dios nos escupe si no nos unimos y defendemos lo que es nuestro. Si no nos unimos y defendemos lo que es nuestro, Dios nos deja.

* Pero Dios es misericordioso, Dios nos une: contra el enemigo de todos, Dios nos une. O no tenemos Dios, no somos nada.

* Somos, nos unimos».

Fue, dicen, un milagro —pero siempre dicen que todo fue un milagro. Fue, dicen, en este caso, un milagro sonoro: dicen que en los campamentos del ejército humano de los catolos, en las campañas de los islamos y en sus búnkers, en el cielo europeo esa tarde solo se oían llantos, tremendos llantos, alaridos. Dicen que el ruido era tremendo, como un trueno que lo envolviera todo.

Era el 2 de abril de 2061: el día en que aquel mundo empezó a terminarse.

Así, con las Tesis de Félis, se lanzó la reconciliación de islamos y catolos para pelear juntos por lo suyo, la vida más allá, contra ese enemigo nuevo que intentaba birlársela —y que, hasta esa intervención, no habían reconocido: que nadie había reconocido. Las reuniones entre el cardenal Abbelay y el Imam de Ryad fueron secretas e inmediatas, un truVí memorable que las memorias no registran. En dos sesiones breves —o, por lo menos, eso dijeron— acordaron acabar con su guerra y empezar una nueva: dirigir todos los esfuerzos contra la difusión de 天 que —declararon— «es la gran arma del Demonio para acabar con la Fe verdadera».

(Discutieron durante horas si dirían «la Fe verdadera» o «las Fes verdaderas». Debatieron, largamente, si podía haber más de una y acordaron que no, porque siendo una verdadera las demás eran forzosamente falsas, pero aun así no se resignaban a ese singular que reunía las de ambos, que las confundía en una sola. Lo aceptaron por agotamiento y falta de imaginación, como suelen aceptarse todas esas cosas.)

Lo lograron: de la Guerra de Dioses a la Alianza de Dios el camino fue sinuoso y corto y sorprendente.

4. Miedito de los dioses

En menos de un mes la mitad de las clínicas 天 instaladas por Autos europeos había sido arrasada: 46 o 49 clínicas en cuatro semanas, cientos y cientos de activistas y candidatos muertos, tantas vidas perdidas, conmoción, un alarde impactante del poder de la Alianza de Dios.

La más famosa de esas muertes fue la de Geneviève Bardin, de Brujas: la mujer, ya centenaria, catola de misa sostenida, había acompañado a su hijo Bertram, disminuido mental, a una consulta en la clínica 天 de Lieja, la Zenón. El hombre había tenido una vida sufrida y desatenta y sus padres imaginaron la posibilidad de compensarlo con una 天 donde tuviera todo lo que no había tenido en este mundo; los especialistas discutieron si un cerebro como el suyo podía ser transferido y preparado, si podría disfrutar de una 天 normal: había opiniones a favor y en contra. El intento despertó expectativas. Habría sido elocuente, pero nunca sucedió: el ataque de la Alianza a la clínica de Lieja fue uno de los más bruscos y celebrados de la Guerra. En unos minutos, a cuchillo, un regimiento islamo guiado por un pelotón de catolos de Brujas degolló como en los viejos tiempos a todos los funcionarios y clientes. El obispo de Lieja in absentia, refugiado en Roma de las iras, lanzó una proclama que prometía que los clientes muertos en el ataque irían, por vía de compensación, al cielo de su dios; la señora Geneviève, furibunda, se filmó una holo diciendo que ese cielo ya no era un cielo para gente decente y se cortó ella también la yugular —para estar segura de que su dios, tan contrario a los suicidios, no la dejaría entrar. La imagen de esa mujer anciana, colérica, arrepentida de tantos años de creencia, desangrándose sola, se incrustó en la Trama e irradió.

Al sacrificio de Madame Geneviève la jerarquía catola opuso el martirio del padre Félis: cada bando tenía su muerte para enarbolar, y enarbolaba. La muerte del exaltado propio, que siempre fue una de las armas más eficaces, estaba quemando sus últimos cartuchos: con el triunfo de 天 la idea del sacrificio quedaría tan disminuida.

Pero todavía no: el óbito del padre, que advino pocos días después, también fue dramático: lo voló por los aires, junto con el convento siciliano donde estaba enclaustrado, un catolo que no aceptaba la alianza con los islamos, repudiaba. Usó un método antiguo: se le acercó so pretexto de pedirle una holo con él —«una holita con usted, padre santo, por el amor de Dios», le dijo— y detonó un reac que los mató a los dos. Hacía muchos años que nadie hacía semejante cosa —y cuentan los archivos que era algo que, décadas atrás, hacían de tanto en tanto los islamos. Es probable que el asesino, Roman Faint, haya querido incluir también ese simbolismo en su acto ya demasiado cargado de sentidos. Y que creyera, como explicó en el mensaje que dejó, que de verdad le estaba haciendo un favor al padre, mandándolo al cielo de los mártires —solo que, decía, esperaba que nadie se creyera que tenía que ir al cielo falso de los mahomitas.

Los episodios provocaron querellas y reyertas en el bando divino. Se dijo entonces —pero quién sabrá— que los dos artífices de la Alianza tenían, más allá de sus metas comunes, ciertas diferencias: que el Imam de Ryad creía que la ofensiva conjunta contra 天 asustaría a los que pensaran transferirse y que, en cambio, el cardenal Abbelay lo dudaba pero no quiso desaprovechar esa oportunidad de terminar con la Guerra entre ellos —que Roma iba perdiendo. Se diría que ninguno de los dos había imaginado el tamaño de la respuesta que estaba por caerles.

«Actúan como si estuviéramos en plena Edad Media, 1820. Europa puede que esté; nosotros, el gobierno de la República Popular China, vivimos en este siglo XXI y vamos a ayudar a que el Resto del Mundo también lo haga —dijo, en su enésimo discurso de ese año tan repleto, Dama Ding—. Y esperamos que el Resto del Mundo, para ayudarse, nos ayude.»

Tanto Ryad como Roma habían previsto, al firmar su acuerdo y lanzar la ofensiva contra 天, alguna respuesta china. Para impedir que consiguiera apoyos habían mandado altos prelados a entrevistarse con cada gobierno local —o lo que quedara de ellos. Llevaban, acordadas, ensayadas, dos líneas de argumentos que desplegaron con mejor o peor labia.

Por un lado explicaban que la difusión de 天 destruía todo el sistema de control tan laboriosamente construido. Que conseguirla solo era cuestión de dinero o, ahora, en China, ni siquiera: un derecho común. Y que si las personas podían acceder a ella más allá o más acá de lo que hubieran hecho con sus vidas, se rompía el uso básico de sus religiones, la utilidad fundante: convencer a millones de que, si querían vivir después de muertos debían cumplir con ciertas reglas de conducta, someterse al programa. Que así habíamos vivido durante milenios y que estos idiotas de los chinos —quizá sin darse cuenta— amenazaban con derrumbar el edificio: que se notaba que los idiotas de los chinos no sabían conducir, que los idiotas de los chinos escupían para arriba, y que iba a ser gracioso cuando el gargajo les cayera en un ojo y por eso había que dar un paso atrás y mirarlos y matarse de risa.

Y, por fin, que los idiotas de los chinos eran tan idiotas que su sistema de 天 para Todos desdeñaba incluso la última barrera. Que aunque Roma y Ryad sabían que millones y millones de impíos no cumplían las normas religiosas, también sabían que lo que les impedía el desmadre completo eran sus cuerpos: que tenían que cuidarlos para no pagar por sus descuidos. Que si bien el más allá ya no tenía tanto peso, el cuerpo todavía funcionaba como un más allá que estaba acá: si ahora hacías ciertas cosas, en el futuro tu cuerpo –tú– las pagaría. Pero que los idiotas de los chinos no entendían ni eso: que con 天 se había vuelto innecesario que cada cual cuidara lo que hacía con su cuerpo: aunque lo maltratara y lo llevara a extremos, al entrar en 天 lo dejaba atrás sin ningún costo. Que entonces daba igual que la persona hubiera cuidado o descuidado su cuerpo, igual que daba igual que hubiera cuidado o descuidado su espíritu, y que así se rompía el equilibrio básico entre conducta y recompensa, la base del orden religioso, y que entonces cualquiera haría cualquier cosa, que el caos estaba asegurado –decían los enviados.

Este argumento todavía tenía algún sentido, y algunos lo escucharon. El primero, en cambio, el del control, quizá podría haberlo tenido algunos años antes. Pero en pleno 2061 resultaba ilusorio para gobiernos que hacía tanto que lo habían perdido.

«¿De verdad, hijos míos, ustedes se creen que son eso? ¿Que son reductibles a unos megaGés de información en una máquina? ¿Se creen que no son mejores que una máquina? ¿De verdad se creen tan poco? ¿Se van a resignar a no ser sino eso? ¿Dónde queda su alma, su espíritu, lo que los hace hombres, lo que los hace ángeles?»

El Vaticano publicó, en esos días, una Bula –De vitae falsae–, con la firma tembleque del papa Pious todavía, pero muy probablemente escrita por el cardenal Abbelay o sus muchachos, que decía que todos los que no «se dejen tentar por ese canto del Demonio que han dado en llamar 天» irían directo al Cielo sin pasar por ninguna de las escalas anteriores

–porque ningún pecado que pudieran haber cometido alcanzaba a disminuir el coraje y la lealtad que su conducta suponía. Y que si Roma y los suyos se habían visto obligados a lanzar la justa cólera de su fuego redentor sobre personas y bienes europeos, era solo para impedir que esas pobres ovejas descarriadas cayesen en esa tentación que los arrojaría, sin más trámites, a una eternidad bastante larga en el Infierno: que lo hacían, una vez más, para salvarlos de sí mismos.

Y algunos de los enviados agregaban, en ciertos casos, un argumento extra: que había que luchar contra «el populismo de los chinos». Y como, lógicamente, sus interlocutores solían quedarse en ascuas, explicaban: que populismo era una palabra o incluso una noción que había tenido su momento décadas atrás: la tentación que podía sufrir un gobierno de dar a las personas lo que las personas querían, no lo que necesitaban.

«Contra esos falsos cielos de pacotilla, esos malversadores de la verdadera Vida Eterna, contra esos que quieren convencernos de que la Salvación se compra como quien se compra un tiempo compartido en una playa, se compra como quien se compra una mujer en un prostíbulo, se compra como quien se compra la joya de un maharajá caído en desgracia. Contra la frivolidad de la moneda: lo que se paga con la vida no se paga con dinero», decía la Bula.

El otro argumento de los enviados religiosos fue la Patria, faltaba más: repitieron ante esos gobernantes muy menguados que «la Herejía 天» era la punta de lanza de los chinos, demasiado interesados en plantarse en cada uno de sus países, y que si abrían esa puerta ya nunca más podrían cerrarla. Que debían respetar y defender sus tradiciones nacionales –islamas, catolas– porque solo la Patria los salvaría de volverse vasallos de aquellos orientales despiadados. Y que les ofrecían, para resistir, la defensa de sus ejércitos y la protección de Dios.

Algunos de esos pequeños gobiernos se dejaron, al principio, convencer. O por lo menos consideraron la posibilidad hasta que, de pronto, en la costa del mar Negro, en la frontera de Europa con Eurasia, apareció como de la nada la mayor instalación militar que nunca se hubiera visto en esa zona: los chinos, dispuestos y preparados para todo.

Y decididos a imponer: en realidad, casi todo lo que sus fuerzas podían hacer desde su base frente a Odessa podían hacerlo también desde su propio territorio: ni los drones ni los módulos de intervención terrestre ni los satélites de rayos necesitaban tanta cercanía. Había solo una excepción: el Regimiento Especial de Mujeres Combatientes de Hunang. El Regimiento era una genialidad de la Dama —o de alguno de sus asesores que, obediente, se la habría facilitado—: en algún informe de sus quantis de inteligencia encontraron el dato de que los combatientes islamos, todos hombres con barbas, temían como a la peste combatir contra mujeres. Les había sucedido ya en ciertas guerras —fugas aterradas, por ejemplo, a principios de siglo cuando batallones de mujeres kurdas los enfrentaron en Oriente Medio— y se explicaba porque, según su doctrina, los hombres que murieran en combate contra hombres se irían a su cielo de huríes pero los que murieran enfrentando mujeres se pudrirían en el campo de batalla. El Regimiento, entonces —12.000 mujeres en orden de combate—, fue un arma disuasiva decisiva. No solo porque las tropas islamas huían de su ataque; también porque proclamaba que, si llegar a su cielo dependía de algo tan banal como que el rayo que te mandara allí hubiera sido lanzado por hombre o por mujer, era difícil creer en ese cielo.

Y es obvio que sus triunfos reafirmaron la posición de la Dama en su país: si las mujeres chinas volcaban la guerra a favor de los suyos, ¿qué más lógico que fuera también una mujer quien manejara la república?

Para esas cosas sirven, tantas veces, las guerras.

(Parecía mentira, diría el cardenal Abbelay, después, dolido, oscurecido, que la causa de todo aquello fuera la ocurrencia de una señora treinta años antes en un café de Bangalore.)

Huían como ratas, morían por miles, estaban derrotados o estaban por estarlo. Al fin resultó fácil, tan fácil que incluso algunos suspicaces sospecharon que islamos y catolos habían elegido esa derrota, corrido hacia esa muerte que les permitía desentenderse de una vez por todas de los males de este mundo y entrar en el siguiente, el prometido, el bendecido, el único que de verdad querían. ¿Una traición, una forma soterrada del suicidio para unos hombres y mujeres que condenaban el suicidio?

Como si ellos también hubieran preferido acelerar su propia 天.

El 8 de octubre de 2062, el papa Pious se murió —anunciaron— de un síncope. Tenía solo 80 años y su muerte, más que sospechosa, lo salvó por apenas semanas de presenciar el derrumbe final. A los que vocearon sus sospechas, los portavoces vaticanos contestaron que seguramente el Señor había querido recompensarlo por su celo: Cielo por Celo, dijeron, pero ya no era tiempo para slogans.

El 22 de noviembre de 2062, 99 años después, el gobierno chino volvió a hacerlo. Esta vez convocó a los mandatarios más importantes a una reunión urgente y presencial en la isla de Socotra, costa de Yemen, viejo enclave oriental. Para desesperación del cardenal y del Imam, ni uno solo excusó su presencia. El encuentro fue breve y sirvió, más que nada, para rehacer el mundo.

5. El triunfo

La Casa de Juntas de la isla de Socotra era –probablemente sigue siendo– un edificio redondo de cien metros de diámetro y tres pisos de alto: en el primero estaban –o están– los puertos del transporte, las instalaciones de seguridad, los depósitos, el alojamiento del servicio y las cocinas y las máquinas necesarias para el funcionamiento. En el segundo estaban –o están– las habitaciones de los huéspedes, repartidas sobre el perímetro, con sus equipos de primera y sus vistas al mar de Yemen; las vistas, en este caso, eran perfectamente naturales. En el tercero toda la superficie estaba ocupada por el salón de juntas, modular, modificable, dotado de truVís como no había en miles de kilómetros a la redonda, que permitían ambientar las reuniones donde quisiera el anfitrión. De hecho, en un rasgo de humor que nadie les imaginaba, los chinos recibieron a sus invitados en una mezcla de la Basílica de San Pedro y la Ka'baa de La Meca que, cuando empezó la junta, se fue derrumbando para dejar crecer, entre sus ruinas, un jardín maravilloso –y levemente mandarín, sus piedras.

Los invitados habían sido informados de que, si todo iba bien, la reunión duraría cinco días. Un encuentro presencial, físico, era –y es– algo tan extravagante que todos llegaron embebidos en las más raras emociones: era evidente que se jugaba tanto. Por supuesto, todos los participantes juraron que mantendrían el secreto de lo que allí pasara y, por supuesto, ninguno lo hizo. Quizá la más conocida, la más citada entre las numerosas versiones que trascendieron sean las notas del delegado de los Windsor.

Lord Salesmith ya debía tener cientos de años —siempre pareció que tuviera cientos de años— en esos días de Socotra. Lord era el enviado de ese rey bufo que conservan en Londres, ese señor que ya no reina sobre nada pero mantiene funcionando parte de su aparato gracias a sus inversiones en la manufactura de armas digitales. Desde que su padre, Ali Bey Guadagnato, se compró la corona en bancarrota a cambio de construir cientos de kilómetros de diques para impedir las inundaciones que amenazaban a la isla, su posición suscitó pros y contras pero en general la mayoría lo tolera y le permite simular que reina sobre un territorio repartido entre diez o doce gobiernos diferentes. En todo caso Lord Salesmith —John Ashbury López-Ross, un epítome de la tradición británica—, se había formado en Eton y Cambridge, nunca había trabajado, había pasado por la vida extrañando el siglo XIX y llevaba décadas como asesor principal de Enrique X. Los chinos lo invitaron casi como un chiste o un guiño a quién sabe qué estatua: se arrepentirían.

Su informe —supuesta colección de notas sueltas que Lord debía después reunir y redactar para su rey— es el mejor documento de esos días, de ese año. Nadie creyó que, como él dijo, se las hubieran robado para difundirlas: parece claro que él mismo decidió hacerlas conocer. Se ve, al verlas, que se divirtió; estas son solo algunas:

* El lugar es agradable, debo confesar. Un poco nouveau riche, pero qué más puede esperarse de esta gente. La comida, espantosa: se ve que no tienen costumbre.

* ¿Qué vamos a hacer durante cinco días? ¿Quién va a simular que puede oponer algo a la voluntad de estos rojos amarillos —o viceversa? ¿Cómo haremos para pretender que hacemos algo más que escucharlos y bajar la cabeza y musitar sisié?

* Gusto de ver el sufrimiento de los indios, sobre todo al presidente Rabindragore. Quieren que todos sepamos que vinieron a regañadientes. No tuvieron más remedio: su ausencia los habría hecho muy sospechosos de connivencia con los violentos de la Alianza de Dioses, los dejaba muy fuera del juego mundial; su presencia, en cambio, los somete a la órbita china. No querían venir, no podían no venir. A ver cómo se las arreglan.

* Los chinos se divierten. Dama y sus esbirros dejan que todos hablemos y digamos esas cosas que después tendremos que tragarnos. Les gusta vernos naufragar, disfrutan de la humillación. Todo con sus modales milenarios, por supuesto. Más sisié.

* Pobre Delmas-Jacquard: peor que nosotros. Al fin y al cabo, nosotros los ingleses nunca simulamos que queríamos pensar. (Solo hacer negocios y dominar al mundo: ser banales.)

* Imaginé que los americanos tendrían más arrestos, más orgullo. Siempre fui un iluso.

* Dama nos refriega su poder en la cara. Pienso en Churchill, Canning, Wellington, sir Isaac Newton, sir Walter Raleigh. No se me ocurren más nombres chinos que el modesto Deng Xiaoping, el desastroso Mao. Lo que les permitió imponerse no es lo bueno que tienen −una historia porfiada, sus saberes, su crueldad sin límites− sino lo peor: que se entregaron pronto a las delicias de la producción y convirtieron a sus cientos de millones de muertos de hambre en maquinitas baratas de bajo rendimiento. Si los indios hubieran hecho lo mismo…

* ¿Y si alguien consiguiera seducirla? Imagino la escena: un keniata potente, un ruso tosco se la llevan a la cama, la manejan. Dama pidiendo más, pidiendo tregua, pidiendo más y más. ¿Cambia el mundo? ¿Cambia, por lo menos, la conversación?

* Los mejores oradores siguen siendo los nuestros −Centroeuropa, el Norte−: siempre tan duchos en no decir lo que dicen, ocultar lo que se ve tan fácil.

* Pero siempre es un problema decir siempre.

* Todo un día a puro simulacro. Es curioso cómo, a través de las palabras que no son, se entienden los conceptos que sí. Para eso sirvió el día. Mañana lo veremos.

* ¿Les divierte imponernos su comida, mostrar su poder haciéndonos comer esos menjurjes?

* Belandrino, de Amsterdam, que siempre trabajó para los chinos, les hace el juego: que hay que cambiar los términos, que Europa en estos términos se hunde. Como si no estuviera hundida hace ya años.

* Ya se están dando cuenta: ahora casi todos dicen lo mismo, discursos aburridos repetidos. «Que debemos colaborar con los amigos chinos para salvar al mundo de la locura religiosa, de la violencia religiosa, del caos religioso», dicen. «Colaborar con los amigos chinos», dicen.

* Y lo cierto es que ahora los indios son nuestra esperanza. ¿No es patético?

* Tampoco el presidente brasiliense, Janio. Dice que la amenaza evangelista, que la llegada de contingentes musulmanes. Otro que busca excusas para la rendición. Barato.

* Una vez más, quizás la última: cierro los ojos y pienso en Inglaterra.

* Los indios se entregaron: que no pueden seguir tolerando esa sangría de sus ciudadanos que intentan irse a China para buscar su 天, que su gobierno cree que la mejor opción es declarar ellos también 天 para Todos, que ya tienen el anuncio preparado. Estamos listos.

* Dama ha sonreído. Escalofríos en la sala: ha sonreído.

* Maureen O'Berg vuelve a pedir la palabra, intenta un último gambito: que si América, por su lugar tan particular, podría encabezar una negociación con la Alianza para convencerlos de deponer su actitud y reducir sus pretensiones, conseguir que se declaren derrotados y pidan tolerancia y clemencia. Solucionar el conflicto de un modo razonable, dice, ahorrando sangre. Dama sonríe una vez más. Aterra.

* De nuevo Belandrino: de ninguna manera. Que tenemos

que aprovechar este momento, que las derrotas de los ejércitos de la Alianza muestran a sus creyentes que sus supuestos dioses no los acompañan, que nadie los ayuda; que son nuestra oportunidad para desterrar de una vez por todas esos ritos retrógrados.

* Quizás sea cierto, al fin y al cabo, eso que dicen, que la china se hizo un implante de multiplicación en el cerebro y que por eso piensa como piensa, que el implante le duplica la velocidad de la mayoría de las operaciones mentales. Si yo tuviera semejante bicho, el Señor no lo permita, no sé qué preferiría: pensar el doble de cuestiones en el mismo tiempo o la misma cantidad en la mitad.

* Ojalá pudiera decir que me da curiosidad, pero solo es espanto: ¿cómo será este mundo cuando termine de ser completamente chino? La fortuna, el alivio de no verlo.

* Esta noche se sienten generosos: esturión para todos y algunos de sus huevos. ¡Tantos años!

* Cierto ajetreo en los pasillos. La nostalgia.

* No quiero pensarlo pero pienso: ¿nos equivocamos en 1940? ¿Y si lo dejábamos ganar?

* Ya nos han ablandado suficiente, y solo les tomó dos días, van a sobrar tres. Esta mañana nos untan y nos comen. Y todo esto por ser, sin la menor vergüenza, tan cobardes. ¿A quién, alguna vez, le rendiremos cuentas?

* O'Berg y su último intento: que no nos apresuremos, que siempre puede haber alguna solución lógica. Rabindragore, más chino que los chinos: «No perdamos nuestra oportunidad».

* Se oyen truenos. Quisiera saber si son auténticos o un efecto para preparar lo que se viene. Son buenos, son muy buenos.

* ¿Y será verdadera? ¿Una ilusión? ¿No es increíble que nadie se haya puesto a investigar en serio la realidad de 天? ¿Que todos la aceptemos como palabra santa?

* Discurso decisivo, lo que fueron construyendo poco a poco en los debates. Dama se para y hace como que no lo lee

—aunque lo mira con el rabo del ojo. Quiere que veamos que nos hace el favor de simular que es improvisado, que se le va ocurriendo, que no lo traía preparado porque sabía cómo terminaría todo esto: «El mundo está amenazado por la violencia de esas supersticiones. Ante ellas, debemos dar la mayor muestra de unidad y de fuerza», dice, y hace como que lo piensa. Es humillante —y ni siquiera necesario. Después sigue: que, de verdad, es el momento de por fin derrotarlos, extirpar ese cáncer de la paz mundial: las religiones, dice, siempre fueron una lacra, pero el grado de violencia que han creado es absolutamente intolerable y ahora podemos acabar con ellas, dice.

* Hay murmullos. Si alguien pudiera convertir los murmullos en música, en dibujos, en holos. Si alguien supiera hacer hablar a los murmullos. Para eso sí se necesitaría un valor que no tenemos.

* Dama sigue: que ella sabe que algunos tienen algún reparo, pero que deben desecharlo porque a todos nos conviene adoptar 天 para Todos, que si no lo hacemos nos enfrentaremos a quién sabe qué rebeliones populares y que la Alianza solo espera eso para recuperarse, que no podemos darles esa chance, dice Dama, y nos sonríe. Dama disfruta: se diría que disfruta. Ahora dice que, además, muy importante, frente a la debilidad de nuestros estados, 天 para Todos es la única solución posible: que con esa medida le damos a nuestros estados una función, al fin, que serviremos para algo, que nos respetarán porque acabar con el Estado sería acabar con cualquier garantía de conservar la 天. Y que además debemos hacerlo todos, proclamarlo todos al mismo tiempo porque imagínense la debilidad de quien quedara afuera, dice: sería la presa buscada por las armas de la Alianza. Y que además —dice, baja la voz, como si quisiera decirnos que esto sí es un secreto, la farsante— no hay mejor manera de pelear contra la superpoblación que amenaza con rompernos la Tierra. Y que por supuesto China estará más que feliz de colaborar con todos los que necesiten cualquier ayuda para hacerlo, tanto en tec-

nología e instrucción como en apoyo económico o militar, lo que precisen. '¡China está comprometida con el mundo, con la paz en el mundo, con la razón del mundo! ¡China está comprometida con ustedes!', dice. Los aplausos son casi graciosos: entusiastas, tan falsos. Yo aplaudo también, a voz en cuello.

* Hombres, somos hombres: especialistas en creer. O en creer que creemos.

Y, al final, Lord Salesmith agrega una reflexión inusualmente larga y asilvestrada —como si hubiera querido ser realmente otro:

«¿Cuándo fue que el sabor de romero dejó de depender del romero? Digo: durante milenios, durante toda su historia, los hombres, si querían comer algo que supiera a romero debían encontrar, primero, o plantar, después, romero y aplicárselo. Así fue hasta hace poco tiempo; después no, pero lo raro fue que no lo supimos. Seguimos comprando panes con sabor a romero, asados con sabor a romero, helados con sabor a romero sin pensar que el romero no era romero sino la fórmula complejísima de unos químicos, expertos en sabores, que habían combinado vaya a saber cuántas sustancias para reproducir con la mayor exactitud posible lo que hasta entonces solo la naturaleza sabía hacer. Sin pensarlo: sin hacernos cargo del hecho cada vez más notorio de que controlábamos cada vez más cosas que hasta entonces la naturaleza. Y sin darnos cuenta de que ese mecanismo, cada vez más frecuente, más ampliado, aplicado a cada vez más campos, nos cambiaría las vidas. ¿Cuándo fue, digamos, que estar vivo dejó de depender de ese capricho natural que llamamos estar vivo?».

El anuncio oficial se hizo al otro día: solemne, altisonante. En todos los rincones de la Trama aparecieron los 300 delegados respaldando a la Dama Ding que proclamaba 天 para Todos en todos los países del mundo:

—No va a ser fácil, va a ser un poco más lento que lo que querríamos, pero lo lograremos. El mundo se ha puesto de pie y ha echado a andar. ¡Ahora sí tenemos una meta, ahora sí tenemos un futuro, y vamos a alcanzarlos! ¡都天!

Lord Salesmith murió seis semanas más tarde —como si el gran evento hubiera terminado de agotarlo. Las versiones que aseguran que se hizo transferir a 天 nunca pudieron confirmarse.

VII

UN MUNDO FELIZ

Creí que morirse era más difícil.

Luis XIV, en su lecho de tal

1. Senhora, sus dudas

Lee en voz alta, pomposa, con sus ademanes:

—Vivimos porque sabemos desechar: sabemos y queremos. Vivimos porque una vez por día aceptamos deshacernos de una porción del cuerpo, resignar del cuerpo lo que ya no le da. Vivimos por la belleza del mecanismo más inteligente, el que sabe decidir qué le sirve y qué no, que sabe cómo guardar lo que le sirve, expeler lo que no, abandonar esa materia inútil. Vivimos porque cagamos, porque sabemos y queremos.

Dice, y me hace un gesto que no termino de entender. Y sigue:

—Así, ahora, a imagen y semejanza, descartar los cuerpos: quedarnos con lo que sí nos sirve, no guardar por guardar, saber y querer deshacerse. Como quien caga, como quien pone en marcha la inteligencia de los cuerpos: dejarse de los cuerpos para vivir mejor.

Senhora deja la pantalla sobre una mesa baja y dice que es lo que me decía:

—Es lo que le decía.

Me dice, y que lo dicen en serio, que es un texto oficial de los chinos, que no es ninguna broma. O que, por lo menos, ellos no quisieron hacer ninguna broma.

Está por cumplir 100, me dice, y todavía la sorprenden ciertas cosas.

Que está por cumplir 100, me dice, o quizá los cumplió: que después de todo cualquiera cumple 100 años estos días —pero que cuando ella era joven les parecía increíble y que si ya no lo parece es por el esfuerzo de empresas como la suya, que llevaron los cuerpos hasta fronteras tan remotas.

—Y ahora todo se deshace.

Me dice: que todo eso se deshace porque el cuerpo por suerte ya no importa, que hemos pasado de esa cultura de cuerpos soberanos que vivimos a principios de siglo —«aunque había excesos, por supuesto, ¿pero dónde no los hay?»— a este desprecio, este desinterés por la carne propia:

—Ahora solo nos interesan las ajenas.

Dice, y si son de código, mejor, agrega, se sonríe —como para que yo la entienda. Voy entendiendo que esa es su forma de comunicarse: diciendo a medias, diciendo sin decir, para que su interlocutor imagine lo que pueda y entonces crea que ella está diciendo lo que él quiere. Los mejores políticos lo hacían, dicen, en los tiempos en que había esas votaciones. Senhora lo hace con elegancia, con denuedo:

—Y pronto cumplir 100 años va a volver a ser un exotismo, ¿no es así?

(Habla de la vejez, le importa: que ser vieja es descubrir que ya no puedes decirte que uno de estos días vas a hacerlo, que uno de estos días si acaso lo dejas. Que la vejez es descubrir que lo que importa es lo que has hecho, no lo que te mientes que alguna vez harás. Que ya no puedes decirte que quién sabe algún día. Que la vejez es realidad en dosis brutas: que la edad te va sacando capa a capa ese maquillaje que te da la juventud hasta que quedas por fin reducida a ti misma. Que la vejez es la verdad y la verdad nunca es bonita. O al revés, dice después: que la edad va destruyendo poco a poco todo lo que eras, se lo carga, se lo come carcome, hasta que quedas como un viejo rezago de ti misma, un resto, una mentira. Que la vejez es la mentira y la mentira suele ser amarga, dice, y me mira para que sepa que podría seguir diciendo una cosa y su opuesta muchas horas; quizás hasta lo haga.)

Senhora se mueve con la indolencia de una gata cansada: está sentada en un sillón tan blanco que no creo que sus fundas duren más de un día, tan blanco que me pregunto de qué piel estarán hechas y se me ocurren cosas. En su presencia se te ocurren cosas todo el tiempo: el mito derrama mito alrededor. Detrás de ella, la luz: una pared transparente que da a un mar. Ella no mira el mar; el mar la mira, yo la miro: sigue teniendo esos ojos que ningún reemplazo podría reemplazar, y el resto de su cuerpo es un prodigio de la técnica.

—Cada vez que creemos que avanzamos damos un paso atrás.

Dice, y espera que le conteste algo. Yo, por suerte, conozco la cita:

—¿El maestro Von Hayek?

Senhora me sonríe severa, un aprobado apenas:

—Sí, porque atrás es la dirección de nuestros sueños.

Con ella, me parece, cualquier intercambio es un examen.

—¿Vive sola?

—Una nunca vive realmente sola, ¿no?

Le pregunto qué me quiere decir y me dice que nada, que lo que acaba de decirme.

—¿Pero no ha vuelto a casarse?

—¿Para eso vino a verme de tan lejos?

Le digo que no, que me disculpe: creí que esas preguntas simples, banales podían armar un vínculo, pero está claro que me equivoqué.

—Por supuesto que no, Senhora. Usted sabe que no.

Fui a verla porque fue decisiva en esta historia pero nadie nunca se lo acreditó. Es increíble que, con todo este frenesí, nadie le haya pedido su versión. O quizá se la pidieron y ella no quiso darla. Pero no parece: cuando le dije que trabajaba en una historia de 天 no tardó en aceptar mi pedido de entrevista. Me dijo que el único problema era que ya no estaba en Majuro —que lo había dejado más de diez años antes, cuando la subida de las aguas se hizo incómoda—, sino en las Cayman y que quizá mejor nos veíamos por holo; yo le dije que no, que si no le importaba prefería ir a verla. Ella asintió, e incluso me mandó transporte.

—No, vine porque estoy tratando de saber cómo fue que empezó esta locura, saberlo de verdad. Y lo que usted no sabe no lo sabe nadie.

—Parece mentira, ¿no? Hay tantas cosas que no sabe nadie...

Creo que es una broma y le sonrío. Senhora, en cambio, sigue seria.

Senhora sigue siendo bella, solo que ahora es serena. Tranquila, redomada. Lo único que grita son las manos: la izquierda fuerte y firme, la derecha delicada y leve. Sé que fue moda en otros tiempos: cuando Senhora tendría 40 o 50, en los '20, el progreso de los reemplazos corporales produjo aquel frenesí en que lo elegante era mostrar el mayor desdén por cualquier cosa natural y ponerse los rasgos que a cada quien se le cantaban —y que produjo tantos disparates que todavía se ven en holos y en unas pocas calles. Entonces era casi lógico: la celebración del triunfo completo sobre la Naturaleza, un festival, pero ahora, cuando la elegancia —si la hay— consiste otra vez en simular que todo es natural, se ve tan nuevo rico.

Aquellos raptos de entusiasmo que después te avergüenzan.

En los treinta y tantos años que pasaron desde que comisionó a Badul y López Sal la búsqueda de un sistema de transferencia de cerebros, decidida a convertirnos en máquinas perfectas vitales ambulantes, la vida de Senhora cambió tanto. Su empresa, por ejemplo, siguió creciendo hasta hace diez, cuando 天 se difundió en el mundo: entonces la industria médica sufrió un golpe tremendo. Las cuatro Hermanas llevaban décadas de prosperidad: no solo por la difusión de los reemplazos corporales sino, sobre todo, por el reemplazo de los médicos por las máquinas diagnósticas. Era lógico: si la medicina es un abuso de la estadística —«en el 74 por ciento de los casos en que aparece este dolor la causa es tal tumor, así que debe ser eso y vamos a tratarlo en consecuencia»—, una buena redN bien organizada e informada es más eficiente que una señora o un señor: tiene tanta más capacidad de memoria, análisis y síntesis. Los médicos se resistieron, hablaron de empatías y otras paparruchadas, trataron de sobrevivir como operadores de esas máquinas y terminaron por ceder poco a poco su sitio. Parecía la apoteosis pero, como suele suceder, justo entonces empezaba el declive.

—Sí, estamos complicados. El negocio se redujo mucho: más del 60 por ciento de nuestro mercado eran los mayores de 90 años, y ahora casi todos ellos se precipitan a sus 天, pobrecitos.

Dice Senhora, casi plañidera, y miro alrededor: la pared transparente con el mar, las otras con helechos y flores y unos cuantos animales de diseño, el espacio en el cuarto para que el truVí que ella quiera pueda llevarla a cualquier sitio —aunque sabemos que la riqueza verdadera es no meterse nunca en un truVí. Un kwasi casero acaba de traernos dos vasos con una espuma de mango deliciosa —tanto tiempo sin comer comida de esa— y me siento lujuria; Senhora me mira con su sonrisa desdeñosa:

—Sí, tengo un dinero, claro que tengo mucho más dinero que el que puedo necesitar en las décadas que me queden de vida, si es que decido vivir décadas. Pero usted no entiende: el dinero es para los pobres. Nuestro privilegio no es el dinero, es que te escuchen. A mí me han escuchado mucho, importaba escucharme, y ahora ya no, ya ni se les ocurre.

—Yo podría haber sido la dueña de este mundo. Lo habría conseguido, sé que lo habría conseguido; el problema es que ese mundo ya no existe más. Y es un alivio. Bueno, casi un alivio.

Dice, como para que no lo crea.

No me atrevo a preguntarle lo que debo: si no le parece que todo esto es culpa suya. O le diría, más neutra: su responsabilidad —pero no le diría qué significa «todo esto». De todos modos no lo hago; recuerdo a un profesor que me decía que si una pregunta no ofende no sirve para nada; recuerdo a otro que me decía que las preguntas deben ser amables para no tensar al entrevistado. Los profesores son así; yo soy peor. Senhora mira mi silencio sin esconder su aburrimiento. Es evidente que me quiere decir algo —si no, no me habría traído hasta aquí— y no sé qué es. Quizá ya me lo dijo y no lo reconozco; lo dudo. Me preocupa que no sé cómo preguntárselo; aunque, si de verdad quiere decírmelo, no importa qué pueda preguntarle.

—¿Siguió sin tener hijos?

—¿Qué le parece, señorita?

—Eso, que siguió sin tener hijos.

—¿Y para qué quería que tuviera hijos?

—Bueno, el destino de su empresa...

Senhora me mira como se mira a un insecto molesto. Después se saca el pelo de la cara con un gesto fuera de registro. Contra lo que uno suele pensar cuando no piensa, los gestos de los primeros años no se borran del todo con el tiempo; sobreviven. Para algunos es delicioso ver aflorar los gestos de la niña en la mujer; a mí siempre me inquieta ver a una vieja que sigue haciendo gestos de muchacha: que se corre el pelo de la cara con un giro del cuello, que se cruza de piernas con espejo. Senhora me mira como si fuera a decir algo pero no; suspira. O debería decir: resopla.

—El mutilado que se mira el brazo que no tiene.

Dice, como si retomara lo que pienso, como si contestara a lo que no le dije.

—Así se ha vuelto el mundo: todos deseando ser lo que vayan a ser cuando ya no sean nada.

Dice, y cierra los ojos y se calla. La frase sonó estudiada, trabajada, como si la hubiera ensayado mucho para poder por fin decirla: «Todos deseando ser lo que vayan a ser cuando ya no sean nada».

Su detalle son los dedos de los pies: se le agarrotan, se le encorvan, se le enrulan sobre la suela fina de sus sandalias color oro, ramitas de rapiña. Sus dedos son las garras de ese pájaro muerto —y ella podría esconderlos pero no: ahí está su talante.

—¿Hace mucho que no ve a Badul?

—Murió, usted lo sabe.

—Sí, lo sé. Quise decir: ¿hacía mucho que no lo veía?

—Nunca más, no lo vi nunca más. Desde que me traicionó no volví a verlo.

Por un momento pienso que quizá sea eso: que Senhora me quiere contar esa traición. Pero no tiene sentido: ella sabe que yo sé, si no, no habría aceptado la entrevista. Entonces me pide que me saque los lentes. Sabe mejor que nadie que es difícil: los intraoculares están hechos para quedarse allí; sin ellos, Senhora se asegura de que no estoy registrando —o cree que no estoy registrando. Sin ellos, también, sin traductor inmediato, vamos a tener que decidir qué idioma hablamos. Voy al baño: una cueva de mármol excavado y un verdadero espejo material. Tras años y años de espejos de holo, el brillo de la hoja me resulta casi insoportable; con problemas, termino por sacármelos. Cuando vuelvo al salón la luz del mar refulge y Senhora me pregunta si puede ser inglés: se decidió por lo más fácil. Yo le digo que sí: no creo que sepa chino. Le veo, ahora, huellas y surcos infinitos en la cara: es tan raro mirar con los ojos.

—A usted le queda claro que lo que yo pretendía era algo completamente diferente, ¿no?

Con los ojos no termino de verla: las imágenes no están tratadas, no hay suplemento de info, sé que no registro. Más que verla la siento, la percibo; pienso en aquellos ciegos que veían con las manos. Qué rara debía ser la vida de nuestros abuelos, incluso nuestros padres, sabiendo que nada de lo que hacían quedaba registrado, que todo se les escapaba como agua entre los dedos.

—… completamente diferente.

Repite, porque me distraje. Le digo que sí, claro, diferente, del todo diferente. Es curioso que se defienda de las acusaciones que nadie le hace: su acusadora principal debe ser ella.

—Yo quería que pudiéramos transferir nuestros cerebros a cuerpos inmortales para seguir viviendo en este mundo, no caer en tonterías y quimeras.

Dice, y se queda callada, piensa, mira detrás de mí algo que no está detrás de mí: el mundo que podría haber sido.

—¿Usted cree en Dios?

—No, yo no. ¿Y usted?

—Creo que sí. Digo, creía, siempre creí, pero ya no me acuerdo.

Senhora mira a ninguna parte y se sonríe: quizá piense en ese dios que no recuerda. Se oye un ruido del mar, olas que rompen mansas, pero dudo que venga del mar. Yo debo preguntarle si de verdad no se asume como una fundadora de estos tiempos, una madre o abuela de 天; Senhora me mira con espanto:

—Yo no he sido madre de nadie, abuela de nadie. ¡Imagínese de eso…!

Dice, como quien dice este baño huele, como si fuera to-davía una dama, hija dilecta de un magnate, en el Gran Hotel Copacabana, Río, 2001. Entonces le pregunto si alguna vez lo imaginó:

—¿Usted alguna vez lo imaginó?

—No, cómo lo iba a imaginar. ¿Y sabe qué, señorita? Si lo hubiera imaginado nunca lo habría empezado. Nunca, se lo juro.

—¿Por qué?

—Bueno, usted ya ve cómo se ha puesto todo, ¿no?

Todo es todo: su brazo derecho en un barrido que abarca, seguramente, mucho más que el planeta pero, por el momen-to, solo me muestra este salón de pared transparente. Le digo que, en cualquier caso, no hizo nada para oponerse y ella me mira triste, me dice que cuando quiso hacerlo ya era tarde: que primero no se dio cuenta, que cuando desapareció Badul se dijo que era otro más de esos investigadores vanos que de tanto en tanto la engañaban y que ya, y cuando supo del in-vento de Samar —dijo «el invento de Samar»— ya todo se le había ido de las manos.

—¿Y se reprocha su papel?

—Lo que yo quise hacer no era esto, no se parece nada a esto. Lo que tenemos es el fracaso de lo que intentamos. Pero eso usted ya lo sabe. Todos lo saben, todos los que quieren saberlo lo saben; solo que nadie quiere, claro.

—¿Y les guarda rencor?

—¿Rencor, por qué rencor? Les tengo pena. Pero a mí tam-bién, no se preocupe, no soy necia. Vivimos tiempos tristes.

(Si esto fuera realmente una entrevista yo debería preguntar-le por su responsabilidad en todas esas muertes. Si se lo pre-guntara estaría suponiendo que su responsabilidad en unas muertes es algo extraño, una cosa infrecuente. Si se lo pregun-tara sería boba, una ingenua que se sorprende ante el peque-ño mal de una malvada extrema. Hacer matar a esos hombres y mujeres, los pobres cobayos de Darwin, es una piedra en un campo de peñascos. Y no quiero que me mienta que no sabía, no quiero que me mienta que sí sabía y le importa, no quiero que me mienta que está apenada ahora, acongojada ahora, cuarenta años después, cuando no importa. No quiero, sobre todo, que me use para lavar sus culpas, así que no le digo nada.)

—¿Qué conclusión sacó de su encuentro con Jacques Mei?
—¿Mi encuentro con Jacques Mei?
—No se haga la tonta, señorita, que le queda feo.
—¿Así que fue usted que me mandó?
—¿Yo? ¿Cómo se le ocurre?

Dice y me repite que qué conclusiones. Yo le digo que me quedó claro que si 天 no se acabó con la muerte de Samar, en la fase temprana, fue porque había un gran poder interesado en eso. Ella me para con la mano:

—¿Un gran poder? ¿Cuál gran poder?

Yo no le digo que no sé si ella o la China.

(Podría decirle: casi un año después, sigo sin saber si habrá sido ella o la China. Pienso en preguntárselo y lo descarto: no podría creerle lo que me contestara.)

Senhora levanta levemente el dedo índice de su mano derecha —tan delicada, recién puesta— y aparece el robot con la bandeja; Senhora agarra nuestros vasos vacíos y los pone en ella. El movimiento es tan innecesario que queda claro: terminamos. Yo sigo sin entender qué me quería contar, para qué me ha traído —y estoy por irme sin saberlo. Intento una vez más: hago un repaso, lo busco, no lo encuentro. Senhora, como quien dice llueve, me pregunta qué pienso.

—¿Qué pienso sobre qué, Senhora?

—¿De qué estamos hablando? Sobre 天, qué piensa. Ya lleva un tiempo trabajando, investigando, debe pensar algo.

Dice, y se traiciona. No la veo bien —sin mis intras la veo impresionista— pero hay algo en su forma de arquear las cejas, de apretar los labios.

—No sé, Senhora, qué quiere que le diga.

—Quiero que me diga lo que piensa, así que voy a ser sincera con usted, y espero me disculpe. Yo ya no soy tan joven. Pronto tendré que tomar una decisión. Morirme, por ejemplo: alcanza con dejar de revivirme cada vez. O meterme en esa cosa, 天. Pero no sé qué hacer.

Dice, y respira hondo, demasiado hondo. Yo de pronto creo que entiendo cosas; ella no necesita más preguntas.

—No sé qué hacer, primero dudo, y después dudo. A mí, dudar, se lo imagina, no me gusta. ¿Pero no le parece sospechoso que «no consigan» comunicar los cerebros con el mundo? ¿No le parece que nos ocultan algo? Le confieso: llevo años pensándolo y no sé qué pensar. Y no consigo decidirme.

—¿Piensa que puede ser mentira?

—Pienso, claro que pienso. También pienso que puede ser verdad. Me lo pregunto. ¿A usted no le extraña que nadie se pregunte nada? ¿No la hace dudar tan poca duda?

No mucho, en verdad, hasta esa tarde.

La pared transparente, digo:
esas minucias.

2. Un mañana

Podríamos decir que es un mundo feliz. Decir mundo es un abuso léxico, pero un abuso que todos cometemos: cuando decimos mundo en realidad queremos decir estos países. En ellos 天 va a cumplir diez años como derecho universal −y la Alianza de Dios ha sido derrotada. Hay, por supuesto, escaramuzas en los bordes, pero la paz completa solo existe con la completa tiranía −y ni la una ni la otra se dan nunca.

−Al fin un gobierno que se ocupa de nosotros, de todos nosotros. Le debemos la vida, qué más puede pedirse.

La historia es relativamente breve, pero parece como si hubieran pasado siglos. Quizá se puede decir −ha dicho Valtino Pedro− que «la cantidad suplió al tiempo: nunca, en todo el camino de la humanidad, un fenómeno fue tan general: en pocos años cambió las vidas de cinco mil millones de personas». Pronto nadie podrá siquiera imaginar cómo era la vida antes de 天; ahora importa empezar a entender cómo es la vida en la Era 天.

Y que sepamos a qué crueldad debemos todo esto.

—Yo no puedo ni pensar cómo era vivir antes. ¿Usted se imagina el horror de haber nacido hace cien años, cuando las personas se morían? ¿Cómo harían? No puedo ni pensarlo.

—¿Cómo que no puede pensarlo? A usted también le sucedía.

—Sí, supongo. Pero no sé, no consigo acordarme de cómo era. ¿Y el horror de haberse muerto digamos hace veinte?

Crecían olas de terror retrospectivo y, enseguida, el alivio infinito de vivir en estos tiempos. El pasado se volvió un agujero negro; el presente es el mejor momento de la historia. Esa es la felicidad contemporánea.

Vivimos en el mejor momento
de la historia, te repiten
y casi todos
lo creemos.
Lo creen, lo
creemos. Quizás
hasta sea cierto, quizá
por fin
hayamos empezado.

La historia, sabemos, se divide entre esas épocas que producen la sensación de que has nacido demasiado pronto —«el futuro va a ser increíble y yo no voy a estar allí»— y las que producen, al contrario, la sensación de que has nacido tarde —«con lo bien que vivían en aquellos años, yo vine a caer en estos»—. 天 produjo, durante un breve lapso, un tsunami de satisfacción con el presente, de esas que, por definición —por el carácter eminentemente efímero del presente— duran poco. Fue, sin embargo, masiva y poderosa.

«Llegó el fin del principio del fin: un principio que se acabó, que ya no corre más. El fin ya no es inevitable: el principio de que todo se acaba se acabó», dijo el gran Anasio Cy y la fórmula prendió: el Fin del Principio del Fin fue el otro nombre de la época.

Sinfín, decían.
(Como si fuera, alguna vez, posible.)

Es difícil describir lo que sucede ahora: es injusto describirlo. Cualquier descripción depende de mis sensaciones, de las historias que me encuentre, las ideas que me convenzan, los prejuicios que cargue. Es una tontería decir pasa esto, no pasa lo otro —y sin embargo es lo que hago. ¿Qué hacer si no, callarse?

O, también: ¿qué sentido tiene revolver ahora los orígenes?
No tiene, pero lo estoy haciendo: aquí lo estoy haciendo.
Y sé que no le importa a nadie. A lo sumo, alguno dirá que fue un sacrificio razonable —porque no fue el suyo. Es fácil sostenerlo: si murieron, digamos, 500 personas o 5.000 personas para que 5.000 millones ahora se regodeen en sus 天, quién podría decir que no fue buen negocio. Diez millones por uno, millón por uno, un rendimiento extremo.
Cálculos razonables. ¿Nos sirven esos cálculos? ¿En qué otros puntos se pueden aplicar? ¿Y quién decide qué es lícito y que no, cuándo un sacrificio es razonable y cuándo bruto abuso? ¿Quién decide quién puede decidirlo?

Sin sentido, pero lo estoy haciendo: el trabajo del relator es decir cuando no debería.
(Hay otros, hay muchos otros para decir cuando sí deben.)

Sobre todo ahora, cuando los que deberían decir se callan como perros.

Como perros: ladrando, como se callan ellos.

Los que llamamos intelectuales —o gente de la crítica o intérpretes— suelen ser a un tiempo amables e irascibles: todo su arte consiste en aceptar simulando que cuestionan. Los guía, en general, el miedo al castigo de un gobierno o, peor, a perder sus menguados privilegios, un empleo, un reconocimiento. Se diría que les importa más que nada el reconocimiento: «Por algo le dicen re-conocimiento: cuando otros empiezan a pensar sobre uno lo que uno ya pensaba», dijo, hace tanto, en un desliz, Svenson.

Por décadas, nada les pareció peor que perderlo o no alcanzarlo. Pero en estos años los pilotó un miedo más cerval: que sus palabras sobre 天 les complicaran el acceso a la suya. Nadie quería decir nada que pudiera usarse en su contra, que lo obligara a una coherencia cara: ¿quién podría criticar seriamente ese destino que todos esperaban compartir?

Así que sus opiniones se hicieron bizantinas, retorcidamente vanas: todos hablaban de eso y nadie decía nada serio. Pocos momentos de la historia han tenido intelectuales tan complacientes, tan inanes.

El que dio el tono fue, desde lo alto de su 'ArvCloud, Rui Svenson, El profesor Svenson tenía, en 2070, 98 años. El profesor había estudiado allí mismo, tantos años antes, recién llegado de Yukón, con un intelectual famoso de su tiempo, un profesor Chom-Sky, lingüista de respeto que se había pasado la vida despotricando contra todo sistema, contra todo gobierno. Svenson era el heredero de una de estas familias que se enriquecieron con el calentamiento: hijo único de un colono pobre que, tras algún éxito en las minas de oro de Alaska, se había comprado extensiones de hielo intransitable que, con el tiempo y el cambio de tiempo, se transformaron en campos de trigo. Svenson era un muchacho astuto: del proceso de su padre había aprendido que nada es lo que parece o, más bien, que todo puede ser lo que parece hasta que empieza a parecer algo distinto, y ahí salta la oportunidad y es necesario estar atento.

Svenson siguió a Sky durante veinte años con un tesón a toda prueba: fue su repetidor más enconado. Tras su muerte, en una peripecia clásica, se lanzó a deshacerlo, solo que lo hizo con la inteligencia que nunca le faltó: en lugar de decir lo contrario de lo que decía su maestro, decía cosas semejantes pero perfectamente vacuas, estériles: desarmaba la pasión crítica del anterior inutilizando las armas de la crítica.

Sonaba atronador, y se labró una fama y una vida muy sólidas: las Corpos que se habían hecho con la región gustaban de mostrar su tolerancia dándole espacios y dineros. En medio de la debacle de las universidades americanas, 'ArvCloud seguía incólume gracias a sus diatribas —y esto hacía que cientos o miles dependieran de él para conservar puestos y sueldos. La vida del profesor Rui Svenson —no confundir con su homónimo Gideon— era un derroche de poder pequeño, que él debía alimentar —cada vez menos— con sus palabras —cada vez más— redondeadas. Además, era fama que disponía de los mejores kwasiSx y que su vigor y su entusiasmo no cedían.

Aun así, era perturbador que, a diez años de 天 para Todos y a sus 98, todavía no se hubiera transferido: jugaba con fuego, le decían, y él contestaba amianto. Las malas lenguas murmuraban que se gustaba demasiado, que su vida le gustaba demasiado como para imaginar nada mejor. Él lo sabía y contestaba a lo que nadie le decía: «¿Alguien sabe qué es la felicidad? ¿Alguien recuerda las enseñanzas de aquel indio que hablaba del deseo inalcanzable de no desear más nada?».

Rui Svenson, por supuesto, saludaba las virtudes de 天 con el entusiasmo escéptico que se esperaba de él. Exaltó, por ejemplo, que 天 significaba un retorno a la norma natural: morirse joven. Insistió en una obviedad: que, librados a la Naturaleza, antes de las culturas, los hombres y mujeres se morían cuando dejaban de ser fértiles, hacia los cuarenta años —porque un individuo incapaz de reproducirse es una carga para el grupo.

Y que esa norma natural fue rota por la cultura en dos etapas: la primera, cuando los esfuerzos de la medicina por justificar su existencia la llevaron a estirar las vidas de las personas tanto más allá que su edad reproductora; la segunda, cuando sus esfuerzos aún más perversos por hacerse indispensable la llevaron a prolongar el período reproductor hasta edades provectas. Así la medicina, en su lucha —hasta ahora exitosa— por su supervivencia, cerraba el círculo: nos hacía vivir más pero pariendo todo el tiempo —o, por lo menos, siendo capaces de hacerlo, y reticentes.

«El triunfo de una técnica consiste en crear condiciones que nos parecen naturales —escribió Svenson— porque eso la naturaliza, la vuelve indispensable. La medicina inventó la vejez y los hombres nos creímos que ser viejos era nuestro derecho, destino, condición. Nos creímos que ese largo momento de zozobra que llamamos vejez era una imperfección de la Naturaleza —y era solo un truco de la medicina. Así como los cuerpos deben sobrevivir para que sus parásitos pululen, así los hombres y mujeres y fluides tenían que vivir para que la medicina prosperase. Ya no. Hay paradojas: por suerte hay paradojas.»

(Dijo Svenson, en un ataque audaz a la idea y condición de la vejez, en una exaltación de la capacidad de 天 para acabar con ella: el profesor descolla en este ejemplo. Porque su planteo es elegante pero omite demasiadas cosas: que el peso de la vejez ha hundido varias economías, que ha quebrado naciones que no pudieron sostener a tanto cuerpo improductivo —y que estallaron de placer al descubrir que podían deshacerse de ellos y presentarlo como un avance, una conquista. Que, gracias a 天, los pueblos se deshicieron tan fácilmente de sus viejos.)

No le importa, sigue: «La paradoja es clara: 天, gran logro de la Técnica, le devolvió sus derechos a la Naturaleza. Gracias a ella, ahora podemos dejar el mundo jóvenes, poco después de rehacernos en un niño. La medicina se creía imbatible: ha sido derrotada».

(Y sin embargo, el profesor Svenson utilizaba cada recoveco de la medicina derrotada para seguir viviendo. A quienes le decían que no parecía tan dispuesto a allanarse a la voluntad de la Naturaleza, les respondía con la frase de aquel filósofo francés de antes de la guerra: «Mi culo también es natural y sin embargo llevo pantalones», parece que había dicho el señor Arouet para explicar que «natural» no significa ni inevitable ni inmejorable —sino natural. Por algo el trabajo fundamental del profesor, que casi nadie había leído ni escuchado pero todos respetaban y nombraban tanto, se tituló *Parapalabra o la palabra como paradoja*.)

«Pero el triunfo de la Naturaleza fue pírrico, tan pírrico —decía el profesor—. Más paradojas: si ella recuperó sus muertes más tempranas, lo hizo gracias a que nosotros decidimos abandonar los cuerpos, devolverle esos cuerpos que nos fue dando a lo largo de millones de años de evolución muy esforzada, de trabajos tremendos, porque parece que vivimos mejor lejos de ellos, desdeñosos de ella. Se nos ocurrió —decía el profesor— que ser superhombres es dejar de ser hombres, maquinarnos.»

Arundhati López, el guru mixto de Karachi, una persona buscadamente ambigua cuya palabra era oro en la Trama, le salió al paso en este tema —también en este tema. En una intervención celebrada, pontifical como solía, llena de consejos e instrucciones, insistió en que había que tratar de transferirse lo más viejo posible, «mal que les pese a Sven o a la Naturaleza» —porque sus estudios de psicología mostraban que las personas más exitosas son aquellas que, cuando chicos, podían evitar la tentación de la gratificación inmediata para conseguir después algo mejor. Y que, de esa guisa —sí, decía «de esa guisa»—, cuanto más tiempo postergue alguien su transferencia, más material va a tener en el cerebro, más posibilidades de disfrutar, de interesarse, de vivir su 天 plenamente. Y que tampoco quería decir con eso que había que arriesgarse como ciertos ancianos —a un accidente, un derrame, esas cosas—: que lo deseable, como siempre, era encontrar un equilibrio.

Todo eso eran pamplinas —decía, altisonante, Svenson— ante el retorno del futuro.

«Nada como el retorno del futuro», decía, repetía. El argumento ya había estado en el centro de las famosas arengas de Samar. El profesor Svenson, según su costumbre, le agregó matices y espirales: «Después de tantos años de vivir el futuro como amenaza —recuerdo aquí un texto fundamental del profesor Chom-Sky, *Fue*—, recuperamos el futuro como aspiración, como promesa». No era solo Samar; incluso la Dama Ding había usado el tema en sus discursos triunfales. Svenson necesitaba un rulo: «¿Pero qué futuro es el que vuelve, el que nos llena de esperanzas? ¿Es un futuro humano?».

Su argumento retoma lo indudable: que llevábamos décadas sin encontrar ideas de futuro que nos despertaran entusiasmo. Que la degradación del planeta, la caída de los estados de Occidente, el ascenso vulgar de China e India, la falta de liderazgos e imaginaciones, el relativo fracaso del proyecto Tainam nos dejaron sin metas, desnudos frente al paso del tiempo —escribió: «desnudos frente al paso del tiempo». Que estábamos, una vez más, en uno de esos lapsos que se piensan como final de algo —y principio de nada. Y que 天 vino a romper esa tristeza: que es cierto que, con su irrupción, los hombres y mujeres y fluides recuperaron el entusiasmo por lo que vendrá; que, en verdad, viven más que nada entusiasmados por lo que vendrá cuando vengan sus 天.

«¿Y qué mejor futuro –preguntaba– que el que nunca puede comprobarse?»

(Con otra paradoja, una entre tantas: que ese futuro, la vida en 天, es incurablemente antigua. Y que es lógico: la arman, a partir de sus memorias, personas que ya tienen muchos años. La imaginan en base a sus recuerdos más felices que, en general, tienen que ver con sus años más mozos. O sea que la cultura que organizan atrasa cuarenta o cincuenta años: un espacio brutalmente carca, tan arcaico, dijo Svenson. «Durante siglos –y sobre todo desde el principio de la modernidad– los hombres disimularon su terror de morirse arguyendo que les dolía perderse los tiempos por venir: por su curiosidad por el futuro. Un poeta menor llegó a decir por ahí que 'no hay mayor nostalgia que la del tiempo que todavía no fue –y que nunca verás'. Esa excusa, como tantas otras, ya no sirve: ahora quieren sobrevivir en un tiempo y lugar que siempre será como los que vivieron. Y nadie se queja de no saber cómo cambiarán las cosas, las maneras.»)

«¿Y qué peor futuro, qué futuro más sólido, que el que está hecho con pasado?»

Que si un futuro hecho de 天 es reductor y resignado: que allí no encontraremos formas de superarnos, de encontrar nuevas vías, sino nomás aquellas que ya sabíamos que queríamos: nunca nada nuevo, material de derribo reciclado. Y que ese entusiasmo por el regreso de un futuro expectable nos aparta de otros, los que nos hicieron lo que somos:

«Somos porque buscamos. Buscamos porque tememos, porque tememos esperamos, porque esperamos encontramos; somos porque tememos, buscamos, encontramos. Si creemos que todo en el futuro está resuelto ya no somos», dijo, en uno de esos galimatías que eran su marca registrada.

Y se explayó: que, curiosamente, los grandes poderes adoptaron 天 en el momento en que tendrían que haber apostado por fin en serio a la colonización de Marte, que habían estado postergando durante años porque tenían miedo: «Miedo de lo desconocido, de lo descontrolado, de esas cosas que temen los poderes», dijo, y que habíamos llegado a ese punto en que la saturación demográfica y los demás peligros lo hacían inevitable, hasta que 天 vino al rescate e hizo que ya no fuera imprescindible —y los estados respiraron aliviados y dijeron 天 para Todos.

Y que él, por supuesto, no tenía nada contra una solución alternativa, tan prometedora, solo que esa solución era lo contrario de nuestra identidad: que existimos —«somos porque buscamos...»— en la búsqueda, y que si renunciábamos a la búsqueda, si nos acomodábamos en la certeza de que no es necesario seguir en ella porque en cualquier momento podemos refugiarnos en ese mundo prometido, renunciábamos a nosotros mismos, a todo lo que nos hizo lo que somos.

«Renunciar a esa búsqueda es como si renunciáramos a nuestros cuerpos... ¿Ah, cómo, ya lo hicimos?», dijo aquella vez, en una de esas intervenciones casi cómicas tan suyas, en una holo que rompió la Trama.

«Svenson siempre igual —le salió al cruce Ingolevich—: el maestro de la crítica acrítica. Dice, traducido, que el destino de la humanidad está en el espacio y que esto de 天 lo que hace es achanchar cualquier impulso de exploración y búsqueda; que nos transforma en idiotas satisfechos que solo queremos irnos lo antes posible a nuestras viditas de confección. Está bien, suena bien. Lo que no dice el venerable profesor Svenson es que 天 es la consagración del destino individual contra el destino colectivo: cada cual convencido de que su salvación le llega solo cuando se muera —y que se mueran los demás. Y eso sí que es grave: como decía hace tanto Gargiugli, 'cuando no ganamos todos, todos perdemos'.»

Svenson, habitualmente, no hacía caso a estas cosas. O, mejor: le gustaban. Y a veces, se salía de sí, la reventaba: un viejito simpático, que había evitado toda técnica de rejuvenación, todo reemplazo para mantener la imagen de abuelito rezongón pero afectuoso y se le babeaba la sonrisa cuando algún despistado lo llamaba la Conciencia Crítica de América —o, faltaba más, del Mundo.

«Que buscar una buena muerte no sea la forma de dejar de buscar una buena vida», decía, su gusto por el slogan fácil tan apropiado a nuestros tiempos.

Sí, lo hicimos: por fin conseguimos librarnos de la dictadura de los cuerpos —le contestaron, airados, millones en la Trama. Cada vez más se le reían: como uno de tantos colectivos anónimos, el Pronto —«La queremos Pronto porque estamos Prontos»—, que lo interpelaba con su estilo: «Parece que el Señor Profesor querría otro futuro. ¿No será que, gagá como consiguió estar, confunde futuro con pasado y ya no sabe adónde va?».

Nada gustaba más a Rui Svenson: esos ataques le daban a sus palabras firulete el sello de supuesto peligro que completaba el simulacro.

3. El Nuevo Mundo

Hay un consenso: que 天 es el mejor argumento que hemos tenido nunca contra el peligro de la guerra. Porque ¿quién va a querer morir por un mundo donde nadie pretende vivir más de lo estrictamente necesario? No hay mayor contribución a la paz. Por eso, también, las voces que pedían resucitar aquel viejo galardón clásico, el Novel, para dárselo.

Aunque no decían a quién,
faltaba más.

天, sabemos, cambió todo. Pero su efecto macro más notorio, en Europa y América, es cierta recuperación de los estados. Quizá llamarlos «estados» sea otro abuso: son débiles y dependen demasiado del poder chino, pero en estos años se reconstruyeron varias confederaciones de ciudades que consiguieron algún control sobre sus territorios. Sus poblaciones entienden que les conviene apoyar ese poder a cambio de que les garantice la seguridad de sus 天, y ya empiezan a aparecer los grupos que insisten en que se necesitan estados más y más fuertes: «¿Qué puede importarnos más, señoras? ¿Qué que entreguemos a cambio será mucho?», dice en estos días un discurso que resuena en la Trama. Y este verano las campañas ciudadanas de redada y expulsión de oscuros usaron infraestructura oficial y tuvieron unos resultados que no habían tenido en décadas.

Esos estados incipientes, dependientes, también aprovecha-ron que catolos e islamos no solo se rindieron: ambos enten-dieron que ahora mismo no tienen opciones, que frente al frenesí 天 solo les queda callarse y reagruparse y esperar una oportunidad que seguramente llegará o, incluso, tratar de pro-piciarla. Es probable que la estén preparando.

—No, está todo bien. Mire si nos vamos a quejar, señorita.
—¿Así que todo bien? Qué bueno.
—Bueno, sí, casi todo. No nos vamos a quejar. La otra se-mana estuve con mi cuñado, el delegado de colores. ¿Usted sabe la 天 que se está preparando el muy rutilante? Quién pudiera…
—¿Usted no puede?
—No, yo qué voy a poder. Los que pueden son otros, siem-pre otros.

Ahora, a mediados de 2072, a diez años del Encuentro de Socotra, las cifras de 天 son impactantes. Según el cálculo clásico, en las regiones lógicas cada año se moría el 1 por ciento de los vivos; la aceleración introducida por 天 duplicó esa cifra. Quiere decir que China y territorios (2.700 millo-nes), India (1.900), América (180), Europa (220), Rusia (200) y Brasilien (100), con sus 5.300 millones de privilegiados, produjeron unos 100 millones de 天 al año: en una década, mil millones de 天 retozando como pajaritos, mil millones de cuerpos desechados produciendo energía. En el resto del mun-do —África, Latinia, las agujeros asiáticos—, 3.800 millones si-guen teniendo dificultades para conseguir una 天 decente —y, por eso, la mortalidad se mantiene constante.

Así que se armó un mundo donde la técnica derrotó por fin a las esclavitudes de la técnica. Durante milenios, la prueba de los avances tecnológicos —la invención de la agricultura, la domesticación de los metales, el uso del arado, la fuerza del vapor— era la multiplicación de la cantidad de personas: la humanidad podía alimentar a más y más. Por primera vez la prueba del avance es la contraria: ya no se necesita alimentar a más porque para que haya más no es necesario alimentarlos. Ahora puede haber más y más en sus 天, sin más alimento que una fuente de energía. Para ser más no necesitamos producir más: al contrario, podemos ser menos.

La Era 天: el vértigo de un mundo que se hace ante nosotros.

O se deshace, según cómo se mire. En Latinia y África y Asia Triste la situación sigue siendo pre-Ding: solo los más ricos tienen la posibilidad de conseguir 天 privadas, sea porque viajan a comprarlas a Shenzen o Chennai o Torino —donde se ha vuelto a abrir la vieja clínica, ya sin el señor Liao—, sea porque se hacen atender en alguna de las escasas que se atrevieron a instalarse en esos peladales. Los demás africanos y latinios intentan migraciones desesperadas —cada vez mejor rechazadas por los estados renacidos— o sucumben a la tristeza o rumian su odio o contribuyen al crecimiento de esa nueva corriente antitécnica que postula que todos los «buenos viejos valores» —que ellos representarían: la sencillez, la decencia, el respeto de la tierra— son amenazados por esa petulancia tecnológica y que los espíritus de los ancestros y los árboles saldrán de fiesta si consiguen destruirlos, y fantasean con la posibilidad de hacerlo. Los truVís toscos de destrucción de China son un hit en la Trama profunda.

O millones y millones que ni saben.
Hay quienes dicen que son los más felices.

Pienso en Juliano, en doña Berta, en Darwin, todos ellos: 900 millones, 1.000 millones. Me pregunto si ya empezarán a saber que 天 existe, cuánto tiempo aguantarán cuando entiendan la injusticia, si un día ya no soportarán ser los únicos mortales en un mundo lleno de inmortales. Si seguirán siendo lo que son, si encontrarán el valor de rebelarse. Han pasado tres años desde aquella vez en Darwin; sería hora de que volviera, mirara, preguntara, intentara enterarme; sería hora de que algo hubiera cambiado. Pero temo la decepción de ir hasta allí a comprobar que no, que todo sigue igual.

Temo tener que preguntarme qué necesitan para dejar de soportar; temo ignorar —de nuevo— la respuesta.

Temo, incluso, convencerme de que su desdén es su sabiduría: que son los únicos que no se entregaron al gran chantaje moral de nuestro tiempo.

Temo justificarlos:

glorificar a los desposeídos, atribuirles la mayor inteligencia.

Aunque ahora, tras haber revisado toda la historia, a veces piense que aquellas muertes injustificables no fueron nada frente a los cambios radicales —a las muertes, a la alegría ante la muerte— que todo aquello produjo. Uno de los mayores problemas de los relatores es que muchas veces confundimos lo brutal con lo importante:

lo que sabemos contar con lo que cuenta.

En América el Estado en vías de recuperación ha conseguido desarmar casi todas las clínicas de Autos; unas pocas se volvieron privadas y, so pretexto de independencia y creatividad, cobran fortunas. En India la mayoría de las clínicas estatales ofrece una sola opción de 天: una vida casi igual a la vida, sin alardes —que millones abrazan con delicia, con desesperación, sin el menor respeto por el ciclo de las reencarnaciones que les ofrecieron desde siempre Buda, Shiva y compañía.

—¿Una sola opción? ¿Y usted cree que la van a tomar?

Le pregunté, tonta de mí, a un viceministro indio que pude entrevistar. El hombre me miró de arriba abajo, desprecio extraordinario, y me dijo que si me contestaba en serio; yo le dije que claro.

—Por supuesto que la van a tomar, cualquier opción que les demos la van a agarrar con manos, pies y dientes. ¿O usted se cree que van a preferir morirse y ya?

Pero los millonarios indios tienen, en Jaisalmer, una clínica que suele considerarse la mejor del mundo: la CamelOberoi ofrece, dicen, en un clima de secreto paranoico, formas de 天 desconocidas en el resto del mundo. No he podido averiguar cuáles serían —y no termino de creerlo.

Es probable que el rumor sea parte de la embestida india para minar la hegemonía china sobre 天. En ese mismo esfuerzo se inscribe la aparición reciente de un «culto» a Samar. No se trata de ritos realmente religiosos, pero sí de la exaltación de la figura de la Fundadora: otra manera de subrayar el peso indio en la historia de 天. El primer monumento se levantó en Kolkatta. Era lógico: al fin y al cabo Samar había nacido allí. Es muy bello: un juego de luces infinitamente armónico, un movimiento constante y casi imperceptible que llena de paz a quien lo mira: Samar.

(Copias de ese monumento se vienen instalando en otras ciudades indias y, últimamente, en dos o tres de Noritalia y Baïera; el culto de Samar es demasiado nuevo como para saber en qué terminará.)

Pero, aun así, la euforia, la carencia: euforia es la falta de ese peso tremebundo.

—Siempre me intrigó saber en qué pensaban las personas. ¿A usted no le pasa? Veía a un señor sentado solo en un banco de una plaza —bueno, cuando había plazas— y se preguntaba en qué estaría pensando, veía una mujer en el asiento de adelante y se preguntaba en qué, veía otra mujer esperando en una esquina mirando para arriba y también se preguntaba. En cambio ahora no necesita preguntarse: ya sabe que piensan en sus 天. La vida se volvió tanto más fácil, señorita.

Al principio todo era júbilo, puro júbilo. Después, de a poco, empezó a aparecer la irrealidad. O quizá la palabra no sea irrealidad sino ensayo. Yo vi una vez eso: en el antiguo arte del teatro —que algunos irredentos practican todavía— los intérpretes «ensayan» durante semanas para creerse capaces de salir a mostrar su espectáculo. Así viven muchos ahora: con la idea de que están probando en esta vida las opciones que querrán en 天. Con la idea de que esto es un ensayo general —y es difícil, me explicó una vez uno de aquellos irredentos, tener las mismas sensaciones cuando uno se imagina que está representando para miles que cuando está representando para miles.

Vivimos —viven— como quien se prepara.

—Sí, es cierto, yo a veces extraño cuando 天 no existía.
—¿De verdad? ¿Por qué?
—Bueno, porque no había tanta zozobra. Uno quería menos, vivía más tranquilo. Ahora cuánto tiempo me paso pensando en lo que va a ser eso…
—¿Y no le gusta?
—¡Claro que me gusta, señorita!

Así, mucho en nuestras vidas va cambiando.
Trato de entender qué, por qué. Intento comparar lo que ahora va pasando con lo que antes pasaba: qué era mejor antes, qué es ahora. Ahora es breve: solo tiene diez años. Estamos en el principio de la Era: todavía no hay una generación com-

pleta que haya vivido con la conciencia de 天, todavía no hay una generación para la que esto sea natural: una que haya nacido sabiendo que no se va a morir —o que viva pensando que no se va a morir. Pero ya pueden verse o preverse ciertos cambios. Para empezar, la división del tiempo en ciclos cortos: si cada quien va a vivir solo 70, 80 años, todo se acelera.

Estamos creando un mundo de alta rotatividad, con todas sus ventajas y defectos. Para empezar, seremos menos: la aceleración de la tasa de mortalidad en los países lógicos lo muestra. Si cada persona va a vivir varias décadas menos habrá, en cada momento, muchas menos personas: la Tierra aliviada, agradecida.

Y además la derrota de la Alianza de Dios permitió que volvieran a circular los métodos anticonceptivos que ellos habían prohibido. Quizá la amenaza más seria de aquellas sectas era la superpoblación: para seguir sus principios y sus príncipes, que se oponían al control de la natalidad y al aborto, sus creyentes parían y parían —y el mundo ya no los soportaba. En privado, algunos de sus príncipes decían que por lo menos sus guerras servían como mecanismo de regulación: si sus órdenes hacían nacer a muchos, también mataban a muchos, compensaban. Los métodos, ahora, son más razonables:

la Tierra aliviada, agradecida.

(Hay rumores: por ejemplo, que pronto India va a autorizar los úteros externos. En los veinte años que pasaron desde que la gran Gautune terminó de ponerlos a punto, ni India ni China los permitieron por miedo a que disparasen la cantidad de nacimientos. Pero ahora, con la compensación introducida por 天, han decidido hacerlo. Ya era hora. El nacimiento extracorpóreo —o «parto a distancia»— de un embrión formado in vitro y trasladado a un recinto amniótico donde se desarrolla, que no requiere una madre que lo apareje y cargue durante nueve meses, se anuncia como el gran cambio final de la condición femenina: la abolición de la última diferencia radical entre los sexos. Historiadores dicen que su efecto completará al de las píldoras anticonceptivas en el siglo xx: cien años después las mujeres se liberarán de sus últimas restricciones físicas. Es curioso, en ese sentido, que sea el presidente hombre Rabindragore quien lo haga antes que Dama Ding, la gran jefa mujer.)

—A veces los extraño. A veces me da pena que la gente que quiero se vaya tan rápido. Es cierto, yo había imaginado que nos íbamos a pasar todavía unos cuantos años juntos, pero todos los meses, todas las semanas me entero de alguien que se fue a su 天. A veces me desespera un poco.

—¿Y usted por qué no va?

—¿Y quién le dijo que no voy? Lo que pasa es que me voy a tomar mi tiempo.

—¿No le da miedo?

—Sí, un poco. Pero son solo unos meses, quizás un año o dos...

夫 redefinió también la vejez: como dijo antaño un filósofo persa, Aya Jomeiní, «ser viejo no sería grave si no fuera un final». Y entonces, gracias a 夫, la conciencia de que podía no serlo hizo que la vejez se volviera dulce y agradable, un tiempo de reflexión más o menos adolorida, dolorosa, sobre los tiempos idos; un tiempo de disfrute sin ardores. Pero también la paradoja: un viejo vivo y gozando de su vida era una crítica viva al mecanismo que le permitía esos placeres —porque estaba demorando el momento de entregarse. Pero, para muchos, era casi una coquetería: voy a ser viejo todavía un tiempo más, antes de volver a ser lo que quiera. Así, por lo menos, lo decían.

—¿Y si se muere de su muerte?

—¿Le parece tan malo? Mis padres y mis abuelos y mi esposa se murieron de sus muertes y ahí están...

—¿Ah, sí? ¿Dónde?

Y algunos les decían que eran réprobos, siempre inconformes, cagones, mentecatos, vergüenza de los suyos. Hubo ataques en calles, pequeños odios que era mejor disimular, ofensivas abiertas. Viejos lo tomaron en cuenta, aceleraron transferencias.

—Bueno, nada puede ser peor que terminar atendido por un robot que te dice abuelito. No sé cómo soportan a esos robots que les dicen abuelito.

—Y con esas caras de chinos, para colmo.

Es difícil precisar todavía los efectos demográficos a mediano plazo de la derrota de la Alianza y el triunfo de 天: los mejores demógrafos calculan que podremos llegar a 5.000 millones en 2150. En cualquier caso, está claro que la Tierra nunca será igual a lo que era —al desastre que era. Por eso algunos dicen que 天 será la «bala de plata» que salvará la Tierra.

(Busqué la referencia «bala de plata»: según un viejo mito, era la forma de matar a unas criaturas, los vampiros, que, en aquellos relatos, tampoco se morían.)

De hecho, las alarmas ecologistas se han reducido considerablemente. Sin ir más lejos, el Comité Central ya decidió retirar dinero y expectativas de los programas de ocupación de Marte, aliviado por las previsiones de mejora de las condiciones en la Tierra.

Está claro que en el mundo de alta rotatividad se necesitarán menos recursos: menos vivienda, menos comida, mucha menos atención sanitaria, menos productos. Y, al mismo tiempo, se despilfarrarán tantos recursos: la inversión de educar, por ejemplo, que devengará un rendimiento más breve –aunque, para compensar, máquinas hagan la mayoría de las tareas que solían hacer los educados.

(Es cierto que ahora se produce menos, que la economía está más sopa. Pero eso también se compensa con la bajada de población: ya no necesitamos tanto. Y además no había nada más caro de mantener que esa masa de viejos que ahora va desapareciendo. Es cierto, sobre todo, que el mundo parece más razonable ahora, más sensato.)

—Yo mi trabajo lo perdí porque vamos a dejar de hacer anteojos.

—¿De verdad hacía anteojos?

—Sí, señorita. Muy buenos anteojos.

—¿Y por qué no los hacían los kwasis?

—Porque los anteojos eran para personas, hechos por personas. Personas de otros tiempos.

—¿Y usted qué va a hacer?

—Ahora nada, descansar, esperar. Me dicen que dentro de seis años ya tengo derecho a reclamar mi 天.

Ya se oyen voces –como la de Senhora, tantas otras– que se quejan de que no nos cuidamos: que vivimos reventándonos. Dicen que hace cien años había unos que se llamaban punks, unos muchachos impacientes. Fueron ellos los que dijeron por primera vez que si vivías rápido y morías joven dejarías un cadáver bonito. Pobres: el destino de los precursores siempre es cruel. Para ellos, vivir rápido y morirse joven tenía tremendo precio. Hemos dejado de pagarlo. Ahora parece como si el mundo hubiera adoptado la primera parte de su lema como lema; es fácil, porque la segunda es tan distinta: «Vive rápido, muere joven, y tendrás una 天 maravillosa».

Somos punks baratos, rebajados. Y por eso mismo, a veces, más extremos: mucha droga de cuarta, alcoholes raros, poco ejercicio, reemplazos caprichosos. Entonces es cierto que los estados tienen cada vez más dificultades para conseguir que las personas vivan tranquilas y se cuiden, sabiendo que cuando sus cuerpos empiecen a arruinarse, los abandonarán. Lo único que les permite cierto control es la amenaza de privar de 天 a los más díscolos pero, por el momento, ninguno —o casi ninguno— la ha llevado a cabo.

—Sí, pero esto con la muerte no pasaba.

Me dijo aquella vez Gualtiero, el maestro en Torino, y después lo he escuchado más veces:

—Esto con la muerte no pasaba.

Y que la única forma de evitar el descontrol es un control cada vez más cuidadoso —dicen «cuidadoso»— del Estado.

(Pero no es cierto que, como dicen los impacientes y los retardatarios, el cuerpo haya vuelto a ser lo que era en la tradición cristiana, el lugar de la perdición y su lógico castigo, el espacio de los sufrimientos; aquí, ahora, los cuerpos son ese compañero de ruta amable, entretenido, que dejaremos atrás cuando lleguemos a destino.)

4. El nuevo Estado

Gracias a 天, los estados se han vuelto realmente imprescindibles, sus garantes: el Estado ha vuelto, y es el gran triunfo de la Dama. Millones y millones que estaban dispuestos a cuestionarlo, a oponérsele incluso, ahora lo aceptan y lo quieren y le piden más densidad, más absoluto. Tenemos algo tan valioso que tememos: tememos examinarlo, complicarlo, hacer cualquier cosa que pueda amenazarlo. Nos callamos mucho más que antes. La mayoría, por lo menos. Millones y millones ahora caminan sobre huevos, preocupadísimos por no hacer nada que pudiera debilitar a ese Estado garante del futuro —de un futuro, dicen, venturoso como nunca nadie tuvo.

Esto debería compensar la inestabilidad que algunos anuncian: si habrá menos viejos, dicen, y si los viejos son más calmos y conservadores, factores de pacificación social, es probable que sin ellos haya más problemas. Y que, como cada generación durará menos, dicen, será más trabajo adoctrinarlas y prever qué harán y mantenerlas tranquilas y —más o menos— contentas.

Pero nada de esto parece suficiente para desequilibrar estos grandes estados, mientras 天 siga siendo el faro. O, por lo menos, eso calculan Dama Ding y sus huestes del Comité Central —y los demás gobiernos.

Salvo los recalcitrantes de Tainam —y ni siquiera tanto, solo cuestiones de matices—, todos los gobiernos de los países lógicos coinciden en su estrategia: 天. No sé si alguna vez existió un acuerdo semejante.

(Tainam sigue siendo, a estos días, el único Estado importante donde 天 no consiguió imponerse.

Tainam fue la esperanza de tantos hace ya casi treinta años, cuando se formó la República Asociativa, la unión de varios estaditos inviables de la región: Laos, Camboya, Tailandia, Vietnam, sus partes de Malasia. No sé si puede hablarse de una revolución; fue, sí, el hartazgo de millones y millones que habían provisto la mano de obra post-china y un día se cansaron. Y sucedió al mismo tiempo –o más bien sucedió en cascada, primero Vietnam, después Camboya y Tailandia y los demás– y hubo esa ola de huelgas y sabotajes que parecían imposibles en tiempos de robots, porque en esas tierras todavía las personas trabajaban como si fueran robots. Y lo curioso fue que los gobiernos de los estaditos entendieron que no podrían controlarlo por sí mismos y decidieron unirse para eso, pero, ya unidos, vieron que no podían controlarlo y el nuevo Estado que habían formado para reprimir fue el Estado Nuevo de esos trabajadores y sus representantes. Que, en un impulso que el resto del mundo calificó de nostalgia y retroceso, decretaron la propiedad común de esas fábricas y después, en toda comunidad, las arrasaron y decidieron en una serie de plebiscitos dedicarse a la agricultura y la vida natural, vivir como sus choznos pero ecológicos y escrupulosos y hacendosos.

Y ya sabemos lo que pasó: que durante unos años fueron el modelo que tantos jóvenes en tantos lugares quisimos seguir. Tantos fuimos a conocer sus granjas igualitarias, sus experimentos con los géneros y los animales, sus comunas acéfalas, sus sonrisas, y soñamos con llenar el mundo de ellas; no era fácil retrotraer sociedades enteras a ese estado y sus gobiernos o sus iglesias nos reprimieron sin piedad. Y, ya entrados los '50, China aprovechó el desmantelamiento de los ejércitos tainamos para ir ocupando poco a poco, ante la pasividad de la supuesta «comunidad internacional», partes de su territorio, y lo hizo al mejor estilo chino: hacer, hacer siempre y sin piedad, pero que no parezca.

Y sabemos que, a mediados de los años '60, el intento tainamita parecía condenado pero aún lo intentaba. Tainam sigue siendo una isla en el mundo y, como tal, su delegado al Encuentro de Socotra dijo que lo consultaría con su gente. No se sabe cómo fue esa consulta −no siempre se sabe con claridad lo que pasa tras las fronteras de Tainam−, pero sí que decidieron que, aunque la idea de 天 era sin dudas tentadora, ellos no estaban en condiciones ni disposición de aplicarla: que preferían reservar todas sus energías para la construcción de la República Asociativa −aunque, decían, en un alarde de franqueza, esa construcción pudiera parecer destinada a todos los fracasos. «Intenta de nuevo, fracasa de nuevo, fracasa mejor», la famosa frase de su líder Hue Talún, dijeron, todavía los guiaba, y los llevaba a seguir creyendo que construir vidas mejores les importaba más que cualquier otra quimera. Huelga decir que el aparato de difusión chino −y todos los demás− ridiculizaron la postura tainamesa hasta el infinito de la Trama y que sus defensores habituales no encontraron, esta vez, argumentos fértiles.)

Nos cuidamos como nunca, tememos como nunca: ahora sí que perder como siempre es perder mucho más.

−Las personas de antes creían que si perdían su vida perdían tanto. No entendían: ¿qué perdían, veinte, treinta, cincuenta años más de repetir sus rutinitas? Perder es perder ahora: la eternidad de hacer lo que uno quiera.

Me había dicho, vehemente, Guldin, tanatóloga del Colegio de Goa. Es una de las razones para la desidia: hubo tiempos en que todos se molestaban por casi todo, buscaban formas nuevas. Aunque no supieran qué buscar, creían que debían; ahora no: ella dice que no.

−Ahora, en cambio, casi nadie intenta nada en este mundo porque lo que realmente quieren es una buena 天. Y siempre está la amenaza de perderla si uno reclama demasiado: te podrían matar, incluso, y ahora la muerte es mucha muerte.

(Los países que conservan la pena de muerte están en un problema: China, por ejemplo. En los primeros seis años ejecutaron a 21.208 criminales y reacios y no les dieron 天: el clamor fue tremendo. Una cosa era matarlos; otra muy otra matarlos y rematarlos, matarlos dos veces, privarlos de un derecho común. Pero dárselo era convertir la pena en algo que muchos intentaban conseguir: un acceso más rápido a sus 天, otra injusticia bruta. Fue un problema —es un problema: desde 2067 se detuvieron las ejecuciones, a la espera de una resolución. Se dice que este año van a volver: que los reos van a tener derecho a una 天 que, si bien no da tortura, tampoco va a ser agradable; no hay, todavía, detalles sobre sus condiciones.)

Es cierto: la muerte se nos ha vuelto el tema. Me dirán que siempre lo fue: quizá no lo era tanto. Una cosa era el miedo de la muerte cuando era inevitable; otra muy distinta es este miedo de morirse en circunstancias que te impidan alcanzar tu 天. Por eso ahora cada crimen, cada accidente, cada infarto es la tragedia extrema; por eso tanta investigación destinada a alargar el período en que se puede transferir el cerebro: ya vamos por los quince minutos —perfectamente insuficiente en tantos casos. Y Dama y Rabindragore y todos ellos no paran de prometer más fondos. El argumento con que se los exigen es astuto: si 天 se ha decretado para todos, no puede ser que algunos no puedan, por falta de recursos, ejercer su derecho.

—Señorita, ¿a usted le parece? Yo tengo mucho miedo.
—¿De qué, señora?

—De esto que tengo que esperar hasta cumplir 75. ¿Y si me pasa algo antes? ¿Si un día salgo a la calle y me ataca uno de esos dóberman salvajes? ¿Por qué no me dejan empezar desde ahora, qué más quieren de mí?

La mujer no tenía 60 años, era rubia y pomposa y desbordaba vida; a veces —tantas veces— no termino de entender a las personas.

—En serio, señorita. ¿Usted sabe lo que es vivir con este miedo?

Esperar —tener algo que esperar— siempre es zozobra.

—¿Entonces prefería vivir como antes?

—¿Usted por quién me toma, señorita?

Hay otras amenazas. En los primeros años del pacto de Socotra las Corpos mayores —el trío de los dueños de la Trama, sobre todo— hicieron lo imposible para impedir que 天 funcionara.

En un memo que después se hizo escandalosamente público, Leo Di Zhuan, el patrón americano de la Trintix, les decía a sus dos aliados principales que «no es solo una cuestión de negocios. Sí, también: si el formato 天 se instala en todo el mundo nos va a costar años y esfuerzos y dineros desbancarlo para imponer el Guin-guin —si es que conseguimos terminarlo—, y tantos años y esfuerzos y dineros invertidos quedarían en la nada. Es un punto que, como decíamos la semana pasada, hay que discutir con cuidado. Pero quiero llamarles la atención sobre algo que no dijimos y que es, para mi gusto, mucho más grave: la recuperación del modelo nacional, del peso de las burocracias nacionales. Eso nos va a costar tanto más que aparcar el Guin-guin o incluso darlo por perdido. Ustedes lo saben tan bien como yo y me imagino que si no lo dijeron fue por discreción. Pero se hace necesario conversarlo, y buscar las medidas».

Todos sabemos cuáles fueron esas medidas. Sabemos también que, afortunadamente, no dieron resultado.

Charlotte Wu, en la línea de Svenson, ha ligado esta recuperación de los estados con la aparición de una «nueva desidia ciudadana». No estoy segura de su peso, pero es cierto que la desidia está: para qué esforzarse de más en un ensayo. ¿Para qué trabajar como perros si lo importante empezará cuando esto se termine? Wu copia a Svenson cuando pronostica, incluso, la pérdida de cierta avidez técnica y científica, lo mejor de estas últimas décadas: ¿para qué pasarse los años en un laboratorio intentando prolongar o mejorar las condiciones de vida en esta vida si ya sabemos que la vamos a dejar por algo mejor?

Como el que está por mudarse y no arregla la casa que va a dejar, dice, vivimos.

Felices como nunca habíamos sido.
(Ilusionados pensando en la mudanza, aquella casa nueva.)

—¿Sabe lo que más me gusta de 天, señorita?
—No, pero creo que me lo va a decir.
—Claro: que ahí todo es tan seguro. Ahí no voy a tener que tener miedo de nada. Ni miedo de la muerte, mire.

天 avanza, cada vez más la tienen, cada vez forma más parte de la vida. ¿Quién hubiera dicho, hace solo treinta años, en aquel café de Bangalore, hace veinte en la oficina de Torino?

Felices como nunca,
rebosantes.

Y los pensadores ya hace rato que agotaron todos los adjetivos. Se han cansado de decir que 天 sanciona el paso de la materia a la virtualidad, que es el final del cuerpo, que nunca nada cambió tanto tantas vidas, que es la mayor revolución de la historia, y más de esos lemas que creen que deben producir para ser alguien −y todos lo creemos.

Normalmente no lo habría contado: estoy en contra de esos relatos sensibleros que apelan a las más bajas emociones −y nunca tuve claro cuáles son las altas. Pero creo que la historia de Selén vale la pena por su última frase. A veces pasa: todo un relato es solo el catafalco que laboriosamente se construye para soportar siete palabras.

−¿Está segura de que quiere hablar conmigo, señorita?

Selén tiene 52 años; cuando hablé con ella tenía 51, y no había movido las piernas desde los 14. Me dijo que habría querido poder decir que no las había movido nunca: que siempre pensó que si no supiera qué perdió todo sería más fácil.

−No fácil, no le digo fácil: digo un poco más, un poco menos doloroso. Las piernas, el agujero de las piernas me duele, por supuesto. Pero más me duele no tenerlas. El recuerdo de cuando corría, digo, por ejemplo.

Dice que esos recuerdos le duelen como nada, más que los dolores, más que el fracaso de los infinitos tratamientos: Selén nació en Chengdú, de una familia con dineros, y, tras el bruto accidente, sus padres nunca aceptaron que viviría paralizada de la cintura para abajo.

−Tantas veces les pedí que me dejaran así, que ya estaba, que no importaba tanto. Pero veía que les causaba tanta tristeza resignarse que seguía tolerando sus intentos.

Durante más de veinte años Selén fue el campo de prueba de los tratamientos más modernos, más audaces: en ella no funcionaron los reemplazos, las exopartes, las reconexiones nerviosas. Por fin, cuando cumplió 40 años les dijo que hasta ahí: que había hecho todo lo posible por complacerlos y lo había hecho todo, salvo caminar. Que durante décadas la había llenado de remordimientos no poder pero que ya no podía más, que se resignaba, que se pasaría los años que le faltaran en la mejor burbuja que encontrara, que intentaría olvidarse de su cuerpo y que mejor ellos también.

—¿Y lo consiguió?

Le pregunté aquel día, cuando fui a verla a su casa de Shenzen. Selén suspiró, me miró con esa cara mediterránea y china, con esos ojos rasgados de dulzura. Selén tenía el pelo muy largo desgreñado:

—Yo nunca conseguía nada, señorita. Hasta ahora. Ahora sí.

Me dijo, y que ahora estaba preparando su 天 con el mejor 天Man de la privada y que estaba maravillada y muerta de curiosidad y de impaciencia y que en tres meses ya estaría allí y que sabía que era una injusticia porque tantos querrían decidirlo como ella pero no tenían el dinero y ella sí pero que al fin y al cabo había sido víctima de la injusticia tantos años que ahora de algún modo se merecía esta fortuna y que nunca, ni en sus mejores sueños, pudo esperar que le pasara algo así, que nunca pudo esperar que al mundo le pasara algo así:

—¿Sabe, señorita? Lo mejor fue que me di cuenta de que no soy la única. Al contrario: ahora entendí que son todos como yo. Todos lisiados que al fin caminaremos.

Hacia el futuro, con un
futuro por delante.

Olvidando —cumpliendo
el gran trabajo de olvidar—
a los cobayos, los cuerpos,
los residuos de esa felicidad.

Empecé este trabajo dispuesta a la descalificación: 天 se basó en una masacre y un engaño —y yo sería la encargada de denunciarlo y repararlo, de poner los puntos sobre las íes y los muertos en sus tumbas. Empecé este trabajo convencida de que todo estaba infectado por el virus de aquellos secretos. Ahora, tras haber recorrido todo el recorrido, no estoy tan segura. Sigo creyendo que quizá —quizá— sería mejor si hubiesen contado la verdad: no edificar esta catedral sobre esa base de mentiras que parecen perfectamente innecesarias.

Me pregunté más de una vez, en estos años, qué sería distinto si hubieran contado la verdad. Quizá no mucho ahora, cuando la novedad y el entusiasmo callan cualquier escrúpulo, las dudas. Pero cuando estas dudas aparezcan —y aparecerán, porque el hombre es el animal que duda—, el descubrimiento de aquellas mentiras teñirá de sospecha el edificio.

Somos enanos sobre los hombros de cadáveres.

Unos días

29 de mayo de 2072
Hoy fui a verlo. Dudé durante varios días: quería, no quería. Temía lo que pudiera decirme, esperaba lo que pudiera decirme. Esperaba que lo que me dijera fuera cierto, temía que fuese un farsante digitado por Senhora: ella me dio sus datos. Por eso, supongo, dudé más. Por eso, supongo, lo busqué.

No son tiempos para incrédulos o críticos: vivimos en euforia. Los pensadores y otros farsantes ya agotaron todos los adjetivos, y todos lo creemos y yo, por supuesto, lo creía cuando empecé a trabajar sobre este asunto, pero ahora no consigo que dejen de resonar en mis oídos las palabras de Senhora.

Yo quise oírlas: la busqué porque precisaba ciertos detalles y, sobre todo, quería conocerla. Mi trabajo es la mejor excusa para satisfacer curiosidades que casi nadie puede: es nuestro módico privilegio y hay que aprovecharlo. Pero me encontré con una duda que no esperaba: su escepticismo frente a este maremoto que su ambición –queriendo o no, sabiendo o no– ayudó a producir.

Parece fácil pensar que lo hace por despecho: la dejaron afuera. Pero las causas de las cosas no invalidan las cosas. La semilla crece; en estos días, todo lo que pienso sobre 天 está teñido por sus dudas. Una cosa es dudar, como yo dudaba al principio, sobre los orígenes y las intenciones de 天; muy otra es dudar sobre 天. Me resistí, faltaba más: todavía me resisto.

Ya llevo demasiado tiempo trabajando sobre esto como para aceptar, de pronto, que quién sabe.

Desde aquel viaje a la Patagonia ya se fueron tres años –y a veces pienso que son muchos más. Es lo que pasa, supongo, cuando buscas algo que te importa: el tiempo corre de una manera óbscena. Y consigues convencerte de que todo lo que hiciste, aprendiste, pensaste, te llevaba hacia allí: no hay belleza, no hay placer mayor que ese momento en que todas las piezas del rompecabezas encajan: encuentran su sentido.

El problema será si ese sentido se da vuelta. Cuando me llamó la atención que la verdadera historia de 天 se ocultara detrás de la MásBella –y quise mostrarlo–, pensé que sería solo otro caso de mitificación: como bien dijo Effe Ferrari, «nadie ve si no cierra los ojos». Trabajé con esa hipótesis, con la idea de que una historia cierta del fenómeno que ha cambiado nuestras vidas nos ayudaría a entender esas vidas –y este mundo– de una manera más real y más completa. Pero no estaba preparada para la duda extrema.

La semilla seguía creciendo: creí que era mejor enfrentarla, encontrarme con el hombre. Intenté hablar con él por holo o la manera que él quisiera pero se negó: cara a cara o nada, me dijo. Tardé una semana de zozobra en acercarme hasta Shanjei; allí, me dio cita en el parque de los Lobos –donde, por supuesto, no hay ni sombra de esos perros viejos.

Junto al lago, en cambio, hay chicos corriendo, grupos de dos o tres besándose, esas cosas. Equis –por ahora voy a llamarlo Equis– es un señor de unos 50 años, de aspecto agradable, fisonomía pequinés, maneras suaves. Está enfundado en gris, todo lo más discreto, y me pide que no registre lo que dice, y se sonríe: que ya sabe que yo puedo registrarlo sin que él lo sepa, pero que me lo pide y yo sabré si quiero hacerlo o tratar de engañarlo. Su sonrisa es rara: como si dijera que sabe y que no sabe al mismo tiempo, o que sabe y no sabe al mismo tiempo, como si se riera sobre todo de sí. Entonces le digo que si piensa que porque nos veamos acá en el parque no pueden registrarnos se equivoca tanto y él de nuevo sonríe: que ya sabe, que claro. Que no es que no puedan; que por ahora prefieren no hacer nada.

Equis me dice que es alto funcionario en la Unidad Estatal, que solo me habla porque Senhora le pidió, que está corriendo riesgos porque ella le dijo que soy alguien decente y que ojalá le crea. Que quizá podamos vernos otra vez, pero que sabe que soy una persona que ha trabajado el tema y que, por eso, por hoy solo va a decirme una cosa, para que la piense: ¿Usted de verdad cree que en treinta años nadie pudo solucionar la comunicación con los cerebros transferidos? No voy a argumentar más que eso por ahora: ¿usted de verdad puede creerlo?

La respuesta clásica la sabemos todos, viene de tiempos de Badul, es la base de la MásBellaHistoria: el cerebro transferido es muy sensible a virus y cualquier otra contaminación del exterior, que terminan matándolo. Pero eso, es cierto, fue hace tanto tiempo. Equis se ríe: ¿Somos capaces de hacernos cuerpos poco menos que perennes, de crear los aparatos que nos hacen los trabajos, de producir personas en un tubo, de conocer todo misterio, y no fuimos capaces de conseguir que un cerebro funcionando en una neuronal se comunique con el mundo? ¿Usted de verdad puede creerlo?

Dice Equis, y que espera que volvamos a vernos y se va. Me deja pensando. O, mejor: decir que me deja pensando es cobardía.

1 de junio
Equis me dijo que en unos días iba a contactarme porque había algo que me quería mostrar. No me quiso decir qué: cuando le pregunté se volvió a reír, me dijo «algo». Yo lo espero, pienso. Cuanto más pienso, más me ataca la duda.

Tanta necesidad de hablar con ella, preguntarle.

3 de junio

El gran cambio fue cuando dejamos de entender lo que hacíamos. Hasta hace un par de siglos, se entendía: un señor le acercaba fuego a una mecha empapada en aceite, se encendía, le daba luz durante el tiempo que durara el combustible. O quería ir a algún lugar y ensillaba su caballo, se subía, le pegaba en el anca y arrancaba. Ahora si alguien quiere luz lo piensa y sucede a través de un conjunto de mecanimos perfectamente desconocidos; lo mismo cuando alguien quiere ir a un lugar. Ya no sabemos por qué se enciende la lámpara, cómo le llega la orden, qué hay dentro de la lámpara, cómo nos lleva a ese sitio ese transporte. Así que es fácil creer en cualquier cosa.

Si todo nos resulta inexplicable, ¿por qué pedir explicaciones?

4 de junio

En Shanjei hace un calor de perros —y muchos no tienen o no usan sus rebusques térmicos. Yo sí, camino, miro, no encuentro nada que me distraiga de mis dudas. De pronto me dan ataques, angustias extrañas. La inteligencia siempre nos sirvió para ejercer y justificar nuestro dominio sobre todas las especies, sobre el mundo; ahora que otras especies —máquinas— desarrollaron más inteligencia, ¿será lógico que se queden con él? ¿Ya lo tienen?

El otro día, cuando nos vimos, le dije a Equis que si seguimos así las máquinas se van a apoderar del mundo. Que los robots empezaron por sacarnos los trabajos, y ahora quieren sacarnos el mundo y que quizá por eso decidieron retirarnos, mandarnos a esos geriátricos magníficos. ¿Cómo sabemos que la decisión de producir y difundir 天 es nuestra y no de ellos? ¿Cómo sabemos, a esta altura, qué decisiones son nuestras, cuáles de ellos?, le dije, y me preguntó para qué querrían hacerlo. No lo sé; quizá, contra toda evidencia, todavía nos tienen miedo. Quizá no, quién sabe. Pero si esperamos a averiguarlo va a ser demasiado tarde, le dije, con ese escalofrío que da el apocalipsis. O quizá, se me ocurrió de pronto, nos engañan con este miedo para que no sepamos lo que realmente están haciendo: lo propio de los ignorantes es temer equivocados.

Se rio. Me dijo que había un político que terminó mal y hablaba bien, y que decía que la estupidez natural sigue siendo un peligro mucho mayor que la inteligencia artificial. Después se dio cuenta de su grosería, pero no dijo nada.

5 de junio
Ya revisé las holos que me pasó Equis. Son materiales pobres: voces monótonas con imágenes viejas, que no pueden conmover a nadie. Los argumentos son mejores: el más repetido es que, so pretexto de igualdad, el gobierno chino —y después los demás— crearon una 天 tan desigual: la común para la gran mayoría y la especial para los ricos y otros privilegiados. Y que no podemos tolerar que 天 reproduzca para la eternidad las injusticias que vivimos en nuestra vida breve, dice una voz de mujer aguda aguda. Y después agrega la más clásica: que nada ha apuntalado tanto el poder de los estados desfallecientes como la aparición de 天, que quizás alguna vez se diga que fue la que salvó la Forma Estado, que si no hubiera existido los estatistas o estadistas habrían tenido que inventarla, dice, y repite tres veces: que si no hubiera existido habrían tenido que inventarla —pero no elabora. Sigue en habladuría.

Y, después, una crítica que me parece más interesante: los modelos de vida que las 天 reivindican y proponen. Que, para empezar, la salvación por 天 es una salvación individual, la quiebra de cualquier esperanza colectiva, el abandono de cualquier búsqueda común. Y que en lugar de ofrecer 天 que defiendan valores de libertad, de solidaridad, de aquellas cosas, se arman estructuras que son un canto a lo peor de nuestras sociedades, lujos idiotas, violencias torpes, caprichitos tarados, dice, y sigue mucho rato. Es tedioso pero la idea me interesa:

creo que, hasta ahora, se han analizado muy poco los contenidos de las 天, lo que dicen sobre nuestros deseos, nuestras aspiraciones. Incluir más.

6 de junio

He estado mirando holos –decenas, cientos de holos– de aquella colección de la primera clínica en Torino, las charlas entre clientes y 天Man: la crítica tiene razón, toda la razón. Si hubiera que definir la cultura humana a partir de los pedidos de 天, no cabría duda de que hemos fracasado.

7 de junio

Sigo pensando en esos pedidos. Me pregunto si conviene incluirlos. Me encantaría hablar con ella, preguntarle qué piensa. Me duele no poder.

9 de junio

Equis me cita en una tienda de comidas antiguas cerca del antiguo Bund. Sospecho una relación entre la difusión de 天 y esta resurrección de estos lugares de comida material; no logro precisarla. Equis viene con una mujer unos años mayor que él, me dice que la llame Zeta. Yo le pregunto por qué me dice eso y me dice que si a él lo llamo Equis, a ella Zeta. Yo le digo que cómo sabe que yo lo llamo Equis; él me dice que es bastante evidente, y se sonríe. Después le pregunto por Yé y nos reímos –pero no dice nada.

Zeta me mira mucho, probablemente me registra. Tiene un aire más belicoso que Equis, la voz grave. Estoy por preguntarle si nació hombre pero no quiero desviar el tema. En cuanto nos sentamos, Zeta me pregunta si no me parece sospechoso que en treinta años no se haya resuelto el problema de la comunicación con los cerebros transferidos y Equis la mira con cara de reproche y a mí como quien se disculpa: que ya me lo había dicho, que perdone, que ella no sabía. Zeta respira hondo y dice que sí, que se repiten porque es una pregunta sin respuesta, que así vuelven las preguntas sin respuesta, que para eso sirven las respuestas. Después me pregunta si yo creo; yo le pregunto qué; ella me mira como se mira a un chico tonto: Usted se ha pasado años estudiando la historia de 天, ¿no hay nada en ella que le resulte sospechoso? Yo le digo que sí, que tantas cosas, pero que eso no tiene nada que ver con creer o no creer. Ella me dice que ya sabe, que lo que quiere preguntarme es si no me parece sospechoso, después de todo lo que averigüé, que no haya esa comunicación; si nunca pensé por qué sería. Yo le digo que sí, que claro que lo pensé, que hay explicaciones, que Badul mismo me lo explicó; ella me dice que Badul fue hace mucho, al principio, que puede ser que entonces sí, y ni siquiera, pero después, ahora, con tanto tiempo, tantos medios.

Nos interrumpe un camarero humano: es raro, y más raro comer estas cosas preparadas con arroz material, su carneHumana. Zeta respira más hondo, huele los menjunjes; Equis se sonríe. Me pregunto si son amantes o algo; no debo pensar en eso. ¿No le parece sospechoso, señorita?, vuelve a decirme Zeta. Yo le digo que digamos que sí: digamos que sea sospechoso; ¿sospechoso de qué, quiere decirme? Ella me devuelve la pregunta: ¿Usted qué sospecharía? No sé, le digo, que hay algún secreto. Bien, ¿y qué secreto se le ocurre? Bueno, eso es lo que no sé. Pero piense, ¿qué podría ser, qué le parece? No sé, de verdad no lo sé, le digo —no quiero darle su respuesta: si algo aprendí en estos años de trabajo es que no hay que contestar en lugar de los otros. Quiero que sea ella: ¿Y usted, qué es lo que sospecha?

Zeta se mete un montón de material en la boca, la mastica, mira a Equis: se diría que le pide permiso. Equis parece que autoriza; Zeta traga: No sé, las peores cosas, dice, y le pregunto cuáles son las peores. Las que usted se imagina, me dice, las que no quiere imaginarse. Yo trato de preguntarle más, ella me mira sin decir palabra. Después me dice que nunca nadie inteligente cree lo que le dicen, que uno así solo cree lo que piensa, y que yo le parezco inteligente. Le agradezco el cumplido envenenado. Después hablamos de otras cosas, del tiempo, aquellas tonterías. Equis paga, nos despedimos, quedamos en seguirla.

A la noche repaso: esta mañana Zeta decía que nos engañaron, que una vez más nos engañaron. Nos la prometieron para todos y todo lo que tenemos es esta imitación, dijo, y que lo peor es que hay tantos que la aceptan: que el mundo siempre estuvo lleno de personas que aceptan, y ahora más. Le pregunté si no exageraba. Muchos dicen que la discusión se fue al carajo: que hace veinte años cuando nos moríamos nos moríamos y ahora peleamos por detalles de esa vida perpetua que nadie había siquiera imaginado. Se lo dije, y que también dicen que no importa tanto cómo sea 天, que lo importante es seguir viviendo: que parece que nunca nada nos alcanza. Entonces Zeta me dijo que ya veo cómo los dominan con ese paraíso de diseño y yo le contesté con algo que escuché semanas antes en Berlín: «¿Y qué te importa lo que hagan si te dan un paraíso?». Zeta me miró, estuvo por decir algo, no lo dijo.

Su silencio fue un golpe.

12 de junio

Güen Xiping ya me ha ayudado otras veces y es un hombre sensato y sin embargo inteligente; es lógico que lo llame en este punto. Me arriesgo al preguntarle: trabaja para el gobierno, no lo disimula. Igual le cuento mi terrible duda —o, mejor dicho, la de Equis y Zeta: ¿cómo puede ser que en treinta años no hayan sido capaces de solucionar el problema de la comunicación de los cerebros transferidos? Güen me mira serio, me pregunta si de verdad me parece muy grave. Le digo que sí, que claro, y él asiente: Sí, claro, siempre me sorprendió que no hubiera más gente preguntándolo, sospechando por eso. ¿No hay?, le pregunto, y me dice que no hay, que él lo ha escuchado poco y nada. Querría preguntarle por qué pero me importa más que sigamos adelante: ¿Y entonces, cómo puede ser?

Güen me mira serio, fijo, y me dice que tiene un set de respuestas para darme. Que primero, por supuesto, me puede dar la clásica, el tema de los virus y la contaminación y cuidar ese ecosistema tan delicado, una persona; que también puede decirme que no hay porque todos entendieron que no vale la pena irse de este puto mundo para seguir en contacto con él, cuando se puede estar tan bien en otro que uno ha elegido y diseñado; que incluso me puede decir que si hubiera comunicación cualquier input convertiría al 天 en otra cosa, dejaría de ser eso que cada cual planificó con tanto mimo, y que los muertos, dice, sonríe, son gente muy conservadora. Parece como si pudiera seguir horas y horas; Güen nota mi mal humor, respira hondo.

Y entonces me pregunta si de verdad quiero saberlo y si soy capaz de guardar un secreto. Le digo que sí. Me dice que él no debería decírmelo pero que sabe que soy fiable y que llevo años trabajando en esto y que me lo merezco: que de varias formas sí que lo merezco. Así que me lo va a decir: La comunicación funciona, dice, y se queda mirándome.

Yo no sé si es un chiste, no lo entiendo. Sí, Lin, así de simple. Las críticas tienen razón: por supuesto que no fue tan complicado armar la comunicación, los cerebros transferidos podrían comunicarse. El punto es que el Comité no quiere, por eso no se hace. Yo sigo sin entender si entendí bien, lo miro mayormente boba. Güen me mira divertido, me dice que no me lo esperaba. No, no me lo esperaba, le digo, ni lo entiendo, Güen: si se puede hacer, ¿por qué no se hace? ¿Usted sabe cuántas 天 hubo en estos diez años, no es así? Le digo que sí, que solo en China 600 millones; Güen dice que son bastantes más pero no importa, que con 600 millones ya alcanza para probar su punto: ¿Usted se imagina, de verdad se imagina lo que sería el mundo con 600 millones de cerebros conectados desde allá, pensando cosas, pidiendo cosas, organizando cosas? El caos: sería el caos; esos cerebros manejarían el mundo. (Y se lanza: que los grandes muertos siempre manejaron el mundo, Cristo, Mahoma, Maho, Mandukicz, todos esos, que si me imagino cómo podría hacer Dama Ding para gobernar China si Mao desde allá dijera sus opciones y las pudiera discutir con Deng Xiaoping. O si, para ser más realistas, el sucesor de Dama debiera discutir sus órdenes con ella. Que sería una vida insoportable y, además, que si algo de lo que siempre supimos se mantiene es que los muertos no deben vivir entre los vivos. Vivir, sí, por supuesto, pero en el mundo que les toca, no en el nuestro.)

El argumento es bueno. Usa el mejor truco: ataca a esos que defiende. Eso lo vuelve verosímil: Güen no llora miseria o imposibilidad; me dice que pueden hacerlo pero no lo hacen para mantener su control sobre este mundo, que no lo hacen por una causa turbia y perfectamente reprobable: entonces el planteo se vuelve creíble. Pero, aun así, no estoy segura de creerlo. Le pregunto si entonces hubo pruebas, si hay laboratorios donde lo estén haciendo. Entenderá, me dice Güen, que no pueda contestarle esa pregunta. Yo lo entiendo, claro, y después no.

13 de junio
En síntesis: que supuestamente existen los medios para comunicar a los cerebros transferidos con el mundo pero los tienen embargados, retenidos para controlar mejor a esos cerebros —y por lo tanto el mundo. Más lo pienso, más raro me resulta. Más lo pienso, más me intranquiliza.

Me pregunto si se lo voy a decir a Equis. Tampoco estoy segura.

15 de junio
Se lo digo. Equis se ríe, yo me quedo perpleja. Equis se ríe más, después me explica: ¿Así que a usted también le hicieron

el numerito del que tiene todo controlado? ¿Es bueno, no? La dejaron pensando… Pero piénselo bien: ¿usted cree que si supieran cómo hacerlo podrían guardárselo y que nadie lo use? ¿De verdad le parece? Le digo que no, no me parece, pero tampoco estoy segura.

Hoy nos hemos encontrado junto al río; el río es un hilito de agua. He visto imágenes: hace veinte o treinta años era una corriente poderosa, por eso este paseo costanero es tan pomposo, tan desproporcionado. Equis me dice que seguimos hundiéndonos en las suposiciones pero que no todo es discusión teórica. Me dice que ya hay grupos organizados que se oponen: que se oponen. Le pregunto qué quiere decir oponerse a 天 y no me contesta; son grupos de jóvenes, me dice, sobre todo. Le digo que al fin y al cabo no me extraña: que es lógico que haya jóvenes que no se convencen de la fuerza de 天. No solo porque los jóvenes tienen que oponerse a cualquier norma que los poderes quieran imponer o incluso proponer; sobre todo, porque es lo propio de la juventud no entender la muerte, le digo, y Equis me mira y me alienta a que siga. Por los bordes secos del río pasan las patrullitas de registro: pequeñas, voladoras. Equis también las ve, suspira: No se preocupe, no nos va a pasar nada, dele para adelante. Claro, le digo, los jóvenes: hasta que no les llega la Primera Muerte, la revelación de que van a morirse alguna vez, los jóvenes no entienden qué es la muerte: están dispuestos a arriesgar sus vidas, a hacerse matar por causas que después les parecerían banales, a vivir como si no tuvieran nada que cuidar.

Así que no me extraña que desprecien 天, le digo, y Equis se sonríe: Yo le diría, me dice, que 天 nos convirtió a todos en chicos antes de la Primera: huéspedes de esa edad maravillosa en que la muerte solo les sucedía a los otros. Pero nos estamos yendo por las ramas, dice Equis, y me pregunta si de verdad quiero encontrarlos. Le pregunto a quiénes; a algunos de esos jóvenes, me dice, y que esos son los rebeldes verdaderos, que él es un viejo y un teórico pero que si quiero saber tengo que hablar con ellos: que ellos dicen que todo es un engaño, que es un truco de Ding y los demás para callarnos, y que si estoy dispuesta a correr los riesgos que supone verlos. Yo le digo que sí, aunque no sé cuáles son esos riesgos. Equis me sonríe: No importa, yo me ocupo, dice, y que nos va a reunir en unos días, pero que tenemos que ser más que cuidadosos, que yo ya sé tan bien como ellos que si nos agarran podemos perder todo. Le pregunto cómo podrían no agarrarnos, si sus instrumentos de control no dejan rincón suelto; me dice que eso es lo que ellos creen pero no, que han detectado sus puntos ciegos, sus líneas de falla, y que todavía se pueden hacer dos o tres cosas fuera de los controles. Para el 20 o 21, me dice, va a intentarlo, que me quede pendiente y va a intentarlo.

20 de junio
Mensaje de Equis: que va a haber dos o tres días de demora, que está difícil pero igual van a hacerlo, que lo espere. Yo le digo que claro, que lo espero.

Imagino el mensaje: que 天 es el opio de los pueblos, que sin esa zanahoria de colores la masa se rebelaría y cambiaría el orden. Como si no estuviera claro que ese orden es muy difícil de cambiar, que sus jefes no necesitaban de 天 para mantenerlo. O quizá sí, quién sabe.

(Nadie piensa, además, nadie habla, de los miles de millones que ni siquiera tienen 天. Tengo que ver como incluirlos.)

Tanto, tan a menudo, me sigo preguntando qué diría Rosa, diciéndole mis dudas, imaginando sus respuestas. Nunca hablamos tanto cuando estaba viva.

Somos como los animales, le digo, nos creemos que la muerte no existe. Y ella, no, los animales no creen que exista ni que no exista. Pero ya lo vamos a lograr, si seguimos así.

Dudo, sigo en estas dudas. Después pienso que para que imaginar valga la pena hay que imaginar lo inimaginable. Ahí está el desafío. Yo no sé si sé hacerlo, ojalá. Pero también es cierto que con imaginar lo imaginable a veces alcanza para acabarse de terror. ¿Imaginar dónde puede ir nuestro mundo si sigue por el camino de 天? ¿Pensar que no hay razón, cada vez hay menos razones para que mantengamos este espacio material molesto, antipático que solíamos llamar la realidad? ¿Suponer que solo lo hacemos porque todavía no sabemos cómo mantener 天 sin las personas reales que la hagan funcionar, pero que pronto lo encontraremos y entonces la realidad no va a tener ningún sentido? ¿Pensar qué va a pasar entonces?

Después, horas después, se me ocurrió que no era tan grave: que esa palabra, realidad, va a cambiar de significado, y ya.

Otra cosa que me dijo Güen, ahora recuerdo: Partamos de una base, dijo: 天 es puro genio. Nos deshacemos de millones y millones cada año y ellos creen que lo hacemos por su bien. Y lo hacemos por su bien, me dijo, pero también es cierto que si no hiciéramos eso todo colapsaría.

Los días se me hacen largos y confusos, desmadrados.

22 de junio
Otra holo que me pasó Equis: el grupo Polepole —por esa palabra de un idioma africano: tranquilo, despacito. Debería averiguar quiénes son. Seguro que hay agencias que lo saben; el gobierno, seguro. Pero yo no tengo acceso a esas informaciones. Tienen algunas holos en la Trama, que no suelen durar: las suben, los tapan, las suben en otros recovecos, las vuelven a tapar, ratones y los gatos, dijo Equis. Sus holos son curiosas: perros arcaicos —de esas razas que ya nadie clona— que hablan con voces deformadas y dicen esas cosas que nadie

quiere oír: «¿Qué pasa con las averías? Si todo se avería, si la entropía sigue entropizando y estropeando, ¿por qué 天 no tendría? ¿Qué pasa cuando una 天 se entropiza? Ignoramos, porque no sabemos», medio ladraba el labrador tostado.

Y el argumento seguía, reforzado: que nadie sabe lo que pasa ahí adentro, que solo se pueden monitorear los fallos mecánicos pero es imposible saber si algo más falla, si el transferido empieza a creerse otro, si de verdad se vuelve enrulado pelirrojo, si alguien que firmó para una 天 llena de risa sufre ataques y sufre, cómo son las cosas ahí adentro. «Todos todos queremos creer pero nadie nadie sabe —medio ladraba el cocker blanco y negro—. ¿Qué pasa allá? ¡Necesitamos saber qué pasa allá!»

Encuentro una respuesta de Miramar Valdou, digna discípula de Svenson: dice que dudan porque los acosa el viejo miedo a la libertad, un clásico. Que 天 es el único lugar privado, realmente inaccesible para el poder en un mundo donde todo es registrado, controlado, visible, y que eso es lo que no soportan: vivir sin ataduras. Respuesta de los Pole: una holo cortita donde un dóberman verde le lame las orejas —y termina diciendo que había algunos que confundían la libertad con el oxígeno salado, y que las formas de engañarse pueden ser infinitas.

Polepole no es el único; hay docenas, cientos, pequeñitos. Se podría pensar que voces como esta encuentran ecos y más ecos: no es así, parece.

Me pregunto si toda esta «resistencia» no será un invento de 0Sing o algún comando estatal semejante —pero no consigo llegar a ver para qué lo harían. La confusión avanza.

24 de junio
Hoy los vi. Eran dos, tres con Equis. Pero el muchacho no habla, me pregunto si es una especie de acompañante o guar-

daespaldas. Ella, en cambio, sí. Digamos Ele: Ele es bajita, flaca, casi el aire, espléndida. Equis dice que tenemos quince minutos: que es la ventana de oportunidad, que al cabo de ese tiempo es muy fácil detectarnos —y me pide que nunca diga dónde fue. Tengo miedo. Ele tiene la cara más dulce que he visto en mucho tiempo, unos rasgos que no consigo reconocer —quizá centro de Asia, quizá no. Tengo su imagen en mi registro, claro, y la podría pasar por el identificador, pero le prometí que no lo haría.

En síntesis: me dice que esos grupos que critican la desigualdad en la distribución de 天, la banalidad de los contenidos de 天, que se quejan de las características de 天, no hacen más que hacerles el juego: hablan de 天 como si existiera. Con sus críticas la confirman. Mientras me lo dice pienso que quizá tenga razón, que al fin y al cabo hacen lo mismo que Güen: critican para reafirmar la realidad de lo que están criticando. Y que al decir que 天 es mala por tal o por cual dicen que existe, aceptan.

Ele no acepta. Dice que los suyøs no lo aceptan. Que no hay ninguna prueba —ninguna prueba, dice, tres o cuatro veces— de que una persona que ejecutan para cortarle el cerebro en fetas siga viviendo en ese neuronal. Ninguna prueba, dice otra vez. Es pura fe, pura cuestión de fe, me dice. La patraña más extraordinaria, me dice, una farsa perfecta. Yo me atolondro: lo obvio cuando aparece suele ser tremendo. Me atolondro y le pregunto qué va a hacer ella cuando le llegue el momento de su 天. Me dice que nada, por supuesto, que la entierren. Pero cómo, le digo, ¿vas a sacrificar todo? Ele me mira con sorna: Se ve que no nos cree, me dice. ¿Por qué? ¿No se da cuenta? Porque no estoy sacrificando nada, no hay nada ahí, no sacrifico nada. Solo estoy evitando que uno más, yo, caiga en la trampa. Es lógico, claro, tiene lógica. Y ella tiene una cara tan dulce.

Entonces dice que 天 es el truco que usan los estados para controlar más y mejor a todas las personas. Es cierto que ya hablan de proteger las quantis principales porque pueden ser la vía de acceso para un ataque masivo terrorista —islamos, catolos, los que queden– contra 天. Dicen que ahí hay un peligro estrepitoso, pero que ellos nos mantendrán a salvo. Ele dice que a ella y a los suyos no les importa esa amenaza, ni tampoco otras, más veladas, de que si joden demasiado pueden llegar a apagar las grandes quantis y se mueren todos. Si ya están todos muertos, me dice. Yo me callo.

El tiempo se acaba. Le pregunto qué piensan hacer, me dice que no sabe. Todos quieren creer, les conviene creer. ¿Cómo hacemos para que se den cuenta de que es una quimera? No sabemos. Lo intentamos, pero no sabemos. Sabemos que tenemos todas las chances de perder, no sabemos. Es duro tener tan claro algo, me dice, y que nadie lo entienda.

¿Sabe qué nos hicieron?, me pregunta, y contesta: inventaron el alma, nos llenaron.

25 de junio
«Nos pasamos miles de años temblando de miedo bajo el poder de esos dioses idiotas; ahora temblamos de placer bajo el poder de esas técnicas tan inteligentes. Progresamos, claro que progresamos.» (Y pensar que esto fue escrito hace casi cien años.)

26 de junio
¿Es una religión?

29 de junio
Me he pasado tres días dando vueltas. Mañana me vuelvo a Taipei. Pensé en ver de nuevo a Ele y a los suyos, decidí que no. Tengo miedo de verla. Y además me van a decir más de lo mismo: que tal, que cual, que están dispuestos a jugarse la vida para convencer a sus próximos de que tienen que vivir esta vida, que no hay más. Seguramente me van a emocionar con su aptitud al sacrificio; seguramente serán muchachos y

muchachas sanas, más interesados en el bien común que en el propio, ejemplos raros en este mundo de egoísmo. Pero no sé si debo poner por delante esas historias. Sería incluso injusto dar la impresión de que lo importante son esas historias: en un mundo de 7.000 millones puedo encontrar unos cientos, unos miles, y darles un lugar que en realidad no tienen. Sería injusto. También sería injusto silenciarlos. Y sería injusto, sobre todo, silenciar sus dudas, pero peor es silenciar las mías: atribuírselas a ellos, cargarlos con el peso de mis dudas.

Tengo que hacerme cargo de mis dudas. Contar todas mis dudas. No contarlas como dudas de otros. Es el viejo truco que solemos emplear los relatores: otros dicen, yo no digo nada, yo solo digo lo que dicen otros. Ya he escuchado a los otros, ya los he citado suficiente; al fin y al cabo, son solo personas que tienen, como yo, ideas sobre el tema, que me dan sus opiniones, que me permiten −con sus opiniones− disimular las mías o, incluso, contrabandear las mías. Tengo que hacerme cargo.

Todos dicen que el trabajo del relator consiste en apegarse a los hechos, ceñirse a los hechos. ¿Qué es un hecho, cuáles son los hechos? ¿Cómo definir hechos en un mundo hecho de imágenes? Intentémoslo: es un hecho que millones se matan para entregar sus mentes a una máquina porque los han convencido de que así serán felices. Es un hecho que son felices ya antes, en sus vidas, porque atesoran la perspectiva de matarse para entregar sus mentes a una máquina donde serán felices. Es un hecho que el mundo está cambiando por ese hecho, y esos cambios −y la historia de cómo se fueron produciendo− es lo que intento reflejar en mi trabajo. Y es un hecho −un hecho extraño, un hecho hecho de ausencia− que no podemos asegurar nada de lo que pasa una vez que cada cual se muere.

Eso que en ajedrez llamaban zugzwang: nadie puede mover. Los que están convencidos de que todo es mentira no pueden demostrarlo. ¿Cómo podrían, si no hay comunicación para confirmar que ese cerebro ya no está? Y los que te dicen que es verdadero —todos los demás, todos— tampoco pueden, pero a quién le importa. Todos quieren creerlo, todos queremos, nos conviene; nos va la vida en ser capaces de creerlo.

¿Cómo no voy a entender que tantos hayan querido creer si yo misma, durante años, no dudé de la verdad de 天, me la creí, trabajé sobre ella?

¿Cómo puede sorprenderme que tantos millones hayan decidido creer en 天 si llevamos milenios creyendo en historias tanto más estrambóticas, tanto menos posibles? Esta por lo menos venía con el sellito de la ciencia. Y nos la creemos con la impunidad que da creer que al creer en ella dejamos de creer: que ahora sabemos.

Y ahora me pregunto si ellos mismos la creen: si Dama Ding, si Rabindragore, si Liao la creen; si la creyó Samar, incluso. Y me pregunto, ahora, sobre todo, si yo misma la creo.

Yo tampoco sé. No puedo saber: sé que no puedo saber, y eso es mucho en un mundo que hace tal esfuerzo por creer que sabe. Pero, entonces: ¿qué derecho tengo a destruir las ilusiones?

O, peor: ¿qué chance tengo de destruir ilusiones tan arraigadas, tan bien defendidas, tan indispensables —con una prédica que nadie querrá oír? Aunque esa no es la pregunta: no debo decidir qué hago en función de mis chances de tener éxito con eso; debo decidirlo por lo que creo que debo.

Pero la discusión es ardua, no consigo cerrarla.

¿Qué importa más, la verdad, la supuesta verdad, mis sospechas sobre la verdad, o la felicidad de millones y millones? Más allá de la vanidad de imaginar que si yo digo la verdad alguien va a oírla, que esa felicidad podría arruinarse, ¿qué derecho tengo a joderle la vida, o la muerte, a uno, a una sola persona, solo porque mi orgullo quiere que cuente «la verdad»? ¿O, al contrario, tengo menos derecho todavía a tratar de manejar lo que ellos deben y no deben saber para que la supuesta verdad no los lastime, pobrecitos?

Quizá la pregunta que debería contestar es qué haré yo cuando llegue el momento: si me transferiré, si no lo haré. Soy cobarde, voluble: ahora pienso que si hacerlo no me obliga a adelantar mi muerte sí lo haría. Por si acaso.

O sea que no sé. Años de trabajo para decir no sé.

1 de julio

Esto sigue. Sigo sin resolverlo. Sigo revisando el material, ordenando el material, pensando el material sin saber qué hacer con él. Qué derecho a callar lo que sé, qué derecho a promover la duda. Cada vez más indispensables las palabras de Rosa, cada vez más pena de no oírlas nunca más. Si estuviera conmigo seguramente yo no habría empezado este trabajo. El choque de Darwin, sí. El choque de Darwin es un punto, pero si ella no se hubiera tirado yo seguiría tranquila, a su lado, esperando que cada noche nos reuniera.

No sé qué hacer. No solo dentro de unos años, cuando me toque el turno; ahora, con todo este trabajo que debo terminar, que debería mostrar. Se me ocurre, una vez más, la solución cobarde: convertir la holo que estaba preparando en un registro escrito, algo así como aquello que llamaban libro. Sería una forma de no callar ni hablar. Al fin y al cabo, si lo hago, lo habré dicho pero nadie o casi nadie lo sabrá. Como decía, hace tanto tiempo, un escriba menor: «Siempre supimos que la función principal de la escritura era enterrar. Escribimos para guardar secretos».

Es una opción. Sé que es una agachada.

Quizá no sea una agachada.

Debo pensarlo.

(O por lo menos escribirlo.)

14 de julio

O quizá no. Acabo de entenderlo. Es extraño: una puede pasarse los meses y los meses, los años y los años pensando en un asunto y no alcanzar la idea que, de repente, te ilumina. La idea que, cuando aparece, te hace ver todo lo mismo diferente; la idea que te hace preguntarte una y mil veces cómo no se te había ocurrido antes; la idea que parece natural.

La idea es simple: 天 es la palanca. Ellos la crearon, la usaremos contra ellos. No sabemos si existe o no existe, pero casi todos creen —quieren creer— que sí. Así que están dispuestos a transferirse: millones y millones están preparados para dejar este mundo en cuanto no estén cómodos y pasar directamente a ese mundo que imaginan perfecto o como si.

Es un delirio. Quizá sea un delirio. Quizá no. Pero se puede transformar en la mejor herramienta que nunca hayamos tenido para construir vidas mejores: amenazar a los gobiernos y obligarlos a hacer sus mayores esfuerzos para que vivamos bien porque si no lo hacen nos vamos, nos transferimos, nos matamos, y se quedan mandando en el vacío.

Quizá sea mejor pensar en el bienestar que en la verdad. Quizá lo mejor que puedo hacer con todos estos datos sea callarme, contribuir a la credulidad general, no cuestionar 天. Quizás esté convalidando una mentira; quizás, sosteniendo una verdad; estaré, en cualquier caso, ayudando a mejorar las vidas de millones y millones. Eso es, hoy, lo que me importa.

Aunque para eso, claro, con escribir no alcanza.

Taipei, septiembre de 2072

Tarde

Pero ya es tarde:
tarde —por suerte tarde—
fui presa de la duda:
¿puedo saber
—saber realmente—
que todo esto que cuento, mis hallazgos,
el placer de entenderlos, el horror
de escribirlos no son la 天 que decidí
cuando vivía?
¿Puedo saber
—saber realmente—
que todo esto sucedió, que yo
soy la que cuento, la que cuenta?
¿Quién sabe dónde, cómo, quién
sabe quién
es cuando es quien es, quién
sabe si uno es una?

ÍNDICE

I
La MásBella

II
El cuento de su vida

El texto que aquí concluye fue, como es lógico, anotado por su descubridor. Para chequear esas notas, solo accesibles, por razones obvias, en formato digital, es necesario entrar en el dominio http://notasdelfuturo.com/ o escanear el siguiente código: